A METADE FANTASMA

ALAN PAULS

A metade fantasma

Tradução
Josely Vianna Baptista

Copyright © 2020 by Alan Pauls

Grafia atualizada segundo o Acordo Ortográfico da Língua Portuguesa de 1990, que entrou em vigor no Brasil em 2009.

Título original
La mitad fantasma

Capa
Violaine Cadinot

Imagem de capa
Cristiana Couceiro

Preparação
Julia Passos

Revisão
Marina Nogueira
Erika Nogueira Vieira

Dados Internacionais de Catalogação na Publicação (CIP)
(Câmara Brasileira do Livro, SP, Brasil)

Pauls, Alan
   A metade fantasma / Alan Pauls ; tradução Josely Vianna
Baptista.— 1ª ed. — São Paulo : Companhia das Letras, 2022.

   Título original: La mitad fantasma.
   ISBN 978-65-5921-235-4

   1. Ficção argentina. I. Título.

21-95583   CDD-AR863

Índice para catálogo sistemático:
1. Ficção : Literatura argentina AR863
Maria Alice Ferreira – Bibliotecária – CRB-8/7964

[2022]
Todos os direitos desta edição reservados à
EDITORA SCHWARCZ S.A.
Rua Bandeira Paulista, 702, cj. 32
04532-002 — São Paulo — SP
Telefone: (11) 3707-3500
www.companhiadasletras.com.br
www.blogdacompanhia.com.br
facebook.com/companhiadasletras
instagram.com/companhiadasletras
twitter.com/cialetras

Search rejected because no face was found.
Please, try again.

1.

Sempre morou em apartamentos alugados. Suas finanças, bastante estáveis para um país com certa propensão para o naufrágio, permitiam que escolhesse os prédios e bairros de que mais gostava, dispusesse das comodidades necessárias para uma vida como a sua e, às vezes, se desse a luxos muito acima de sua condição, uma garagem, por exemplo, ou uma sacada, que, aliás, usava muito raramente. Mas essa situação de desafogo não foi suficiente para que ele comprasse um, nem para consolos portáteis, como se imaginar no papel de proprietário, um exercício que ao menos permitiria que avaliasse melhor, de uma posição mais idônea, as vantagens e desvantagens da condição que lhe estava proibida. Aparentemente, como a grande maioria de seus semelhantes, Savoy alugava porque não podia comprar. O argumento, porém, provavelmente válido para outros, em seu caso não era muito convincente, tamanho era seu desconhecimento dos prazeres específicos que o caráter de locatário lhe proporcionava. A relação com seus locadores era um deles, não o menor. Pagava, ele mesmo ia todo mês pagar pessoalmente, com a pontualidade de um aprendiz de apaixonado, não tanto por obséquio ou excesso de responsabilidade, mas para não se privar de um gosto cujo hábito contraiu muito cedo, com seus primeiros aluguéis: o contato com seus locadores, que era mais gratificante quanto mais fugaz e superficial fosse. Gostava das frases de cortesia, dos gestos formais, dos embriões de conversa que morriam tão rápido quanto nasciam, minados pelo incômodo de um vínculo que, baseado num acordo meramente econômico, precisava disfarçar essa natureza de alguma forma, com afabilidade, manifestando algum tipo de interesse pessoal mútuo, mas raramente conseguia sustentar essas simulações para além de um *small talk* que, aliás, não lhe custava quase nada. Era curioso: o que lhe caía bastante mal na vida social, quando só falava se falassem com ele e não necessariamente para dizer coisas interessantes, lá, em escritórios, salas de espera ou livings três vezes mais opulentos que o seu, onde marcavam para que pagasse o aluguel, diante daqueles desconhecidos aos quais só estava ligado pela letra de um contrato, era quase uma fonte de satisfação. Savoy era calmo, engenhoso, até cruel: era só perceber que os locadores estavam com pressa ou ocupados demais para atendê-lo para se ver tomado por um sentimento ocioso, uma loquacidade e uma avidez por saber mais sobre eles que mesmo ele, sempre tão predisposto ao encontro, juraria que tinha.

A prova de que a insuficiência de meios não explicava tudo é que quando teve a quantia necessária, fruto de uma circunstância fortuita que não se repetiria, ele também não comprou. Não que não pensasse nisso. Agora que tinha dinheiro, as quantias destinadas ao longo de sua vida a pagar aluguéis apareceram diante dele pela primeira vez com toda sua envergadura de escândalo: uma drenagem de recursos estéril, imperdoável. Mas a ideia drástica de passar de inquilino a dono para remediar uma situação que pertencia ao passado lhe pareceu mesquinha, além de insensata, e o deprimiu. Pensou que continuar pagando aluguel nunca seria tão escandaloso quanto ter um apartamento quitado. Por outro lado, usar essa injeção de fundos inesperada para sair do aluguel, como se dizia então, seria tirar proveito dela. E nesse momento, talvez também pela primeira vez, e talvez pelas circunstâncias peculiares que faziam com que não tivesse, digamos, preocupações econômicas, ele percebeu que o dinheiro, em seu caso particular, não costumava ser parte de uma economia da conveniência, não era "aproveitável" (o que sem dúvida explicava sua incompreensão, sua insensibilidade total para a poupança e o fundo de investimento, os dois tipos de aplicação mais comuns entre os administradores considerados razoáveis), e embora não fosse algo de que ele se gabasse, pareceu-lhe honesto aceitar isso como um traço pessoal a que podia se entregar sem remorsos, tão voluntarioso, porém tão indiscutível, como qualquer outro.

Na sua idade, mais de uma dúzia de mudanças se apinhavam em seu prontuário de inquilino, e ainda que aquele transe não estivesse entre seus favoritos, até a mudança mais penosa ou acidentada se abrandava eclipsada pela lembrança, carregada de uma alegria que a distância no tempo não conseguia atenuar, das aventuras em que se envolvia, sobretudo nas semanas anteriores a empreendê-la, quando, com as páginas dos anúncios classificados do jornal dobradas num bolso e meia dúzia de candidatos promissores enjaulados por grossas barras de marcador vermelho, saía em busca de um lugar novo para morar. Então tudo era expectativa, entusiasmo, inocência. Transpunha a porta da rua do apartamento que logo abandonaria — e que rápido, com que falta de nostalgia entrava numa contagem regressiva, reduzindo à indiferença qualquer apego genuíno que tivesse desenvolvido pelo lugar — e, chovesse a cântaros ou desabasse sobre ele um desses céus baixos, plúmbeos, que abatiam o otimista mais entusiasmado, sempre tinha a impressão de sair, de mergulhar numa dessas manhãs de sol frescas, intactas, de calçadas reluzentes, trabalhadores apressados e reflexos ofuscantes adejando nas vitrines das lojas, com que às vezes o acolhiam, em seus anos de viajante, tão remotos agora e tão inexplicáveis quando os evocava, certas cidades estrangeiras, que o flechavam no ato e com o ardor da flechada apagavam qualquer rastro do calvário aéreo que acabava de pousá-lo nelas.

Havia algo de infantil na obstinação com que Savoy acreditava nas possibilidades que esses apartamentos encerravam. Não era idiota: previa que nove em cada dez não resistiriam a uma primeira olhada, por mais benevolente que fosse, mas não podia deixar de apostar às cegas na profusão de luz, na paz do privilegiado miolo verde do quarteirão, na nobreza dos assoalhos de madeira, nas dimensões generosas dos ambientes e em todas as promessas de vida perfeita que julgava que ofereciam, com ou sem malícia — ele, para quem o jargão sincopado dos classificados imobiliários não tinha segredos. Como com tantos outros, desconfiar não lhe custava nada. Era, de fato, seu primeiro reflexo, rápido, instintivo, maquinal, como o do pistoleiro que detecta a sobrancelha que seu oponente arqueia sob o sol e leva a mão ao coldre para sacar. A verdade era uma joia rara, esquiva, à qual se tinha acesso, caso se tivesse, depois de descartar fachadas distrativas e afastar pesados cortinados de veludo púrpura. À procura de um apartamento, porém, as antenas de sua desconfiança misteriosamente se retraíam, entravam numa latência estranha, não de todo indiferente, como os aparelhos que, colocados em stand-by, tingem a noite com o vaivém lentíssimo de sua respiração, iluminando-a com o diafragma de sua única pupila, não o mantinham em suspense, mas tampouco o desguarneciam. Como se fosse um artigo de fé, Savoy decidira dar como certo que os anúncios diziam a verdade e a diziam sempre, mesmo quando havia uma contradição gritante entre os paraísos de luxo e voluptuosidade que anunciavam e o valor do aluguel pedido, baixo demais até para a pior das pocilgas. Pode ser que o famoso parquê, uma vez que pisasse nele, fosse na verdade uma superfície de um cimento tosco e áspero, que os espaçosos armários da cozinha estivessem podres e que um cortejo de sórdidas auréolas de umidade anunciasse tempestades no teto do quarto — tudo isso enquanto o charmoso elevador com porta pantográfica, até então adormecido ou amordaçado, entrava em ação e fazia o edifício inteiro tremer. Mas quem poderia decretar que o anúncio mentia? Quem ousaria jurar que essas misérias não seriam atrações irresistíveis para alguém? E Savoy gostava de ser, ou pelo menos de imaginar ser, alguém.

Era uma espécie de dom. A obrigação que agoniava outros como um pesadelo, um tormento do qual ninguém podia ter certeza de sair vitorioso, que dirá ileso, pois eram tantas e tão diferentes as decisões que se era obrigado a tomar, tantos os perigos que as ameaçavam, para Savoy era um enigma, um estímulo, um desafio. Só que ele, além disso, aceitava-os com despreocupação, com a naturalidade altiva com que os esportistas natos, abençoados por um talento extraordinário, compareciam à partida final do campeonato mais importante do mundo e jogavam novinhos em folha, mais lúcidos e implacáveis do que nunca, depois de ter varado a noite bebendo como cossacos no antro do qual foram resgatados ao alvorecer pelo mesmo safado que os levara lá, um treinador de cavanhaque diligente, musculoso, cansado de servir de pajem e pau pra toda obra, mas incapaz, como sempre, de se virar sem o salário que recebe por isso. A certa altura, aliás, Savoy compreendeu que as chances de mudança que surgiriam no que lhe restava de vida nunca seriam suficientes para esgotar sua sede, sua intriga, sua perspicácia de *scouter*. Temendo, como fazem os perdulários, levar essas virtudes subutilizadas para o túmulo, única morada, de resto, que não sentia a menor tentação de escolher, resolveu colocá-las à disposição de seu círculo íntimo.

Era o mínimo que podia fazer. Sempre o incomodara uma espécie de assimetria que pensava detectar em suas relações de amizade. Seus amigos davam, ele recebia. E, embora nunca tivesse sido repreendido por ninguém — muito pelo contrário: a prazerosa passividade com que Savoy acolhia o que recebia dos outros era um fator decisivo para o afeto que seus amigos lhe professavam —, a situação era um pouco pesada para ele. Com o tempo, começou a sentir que, pelo simples fato de não ter como retribuir, tudo o que lhe davam, mesmo que, ao tomá-lo para si, ele o consumisse até que desaparecesse, estava sendo armazenado em algum lugar, se acumulando dia após dia, alimentando em silêncio a massa colossal de dívidas com que mais cedo ou mais tarde se confrontaria quando abrisse essa porta sem perceber, pensando que era a do banheiro ou a do armário dos produtos de limpeza. Agora, finalmente, tinha a oportunidade de equilibrar um pouco a balança.

O sucesso não o acompanhou — pelo menos não na mesma medida de seu entusiasmo. Ele rapidamente compreendeu que o que tinha a oferecer não era uma competência técnica, o olho clínico para detectar o apartamento apropriado que pouparia a suas amizades tempo, energia, horas de dilemas e hesitações, mas principalmente um capricho pessoal, um passatempo, um vício que, arraigado não se sabe em que profundezas, podia ser compreendido, mas dificilmente compartilhado, como a arte de quem acorda no meio da noite e sabe exatamente que horas são. E vice-versa: as necessidades de seus "clientes" — como começou a chamar os intrépidos desconcertados que aceitavam se pôr em suas mãos —, arraigadas em modos de vida que nem sempre lhe eram familiares, raras vezes encontravam eco na opção que ele havia escolhido para satisfazê-las, basicamente porque não a escolhera pensando nelas, não importa o quanto as tivesse presentes no momento de visitar o apartamento, e sim em certas qualidades ou encantos que, como logo ficaria evidente, só eram convincentes para ele, que pôde conhecê-lo e inspecioná-lo ao vivo mas que não precisava dele para si, e por razões que não eram exatamente de ordem imobiliária.

Ele gostava de visitar apartamentos para alugar — e ponto. Gostava de todo o processo, de rastreá-los no jornal ou na internet ou em publicações do ramo e também de ir até lá pessoalmente, muitas vezes depois de atravessar a cidade toda, e, depois de passar na frente dos rivais que imaginava já nos seus calcanhares, percorrê-los de ponta a ponta com fruição, minuciosamente, como um espião à espreita de um cabeamento clandestino, e com uma parcimônia que pegava de surpresa, muitas vezes exasperando-a, a raça de seres em suspenso que os mostravam, corretores imobiliários de ar mortiço, com os dedos manchados de nicotina e a barra italiana da calça descosturada, ou seus equivalentes mulheres, embutidas em terninhos, fumantes empedernidas, roídas por uma impaciência de convalescentes, ou, privilégio supremo para ele, os proprietários em pessoa, mais acostumados a essa velocidade "visita de médico" típica dos procuradores de apartamento convencionais, sempre seguros do que procuram e sempre cansados de procurar sem sucesso.

Já Savoy gostava de conversar, averiguar, pedir e receber explicações. Não dava nada por certo. Não tinha vergonha. Tampouco participava da tendência ao autoengano de muitos locatários que, seduzidos por certas virtudes do apartamento que estavam visitando, decidiam, a fim de não pôr a perder o entusiasmo, passar por cima de todos os indícios negativos que lhes serviam de contrapeso. Savoy via uma parede coberta de bolhas, a cauda em zigue-zague de uma rachadura despontando atrás do encosto de uma poltrona ou o laranja estridente da frota de betoneiras estacionada ao pé do edifício, com sua promessa de pó e barulheira, e um segundo depois de pôr seus interlocutores contra a parede, reprovando o horizonte sortido de desastres que pretendiam lhe ocultar, assaltado por uma súbita magnanimidade, poupava suas vidas: mudava de assunto, se distraía com a falsa argila gretada de um vaso, com uma toalha de mesa de plástico cravejada de queimaduras de cigarro (tão parecida com a que vestia a mesa da cozinha do chalé de Miramar, onde passou alguns verões quando era menino) ou com o cubismo acidental do quadro que pendia ligeiramente torto sobre o gigantesco aparador entulhado de bibelôs de vidro, um retrato a óleo de certo parente, tirânico mas muito afável, principalmente depois de morto, de quem calhou que a dona da casa, para felicidade de Savoy, que já estava se acomodando na poltrona atrás da qual a rachadura fazia das suas, tinha algumas intimidades suculentas para contar.

No fundo, nada do que perguntava lhe importava de fato. Para ele tanto fazia que o teto fosse desmoronar, que a parede fosse rachar-se em dois de uma hora para outra ou que a obra que estava começando no edifício ao lado garantisse dois longos anos de poeira e sofrimentos. Perguntava só para fazê-los falar, para roubar-lhes os minutos cruciais que lhe permitiriam deslizar nas dobras menos evidentes do mundo que bisbilhotava, vibrante e tentador até em sua escuridão, quando era escuro — que, por sua experiência, nada desprezível, por certo, costumavam ser a maioria —, entocado atrás dos signos pueris que lhe mostravam. Para ele tanto fazia que fossem signos de esplendor ou de decadência. Ao contrário do que teria preferido qualquer locatário razoável, ou seja: verdadeiro, incluídos os amigos que continuaram confiando nele por um tempo, preferia topar com lugares cheios de problemas — escombros, janelas vedadas, cabos e pisos levantados, excremento de ratos, buracos negros forrados de camadas e camadas de gordura onde algum dia existiu uma cozinha — ou suspeitos de anunciar gato por lebre, seja porque o preço não honrava o que estava à vista ou os donos parecessem apressados demais para alugá-lo, seja porque apareciam e desapareciam das páginas de classificados com misteriosa regularidade, do que com os achados perfeitos, milagrosos, irretorquíveis, que o teriam engrandecido entre sua carteira de clientes, por certo bastante exigente, e sem dúvida teriam levado sua fama adiante.

De fato, a primeira coisa que balançou seu empreendimento, se é que se pode chamar assim a meia dúzia de acordos verbais celebrados em jantares informais na calada da noite, que apenas dois ou três dias mais tarde, dissipados o entusiasmo da conversa e os eflúvios alcoólicos que o haviam cevado, não deixavam rastros nos que, a priori, pareciam mais interessados em subscrevê--los, exceto em Savoy, que, levando seus clientes muito ao pé da letra, já tinha entrado em campo, foi a insistência com que visitava apartamentos para alugar *habitados*, quanto mais habitados melhor, e por habitados entenda-se pessoas e móveis e objetos em geral, tudo que estivesse em condições de oferecer os fios soltos de intimidade que ele se divertia em puxar nos vinte minutos que duravam suas visitas "profissionais". Para eventual incredulidade de seus clientes, a maioria dos quais nem sabia que era isso, mas sem dúvida teria lugar no primeiro lugar de uma possível lista de preferências, Savoy, sem premeditação mas também sem desmaios, evitava os apartamentos apresentados como novos, um tipo de armadilha muito comum que detectava cada vez que um anúncio incorria no qualificativo "impecável" ou na metáfora "joia", e lhe bastava ler a expressão "novo, primeiro morador", com sua ilusão de ambientes claros, pisos recém-lustrados e vastas paredes orgulhosas de estúpida e reluzente tinta branca, para pular o candidato sem hesitação e voltar para o seguinte o presságio de seu coração expectante, ávido por tudo aquilo que no anúncio insinuasse quinquilharias, móveis vetustos, quartos com cheiro de umidade, corredores semeados de roupa suja, brinquedos e acessórios para animais de estimação, áreas de serviço adaptadas para ateliês de bricolagem ou quartos de emergência para casais em crise.

Sua clientela, naturalmente, só ficava sabendo de seus peculiares critérios de seleção quando já era tarde. Savoy ainda se lembrava da expressão de Renée, uma de suas amigas mais antigas, que, recém-separada, e não nos melhores termos, do homem com quem convivera por sete anos em estado de ameaça constante, incapaz de pensar em nada que não fosse estar o mais longe possível do monstro, como o chamava, mas incapaz, também, de se afastar dele, delegara a Savoy, menos por confiança que por esgotamento físico e mental, a tarefa para ela absolutamente além de suas forças de encontrar um lugar para morar, algo que fosse ao mesmo tempo o refúgio necessário para seu corpo e sua alma dizimados por sete anos de calvário e o oásis onde sua vontade de felicidade e seu entusiasmo, no fundo intactos, pudessem vislumbrar um futuro possível, quanto mais afastado de monstros como o que tornara sua vida impossível, melhor — ainda se lembrava de sua expressão de estupor, de incredulidade total, o tipo de aturdimento que só o incompreensível produz, ao descobrir pessoalmente, com seus próprios olhos, o tipo de coisa que Savoy, que a vendera — para usar o jargão imobiliário que tanto gostava de citar — com trompas e clarins, imaginara ser ideal para o estado literalmente calamitoso em que ficou depois da separação, e isso numa idade em que, com a escarpada costa dos cinquenta despontando no horizonte, o otimismo não era, digamos, o pão nosso de cada dia.

O *caso 14 de julho* — frontispício com que mais tarde seria rememorado, já transformado num desses marcos de épica irrisória que escoram os anais da amizade. Renée não gostou muito do bairro, nem de que a casa ficasse numa rua com nome de data, nem do pequeno jardim da entrada e do diorama espontâneo com que dramatizava sua própria devastada paisagem interior — moitas de selvagem erva daninha fagocitando com ímpeto selvático alguns canteiros de rosas exangues —, nem do corredor lateral de velhos tijolos escuros que afundava dez metros no miolo verde do quarteirão e levava até a casa, com as paredes e o telhado colonizados pelos galhos de uma trepadeira, um dos quais roçou sem machucar sua bochecha mais desgastada pelas semanas de choro, nem do empedrado irregular do piso, que a fez tropeçar e se agarrar a ele para não cair, como numa página fácil de um romance sentimental. Se não aproveitou o momento para renegar sua amizade com Savoy foi porque, com as poucas forças que o marasmo pós-conjugal tinha esquecido de levar, as poucas que queria dedicar a algo que não fosse o gotejar que dessangrava seu coração, Renée considerou que essa insensibilidade ofensiva, ou essa sensibilidade extrema que ele tinha para captar tudo o que ela não queria, era só o reverso próspero do desamparo dele que sempre a comovera, dessa condição enfermiça, arisca mas necessitada, que pensava reconhecer em tudo que Savoy fazia ou dizia, mas sobretudo no que mais parecia desmenti-la. Não obstante, foi essa, dar por terminada a amizade, não sem antes dar-lhe um tapa na cara, a primeira coisa que lhe passou pela cabeça quando por fim, e deixando para trás esse prólogo pouco auspicioso, viu a casa que ele havia escolhido para ela, ao que parece depois de longas horas de meditação e ponderações, e tudo o que vinha junto.

Depois de uns trancos mal-humorados (que Savoy, com aquela leviandade dos culpados profissionais para indultar terceiros, atribuiu à umidade do clima), a velha porta desbotada se entreabriu gemendo. "Cuidado: tem uma pantufa fugindo!", alertou Savoy, que cravara a vista no chão, onde uma bola de pelos com excesso de peso avaliava com ar receoso possíveis rotas de fuga. De repente, num décimo de segundo que Renée juraria que ele usou para premeditar, o gato adiou a fuga e borrifou a pala de seu sapato com um jatinho de mijo sanguinolento. Renée ia soltar um desses portentos grosseiros pelos quais era famosa, mas levantou os olhos e se deparou com o sorriso amplo e amigável do dono da casa, único sinal de vida visível em noventa quilos de desconsolo mal dissimulados pela seda puída de um robe de chambre escocês. "Entrem, entrem", disse o sujeito com uma espécie de ímpeto ofegante, deixando-os passar enquanto fechava a porta atrás deles com o joelho. Uma onda expansiva de gases, alho e couve-flor envelhecida os abraçou. "Ela é a Silvia" — a mão se moveu com desdém, como se apagasse o que indicava. Vestida com um robe gêmeo, menos usado mas não mais limpo, a mulher, de costas, acenou lá de seu box de madeira, como o de um restaurante alpino, o único móvel que sobrevivia incólume à ruína geral, sem levantar a voz nem os olhos da xícara de chá que devia estar mexendo havia vinte minutos.

Mais, na verdade. Dois meses, conforme o dono lhe contou assim que pôde, num desses apartes de cumplicidade venal com que certamente sonhava desde que havia agendado a visita, enquanto os três — Silvia ficou plantada em seu box, escarafunchando com a ponta de um cigarro a pirâmide de guimbas que ameaçava desmoronar no cinzeiro — atravessavam um covil de paredes amareladas que um dia tinha sido a sala de estar da casa. Savoy depôs no ato a bateria de perguntas que sempre levava consigo quando via apartamentos: tudo no outro — a simpatia, a avidez, o estoicismo com que exibia sua degradação — convidava ao monólogo. Dois meses antes tinham decidido alugar a casa porque estavam se separando. Agora, ele, pelo menos — não punha a mão no fogo por ela, cuja mente, "entre outras coisas", lhe estava interditada havia um tempo —, ia alugar a casa para anunciar ao mundo sua separação. Renée sentiu que estava se alterando. Perguntou, só para dizer alguma coisa, para onde dava uma porta. "Devia dar para um banheiro", disse o dono, "mas..." — e assim que a abriu, uma debandada de gatos minúsculos se dispersou entre suas pernas. "A gata teve cria e tivemos que fechá-lo."

"Vamos, por favor", implorou Renée, puxando-o pela manga, enquanto contornava os escolhos de um par de tênis sem cadarços, com o calcanhar amassado, mas não seu fétido perfume. Chegaram a uma porta tatuada de *stickers*: caveiras, cabeças zumbis em plena desintegração, tipografias gotejantes. "E isto?", apontou Savoy: "A área de serviço?". "Pode ser", disse o outro. Savoy insistiu, não tanto para confirmar que havia adivinhado, mas pela atração que lhe despertava qualquer porta fechada. "Posso?", disse, e estendeu a mão para a engenhosa prótese que fazia as vezes de maçaneta. O sujeito hesitou, meio que se interpôs, a cena se congelou. Até que de repente, carregada de fleuma, ouviram uma voz rouca que ressuscitava e dizia: "Abre, vai: já está na hora de ela se levantar". Renunciando a seu trono alpino, Silvia se uniu a eles numa velocidade recorde, uma proeza bem impressionante, considerando que tinha arrastado os pés, calçados com chinelos esportivos, como uma esquiadora, sem sequer levantá-los do chão. Deslizou entre Savoy e o espectro daquele que tinha sido seu marido, e que continuava hesitante, e empurrou a porta com a palma da mão estendida. Renée se jogou para trás, como quem se esquiva de um monstro radioativo. Savoy espiou, à beira de uma dessas epifanias nas quais se tornara viciado; viu como a luz dos tubos fluorescentes da cozinha inundava o quarto e ofuscava uma garota pálida, recoberta de espinhas, obrigando-a a se sentar na cama onde dormia vestida e a fitá-los com os olhos entrecerrados, como se fossem seres de outra galáxia.

Para Renée já era suficiente, mas tinha mais. Lá estava o

quarto principal, espaçoso como um salão de baile, que dava para a rua e se deixaria inundar pela bela luz do bairro assim que alguém se desse ao trabalho de limpar o mato do jardim da frente (o sujeito cedia seu kit de jardinagem por um módico valor extra), mas desde que tinham decidido se separar se revezavam para usá-lo, uma semana ela, outra ele, e pela batida da porta que acabavam de ouvir era evidente que Silvia, a beneficiária da semana, ia encarar mais uma das sonecas do meio da manhã com que compensava suas noites brancas. Teoricamente, outro jardim espreitava lá nos fundos, mais amigável que o da frente com seu pequeno gazebo, seu tanque de ladrilhos em forma de coração e um desses pitorescos dispositivos de cascata e gotejamento cem por cento feng shui, que curam quando funcionam, o que não é muito comum, mas o portão que ligava a ele calhou de estar emperrado (a umidade, a umidade). E teriam tido o privilégio de subir ao terraço, ideal para tomar sol pelado, como numa praia nudista europeia, enquanto a carne assava na grelha, se um desmoronamento de alvenaria — nada grave, nada que numa conjuntura emocional menos crítica ele mesmo não teria solucionado com um par de luvas, uma pá e alguns sacos de lixo — não tivesse feito uma barricada na escada, em cujo pé, ofegando um pouco, o sujeito fez uma parada. "Não é legal que eu diga isto", disse, "mas esta casa é um ninho de amor." E sorrindo, olhando-os com um misto de cumplicidade e nostalgia, acrescentou: "Depois me contem".

Renée nem se preocupou em dissipar o mal-entendido. Consultou um relógio de pulso imaginário e ergueu as sobrancelhas espessas, quase postiças, com fingida surpresa. "Desculpem, estão me esperando em outro lugar", disse. "Está aberto, né?" Na ponta dos pés, deu um beijo na bochecha de Savoy e, cravando-lhe disfarçadamente as unhas no antebraço, disse em voz alta: "Você continua por mim, querido?". Savoy a fitou desconcertado. "Mas diga alguma coisa. O que você acha?", perguntou. "Conversamos lá em casa!", gritou ela, volatilizando-se com a leveza adorável que tinha quando estava apressada, eludindo com um hábil zigue-zague dois sacos de terra jogados no chão. "Parece que não gostou", disse o dono, resignado. Savoy aproveitou para pôr as coisas no devido lugar: "Não estamos juntos. A casa é para ela. Eu só a ajudo a procurar". O dono se desculpou. Não era a primeira vez que isso acontecia com ele. "Sabe como é", disse, enquanto se deixava cair no primeiro degrau da escada, ajeitando-se entre um escovão e o esqueleto enferrujado de uma sombrinha: "A gente está se separando e acha que todo mundo está apaixonado e é feliz".

Renée foi a primeira da lista a desertar, a primeira a sofrer na própria carne e pôr em evidência essa inclinação que Savoy satisfazia com o pretexto de resolver a vida imobiliária de seus clientes. O efeito dominó não se fez esperar: um após o outro, os demais também rescindiram seus "contratos", ainda que em bons termos, com desculpas diversas que Savoy, que tinha seus defeitos, mas não era estúpido, soube como interpretar sem passar pelo incômodo de desmascará-las. O que mais demorou a se retirar, por teimosia ou preguiça, porque a insondável imensidão que representava para ele o trâmite de procurar apartamento era mil vezes mais atroz, pelo menos à primeira vista, que qualquer extravagância que lhe contassem sobre o *scouter* a quem se havia confiado, foi um amigo tardio, diabético, uma espécie de Oblómov da informática que raras vezes via a luz do sol, vivia sozinho, plantado na cadeira ergonômica de última geração que comprara pela internet, conectado vinte e quatro horas no punhado de dispositivos que lhe proporcionavam as doses de sexo, informação, entretenimento, comida e drogas de que necessitava para viver. Por um motivo ou outro, frequentemente sensatos, foi descartando as opções que Savoy expunha à sua consideração, sempre pela internet, conforme exigira, de modo a não importunar o estado de voluptuosa inércia em que vivia, até que uma, uma irresistível, deixou-o entre a cruz e a espada. O apartamento ficava no mesmo bairro onde morava, o único em que aceitava morar, ao alcance do punhado de provedores dos quais dependia e da clínica onde se internava toda vez que ficava descompensado, o que, com seu peso, sua dieta hipercalórica e sua resistência a qualquer deslocamento físico que excedesse o raio de seu teclado, acontecia com frequência cada vez maior. Mas era duas vezes mais barato, um fator-chave para o profissional precário no qual, à custa de cortar todas as suas relações com o mundo, ele acabou se transformando. No entanto, a dona, uma estrangeira poliglota e desconfiada, afirmava que não havia internet, por mais ubíqua e múltipla que fosse, capaz de registrar sem prejuízo todos os matizes e tons de uma experiência tão complexa como o encontro, a descoberta mútua, de um locador com um locatário. Exigia que tudo fosse feito à moda antiga, ao vivo, em "carne e osso", como disse, e algo parecido com um sorriso tremeu num canto de sua boca, o mais lúbrico, o único que continuava a obedecê-la naquele prodígio da taxidermia que era seu rosto. De modo que Oblómov concordou em mover sua flácida, ancestral indolência, um sacrifício que só a perspectiva de um abrigo sórdido e fedido, mas duas vezes mais barato, podia justificar, e tudo isso para nada, ou para pior que nada — para topar, logo de cara, com uma escada obrigatória (o apartamento não tinha elevador e ficava no quarto andar), o cúmulo do inadmissível para um éthos sedentário como o dele, depois descobrir que a quitinete não tinha persianas e, recém-pintada de branco, levitava numa nuvem de claridade que o obnubilou até as lágrimas, e por fim compreender que a verdadeira razão pela qual Savoy ficou encandeado com o lugar não era o lugar em si, compêndio de tudo que seu modo de vida de tresnoitado abominava, e sim sua elegante, sociável, carismática dona, que nesse mesmo instante, enquanto ele, com o coração saindo pela boca depois de subir os quatro andares, saboreava os aperitivos do infarto, com suas longas pernas de quero-quero cruzadas e um furo na meia na altura da coxa direita, inebriava Savoy com seus avatares de viúva internacional.

Como no caso de Renée e depois, em cadeia, do resto de seus clientes, Savoy entendia perfeitamente que seu amigo se sentisse negligenciado, até mesmo traído. Mas esse escândalo não lhe parecia mais razoável, e portanto defensável, que a naturalidade com que ele, provavelmente mais sensível aos encantos de uma história escondida que às necessidades de sua clientela, cedia uma e outra vez à sua fraqueza. A viúva, entretanto, ao defender com unhas e dentes o corpo a corpo, a presença, o aqui e agora da interação, o que era, de fato, senão a versão oferta da crença que ele encarnava em sua versão demanda? Já maduro, afastado, de algum modo, de tudo que pudesse significar luta, concorrência, rivalidade, tudo isso que a rústica sociologia do século XIX, com um melodramatismo terminológico comovente, chamava de *struggle for life*, Savoy também tinha fé nesses valores arcaicos que se dava ao luxo de sustentar, mesmo quando a causa o condenasse a uma dessas solidões sem saída, ao mesmo tempo humilhantes e meritórias, que os demais prefeririam morrer a compartilhar, mas das quais não podiam deixar de ter pena. Ele, que continuava vivendo das sequelas de seu estrelato de precursor, brevíssimo, como todos costumam ser, esmorecia agora como um paladino do anacronismo. Como teria desfrutado do paradoxo se seus próprios desvãos pessoais, como os do mundo, não explodissem agora de ironia.

Não houve, por sorte, catástrofes a lamentar — em todo caso, nada irreversível. Os amigos, felizes porque a experiência de cliente tinha morrido antes de nascer, viram o episódio com a magnanimidade reconfortante da qual só podem se gabar os afetos verdadeiros, os únicos capazes de diferenciar à primeira vista as perversidades pessoais, mais ou menos endêmicas, da amizade, dos efeitos perturbadores ou indesejáveis com que as épocas costumavam rarefazê-la, um pouco como trinta anos antes tinham acabado perdoando os que, enfeitiçados pelo chamado jogo do avião, uma dessas loterias piramidais diabólicas, organizadas em hierarquias (pilotos, tripulantes, passageiros), que prometiam rendimentos espantosos baseados numa maquinaria fabril de recrutamento de participantes, tinham conseguido, com muita insistência, pressão e argumentos extraordinariamente sinuosos, muitos deles calcados no tipo de persuasão extorsiva de que se valem os viciados para dobrar a resistência daqueles que estão mais prevenidos contra os ardis de sua retórica, seus entes queridos, arrancar-lhes o dinheiro necessário para "levá-los no bico", como se dizia então, e manter o jogo vivo por mais um tempo, dinheiro que, como seus donos já tinham claro no momento em que aceitavam entregá-lo, nunca voltava, ou se supunha que voltaria multiplicado se, e só se, o "investidor", que a época, empolgada com a moda dos transplantes de órgãos — um boom que nunca foi nada mais que moral —, preferia chamar de "doador", se comprometia, ele também, por sua vez, a "levar outro no bico", em outras palavras, a enganar outro com a mesma insistência, a mesma pressão, os mesmos argumentos de viciado aos quais ele, que, como se diz, tinha manjado a jogada desde o início, aceitara sucumbir.

Mas Savoy, o que ele iria fazer com toda a energia que liberava? O que faria com sua curiosidade, sua vocação intrometida, sua vontade de pegar no ar esses fulgores de vidas alheias? "Vire voyeur", disse-lhe uma tarde um amigo, quem sabe inspirado pelo drama banal, mas eloquente, que um casal havia representado algumas horas antes na sacada defronte. Ele tentava ler em sua cadeira de praia; ela parecia estar regando as plantas, mas a cada vinte segundos parava e, como se de repente fosse tomada pela queixa atravessada na garganta, virava-se para ele e o repreendia, respingando nele, de quebra, a água destinada a suas pobres samambaias macilentas. Savoy considerou a sugestão uma ofensa. Voyeur? Podia não entendê-la, podia até desprezá-la, mas como seu amigo ousava confundir sua inclinação com o usufruto vil desses aprendizes de depravados, todos senis, sem exceção, masturbadores de sobrancelhas superpovoadas e unhas roídas, à espreita como predadores castrados, arquejando na sombra fedorenta de seus mirantes clandestinos? O voyeurismo era um passatempo de prostrados. Amparados numa invalidez sempre suspeita, disfarçada de pernas engessadas, depressão ou simplesmente timidez, praticavam seu assédio à distância, transformando suas presas em espetáculos. Para ele, que importava olhar? Não eram imagens que ele procurava: eram vidas, situações, tridimensionalidade, "carne e osso", a carne e o osso alheios tal como reverberavam nele toda vez que se cruzavam de maneira casual, na contingência de um encontro real, mas furtivo. Que lhe importava contemplar pela janela aquele mesmo casal meia hora mais tarde, sentado na sala, reconciliado diante do clarão da tevê? Não era questão de ver, mas de trajetórias. Nada o deixava tão frio como a suficiência, a imunidade, o recolhimento covarde que blindavam o voyeur. Ele, por sua vez, queria *estar ali*. Queria passar diante deles, cruzar com eles, interferir ao menos por um instante no feixe de estúpida fascinação que os acorrentava à tela (e comprovar, de passagem, com o rabo de um olho voraz, que rutilância, que obscenidade, que programa prodígio conseguiam entorpecer desse modo a beligerância que os enfurecia na sacada). Queria passar pela cozinha e sentir os vapores do guisado que perseverava no fogo, passar na frente do banheiro e topar com o avô emergindo desorientado, com os óculos mal acomodados sobre o nariz, da nuvem de vapor da ducha. Queria aparecer no quarto e reconhecer do lado da cama, caído como um paraquedista sobre a lombada de um livro aberto de bruços, o souvenir lácteo de uma noite de amor. Era essa interceptação ao mesmo tempo fortuita e premeditada que ele perseguia em suas rondas imobiliárias, imiscuindo-se nos libretos cotidianos que organizavam a vida dos demais.

"Subestimei você", desculpou-se o amigo: "Você é um depravado premium." Por que não fazia como todos, então? Por que não aproveitava o beco escuro, o vagão do metrô no horário de pico, a sala de cinema? Não ia precisar de nenhuma logística; de nenhuma de todas as gestões prévias, insípidas, mas necessárias, que uma visita imobiliária demandava. Não teria nem mesmo que se mover muito. Bastava simplesmente aparecer: aparecer e surpreender seu alvo ocasional com o que quisesse lhe mostrar, ou lhe dizer, ou lhe fazer: deslizar suavemente para o assento do lado a mão impaciente que já tinha dificuldade em manter quieta no braço da cadeira, ou deslocar de leve o próprio corpo de seu eixo até entrar em contato com outro e sentir sua opacidade, sua resistência surda. Savoy se sentia novamente incompreendido, e da pior maneira, a mais vulgar. Nada era tão desolador, quando tentava expor a natureza de seus impulsos, quanto se ver arrolado nessas rodas de reconhecimento sinistras, tendo de um lado e de outro profissionais de uma compulsão da qual, qualquer que fosse o objeto final, o assédio físico, a mera exibição, a descarga agônica nas dobras da própria roupa, sentia que tudo o afastava. Não, ele não queria nada, sobretudo nada do que os outros queriam, monstros do assédio e da incontinência. Basicamente porque para fazer o que fazia, ir ao encontro das vidas dos demais, era decisivo fazê-lo sem motivo, sem propósito. Diferentemente dos colegas sórdidos que lhe impingiam isso, sempre em estado crítico, a ponto de explodir e derramar a lava vã que os desvelava, ele não precisava de nada e, assim, não perseguia resultados. Esses cruzamentos fortuitos, ele nem se propunha a fazê-los durar, muito menos queria que adquirissem peso e consistência, valores que os arruinariam de maneira irreparável. Se durassem seria por acréscimo, por uma confabulação peculiar de contingências, não porque tivesse um especial interesse ou porque um desejo oculto em sua inclinação pedisse isso.

Gostava que esses encontros não deixassem rastros. Havia algo tranquilizador nessa abstinência de posteridade, um sossego novo pelo qual Savoy não podia senão agradecer, em especial porque não tinha a quem agradecer e porque, ao contrário dos recursos com que tradicionalmente tentara manter a ansiedade sob controle, com pouco sucesso, ou com um sucesso tão efêmero e tênue, tão difícil de atribuir de maneira unívoca à prática terapêutica, ao fármaco ou à disciplina oriental em que apostasse naquele momento, que nem merecia se considerar um sucesso, praticamente não lhe custava nada. Mas ainda que reconhecesse sua excepcionalidade, não só pela eficácia que tinha sobre ele, bastante impressionante à luz da multidão de rivais, alguns muito notórios, ou muito caros, ou recomendadíssimos, dos quais sua ansiedade se livrou ao longo de vinte e cinco anos de carreira, mas porque era raro que as consequências não premeditadas das coisas fossem benéficas, ele o considerava um mero efeito colateral. Tremia menos, sim, não estava tão pendente de prazos e contagens regressivas, não voltava tanto sobre seus próprios passos, resolvia melhor, às vezes combinando uma série de operações mentais que não pareciam sair de sua própria cartola, as mesmas charadas idiotas que em outro momento o desesperavam. Mas não era exatamente isso que o levava — com frequência díspar, embora sempre com o mesmo tímido, trêmulo entusiasmo de principiante — a mergulhar na selva de anúncios classificados em busca da excursão que alegraria sua vida.

Saía para ver apartamentos num estado de calma estranho,

pesado, parecido com o entorpecimento geral que sobrevém ao se acordar de uma anestesia. Mas durante as visitas, por algum motivo, as coisas, ao contrário, aconteciam com uma rapidez extraordinária. Mesmo quando nada acontecia, ou se o que acontecia não tinha a consistência necessária para convencê-lo de que estava acontecendo, era como se os fatos se manifestassem nus, em estado puro, num telegrama redigido a toda velocidade e transcrito com máxima preguiça. Cada vez que pisava num apartamento desconhecido, Savoy, que, mais para o mal que para o bem, pela perfídia sutil com que esse traço complicava seu tipo de ansiedade, era puro "mundo interior", sentia que se virava como uma luva, literalmente: como se seu "âmago", por alguma torsão mágica que ele, pensando "com seus botões", associava à velocidade em que tudo acontecia, sofresse uma espécie de sucção fenomenal e se dilatasse, expandindo-se e aplainando-se como o couro de um animal esfolado, até ficar como era mas ao contrário, exposto inteiro às intempéries. Curiosamente, não havia nenhuma confusão. Os transes de velocidade eram sempre acompanhados de uma grande nitidez. Pareciam suscitar um tipo de visão límpida, um pouco insana, que ele pensava ter experimentado muito pouco, talvez, por exemplo, em alguma ocasião em que testemunhou — porque também aqui, como nas visitas imobiliárias, o elemento contingente era primordial — uma situação que não o envolvia diretamente e da qual a única coisa que podia dizer, pelo menos num primeiro momento, quando a mente analisa os dados e busca e executa as operações necessárias para processá-los, era que *não entendia absolutamente nada*. Acontecera na época em que ele ainda viajava, agora tão distante e tão pouco saudosa, quando, recém-chegado ao hotel, naquele estado de estupefação extasiada em que o deixava a combinação de uma cidade desconhecida, a precocidade do dia e as dez ou doze horas de cativeiro aéreo, intervalo de máximo tormento e máxima concentração que ele gostava de acometer em pelo, descartando os ardis que seus amigos usavam para sobreviver a ele, como esse samurai da privação no qual volta e meia sentia a tentação de se transformar, deitava na cama, ligava a tevê com o controle remoto e de repente, irrompendo em meio à ronda compulsiva dos canais, surpreendia um plano geral de algo que parecia uma batalha, ou uma dança coletiva, ou um tipo de cerimonial organizado em bandos, ou uma evacuação humana extraordinariamente ordenada, e ficava meia hora deitado, vestido com a roupa de viagem e com a mão segurando o controle remoto suspensa no ar, absorto na cor das roupas, na regularidade dos movimentos, nos avanços e recuos, agrupamentos e debandadas, uivos e poços de silêncio que povoavam a tela. Não paravam de acontecer coisas, e Savoy via todas, mais do que nunca, em todos os detalhes: as bandeiras verdes, pretas e amarelas flamejando em uníssono, o pé descalço enterrado até o tornozelo no círculo de argila vermelha, os corpos amarrados uns aos outros por grossas faixas de couro preto, o fio de sangue brotando em zigue-zague de um nariz. E, no entanto, quando pensava no que via, o que a mente lhe devolvia era uma parede, sua parede mais branca e mais muda.

Certa vez, uma mulher trêmula abriu a porta para ele. Uma menina (não devia ter nem dois anos) dormia envolta em cachecóis num berço antigo. Ainda estava entrando quando o interfone tocou duas, três vezes, imperiosamente, e a mulher fechou a porta de um golpe e se pendurou em seu braço. Estava muito pálida, tinha dificuldade para respirar. Pediu-lhe que atendesse, que dissesse que tinha sido mandado pela imobiliária para mostrar o apartamento, que ela não estava. Savoy começava a recitar seu texto quando a voz de um homem o cortou lá de baixo aos berros. Gritava tanto que os gritos chegavam mais pela janela da sala do que pelo interfone. Em meio àquele fragor de ira, Savoy teve a impressão de ouvir: *Imobiliária o caralho — Piranha — Que desça já com a menina — Eu subo e mato os três — Todo o tempo do mundo.* A mulher, agora chorando, tentava discar um número de telefone, mas não acertava as teclas. Os toques fortes recomeçaram, brutais. A menina acordou: levantou-se com dificuldade, cambaleou e caiu sentada, arrastada pelo peso da fralda, mas se ergueu de novo até ficar sobre as pernas arqueadas, segurando-se com as mãos na beirada do berço. Tinha os dedos muito vermelhos, como se a pele fosse transparente. Alguém bateu à porta. A mulher gritou, passou correndo ao lado do berço, pegou a menina no colo e, batendo a porta, desapareceu dentro do apartamento. Savoy a abriu. Um homem baixo e careca, com muito cheiro de tabaco e roupa de trabalho, falava com ele num tom estranho, entre desconfiado e diligente, enquanto lançava um olhar desconfiado para dentro. *Piranha* — voltaram a ouvir, agora juntos, incomodados, entre os toques fortes da campainha que se multiplicavam de novo — *Desça já ou eu subo — Nem a puta da tua mãe vai te reconhecer* —, enquanto em algum lugar a menina começava a chorar e o som de uma sirene ia se aproximando.

Nem sempre seus "dias de penetra", como gostava de chamá-los, proporcionavam-lhe aventuras tão dramáticas. Mas o efeito de vertigem e límpida precisão era o mesmo também em operações banais, quando o que acabava vendo, entrando e saindo de quartos, banheiros, sacadas, era o espetáculo de um velho sentado a uma mesa de fórmica, mergulhando várias vezes, com os olhos perdidos no vazio, um saquinho de chá numa xícara de água quente, a paisagem de uma persiana quebrada no meio do caminho, sustentada — para não bloquear totalmente a luz — por um vaso estoico, ou a espreitante reciprocidade de dois bichinhos de estimação confrontados pela cobiça da mesma poltrona, do mesmo tapete, do mesmo ninho ao pé de um aquecedor, o único que o dono do casarão suburbano praticamente em ruínas aceitava ligar em pleno inverno. Savoy via tudo enquanto acontecia, só que, obrigado a seguir os passos da visita guiada, nem sempre tinha tempo de se deter no que estava vendo como gostaria. Porém, por seu caráter residual, continuava a vê-lo mais tarde, às vezes até um ou dois dias depois da visita, quando, absorto em alguma outra coisa, a gota de um detalhe novo caía, estremecendo-o, fruto de um degelo misterioso, e a aventura aparentemente esquecida se desenrolava outra vez diante dele, mais clara, agora, e mais brilhante, com seus nervos internos mais definidos, como se alguém, nesse ínterim, tivesse espanado o pó que a velava ou corrigido o foco da imagem.

Esse, melancólico, inútil, era todo o depois das aventuras. Savoy não pretendia mais. Pedir-lhes outra coisa além do que lhe proporcionavam — um começo, um gérmen, o gozo de uma mera possibilidade — teria sido tão impróprio quanto se exceder no papel que ele mesmo se atribuía nelas: levar a função de testemunha a um protagonismo que estava vetado para ele. Além do mais, essa falta de consequências era justamente o que o atraía em todo esse assunto. Para os que punham suas propriedades à venda ou para alugar, a importância de Savoy — mais um no carrossel de compradores potenciais — se desvanecia tão logo lhe apertassem a mão na saída, ele com os dados do apartamento anotados às pressas num papel, eles com a decepção de não tê-lo ouvido dizer a única coisa que queriam escutar, que por sua vez se esvaía quando o interfone tocava de novo — o próximo da lista já estava lá embaixo. (Mais de uma vez, Savoy se viu tentado a fingir um entusiasmo que não sentia, ou a prometer uma resposta que sabia que não daria, com o único propósito de influir na situação e gerar uma expectativa. Uma e outra vez uma espécie de amargura antecipada o dissuadiu, a sensação de que desse modo poderia arruinar uma obra destinada a ser perfeita.) E as aventuras tinham a mesma fugacidade para ele, até quando, sem as urgências da necessidade, que obrigava a sacrificar qualquer qualidade que a deixasse insatisfeita como frívola, ele quisesse se deleitar um pouco macerando-as na posteridade mental da lembrança. Paradoxalmente, a falta de consequências com que atravessava esse pequeno bloco de tempo de um punhado de vidas alheias fazia com que se sentisse mais poderoso, não menos. Sua abstinência de ação era o ápice do régio, um exercício de soberania muito mais categórico que qualquer intervenção drástica, um pouco como o perdão é muitas vezes um gesto de poder mais exemplar que a sentença mais sanguinária. Sentia-se como uma causa sem efeitos. Às vezes, ao voltar de uma daquelas excursões, sentava-se numa poltrona na penumbra e ficava quieto por um bom tempo, em pose de pensador, mas com a mente limpa, em branco total, ocupada por uma única pergunta: e se ser um anjo fosse isso?

A ideia não era dele, naturalmente. Tirou-a de um velho filme alemão da década infame, um filme que havia mais de trinta anos não via, de tanto que o ódio que o indispunha com ele era surdo e imprescritível, mas que volta e meia reaparecia em sua vida de maneira errática, estilhaços de uma estrela extinta que, depois de se manter flutuando no espaço, imobilizados pelo frio glacial, de repente se acendessem e caíssem na terra, na terra impassível que ele sonhava ser, como cegos relâmpagos de fogo. Os anjos: essas causas sem efeitos. Mais que tirá-la, na verdade a ideia permanecera nele. Não era fruto de uma decisão, era uma sequela, um desses efeitos colaterais próprios de certas experiências estéticas que afetam quem as experimenta de maneira profunda, mas não unívoca, e junto com as impressões visíveis, boas ou más, que se possam reconhecer e ponderar, inoculam outras mais sutis ou à primeira vista menos significativas, cujas cargas às vezes demoram anos para ser liberadas.

Ah, sim, Savoy odiava esse filme. Odiava-o quase tanto como

a década à qual pertencia e que, à sua maneira culta e pomposa, como se a contradissesse, na verdade representava. Mas o odiava menos pelo que era em si, porque, olhando em retrospecto, não lhe faltavam, no fundo, virtudes, do que pelo que fizera com ele, dele, quando o viu pela primeira vez. Odiava-o porque o enganara. Enquanto ele se deixava fascinar pelo mosaico de cochichos de sua banda sonora, os planos aéreos de uma Berlim ainda partida em dois pelo muro e a impressionante força de condensação das histórias às vezes ínfimas que seus dois heróis, a dupla de anjos mais bem-vestida da história do cinema, desciam das nuvens para ouvir, por vezes tão perto daqueles que as protagonizavam que ele não conseguia acreditar que esses dois mundos não se tocassem, o filme contrabandeava segundo a segundo sua carga de humanidade, seu alento de *sagesse* e misericórdia, sua gravidade histórica, sua melosa apologia da inocência, toxinas que ninguém estava tão treinado como ele para repelir e que, no entanto, o infectaram no ato.

Anjos? O que podiam importar a Savoy essas espécies de sacerdotes incógnitos com sobretudos caríssimos e rabinhos de cavalo de roqueiros aposentados, taciturnos e compreensivos como terapeutas *new age*, sempre ubíquos e sempre incapazes de agir, sempre a postos, no entanto, para encarnar a dor da doença, o desamparo, o ato suicida que não tinham impedido? Não, ele não desceria tão baixo. Mas cada vez que abriam a porta de um apartamento desconhecido e o convidavam a entrar, e Savoy entrava e abria caminho entre esses espaços cheios de sinais, marcados pelas vidas de seus habitantes como a parede de uma cela pelos dias de seu hóspede, tinha a impressão de que, ainda que os lugares fossem novos para ele, assim como as pessoas com quem tratava e que o guiavam, sua trajetória sempre tinha um quê de déjà-vu. Só que o antecedente cuja sombra ele pensava perceber não eram todas as visitas que fizera até esse momento, numerosas o bastante para compor uma espécie de modelo de visita geral, platônico, mas certo ar de naturalidade, esse estar no seu elemento que Savoy recordava com toda a clareza como um dos efeitos singulares daquela fraude alemã: a fluidez, a falta de tropeços, a impunidade caritativa com que Damiel e Cassiel, paladinos da empatia, emissários da assistência social angelical, passeavam no filme por entre os escombros das vidas dos infelizes cujas agonias se limitavam a acompanhar, pousando-lhes no ombro a mão tênue como uma nuvem — o mesmo que nada. Talvez fosse um anjo, apesar de si mesmo. Talvez só assim, apesar de si mesmo, algo ou alguém chegasse a ser um anjo.

Foi por isso, sem dúvida — uma reincidência de sua aversão ao angelical, combinada com a crise de representação que acabou com seu projeto de assessoria imobiliária —, que suas rondas pelo mercado das propriedades para alugar se tornaram mais esporádicas. Sem beneficiários concretos à vista — seus "clientes", alertados por Renée, foram desistindo do serviço com pretextos diversos —, e fustigado pela lembrança dos anjos no filme alemão, que, como representações da vergonha, assaltavam-no cada vez mais amiúde, as visitas se tornaram particularmente penosas para ele, rêmoras ocas que sublinhavam a dor, a perda da experiência que tentavam reproduzir e só pervertiam. Deambulava pelos apartamentos a passos lentos, triste, como um senhor feudal pelas possessões às quais algum cataclismo social, logo, o obrigaria a renunciar. Tinha começado a tirar fotos. Costumava pedir permissão antes, embora o costume fosse muito comum naquela época e Savoy sempre pudesse alegar, quando, sobretudo nos casos dos apartamentos habitados, percebesse que a ideia ia gerar algum ressentimento, que precisava das fotos para informar a um arquiteto hipotético as características do lugar que em breve, se tudo desse certo, caberia a ele reformar. Mas pedia permissão menos por urbanidade que por ímpeto teatral, para preparar melhor o golpe de efeito que viria depois.

Gostava do desconcerto que lia em seus anfitriões cada vez que tirava do bolso uma dessas câmeras digitais pequenas e versáteis que os telefones celulares, em apenas alguns anos de expansão desenfreada, tinham confinado sem dó ao porão da obsolescência. E enquanto fingia enquadrar as manchas de umidade, os azulejos grotescos de um banheiro, a localização suspeita de um aquecedor de água ou as rachaduras que desenhavam no teto os movimentos da laje, o que roubava, na verdade, eram as vinhetas furtivas de todas essas vidas com as quais jamais voltaria a cruzar, vidas banais, anônimas, sem muito a dizer, que apenas o fato de se intersectar com a sua, e de se intersectar ali, naquela intimidade a princípio proibida a todo olhar forasteiro, tornava subitamente radioativas: pratos sujos numa pia de aço inoxidável e duas luvas de borracha viradas do avesso, com todos os dedos mutilados; um pé vibrando nervosamente sobre um piso de granito preto, com a pele quase transparente e aqueles pequenos, pálidos racimos de veias secando atrás; uma mulher de perfil com um cigarro apagado entre os lábios, contando dinheiro junto ao telefone; uma escova de dentes e um tubo de pasta dispostos em cruz no ângulo de uma banheira abarrotada de brinquedos; "*Me fui*", escrito em maiúsculas no verso de um *flyer* de comida árabe; um minúsculo televisor branco e preto ligado próximo de um fogareiro onde algo está quase fervendo. Essas poucas fotos póstumas foram tudo que lhe restou. Às vezes, para matar o tempo morto, quase tão frequente, com o passar dos meses, quanto o vivo, Savoy as contemplava enternecido e brincava de completá-las imaginando a cena que as precedia e a que vinha depois: o gorgolejo da água saindo pelo ralo da banheira, deixando a céu aberto, órfãos, os brinquedos que antes boiavam felizes.

Já dava por morta a era das visitas, com esse misto de aflição e orgulho com que os vícios pessoais muitas vezes são enaltecidos como fenômenos históricos. Perguntava-se o que seria dele agora, com, de repente, toda essa imensa praia de imaginação ociosa pela frente. Uma tarde, enquanto Savoy, com a calça na altura dos tornozelos e metade da camisa desabotoada, saboreava o ressaibo amargo de uma nova refrega sexual, uma fraqueza em que caíam de quando em quando das formas mais intempestivas, não tanto por desejo, mas pela crença, a superstição, até mesmo a curiosidade de que, deitando juntos, a velha amizade que compartilhavam se transformaria nessa outra coisa com a qual se supunha que cada um sonhava sem confessar para o outro, Renée, já vestida, entrou no banheiro, único lugar alheio onde tolerava a ressaca de uma decepção erótica, e ficou pasma com o repertório de produtos para o cabelo que se apinhavam por toda parte. Pós, unguentos, cremes, géis, ceras, redes...: um museu de primeiros socorros capilares. "A psoríase", explicou ele. Acentuou o *p* com clareza, trabalho que levava muito a sério, quase como uma responsabilidade social, e que levava a cabo também com sinó*p*tico, susce*p*tível e qualquer outro caso com o qual seu grupo consonantal preferido viesse lembrá-lo que existia. (Ah, como adoraria fumar, ter vontade de fumar. Mas tinha parado fazia vinte anos, e a lembrança da náusea que lhe dava o menor rastro de cheiro de cigarro lhe dava náuseas.)

O couro cabeludo era, de fato, a escala mais recente do itinerário de um mal que, em seu caso particular, parecia ter trocado a severidade, aquelas coceiras intensas e massivas, muitas vezes coroadas por sangramentos, por uma condição ao mesmo tempo pudica e inquieta, que lhe permitia se mover, colonizar zonas do corpo negligenciadas por manuais e estatísticas, quase sempre pouco acessíveis à primeira vista. Com exceção dos dois ou três anos dedicados a descamar a parte da frente das pernas na altura das tíbias, seus alvos prediletos costumavam ser intersticiais, menos superfícies que dobras, essas anfractuosidades do corpo onde a degradação não era tão óbvia e resistia melhor à erradicação: o dorso das orelhas, a glande do sexo (para espanto, primeiro, e depois inconformidade de um par de namoradas da adolescência tardia, meio intrigadas com a genitalidade textura-da), a parte de trás do joelho (fácil de ocultar com joelheiras) e as unhas dos pés, onde cuidava da sucursal mais longeva e prós-pera da doença: três dedos tomados em cada pé, se é que aqueles tubérculos disformes ainda mereciam o nome de dedos.

Renée lhe apontou o que faltava no elenco: xampu. Savoy disse que estava atrás de um, na verdade, muito recomendado por um dos muitos médicos a quem confiara sua pele maltratada, um sujeito severo que praticamente só falava com termos técni-cos. Como toda solução verdadeira, de fundo, o xampu era extre-mamente difícil de conseguir. Savoy já havia esgotado — em vão — as farmácias de metade da cidade. Mas não esmorecia. Enquanto apalpava embaixo da cama à procura de um de seus sapatos, Renée lhe sugeriu que tentasse *loqueseteocurra.com*, a plataforma de comércio eletrônico que encabeçava os rankings de novos empreendimentos elaborados por periódicos mensais de economia e negócios. Sim: Savoy se lembrava da cara de seu fundador. Vira seu retrato multiplicado nas bancas de jornais da cidade: um elfo imberbe, malicioso, que ensaiava a pose do Pen-sador de Rodin no trono onde se supunha que lhe ocorriam as melhores ideias: um computador de papelão, ou plástico, ou madeira balsa, do tamanho de um aparador provençal. Lembrava--se bem da pele lisa, como de menino de porcelana, e seu jeito de apoiar a ponta de suas pantufas de duende na capa do monitor cenográfico, e a sequência de vulgares jogadas conceituais que, ao amparo de um corte de luz, enquanto tomava um banho de imersão, desencadeou a ideia que o deixou milionário, que todas as capas de revistas reproduziam mais ou menos nos mesmos termos, como se transcrevessem um desses comunicados militares que animaram a trilha sonora da adolescência de Savoy.

Savoy riu. Foi tudo que lhe ocorreu para se poupar do que tinha vontade, mas não força para fazer: falar cobras e lagartos do comércio eletrônico e seu panteão de heróis saudáveis e engenhosos, proclamar sua desconfiança de toda transação que prescindisse da intervenção humana, reconhecer-se incapaz, sobretudo, de lidar com o labirinto de gestões que acreditava serem necessárias para um uso satisfatório da plataforma. Riu e, entregando-lhe o sapato, que encontrou mais perto de um dos seus do que seus respectivos corpos tinham estado um do outro nos sete ou oito lamentáveis minutos que durou a escaramuça, perguntou-lhe, ao mesmo tempo intrigado e desafiante, por quê. "Acho que te conheço um pouco", disse Renée, pondo o sapato e admirando a gáspea enquanto movia o pé de um lado para o outro, como se estivesse experimentando-o numa loja de calçados: "Foi feito pra você".

Savoy resistiu, naturalmente, como sempre resistia quando diziam que se parecia com alguém, que experimentasse um prato novo que o deslumbraria ou conhecesse uma cidade onde morreria de vontade de morar — em parte por amor próprio, como se admitir que pudessem existir tantas coisas "feitas" para ele que ele não conhecia conspirasse, de algum modo, contra sua integridade pessoal, em parte por um reflexo defensivo, para proteger certa dimensão opaca ou recôndita de sua personalidade do olhar daqueles que, como Renée, se gabavam de conhecê-lo profundamente, arrogando-se o direito de lhe revelar todas as almas gêmeas que circulavam pelo mundo e nas quais, certamente também por um excesso de orgulho, ainda não havia reparado. Tendia a pensar que não havia coisas "para" ele, em particular, nem "para" ninguém, em geral, e que os casos de entendimento profundo que às vezes traziam à baila para contradizê-lo nunca se deviam a uma coincidência natural, preexistente em alguma dobra íntima do destino, mas a uma convicção, um esforço e uma vigilância contínuos, e podiam se ver comprometidos diante do menor desfalecimento ou distração. Era irônico, aliás, que a sugestão, formulada com uma convicção absoluta, viesse justamente de Renée, com quem apenas dez minutos antes não havia alcançado nem o degrau mais elementar da sincronia física.

Alguns dias mais tarde, no entanto, Savoy se pegou digitando o endereço da plataforma. Sua desconfiança continuava intacta. Meio que para disfarçar a vergonha que sentia ao ceder a uma ideia que já havia avaliado e descartado, disse para si mesmo que na verdade estava fazendo isso, como com frequência lhe acontecia, para não menosprezar a consideração com a qual Renée o havia honrado: afinal de contas, particularmente depois dos maus bocados que tinham passado juntos entre os lençóis, ou melhor, sobre eles, porque não tinham desarrumado a cama, a tal ponto encenavam com exagero, nesses encontros esporádicos, os clichês do arrebatamento passional, era altamente improvável que a hipersensibilidade do couro cabeludo do homem que acabava de frustrá-la de novo fosse uma prioridade para Renée. Mas fazia isso principalmente para não menosprezar a si mesmo, convencido, no fundo, de que suas reservas em relação à plataforma (as mesmas que tinha por todas as réplicas do mundo real que o virtual propunha como se fossem originais) tinham fundamento e que, se fosse a fundo no assunto, só faria corroborá-las. (Ter razão! Como gostava de ter razão, independentemente da quantidade e da variedade de possibilidades e mundos que ficassem pelo caminho!) Para sua surpresa, digitou o endereço sem falhas, com os dois dedos deficientes com que costumava encher de erros as palavras mais simples, sinal da seriedade com que decidira levar a empresa. Daí em diante, tudo andou nos trilhos. Não teve problemas para se cadastrar — talvez o passo que lhe despertava mais apreensão, em parte por medo de sua própria inépcia, que Savoy costumava agravar com uma impaciência indignada, em parte pela desconfiança visceral que lhe inspirava o fato de que uma instância anônima, sem rosto, exigisse seus dados pessoais antes de prosseguir com os trâmites. Lançou o nome do xampu na goela do buscador e em menos de cinco segundos apareceu uma série de frascos brancos perfeitamente alinhados, como soldados a postos para uma batalha da qual nada sabiam. Eram idênticos, mesma marca, mesmo volume, mas os preços — como num leilão espectral, sem arrematador nem ofertantes — variavam de maneira considerável. Não se atreveu a comprar o mais barato; a tentação era óbvia demais, quase uma armadilha à vista, uma das múltiplas que desconfiava estarem à espreita em cada passo que o protocolo da plataforma o obrigava a dar. Optou por um de preço intermediário, confiando que moderar a cobiça despertaria a piedade do monstro cibernético. Uma mensagem cheia de sinais de exclamação lhe confirmou que a compra fora bem-sucedida. Outra, mais sossegada, propunha uma série de opções para adicionar ao xampu. Um resto de desconfiança ou de moderação — não queria querer tudo, pelo menos não da primeira vez que operava na plataforma — o fez decidir pela opção mais incômoda, porém, para ele, mais segura: passar para retirá-lo no domicílio do vendedor.

Savoy não tinha como saber naquele momento, de tão desconcertado que estava com a docilidade com que se havia aplainado um caminho que ele nunca teria escolhido. Mas o que Renée havia sugerido meio que de passagem, enquanto pensava com seus botões que sim, que tinha adorado os sapatos, mas eles eram um número menor, muito pequenos, e agora era tarde para trocá-los, logo o surpreenderia com algo mais complexo que uma mera solução para a coceira que roía a sua cabeça periodicamente, quase sempre de noite, antes de dormir, e mais no inverno que no verão. Entretanto, o pôs em movimento. Não conhecia a rua do vendedor; lembrava vagamente do bairro, como um desses anexos exóticos que volta e meia as transformações da cidade produziam. Então recorreu com prazer ao guia de ruas que levava no porta-luvas do carro, em pé de igualdade com os discos que continuavam esperando que ele consertasse ou trocasse o equipamento de som, cujo cabeçote desmontável, selado por uma camada de chocolate endurecida, flertava com um extintor de incêndio vencido embaixo do banco. Gostou de rastrear a rua na lista de nomes que se aglomeravam no final e, depois, no mapa do bairro, seguindo de cima para baixo e da esquerda para a direita a direção, o delicioso suspense das coordenadas. Era quase uma revanche, como se essas páginas toscas, sujas de gordura ou desbotadas pelo sol, cujos nomes e números às vezes mal dava para ler, recuperassem de algum modo os pontos de vantagem que o mundo virtual lhe roubara.

Demorou mais do que o previsto. Havia trânsito, precisou esperar diante de uma cancela que se abriu depois de dez minutos, de modo tão inexplicável como havia baixado, sem que nenhum trem tivesse passado, e perto do final andou um pouco sem rumo, confuso com o desenho ondulado do bairro e com algumas mãos de ruas mal sinalizadas pelo guia ou alteradas pelo curso das coisas — a edição tinha dez anos: viera junto com o carro, que tinha outros dez. Por fim, Savoy parou diante de um cubo de tijolos com o reboco ainda incompleto, uma versão bunker de uma casinha de subúrbio como as que viu que pululavam no bairro, com uma grande porta de metal verde e uma janela ínfima onde secavam tremulando dois panos de chão idênticos. Tudo era nítido e brilhante, dez, cem vezes mais real do que seria se ele tivesse visto dez anos antes, quando ainda se sentia jovem, ainda não tinham lhe receitado óculos e o mundo visível não precisava competir com nenhuma miragem rival. Bateu à porta, alguém

43

saiu, pediu que ele esperasse e atravessou a rua. Pela porta entreaberta, Savoy pôde ver um punhado de pessoas com roupa de baixo — regatas, chinelos de dedo — sentadas em volta de uma mesa comprida, ao pé da qual montavam guarda três cães expectantes, provavelmente famintos, enquanto uma mulher de pé se inclinava sobre uma panela enorme e fumegante.

Na volta, parado num semáforo, Savoy baixou a vista e olhou o frasco de xampu. Tinham-no dado assim, pelado, sem sacola, e assim viajava agora no banco do passageiro, meio desamparado contra o cinza-escuro salpicado de pequenos relâmpagos vermelhos do estofamento: um liliputiano pálido, de ombros caídos, vestido com uma regata estampada com o desenho da raiz, da planta, da semente feiticeira de que era feito e que apagaria de uma vez por todas o fogo de sua cabeça. A desproporção entre essa conquista da química artesanal e a imagem dos cabelos de anjo encaixados no reluzente ângulo afiado da tesoura se revelou para ele com uma força extraordinária. Estava salvo. Sem saber — pelo menos foi isso que ela disse quando ele a interrogou —, Renée tinha acabado de lhe revelar algo precioso, uma esperança à qual Savoy dificilmente teria acesso por seus próprios meios: um além, uma sobrevida radiante e sustentável — a julgar pelo sucesso de que gozava a plataforma — para sua vocação de etnógrafo de vidas alheias, já dada por perdida. Tudo voltava a ser possível — com o valor agregado crucial de que, dali para a frente, graças à plataforma, nunca lhe faltariam motivos para se meter na casa dos outros. Já não teria que mentir, fingir nem prometer nada que não tivesse a intenção de cumprir. Tinha virado essa vulgaridade: um comprador. (Teriam de passar sobre seu cadáver antes de ouvi-lo dizer usuário.) E era razoável que um comprador fosse em busca do que havia comprado. E essa condição que, pelo mero fato de inocular interesse num impulso até então marcado pela gratuidade, tinha tudo para contrariá-lo, agora de algum modo o aliviava. Se algum fantasma angelical ainda rondava seu desejo de ser testemunha, a dimensão prosaica do comércio o conjurava por completo. O mercado não é lugar para anjos.

Depois do xampu, em vertiginosa sucessão, vieram um carregador de computador (um fogoso aquecedor tinha derretido o cabo do outro), uma luminária de chão magra e alta, com quatro braços articulados, parecida com um louva-a-deus, uma prateleira de vidro para a geladeira e uma série de bens e serviços mais ou menos supérfluos aos quais chegava por inércia, embalado pela lógica derivativa da plataforma e subitamente enfeitiçado, sempre de modo um pouco inesperado, como se pelo flash de um paparazzo num beco escuro, por alguma das ofertas com que se empenhava em lhe demonstrar que seus desejos não tinham segredos para ela, entre eles um par de tênis de couro branco, chamativo como botas de astronauta, um voucher para estofar de novo duas poltroninhas também descobertas on-line (que nunca chegou a comprar), um jogo de meia dúzia de facas de cozinha japonesas (acompanhadas de um curso básico para fazer sashimi) e um cabideiro para escritório dos anos cinquenta de cor bordô, com um porta guarda-chuva e um pé de alumínio amassado, cópia pobre, mas digna, do original em que, quando menino, costumava pendurar o blazer e a maleta escolar toda vez que passava pelo escritório de seu pai ao sair do colégio. Nunca se enganou, nem mesmo com o cabideiro, a cujo extorsivo maná sentimental poderia muito bem ter se rendido. Aprendeu rápido — inusitadamente rápido, considerando os forcejos cômicos, salpicados de grunhidos e invectivas contra uma tela muda, com que costumava enfrentar qualquer proposta de interação automática — os recursos que a página punha ao seu alcance para examinar o produto que pretendia comprar — principalmente se fosse usado —, as precauções indispensáveis para que não o enganassem e os passos para escolher, nos casos em que havia duas ou mais ofertas do mesmo produto, o que mais lhe convinha. Mas se Savoy aprendia rápido era justamente porque nada daquilo lhe interessava de verdade. Fossem eles utilitários, estéticos ou simplesmente um capricho, os argumentos que encontrava para comprar aquelas bugigangas eram o cúmulo da inconsistência. Alegações esquálidas — e ele era o primeiro a reconhecê-lo. E ninguém gostava como ele de vê-las desmoronar quando confirmava a compra com um clique de sua mão enrijecida e por fim, branco no preto, a tela lhe entregava a única coisa que realmente incendiava seu desejo, o nome e o endereço que o faziam pular da cadeira.

Exceto em casos de urgência, quando a plataforma oferecia produtos ou serviços de primeira necessidade que escasseavam no mundo real, essa celeridade não era moeda corrente. Funcionava numa primeira fase, quando os compradores compravam, contatavam os vendedores e averiguavam como se reunir com o que tinham comprado. Mas costumava acontecer de levarem um tempo para validar a operação, como se à vertigem da compra — que, por mais que a prática do comércio virtual estivesse cada vez mais generalizada, continuava tendo algo mágico, um caráter de jogo e de miragem — sucedesse uma espécie de distração ou lassitude, o tipo de distensão indolente que se segue às exasperações mais intensas. Savoy, por sua vez, sempre saía em disparada. Nem bem fazia contato com o vendedor — uma possibilidade que a plataforma concedia logo que a compra era consumada, afundando-o nas conjecturas mais sombrias —, jogava em cima a primeira coisa que encontrava — nunca o que o clima pedia —, se enfiava no carro e, enquanto o aquecia com aceleradas inúteis — mesmo velho, o motor era à injeção, um detalhe do qual todos no quarteirão, a começar pelos cuidadores de carros, estavam a par, exceto Savoy —, reconfortado pela vibração da carroceria e dos cálidos vapores de óleo queimado, que o reconciliavam com o mundo material esquecido ao pé do teclado, procurava o endereço com ansiedade e certo prazer sórdido, sentindo a pátina de gordura que cobria os mapas do guia grudar nas pontas de seus dedos, e com o dedo ainda plantado no mapa, esmagando a formiga de seu destino, engatava a primeira e zarpava.

Pensavam que ele era um viciado em compras, um colecionador, um acumulador compulsivo, um maluco para quem nada era mais vital que a posse, a posse básica, física, e por isso, porque o bem não existia se não estivesse perto de seu corpo, mantinham-no ali ipso facto, tocando suas campainhas quase antes de a plataforma dar a transação por concluída, tirando-os da cama, convencendo-os a deixar o que estivessem fazendo para acudir ao ponto de entrega a toda velocidade. Equivocavam-se, ainda que não de todo; só que assim que acertavam voltavam a se equivocar. Como qualquer um que examinasse seu histórico na plataforma poderia comprovar, ele era um acumulador, sem dúvida, e compulsivo como ninguém. Comprava muito, com uma regularidade alarmante. Às vezes voltava a comprar o mesmo produto com alguns dias de diferença, o que qualquer um com um pouco de tutano atribuiria à distração (um extravio) ou à inépcia (destruição pelo mau uso). O fato, no entanto, ilustrava a que ponto as coisas em si o deixavam indiferente, ou só o estimulavam de maneira indireta, em tantos indícios, fios soltos dos novelos complexos — perfis humanos, rostos, lugares, pequenos desprendimentos de vidas que se abriam como flores desconhecidas, sempre inéditas, mostrando-lhe por um segundo a textura de um interior escondido, para voltar a se fechar e deixá-lo de fora — que eram o objeto primeiro e último de sua avidez. O afável viúvo albino que não conseguia pronunciar seu sobrenome nem mesmo separando-o em sílabas lhe importava muito mais que a furadeira elétrica quase nova que ele demorou quinze longos minutos para encontrar, vá saber onde estava guardada nos fundos da pequena farmácia de Almagro onde combinou de encontrá-lo, e finalmente, encharcado de suor e com cara de quem tinha chorado, outros quinze para trazê-la, embrulhada exatamente do mesmo jeito que a ganhara de presente da mulher, fulminada dois meses antes por um infarto enquanto passeavam pela Garganta do Diabo. Mas se uma furadeira elétrica permitia que ele espiasse, ainda que só por alguns minutos, esse retalho fugaz de tragédia alheia, por que não apostar que a correspondência não era totalmente arbitrária, e se propor a repeti--la, e, com a primeira furadeira esquecida sem desembrulhar no quartinho da bagunça, de onde nunca sairia, entrar outra vez na plataforma para procurar uma segunda, e depois uma terceira, e talvez uma quarta? Claro: os vendedores eram todos diferentes, sempre, e as furadeiras todas iguais — em especial a Black & Decker HG7255, que, por alguma razão, talvez a cor vermelha furiosa, talvez a foto que costumava anunciá-la, na qual parecia sodomizar sem muita vontade a esmerilhadeira também vermelha que completava uma promoção imbatível, era o modelo no qual Savoy tinha se especializado. Mas a furadeira nunca era nada, e os vendedores sempre eram algo, uma aparição nova, única, original, mesmo quando não fossem albinos nem viúvos e, lacônicos como espiões, mantivessem sob estrita reserva seus dramas pessoais, limitando-se a entregar-lhe a caixa pela bandeja giratória de uma parede de blindex — enquanto um sigiloso pontinho de sangue, fruto de um desses acidentes casuais que passam despercebidos quando acontecem e, uma vez descobertos, adquirem uma dimensão nefasta, começava a aumentar e a cobrir a costura do algodão de uma das luvas brancas com que tomara o cuidado de envolver as mãos.

Nem tudo era um mar de rosas. Por mais virtual que seja, comércio é comércio, e o fato de só haver contato humano depois de a transação ter sido efetuada, dissipadas as muitas variáveis que podiam complicá-la ou ameaçá-la — defeitos ou omissões na comunicação, negligências, falsas expectativas, má-fé —, estava longe de garantir a felicidade do intercâmbio. Era mais o contrário, e não tanto pela intervenção humana, que, sujeita ao acaso, sensível a condições previsíveis, sempre podia sair dos trilhos e frustrar o acordo mais conveniente, como por vontade, se a palavra for lícita, da própria plataforma. Como rezava sua lei fundamental, a única que não admitia discussão nem qualquer liberdade de interpretação, primeiro era preciso comprar — depois vinha todo o resto, o que normalmente devia vir primeiro, já que era tudo que o comprador precisava saber para tomar a decisão de comprá-lo: o nome, o número do telefone, o endereço do vendedor; a possibilidade de entrar em contato com o produto, vê-lo, poder tocá-lo, certificar-se de que existia, confirmar que respondia à descrição dada na plataforma, que estava no estado em que se assegurava que estava, que funcionava como se assegurava que funcionava.

De modo que o veneno da ansiedade também infectava o comércio eletrônico. Savoy se indignou, naturalmente. Achou risível que o que regia os investimentos milionários, os milagres tecnológicos e a refinada engenharia de todos aqueles batalhões de programadores formados nas fábricas de nerds mais importantes do mundo fosse algo tão precário como o lema que desde tempos imemoriais guiava a ação dos oportunistas mais mesquinhos: mais vale um pássaro na mão que dois voando. *Primeiro comprar, primeiro comprar!* Se chegava um pouco mais perto do computador, Savoy tinha a impressão de ouvir, de reconhecer a voz da plataforma tentando disfarçar a impaciência com a tosca sobriedade de suas frases curtas, o inconsulto trato informal e os critérios amplos que sempre a animavam a oferecer mais de uma possibilidade — dinheiro ou cartão, entrega em domicílio ou retirada no domicílio do vendedor —, ao mesmo tempo que a blindavam diante de qualquer possibilidade que seu menu de opções não tivesse contemplado. Comprar era urgente, imperioso, crucial; o resto era encheção de linguiça, um detalhe pequeno. Depois haveria tempo para considerações — mais tarde, e esse mais tarde não era um tempo que a compra determinava, mas um que a compra devia abolir, ou tornar desimportante, ou adiar de maneira indefinida, até o esquecimento total. No entanto, antepondo a conclusão à condição, o efeito ao processo, o que a plataforma conseguia não era apenas seu objetivo primordial, eliminar rodeios, ir direto ao que interessa, imunizar as transações contra os perigos de sempre — a conversa, o mais básico, em primeiro lugar —, mas também, por uma espécie de efeito colateral, exatamente o contrário: criar retroatividade, fazer com que o depois revertesse sobre o antes e o afetasse de maneira radical, e que instâncias aparentemente fora de combate como conversar, ponderar ou negociar reaparecessem de repente, sedentas de vingança, e complicassem tudo.

Se isso não aconteceu com Savoy foi em parte porque ele estava de sobreaviso. Já tinha sido alertado por Renée, que sabia com quem estava lidando e intuía a que ponto o mecanismo de inversão lógico-temporal da plataforma podia tirá-lo do sério, forçá-lo a dar certos passos em falso que acabariam por prejudicá-lo. "Aí a reputação é tudo", advertiu-o: "Você pode se descuidar de qualquer coisa, menos do prestígio." Achou estranho que Renée visse sociabilidade complexa num mercado virtual, sem espessura simbólica, livre da tortuosidade própria dos intercâmbios presenciais. Mas levou a advertência muito a sério, como costumava fazer com tudo que vinha de Renée. No entanto, só a entendeu quando alguns conhecidos mais jovens e menos apreensivos que ele, para quem o esmagamento do comércio de tração a sangue por seu carrasco eletrônico era a tomada do Palácio de Inverno do século XXI, confessaram os percalços que vinham enfrentando na plataforma. Como bons devotos, tinham comprado sem ver, sem precisar detalhes nem fazer comprovações, como o sistema propunha: um, uma impressora monocromática; outro, uma luminária de escrivaninha; um terceiro, uma bicicleta inglesa. Tudo coisa usada. Convencidos de que a supressão de toda instância intermediária — com exceção da plataforma em si, evidentemente — era sinônimo de transparência e univocidade, nunca lhes passou pela cabeça que as ressalvas que a página consignava sobre as coisas que compravam, em geral leves, mencionadas de passagem, mais por escrúpulo que por serem dignas de nota ("um pouco riscada", "pouco uso", "marcas próprias do tempo" etc.), pudessem se tornar problemáticas, e as dúvidas que tiveram foram dissipadas assim que leram o regulamento da plataforma, que não lhes foi fácil acessar. No caso de o produto não ser de sua inteira satisfação, dizia o estatuto, sempre podiam cancelar a compra e optar, de comum acordo com o vendedor, por qualificar a performance de ambas as partes como neutra, subterfúgio que resolvia de maneira salomônica — ao menos teoricamente — as suspeitas que o fracasso da operação podia despertar no resto dos usuários da plataforma, convertidos num público imperceptível, mas decisivo. A solução de neutralidade matava, pretendia matar, dois coelhos de uma só cajadada: apagava uma operação abortada (ou seja: um fracasso, o único tabu que nenhum mercado, muito menos um virtual, podia tratar de maneira superficial) e liquidava toda possibilidade de controvérsia entre as partes (um luxo com o qual o comércio eletrônico não estava disposto a perder tempo).

Mas tudo que a plataforma pretendia evacuar antes — rodeios e medos, a teia de aranha sutil dos poréns, as histerias da sedução e as pechinchas — era justamente o que voltava depois, humano e real até à náusea, encarnado num ínfimo mas intensíssimo drama de litígio e condenação social. Um problema de prestígio, como antecipou Renée (enquanto os conhecidos de Savoy, inebriados por sua própria fé, preferiam escutar outra música). Coisas que acontecem: um bolo de papel bloqueia o intestino da impressora, o pedal da bicicleta range demais, a luminária flexiona um braço e o cotovelo solta um parafuso letal. Nada grave, mas as operações são canceladas. Um aperto de mãos e todos contentes. Mas enquanto os compradores, fiéis à letra da lei, qualificam os vendedores com um neutro, absolvendo-os e absolvendo a si mesmos de qualquer responsabilidade, mantendo todas as fichas em jogo intactas — condição básica para continuar no mercado —, os vendedores, sangrando pelo ferimento dos negócios perdidos, entornam seu rancor no teclado e apedrejam os compradores com uma qualificação negativa, que justificam, ademais, com alegações infames nas quais um comprador é acusado de ser "enrolado"; outro, de "indeciso"; e o terceiro, de "irresponsável". Não eram necessárias — o que, pelo menos para Savoy, lhes conferia algum interesse, nem que fosse o de inocular certo charme coloquial na desoladora paisagem linguística da plataforma. A qualificação, irrevogável, era suficiente. Não havia possibilidade de réplica ou defesa. No máximo uma voz com sotaque vagamente da América Central, cujo timbre metálico fazia duvidar de que fosse humana, que — uma vez superado o delta de senhas, esperas e derivações que protegia o disco rígido encarregado de emiti-la — sugeria por telefone: "Contate o vendedor e peça para mudar sua qualificação".

Por que não?, pensa o comprador, iludido por uma lógica que pode falhar — na verdade, já falhou uma vez —, mas pelo menos parece humana. E enquanto liga sem parar, e o vendedor deixa o telefone tocar e tocar, e sua caixa de entrada fica cheia de pedidos que um filtro insone redireciona com extraordinária pontaria para a lixeira, uns agourentos brasões vermelhos vão tingindo de desonra o histórico do comprador e lançando uma sombra em seu futuro comercial. Isso na melhor das hipóteses, se já não encerraram sua conta, se não o expulsaram do sistema sem aviso, medida extrema que a plataforma tomava de maneira automática, claro que sem consulta prévia, quando, como ocorreu com outro conhecido seu, um colecionador solteiro (bandeirolas de companhias aéreas) que tinha acabado de debutar na plataforma, o comprador atingia o recorde, ao que parece inadmissível, de duas operações concretizadas (no caso do colecionador, uma bandeirola da Avianca, escolhida, comprada e retirada sem problemas, e a Pan Am da discórdia, genuína e encantadora, mas com uma fratura engessada no mastro, um detalhe que a bandeirola, perfilando-se com habilidade diante da câmara, ocultava na foto da página) e cinquenta por cento de qualificações negativas.

Savoy surfou tudo aquilo sem maiores dificuldades, num equilíbrio precário, mas regular. Surfar, não sofrer — era seu lema, um de tantos, a maioria dos quais, talvez por preguiça, talvez por serem lúcidos ou poéticos demais, ou talvez por serem música e soarem perfeitos, e porque nada do que restava, a começar pelo que significavam, podia estar a sua altura, Savoy nunca conseguia cumprir. Nesse caso, porém... Houve, é verdade, um inchaço notório no item "extras", aquela rubrica que os orçamentos bem-feitos destinam às contingências. Mas na economia de Savoy tudo era de algum modo um extra, a começar por sua renda, que, sóbria mas pontual, chegava a ele mês a mês do além, ao mesmo tempo do passado e dos mortos, com a intermediação de uma agência de cobranças eficaz mas invisível, que só consentia em se manifestar no final do ano, com aqueles horrorosos cartões de comemoração tridimensionais que Savoy jogava fora sem abrir. O sofrimento estava longe, ainda que mais de uma vez tenha voltado de um galpão ao qual tivera muita dificuldade de chegar com uma bugiganga que não lhe dizia nada e que, dado o estado em que estava, qualquer um que estivesse bem da cabeça teria recusado. Ossos do ofício, como as chuvas insólitas que transformam em pântano o vale tradicionalmente seco que o caçador de borboletas não via a hora de conhecer. O que importava a Savoy não tinha preço. Estava fora do mercado, de todos os mercados, inclusive os virtuais, embora em nenhum outro lugar se revelasse de forma tão luminosa quanto neles. Viajando à sua procura, Savoy viu paisagens que nem desconfiava que existiam, o rádio, no caminho, amenizou a manhã com vozes e músicas surpreendentes, que há anos não ouvia, e uma cerimônia de entrega idiota sob um céu ensolarado e frio lhe proporcionou o alimento morno, insípido e perecível que mais o deliciava, o que era mais bem preservado em seu museu secreto: uma campainha que não funciona e o deixa esperando do lado de fora, testemunha tiritante — promete ir de luvas da próxima vez — dos movimentos de um bairro ao qual não voltará; o rottweiler sem dentes que se opõe à transação, ou a seu preço, latindo na corrente; o skate fluorescente com que investe em seu tornozelo o neto com o nariz cheio de ranho; o pôster do pastor caído em desgraça meio descolado da parede; o zumbido da velha geladeira; o sopro do sol de noite; o rádio ligado; os chinelos ao pé da cadeira, perguntando, desconcertados, onde terá se metido seu portador.

Savoy teria pagado por tudo isso. De fato, ele pagava: a prova era a cumplicidade sólida, afetiva, com a qual cada um desses acessos de vida alheia ficava associado em sua memória às porcarias que comprava. Mas ele pagaria muito mais — fortunas, se fosse preciso. E isso que, comparado com a experiência diletante de seu período imobiliário, parecia uma desvantagem ou um retrocesso, era na verdade um salto qualitativo, já que pagando — ainda que o que pagasse nunca fosse o preço do acesso em si, aliás incalculável, e sim o pretexto do qual o acesso se valia para se manifestar — dava à experiência a dose espúria, o elemento de vileza que necessitava para despojá-la de toda conotação angelical, em especial dessa posição de superioridade íntima e distante, comovida e sóbria, assumida pela dupla coberta de asas no filme alemão ao dar aos mortais da biblioteca pública, do U-bahn, das praças e ruas da Berlim de antes da queda do muro suas bênçãos imperceptíveis, não tão diferentes, no fundo, das que ele costumava dar quando se infiltrava nos apartamentos para alugar que visitava. Às vezes, afetando uma contrariedade ou uma decepção que estava longe de sentir, Savoy chamava a atenção do vendedor para algum detalhe defeituoso da compra, uma junção descolada, o pequeno motor que demora a arrancar, a orelha esquartejada de um livro apresentado "como novo", e assim que lhe davam as devidas explicações — o que nem sempre ocorria — era tomado por certo remorso, como se se pegasse no meio de uma crueldade gratuita, mas se ressarcia pensando que se fazia isso não era por sadismo, e sim para se lembrar do jogo que estava jogando e jogá-lo melhor, para refrescar, tornar explícita a dimensão comercial de um ato que para ele era de uma ordem bem diversa. Savoy franzia o cenho e os lábios, Savoy rangia os dentes, como um gênio do xadrez na metade de um jogo intrincado que um rival de cujo nome nem sequer se lembra lhe opõe. De repente, despertando de uma longa apatia, descobria-se alerta, vigilante, reforçando os controles de qualidade em ramos diversos e alheios: cafeteiras Volturno, carrosséis Tin Treasures, almofadas elétricas.

Desde quando era tão bom ator? Ele mesmo não parava de se espantar — ele, para quem a mentira mais trivial costumava ser uma empresa titânica e quase sempre fracassada. Onde tinha aprendido essa reticência de connaisseur, essa severidade de examinador insubornável, todo esse suspense de sobrancelhas sagazes e pigarreios contrariados? Onde a esperar assim, a dilatar com essas praias de silêncio incômodo o momento de dizer: "O.k., obrigado" e dar meia-volta e se mandar, levando de uma vez a quinquilharia que já tinha pagado, sabendo, em muitas ocasiões, que estava jogando dinheiro fora? Não, sem dúvida, nas aulas de teatro que fizera quando jovem, muito jovem, quando ainda acreditava que "as coisas" tinham solução ou podiam ser corrigidas, em particular a timidez doentia que o perseguia desde sempre, com Reto Hofmann, guru de noventa e cinco por cento dos não atores profissionais que trinta anos antes, da noite para o dia, como por milagre, numa espécie de insurreição telepática, tinham tomado de assalto palcos, sets de filmagem e estúdios de televisão, desalojando sem contemplações, como um exército de ocupação saído das sombras, centenas de estrelas, atores ditos sérios, atorzinhos e até extras que todo começo de mês passavam pelos guichês da tesouraria do sindicato de atores — um dos mais sólidos e rigorosos do mapa sindical, o último, de fato, a se render aos imperativos de flexibilidade da mesma política laboral que já havia arrasado com todas as demais indústrias do país — para retirar, sempre envoltos numa nuvem morna de orgulho de se saberem únicos, o que lhes pagavam pelo apostolado de dar corpo e alma à ficção. Um mês, quatro aulas, em média quatro e cinco horas por aula: demasiado pouco, segundo Reto — mais que demasiado para Savoy, que as sofrera como maratonas do tormento, uma expressão que Reto minimizou, sepultando-a sob uma dessas gargalhadas estrondosas com que costumava festejar as piadas que lhe agradavam, em especial as próprias, que eram bastante ruins, mas que algo, mais tarde, deve tê-lo levado a reconsiderar, porque assim, *Maratonas do tormento*, sem a mediação de nenhuma consulta a Savoy, no fim das contas o autor da expressão, foi como intitulou o experimento com o qual voltaria à direção — se é que dava para reconhecer algo semelhante a uma direção naquelas sete horas de fragor, espasmos, incontinências grupais e tribalismo desmedido — ao cabo de um quarto de século consagrado a formar alunos, essas "máquinas de mentir", como os chamava.

Não se referia a Savoy, isso é certo. Ou não tinha ido bater na porta metálica daquele galpão úmido, desviando sabe-se lá de que infinidade de cercas elétricas mentais, justamente com esse propósito: para aprender aquilo que o bom Reto, com seu peitinho de pombo nu, as mãos na cintura e suas sempiternas calças cargo, chamava de "sua natureza"? Quatro aulas sem calefação (no agosto mais gélido do lustro), colegas implacáveis, tão alheios à arte, e à arte do teatro em particular, quanto possível — Reto, que terceirizava boa parte dos abacaxis da docência a duplas rotativas de jovens adjuntos, cuidava de fiscalizar os antecedentes dos candidatos pessoalmente, com *lupa Stasi* — outro achado de Savoy do qual não teve vergonha de se apropriar —, atento sobretudo ao pormenor que delatasse uma infração ao princípio sagrado de castidade artística —, mas inflamados por uma ambição feroz, pedreiros, taxistas, recepcionistas de galerias de arte, secretárias, advogados, programadores, entregadores, todos — menos Savoy — em conformidade com as exigências do professor, o cheiro de quartel do mate cozido, os tubos fluorescentes dos vestiários e um programa de exercícios tortuosos, mais ou menos bestiais, dos quais Savoy se lembrava em particular dos retalhos de um, confusos, ondulantes, como esses sonhos que não param de se desfazer à medida que os repassamos, no qual dois alunos iam para o palco, uma caixa de areia retangular enorme, muito pouco higiênica, tiravam completamente a roupa (no agosto mais gélido etc.) e esfregavam na cara, revezando-se, tudo o que desprezavam no corpo do outro. (A tese de Reto era que a joia da mentira só brilhava com força autêntica uma vez extenuado o caminho da sinceridade.) Na aula número quatro, quando desertou, com mais educação do que gostaria — quis bater a porta, a porta não tinha maçaneta e escapou de sua mão, e com o gume do metal (galpão etc.) fez um corte na mão com cuja cicatriz em forma de forquilha se entretinha sempre que o deixavam esperando —, Savoy não tinha a menor ideia de como mentir. Mas suas sobrancelhas despovoadas, mais loiras que o resto do cabelo, e o desvio ínfimo de seu septo nasal (um balanço perdido) e a proximidade que havia entre seus joelhos, detalhes de sua aparência em que nunca havia reparado, tinham passado a ser preocupações de primeira ordem (não os flagelos-força que Reto pretendia que fossem), graças a seu *partenaire* no exercício de sinceridade, um repositor de supermercado magro, loquaz, de ar assustadiço, que dois meses depois, já reconciliado com as imperfeições que o outro havia criticado, Savoy voltaria a ver na televisão, mais magro e mais loquaz, atuando como repositor de supermercado numa novela da tarde.

Havia também algo vil, uma espécie de fraude fútil, sem consequências materiais, na encenação de que sabia comprar, na meticulosidade com que empregava as ferramentas para calibrar a distância entre o que procurava e o que ofereciam. E mesmo assim, que diferença real havia? Tudo isso — a cautela do comprador desconfiado, a mania do escrutínio, as perguntas ardilosas, os testes de qualidade — acabava em decepção. Porque, não importa o tempo que levasse, os rodeios que fizesse ou o quanto desestabilizasse seu vendedor com suas voltas de comprador exigente, Savoy acabava confirmando a compra. "É estranho que você sempre compre. Não teria que desfazer alguma vez uma operação?", sugeriu Renée, para quem a questão de verossimilhança importava tanto quanto o prestígio. Savoy tinha pensado nisso, mas temia represálias. Além disso, era muito difícil para ele. Considerava bastante milagrosa a desenvoltura dramática a que chegara, cem por cento espontânea e ainda involuntária, até onde ele mesmo podia saber — a menos que a prédica de Reto Hofmann, tão fundada, à primeira vista, na imediatez da surpresa, na pressão, no impacto, também tivesse seus efeitos residuais, e todos os ensinamentos que na ocasião o espantaram ou o deixaram indiferente, agora que os esquecera, estivessem em plena floração —, para botar tudo a perder por um afã de realismo. Comprar era o desenlace perfeito. Uma ação limpa, que não corria o risco de despertar reações inesperadas, demarcava qualquer derivação potencial da situação e, o que era ainda mais importante, resolvia de maneira exemplar, sem esforço, com um grau de eficácia admirável, um problema com o qual Savoy não saberia como lidar: como passar para outra coisa. Outra compra, outro postal da vida alheia.

Uma vez cismou com um desses abajures infantis inspirados nos antigos zootrópios, em cujas cúpulas cilíndricas se projetam os prodígios da cinética popularizados pelo primeiro cinema: trens a todo o vapor, atletas correndo, cavalos acompanhados em pleno salto. Por mais apressada que fosse, a referência a uma pré-história mítica da imagem em movimento — e o súbito laço íntimo entre a infância da indústria audiovisual e a de um menino, um menino duplamente menino, porque imaginado sempre prestes a dormir — tocava em algum ponto fraco de Savoy e o deixava desguarnecido diante do encanto desses objetos equívocos, cuja fatura artesanal — um de seus atrativos — deixava muito a desejar, já que eram fabricados em linhas de montagem de meninos malaios ou vietnamitas não muito mais velhos que os que sua fantasia imaginava como destinatários do presente, dormindo à luz sempre forte demais ou fraca demais de um abajur inadequado, transplantado de algum quarto de adulto. Já os dera de presente mais de uma vez, no entanto, e sem se enganar minimamente, consciente da modéstia extrema, inclusive da indigência do que presenteava, mas orgulhoso porque essa bugiganga continuaria pulsando de algum modo uma tradição artística nobre. Estava bastante ciente, pois, do quão precários costumavam ser, fabricados em condições infra-humanas por mão de obra mal paga: o mecanismo giratório interior desmontava por qualquer coisa, a cúpula se soltava do tronco ou tendia a se descolar, as lampadazinhas logo queimavam e eram difíceis de repor.

A que comprou era só mais uma: embora estivessem tremidas, as fotos da plataforma, iluminadas com a luz crua e brutal do pornô *amateur*, não conseguiam disfarçar seus defeitos, sua má fatura, a vida breve e infeliz que tinha pela frente. Mas o histórico do vendedor era irrepreensível, e o local da entrega ficava num desses confins da cidade nos quais Savoy acabara se viciando, bairros tradicionais de casas baixas, ruas empedradas e obesas caixas de correio vermelhas ociosas, cuja modéstia, alguma vez feliz ou despreocupada, se degradava pelo desleixo e pela pobreza, ou distritos novíssimos, pomposos, fantasmagóricos como um cenário de cinema ou como a projeção tridimensional de um *render* digital. Ainda assim foi o preço, baixíssimo, quase mais de refugo que de pechincha, o que mais chamou sua atenção. Atônito, Savoy se perguntou como era possível que alguém se desse ao trabalho de vender alguma coisa, qualquer coisa, por um preço tão irrisório, quando se livrar dele de graça, jogando-o num contêiner na rua, era claramente mais cômodo e conveniente. Procurou casos análogos na plataforma. Do punhado que encontrou, vários equiparavam a cotação da luminária (um jogo de elásticos de borracha usados, um rebite de plástico para Clio 2, Megane e outros modelos de carros Renault) e dois, inacreditavelmente, a melhoravam: um vaso de plástico que imita argila quebrado, uma arruela para escapamento de dez milímetros. Mas nenhum emulava a desproporção fantástica, como de conto de fadas, que havia entre o que a luminária era, qualquer que fosse seu estado, e o que pediam por ela. Pensou que alguma instância razoável, seu cartão de crédito, por exemplo, escandalizado diante da irrelevância do gasto, ou a própria plataforma, com seus delírios de modernidade, botaria a boca no mundo e impediria a operação. Mais uma vez, estava equivocado. Cinco minutos depois de digitar os passos obrigatórios, ainda perplexo, com a parte adesiva do *post-it* com o endereço do vendedor entre os lábios — sempre dava um jeito de sair com as mãos ocupadas com coisas de que não precisava —, entrava em seu carro.

Pensou em desertar várias vezes durante o percurso. Tinha alguma coisa ridícula naquela situação que o deixava intranquilo, uma espécie de simplicidade atraente e fatídica, como essas garagens adaptadas para quartos de ferramentas modelo, paraíso organizado da bricolagem e dos trabalhos artesanais, que nos filmes escondem masmorras equipadas com os últimos gritos da indústria do suplício, cheias de sangue e vísceras. Não teve coragem. Pensou que deixar o círculo de uma operação consumada inconcluso soaria mais impertinente aos ouvidos hipersensíveis da plataforma que o arrependimento, o litígio ou qualquer outro motivo de descrédito sobre os quais já estava avisado. Foi numa garagem, de fato, que o receberam com a sinédoque de sempre: "Ah, sim, a luminária giratória, não?", como se lessem o comprado em sua cara de comprador. Pediram que esperasse um segundo. Diferentemente da maioria de seus colegas, Savoy gostava desses tempos mortos. Eram inesperados, contrariavam as veleidades otimizadoras da plataforma e costumavam lhe oferecer muitos dos achados que colecionava com fervor.

Mais que uma garagem, na verdade, o lugar era um museu do descarte. Flutuava numa nuvem de pó brilhante, tão densa que Savoy poderia meter a mão ali e retirá-la grudenta, como se a tirasse de uma teia de aranha. Mas a estrela do lugar, sua joia máxima, era o DKW cinza-mate em cujo para-lama traseiro esquerdo tinha se apoiado para esperar. Sessenta anos depois de fabricado, o carro parecia, morto, dez vezes mais pesado e mais quieto do que vivo, como muitas vezes acontece com as coisas impedidas de se moverem. Em vez de se queixar, no entanto, se tornara útil, terra de asilo de um guarda-sol de listras verdes e brancas, um crocodilo inflável com uma mão e uma pata murchas, três espreguiçadeiras de lona mal dobradas, uma prancha de isopor com os cantos roídos — possível cortesia do mesmo rato que brincava escondido entre latas de tinta — e meia dúzia de engradados com garrafas de cerveja, todas sobreviventes da mesma época de ouro estival.

Num certo momento, por uma dessas coisas inexplicáveis, o tempo decidiu pular uma nota — um soluço, uma extrassístole — e Savoy, virando-se para a porta de correr pela qual o vendedor tinha desaparecido, ouviu duas vozes que se sobrepunham numa discussão, ou uma voz e um gemido que lutavam, até que a porta se abriu pela metade, o suficiente para que o vendedor, perfilando-se, entrasse com a luminária nas mãos. "Aqui está a criatura", disse, apoiando-a sobre o para-lama dianteiro do DKW com cuidado e reverência, como se fosse um incunábulo de cristal. A criatura parecia pior que nas fotos. A cúpula tinha vários rasgos, o tronco estava torto, a lâmpada provavelmente queimada (os filamentos ainda dançavam) e a base tremia, a tal ponto que o vendedor, que a soltara com certa apreensão, não totalmente seguro de que Savoy fosse capaz de apreciá-la devidamente, teve de segurá-la para que não caísse no chão. Conseguiu, mas não totalmente: a cúpula se soltou e rolou pelo chão, e a base se separou de vez do corpo da luminária, deixando à vista uma porção de fios desencapados e seu recheio de tripas de cobre.

Foi tudo muito rápido: um truque de mágica malsucedido, mas vertiginoso. Aproveitando o momento de soçobra, um menino irrompeu na garagem e agora estava quieto junto à porta com a cúpula nas mãos, olhando-a com uma expressão indecifrável. "Me dá?", pediu o vendedor. Mais que perguntar, o tom ordenava. Os olhos do menino viajaram da cúpula para o rosto do vendedor e outra vez para a cúpula. Levantando dois pontos a voz, o vendedor repetiu o pedido. O menino deu um passo lento para trás, em direção à porta, num ameaço de retirada que o vendedor cortou bruscamente avançando sobre ele, arrancando a cúpula de suas mãos. "Não foi nada", disse: "em dois minutos eu a deixo zero quilômetro." Reuniu as peças e começou a montar a luminária sobre o para-lama, explicando cada coisa que fazia enquanto a fazia, como se estivesse dando uma aula. Savoy o observou fazer isso durante alguns segundos, mas tinha perdido todo interesse.

Agora era o menino que lhe importava: aquela presença obscura, ao mesmo tempo desamparada e ameaçadora, que continuava de pé com os braços colados ao corpo e os punhos tensos e que tinha dado um jeito de se aproximar, como se aproveitasse os momentos em que não o olhavam para se mover. O vendedor, entre resmungos, revirava o aparelho desconjuntado. Em menos de um minuto, à medida que os componentes lhe opunham resistência, quebravam ou simplesmente não apareciam, a simplicidade da luminária deixou de ser uma virtude do design para justificar uma precariedade crônica, uma decepção e, por fim, o preço, menos um preço que uma piada, que, por sua vez, desculpava tudo que àquela altura era evidente que ele não poderia consertar. Mesmo assim, a luminária (ou um duplo muito parecido com ela) ressuscitou, e quando ele a teve inteira e pronta, o vendedor a empurrou para Savoy com delicada determinação, como se renunciasse a ela de maneira definitiva. Savoy pensou em lhe pedir que a ligasse na tomada para ver se acendia. A ideia o envergonhou. Mas a fração de segundo que levou para descartá-la foi suficiente: o menino, que se adiantara novamente com seu sigilo de sombra, ficou na ponta dos pés, passou a mão na luminária e permaneceu imóvel, agarrado ao butim, à relíquia, ao talismã, ao tesouro, ao souvenir sagrado, o que quer que aquela bugiganga decrépita fosse para ele, disposto a enfrentar qualquer coisa.

"Me dê isso", disse-lhe o vendedor. O menino não se moveu. Nem sequer piscava. Abraçava a luminária como se fosse um cachorro recém-nascido. "Por mim não tem problema", quis interceder Savoy. "Podemos..." "Shhh!", cortou-o o vendedor, quase apoiando uma das mãos em seu peito. E se virou para o menino e repetiu: "Me dê isso já". Com a luminária entre os braços, o menino girou de leve o corpo e se curvou um pouco, oferecendo, como um escudo, o frágil desenho ósseo de suas costas. "Julián", disse o vendedor, aproximando-se do menino. "Ele se chama Julián", pensou Savoy com um calafrio. E o fato de o menino ter nome, aquele nome em particular, que por algum motivo lhe soou a nome de filho adotivo, injetou na situação toda a dureza, o perigo, a taxa de realidade que lhe haviam negado até então os fios tênues e imprecisos dos quais pendia. "Vamos fazer uma coisa...", começou a intervir Savoy. Deu um passo à frente, nada invasivo, apenas um sinal, algo que o fizesse sentir que tinha alguma influência na cena. Não tinha contado com o macaco que sobressaía, içando-o para uma revisão improvável, sob a pança do DKW. Daí ele tropeçou, abriu os braços como se fossem asas e se apoiou no ombro do vendedor para não cair. Balbuciou uma desculpa — a ação, para o bem ou para o mal, já estava em outro lugar, no menino, no cerco que os braços do menino formavam ao redor da luminária para protegê-la e que o vendedor tentava romper metendo à força uma de suas mãos. O menino girou outra vez, usando o corpo como escudo, mas como já estava com a mão do outro enredada entre seus braços, meio que o arrastou consigo no giro e o levou nas costas, pesado e obscuro como um animal. Entraram por alguns segundos num desses intervalos de quietude tensa, em que tudo range mas nada se quebra, nos quais certos lutadores podem se instalar por longo tempo enquanto procuram a posição, a chave, o golpe que irá desequilibrar a situação. Mas os quarenta quilos do menino não o habilitavam para lutar contra ninguém, nem mesmo para aguentar o peso que tinha sobre si. De modo que o vendedor, sem se mover, começou a abraçá-lo bem devagar, com uma espécie de delicadeza criminosa, até que, estendendo a mão que tinha livre, beliscou a borda da cúpula e começou a puxá-la para cima. Como um novelo, quase perdido dentro do corpo do outro, o menino resistiu, e Savoy reconheceu os gemidos que ouvira antes do outro lado da porta de correr. Alguma coisa rangeu, por fim, e Savoy, ao mesmo tempo, como numa tela múltipla, viu os estilhaços da situação que explodia. Uma parte da luminária apareceu, troféu moribundo, na mão do vendedor, enquanto o resto caía no chão em câmara lenta, aos pedaços, e o menino era lançado contra uma pilha de blocos de cimento com o dobro de sua altura. Quando se levantou, ainda atordoado pelo golpe, um fio de sangue atravessava sua testa como uma mecha de cabelo.

A luminária ficou numa gaveta, onde seus restos descansaram entre os badulaques que Savoy estava comprando havia meses, *rara avis* numa sequência de loja de ferragens composta por tubos de cola, pregos, buchas plásticas, papel de lixa, fita adesiva, fita escrito "frágil", fita escrito "perigo", até que rapidamente o esquecimento os cobriu. O sacrifício tinha força de lei: algo devia morrer, e não só morrer, como se dissipar por completo, feito uma nuvem de fumaça, para que outra coisa — uma impressão, uma digital — nascesse e persistisse. Agora, em todo caso, Savoy estava de sobreaviso. Aquilo que com doses idênticas de curiosidade e desapego ele chamava de "vidas alheias" era qualquer coisa menos o espetáculo remoto, contemplado através de um véu de nostalgia, que sempre pretendera que fosse.

Se ele seguiu em frente, se cada vez que abria a página da plataforma seu coração, um de seus órgãos mais preguiçosos, se acelerava novamente, não foi por automatismo, pois, ou obstinação, duas razões afins à indiferença ou à ilusão de comodidade com que se lançara a navegar nas águas do comércio virtual, mas pouco compatíveis com o estado de confusão no qual o mergulhara o affaire luminária. A prova é que o que escolheu a seguir, quando qualquer um que se gabasse de ler o que seu próprio pensamento não se atrevia a reconhecer que pensava — Renée, sem ir muito longe, que naqueles dias teve a oportunidade de vê-lo algumas vezes, duas delas nu, e presenciar a estranha agitação da qual ele parecia ser presa, novidade alentadora dado o padrão apático que o caracterizava, embora não muito útil para corrigir seu desempenho no histórico erótico que compartilhavam —, teria vaticinado que ele mergulharia no reino das compras insípidas, não foi o porta-retratos de praxe, nem o set de meias térmicas, nem mesmo o alicate de unhas usado que um dia entrevira ao dormir, sorrindo com seus lábios sem gume, vermelhos de ferrugem, no céu sem estrelas de um sonho pouco feliz, mas um animal.

Topou com ele um pouco ao acaso, como tudo na plataforma, graças a uma dessas derivações aberrantes que nos mundos tradicionais exigiam transições tortuosas, cheias de fases, corredores, curvas e escalas intermediárias, e nesse sobrevinham de maneira instantânea, sem esforço, com a mesma naturalidade com que os segundos se sucediam no quadrante do relógio de pulso que Savoy insistia em usar, imune às imputações de anacronismo com que seus amigos — mesmo os de sua geração, tão pouco afeitos a checar a hora em seus telefones quanto ele, pelas frestas de seus olhos presbitas — tentavam dissuadi-lo. Vagava pelo item álbuns fotográficos, que imaginava ser rico no tipo de bastidores íntimos que lhe interessavam, e depois de cobiçar de maneira abstrata um belo retrato familiar *veleiro lago epecuén san josé 1962*, que um vendedor de Barracas oferecia por 78,35 pesos, passou para uma antiga foto familiar quinze por dez centímetros avaliada em 50 pesos, na qual um homem muito parecido com Stálin posava junto a uma brigada de cinco meninos alinhados em inescrupulosa ordem de altura — ao fundo os três mais altos, à frente, intercalados um a um, os dois mais baixos —, e daí a uma extraordinária *menina com cão embalsamado circa 1900* (220 pesos difíceis de justificar) que, como acontecia com frequência na plataforma, e mais ainda quando o que se oferecia eram fotografias domésticas, cujos detalhes periféricos cativam tanto ou mais que o que tinham a intenção de mostrar, fechou álbuns fotográficos e abriu o arquivo animais, e após sobrevoar sem entusiasmo as ofertas de uma subseção vagamente pornô (*mascotes interativos gatinha branca clube petz a 2969 pesos, arranhadores castelo para gatos a 3080 pesos*), caiu em cheio na seção taxidermia, em que, abrindo caminho entre galinhas (500 pesos) e salmões de dezessete quilos com a boca aberta de espanto, cravados contra pranchas de madeira (20 mil pesos), topou finalmente com a presa, a única, a menos previsível, à qual não pôde resistir.

Que importância os hamsters tinham para Savoy? Nunca tivera nem cobiçara nenhum, era indiferente ao estrelato recôndito que certas lendas lhes atribuíam na vida íntima de Richard Gere e dos Pet Shop Boys, sempre mantivera distância dos espécimes que seus amigos colecionavam quando crianças com estranha liberalidade, como se fossem mais figurinhas 3-D do que seres vivos, e que assim também eram perdidos, para voltar a serem encontrados por acaso semanas depois, mortos por asfixia, esquecidos na caixa de sapatos onde tinham se deleitado vendo-os procurar inutilmente uma saída, ou estripados pelo cachorro, ou espetados pelo salto agulha de um sofá escandinavo, e ao passar diante das vitrines das veterinárias, quando os contemplava em plena sessão de trabalhos forçados, pedalando no vazio de suas gaiolas, sempre percebera nas sementes de melancia de seus olhinhos o fulgor de raiva e desejo de vingança que um otimismo sensível, típico dos dominadores, empenhava-se desde sempre em fazer passar por simpatia, ternura, piedade ou qualquer uma das emoções simples suscitada pelas coisas vivas cujo tamanho não exceda o de meio peito de um frango pequeno. Mais uma vez, para o anticomprador que Savoy se gabava de ser, a coisa era o de menos. Nesse sentido, não havia nenhuma diferença entre o hamster pelo qual não tardaria a entrar em ação, com seu plus biológico dissecado, mas ainda vigente, e o caráter cem por cento industrial da luminária giratória que já integrava, ainda que um pouco maltratada, seu catálogo de refugos adquiridos. Ainda que o valor agregado aportado pelo fator embalsamamento fosse incontornável. Foi isso, na verdade, o que primeiro chamou a atenção de Savoy: que a plataforma incluísse coisas que um dia estiveram vivas.

Ele tomava como certo, porque era uma das primeiras fantasias que a ideia de mercado virtual deflagrava, que o arco de produtos oferecidos era imenso e variado, mas ainda assim não lhe ocorrera que incluísse cadáveres, e seu reflexo imediato foi de desagrado, com a apreensão instantânea e visceral que uma profanação suscita. Só então, pelo rodeio do morto, que em geral funcionava mais a posteriori, concebeu a possibilidade verdadeiramente profanadora de que a plataforma, como os mercados da Antiguidade, onde ratos, frangos, frutos e tapetes eram postos à venda ao lado de seres humanos, oferecesse organismos vivos com vida.

Mas o comprou. Um hamster Roborovski, como lhe informou a nota biográfica-obituário da página, que de repente aureolava com certo halo aristocrático aqueles pobres oitenta gramas de roedor hirto, sessenta e três dos quais correspondiam ao pedaço de casca de árvore que tinham escolhido para ser seu pedestal.

Chamou sua atenção que o vendedor não tivesse antecedentes. Talvez isso explicasse o modo desajeitado com que descrevia a peça, que se afastava do desapego ou da exaltação descarada que campeavam na plataforma e que por vezes parecia titubear, como se uma segunda descrição, inconfessável, habitasse a primeira. O uso da palavra "entranhável", por exemplo: justaposta com dados mais convencionais, medidas (cinco centímetros e meio), peso, preço, soou-lhe incongruente, tão suspeita quanto esses lapsos que certas intrigas do hermético mas belicoso mundo editorial da Idade Média deixavam nos textos quando um copista era destronado por outro, perdia o controle sobre a versão na qual estava trabalhando e o recuperava depois, já sufocada a revolta, ainda que sem perceber os rastros que a mão golpista semeara nela. De maneira que Savoy, dessa vez, se deu ao trabalho de ler os "comentários" que o famoso hamster Roborovski suscitara ao longo dos mais de quatro anos que estava à venda. Eram mais ou menos uma dúzia, nem sempre fáceis de acompanhar, redigidos na meia língua impaciente em que se moviam como peixes na água os usuários da plataforma. *Morreu hoje como seria? guardo ele onde quando t levar. Bom dia morreu meu gato há 40 horas é possível embalsamar? Bom dia, tenho duas peles de urso polar e uma de leoa, em muito bom estado. Tem interesse ou sabe de alguém que possa se interessar? T interessa um esquilo que foi eletrocutado? Está inteiro. Oi você embalsama cachorros??? Tenho um pequinês já está velhinho. Quando ele se for quero que ele continue comigo* — e assim sucessivamente. Eram todos improcedentes, claro: ninguém queria o hamster (não havia uma única consulta que o tivesse por objeto), e o vendedor não era o taxidermista profissional de que todos pareciam precisar — o que explicava sua falta de histórico. O coitado tinha tentado esclarecer a situação já de saída, mas suas razões devem ter sido pouco convincentes ou seus correspondentes, surdos demais, porque as consultas continuaram a se multiplicar, sempre idênticas para além da variedade animal e das peculiaridades da prosa, e ainda brotavam (*Kero Embalsamar cabessa de cervo. Pequena*) quando o vendedor, sem dúvida desanimado, já não respondia havia meses. No conjunto, porém, indício de um desses quartos vagamente pecaminosos anunciados em pequenas portas com olho mágico nos fundos de certos locais noturnos, brilhava o rastro de duas consultas abortadas, que a plataforma, numa operação simultânea de censura e promoção, destacava com um pequeno ponto de exclamação cor de laranja e a legenda *Tivemos que apagar esta pergunta porque não segue nossas políticas de publicação.*

Quanto a Savoy, era ali, àquele nicho de inquietações apagadas que estavam destinadas as únicas perguntas que lhe ocorriam e que ele não fazia. Quem é você?, por exemplo. O que você é — se não embalsamador ou colecionador? E o que é isso que você oferece, se não o fruto de seu ofício ou de um hobby demente, praticado durante as noites em algum porão insalubre, à luz de uma lâmpada cirúrgica, com as mesmas luvas e os mesmos instrumentos com que outros fanáticos da bricolagem biológica evisceravam meninas em idade escolar depois de violentá-las? O que era essa ratazana? Um souvenir? A peça mais sentimental — além das caixinhas de música cheias de mechas de cabelo, dos porta--comprimidos cheios de unhas e dos pentes espanhóis — do legado de um tio solteiro morto em circunstâncias turvas numa cidade de província? Por que pôr à venda uma miniatura convencional, sem graça, capaz de se extraviar no fundo do bolso onde se leva o dinheiro e as chaves do carro? Por que, no caso de querer se desfazer dela, não jogá-la no lixo? Por que não queimá-la?

Nada que pudesse comparar-se, de qualquer modo, com o *Oi, é comível?* com que alguém interessado em certa *galinha ruiva de San Vicente* parecia ter driblado o comitê de censura da plataforma e comovido o vendedor — que respondia: *Pra você, sim*. Mas Savoy comprou o hamster Roborovski, e era isso que importava. E enquanto estava indo buscá-lo, abrigado no carro com cachecol, gorro e luvas de lã, como um caçador esquimó rumo a uma tempestade de neve — um inverno de faz de conta, límpido e seco, tinha partido a primavera ao meio —, ia respondendo-as em ordem, com a mesma disciplina cautelosa com que revisaria as respostas a um questionário de prova fornecido por algum assistente de cátedra venal. Era tarde, talvez tarde demais, começava a escurecer. Talvez por isso, por ter sentido de repente a opressão de uma iminência nefasta, Savoy tinha contatado o vendedor sem perder tempo, combinando um encontro para uma hora mais tarde, intervalo suficiente, calculou, para tomar um banho, rastrear o endereço no guia e chegar com folga, mesmo com as ruas bloqueadas sem aviso pelos grupos de podadores que a essa altura do ano tomavam a cidade de assalto, mesmo perdendo o rumo porque não conseguia ler o nome de uma rua ou o confundia com outro, mais eufônico ou mais conhecido. Bulnes, Blanes, Balmes... (Um souvenir? Mas então por que vendê-lo? Ora, mas não era essa uma das promessas irresistíveis da plataforma: tornar realidade a fantasia de, um belo dia, por saturação ou simples *souci d'épater*, se desfazer de tudo o que se possuía, absolutamente tudo, sem hierarquias nem discriminação, peras, palácios, portas, pincéis, pestanas, pinças, pífanos, plátanos, pétalas, pondo-os à venda? Talvez por necessidade? Duzentos pesos, pedia o vendedor. Quem podia precisar *tanto* dessa soma ridícula a ponto de pensar que iria obtê-la vendendo um rato embalsamado numa plataforma de comércio eletrônico?)

A impaciência era dele. Mesmo assim, era difícil que o admitisse. Normalmente, esses trajetos eram para Savoy tréguas de repouso e voluptuosidade, pretextos para um devaneio em que saboreava o prazer de tocar uma trajetória alheia, que o mundo não tinha motivos nem obrigação de pôr em seu caminho. Além disso — continuava dizendo o demônio estridente que vocalizava em sua cabeça, alimentado pelos tremores a que uma de suas pernas se entregava em cada semáforo —, quem ia acreditar que haveria alguém interessado num rato morto? No entanto... (Savoy se perguntava, Savoy se respondia, como num pingue-pongue de um só jogador). Esse não era mais um ardil genial do comércio virtual? Incutir a ilusão de que não havia coisas não interessantes e a fé na possibilidade de uma satisfação universal, a ideia de que havia *alguém para tudo*, de que até o bem ou o serviço mais extravagante, inclassificável e fútil tinha em Algum Lugar um usuário predestinado, seu destinatário, sua alma gêmea, que o desejava e o esperava e faria tudo que estivesse ao seu alcance para se encontrar com ele. Novamente, Savoy seguia para esse algum lugar.

Ligou e desligou o rádio várias vezes, cravado numa transmissão de música festiva da qual não conseguiu movê-lo nem mesmo apertando às cegas todas as teclas — incluindo o acendedor —, único método que tolerava para resolver controvérsias técnicas. Os semáforos o exasperavam, principalmente o amarelo, com sua mensagem morna e estúpida de moderação e cautela. Considerava qualquer um que se interpusesse entre o nariz machucado de seu carro e o futuro como um provocador ou um sádico e tinha de se conter e retirar os pés dos pedais de repente, como se ardessem, para não contar isso indo para cima dele. Arrancou bruscamente; o carro deu dois passos e parou em sinal de desaprovação. Chovendo do céu, uma solução esverdeada se derramou sobre o para-brisa, a espuma se espalhou, apagando o mundo de repente, dançaram volutas, bolhas, células inquietas, até que o fio de borracha de um rodo enérgico varreu o sabão com a crosta de sujeira do vidro e o rosto do limpador de vidros apareceu colado ao para-brisa, sorridente, sem dentes, cantando. Tudo aconteceu rápido, como uma operação comando, e Savoy não estava preparado. Não tinha moedas à mão — mas não era essa a razão de ser das moedas: nunca estarem à mão? E enquanto as procurava, fuçando às cegas na prodigiosa variedade de cavidades que o carro lhe oferecia, todas mais ou menos úmidas e pegajosas, os automóveis que passavam pelos lados o olhavam com ironia, os que esperavam que arrancasse de uma vez o fustigavam com buzinadas. Pagou a fortuna de meio hamster pela limpeza do vidro — uma nota de cem resgatada com esforço do fundo de um bolso —, finalmente arrancou e andou devagar pela pista central da avenida, vendo como os carros o deixavam para trás, o último do pelotão, e como o mau humor se evaporava. Foi se acalmando, quase adormecendo, sozinho na avenida onde a luz branca e brutal da iluminação pública, que tinha acabado de se acender, batalhava com o caos de cores de um anoitecer que se encapotava: púrpura, amarelo-esverdeado, o cinza-sujo da agonia e preto, um preto radical, recôndito, de jazida ou de caverna carbonífera… Quando sentira essa mesma fraqueza, essa moleza deliciosa, como de pálpebras líquidas e músculos que derretiam?

Quando?, não fazia a menor ideia. Onde, em compensação — a rua Oro: o Automóvel Clube. Era muito cedo, um contratempo do qual não se lembrava tinha lhe deparado uma hora de tempo livre. Enquanto dirigia a passo de tartaruga pensando em como gastá-la, Savoy topou com a entrada do lava-jato do Automóvel Clube. Mergulhou sem pensar, com a temeridade disparatada com que um pai de família exemplar empurraria a porta de um bordel vestindo a mesma roupa com que tinha deixado seus filhos — duas meninas e um menino, de idades perfeitamente escalonadas — na porta da escola católica, e com o mesmo calafrio do pai exemplar diante do menu de opções do estabelecimento, muito parecido, na nostálgica imaginação de Savoy, com o Mustang Ranch — o prostíbulo de Reno (Nevada) onde milênios atrás um de seus ídolos de infância, Ringo Bonavena, adaptando o *dress code* da zona ao gosto de seu saudoso Parque Patricios — pele branca como leite, botas texanas, chapéu Stetson e um suspensório vencido, único vestígio do antigo pudor humano —, tinha deixado Sally Conforte apaixonada, uma madame septuagenária, e sucumbido à escopeta de Ross Brymer, guarda-costas de um marido ciumento —, olhou um pouco por cima as variantes de lavagem que ofereciam e escolheu a mais cara e completa, que por pouco não incluía sua roupa de baixo e seus dentes. Pagou — o equivalente a quatro hamsters — sem sair do carro. Nervoso, convencido de que estragaria tudo com alguma trapalhada, Savoy acatou as indicações que lhe dava, entre bocejos, um empregado de macacão: fechou janelas, travou portas, encaixou as rodas do carro nos trilhos paralelos que os gestos do empregado indicavam no chão e morriam alguns metros adiante, na pequena plataforma circular onde uma guarda de escovas gigantes esperava. E desligou o motor.

Nunca tinha feito nada dentro de um carro — nada que não fosse dirigir, xingar outros carros ou pagar pedágios, uma prática cujo erotismo momentâneo — dedos e dinheiro — não o deixava indiferente. Assim, tudo o que aconteceu nos quinze minutos seguintes foi para Savoy uma novidade radical, e ele experimentou aquilo com um deslumbramento pueril, parecido com o que sentira ao viajar de avião pela primeira vez, aos onze anos, ou aos dezessete subindo quarenta andares num elevador de vidro transparente. Apoiou as mãos no volante e abriu as pernas, deixando os joelhos caírem para os lados, abandonando-se. Teve a impressão de flutuar em algo muito denso e muito cálido. Quando abriu os olhos, um segundo depois, não encontrou o mundo, nem mesmo o submundo de seus pensamentos, a essa hora meio deserto, mas uma lâmina gelatinosa, multicolorida, que se estendia como uma mancha de óleo e cobria todo seu campo visual, ondulando como um organismo submarino, e se enchia de furos e se regenerava uma e outra vez, célula proteica, enquanto milhares de salvas líquidas frenéticas disparadas de algum planeta vizinho a dispersavam, tatuando nela arabescos ilegíveis. O prólogo do ensaboamento psicodélico lhe deu vontade de se drogar, uma vontade tão intensa e súbita que o efeito psicoativo era o dobro do que lhe teriam causado, se tivesse tido a ideia de procurá-las, as pontas de maconha esquecidas no porta-luvas do carro e no cinzeiro. Durou pouco, previsivelmente — o suficiente para aprofundar, refinando-o, o estado de feliz invalidez a que se entregara confiando o carro ao maquinário que agora se dispunha a escová--lo. Através das janelas, ainda veladas pelas camadas de líquido que languidesciam, Savoy viu os rolos verticais serem ativados, começarem a girar como monstruosos piões felpudos e avançarem para o carro, ameaçadores. Em segundos estava no epicentro de um abraço prodigioso, sufocado por meia dúzia de lagartas alaranjadas que se esfregavam frenéticas na carroceria do veículo.

Que estranho era tudo aquilo. Que infantil. Fazia muito tempo que não se sentia tão vulnerável. Erodida pela fricção, a lataria, única pele que o separava dos rolos, parecia prestes a ceder, aplainando seu caminho em direção à presa — seu corpo — que os pusera em movimento. Demorou pouco para se ver tocado, raspado, abraçado, compactado até a trituração, reduzido à polpa de sangue, tecido e ossos com que os responsáveis pela fase manual de secagem, os últimos a intervir na cadeia da lavagem, se encontrariam no final do processo, quando voltassem a abrir as portas do carro. E, no entanto, nada podia tocá-lo. Era como se ver o assédio que o maquinário desdobrava sobre o carro, vê-lo quase sem som, abafado pelos vidros, a carroceria e o rádio, que Savoy se esquecera de desligar e emitia uma espécie de neve sonora, de algum modo o salvasse do que via. As formas citoplasmáticas, o transe giratório dos rolos, até a viga de metal da primeira secagem, a mecânica — que descia se sacudindo, como um robô rudimentar, e detinha seu hálito seco e quente sobre o carro, a dois dedos de afundar a lataria ou fazer o para-brisa estourar: tudo era belo e inquietante, mas também tosco e distante, uma versão virtual, para adultos, dos parques de diversões que o atormentavam quando menino com suas truculências elementares, morcegos de araque, esqueletos dançantes, trilhos semeados de armadilhas, ataúdes animados e a pontaria sempre desanimadora de seus machados, invariavelmente cravados a centímetros do vagãozinho no qual seguia, atribulações das quais Savoy emergia tremendo, com o estômago revirado, e às quais meia hora depois, com o sal do choro vivo na boca, não via a hora de voltar. Acreditava sem acreditar, sofria sem sofrer, gozava sem gozar. Se havia outro jeito, ao menos com Savoy isso não aconteceu.

Estava chegando. Mas antes de chegar levou a mão sobressaltada ao bolso e, apalpando o volume da carteira, comprovou o que temia: que tinha apenas meio hamster, a outra metade o limpador de vidros tinha levado. Procurou, enquanto diminuía a velocidade, o painel luminoso de um caixa automático. Percebeu que estava no bairro mais comercial da cidade. Viu lojas fechadas, muitíssimas, uma colada à outra, com seus letreiros modestos, sem luz, apagados pela noite prematura. Um longo rastilho de lixo — retalhos de tecido, serpentinas de papel — corria junto ao meio-fio. Estava começando a ficar preocupado quando detectou na esquina o brilho de um caixa, e ao encostar no meio-fio a metade do carro pisoteou o colchão de dejetos, fazendo-o crepitar. Savoy desceu. Era a época em que a sinalética urbana, principalmente a luminosa, vivia um momento de plágio generalizado: todas as placas eram parecidas, qualquer que fosse o ramo comercial e a importância de cada negócio. Os postos de gasolina copiavam os bancos; os bancos, os cartões pré-pagos; os cartões pré-pagos, as lojas de equipamentos eletrônicos;

as lojas de equipamentos eletrônicos, os cemitérios privados. De modo que Savoy entrou no banco decidido, com o cartão em punho, e se viu teletransportado para uma banca, rodeado de guloseimas, bebidas, pacotes de biscoitinhos, bugigangas de plástico. Deu meia-volta e foi de novo para a rua. Ficou na esquina procurando um caixa, sem esperanças. Ruminava a contrariedade de não conseguir chegar estando tão perto quando duas sombras emergiram de um saguão e foram para cima dele. Eram policiais. Estavam prestes a dar início a uma revista, precisavam de uma testemunha que avalizasse a legalidade da operação.

Savoy hesitou. Conhecia muitas histórias do gênero. Não acreditava muito nelas, mas sempre o deixavam intrigado. Na rua havia pouca luz, apenas a que chegava do saguão que tinha cuspido os dois policiais na calçada, mas era óbvio que estavam à paisana. Savoy fez um gesto em direção ao carro mal estacionado. Foi a única desculpa de todas as que conseguiu reunir que lhe ocorreu invocar sem temer represálias. "Ele está com o alerta ligado: ninguém vai levá-lo", disse a ele um dos policiais, o mais alto. Savoy esperava outra resposta, algo mais digno, à altura do desamparo que sentia por esse recrutamento na escuridão de um bairro morto, inundado de lixo: não um álibi de manual de trânsito (do qual Savoy, ao ligar ele mesmo o pisca-alerta, demonstrava não necessitar que o lembrassem), mas uma graça, um privilégio, talvez a concessão de um foro especial, cuja imunidade o absolveria a priori de qualquer delito que pensasse em cometer enquanto estivesse a serviço da lei. (Matá-los, por exemplo.) "Está com sua identidade aí?", perguntou o outro oficial. Tinha uma voz doce, gasta por uma rouquidão leve que dava para ver que o entristecia. Savoy o imaginou num domingo nos fundos de sua casa, abraçado a um violão, cantando clássicos do folclore para um auditório de parentes resignados. A imagem lhe causou uma sedação fulminante, sublingual, que quase precisou disfarçar, por pudor, para mostrar o documento. O oficial cantor o examinou com a luz de seu celular e comparou o rosto da foto com seu rosto real, entrecerrando um pouco os olhos, com aquela mistura única de solenidade, concentração e amor-próprio que todos os policiais do mundo sempre demonstram nesse simplicíssimo trâmite de verificação, *highlight* total da experiência de encarnar a lei. O oficial deixou escapar uma risadinha, muito menos agradável que sua voz. Compartilhou o documento com o colega e disse, risonho: "Parece dez anos mais jovem". O outro olhou a foto de passagem. "Vamos", disse com a voz seca, como quem abre uma porta e se interna no túnel das coisas sérias.

Percorreram um corredor comprido e descoberto, mal iluminado, de paredes descascadas e piso de lajotas irregular, fustigados pelos latidos de um cão que investia em algum lugar contra uma porta metálica. "Você vem como testemunha", disseram os policiais: "Não tem que tocar em nada nem fazer nada. Vai ver o desenrolar do procedimento e assinar o relatório." Na metade do corredor, outro policial, de uniforme, e um homem ajoelhado no chão, ocupado com a fechadura de uma porta, esperavam por eles. "Pronto", avisou-os ao chegar o policial cantor: "Abra logo." O chaveiro levantou a vista, ofereceu uma cumplicidade que Savoy não retribuiu e se refugiou em sua caixa de ferramentas, de onde tirou uma espécie de furador que inseriu com cuidado na fechadura. O cachorro demorou vinte segundos para se acalmar, e a porta, trinta para ranger, ceder e se entreabrir de leve, o suficiente para que o chaveiro, sempre de joelhos, retrocedesse dois passos, como se previsse um estouro. "Primeiro a testemunha", ordenou o policial de uniforme. Todos fizeram de conta que se afastavam — embora ninguém fechasse a passagem para ninguém —, e Savoy deu um passo à frente. Permaneceu na soleira, sob o arco da porta, sem se atrever a entrar, assim como o pequeno grupo que encabeçava, todos fulminados pela mesma ordem secreta, o mesmo pavor.

Era um cômodo amplo, quadrado, sem janelas nem outra porta a não ser a que, à sua frente, hesitava em se entreabrir e dava para um banheiro de parede de azulejo, em cujo espelho, mesmo alto, Savoy pensou ver seu próprio rosto e o de seus acompanhantes, quietos, sérios, como se posassem para uma foto de família. À esquerda havia uma minicozinha aberta, com meio metro de bancada de granito verde e preto e um frigobar, de quarto de hotel. Sépia sobre amarelo, um amarelo-pálido, sujo, de doente, um velho papel de parede multiplicava ao redor várias vezes a mesma cena: um caçador de barba e chapéu, de perfil, como uma figura egípcia, apontando sua espingardinha de brinquedo para um trio de raposas bem vermelhas pintadas saltando, em fuga ou distraídas. Contra a parede da direita, uma cama estreita e comprida, sem uma ruga, com seu travesseiro e uma coberta ocre áspera cobrindo-a por completo. No centro, uma mesa retangular de pés finos, abertos, com tampo de fórmica verde-água e quatro cadeiras, do espaldar de uma das quais, que dava as costas para Savoy, pendia um paletó de lã cinza com cotoveleiras. Não faltava nem sobrava nada: até o ar que havia entre as coisas era justo. Tudo o que havia no cômodo estava à vista, e o que não se via não existia. Mas todas as luzes estavam acesas, ao pé da cama havia um par de botinas com longos cadarços esfiapados, na mesa, uma colher e um prato fundo com um pó cinza-esverdeado no fundo esperavam; e na cozinha, assoviando, uma chaleira cuspia um jato de vapor.

Então entraram, primeiro ele, Savoy, a testemunha, e assim que sentiu a alteração irreversível que seu corpo introduzia no cômodo, algo, um toque na testa, uma espécie de percussão minúscula o deteve suspenso junto à cadeira com o paletó de lã, onde pousou, um pouco a contragosto, a mão desconcertada. Viu na fórmica dois parênteses de sombra, talvez marcas de pés. De repente algo salpicou sua boca, algo que ele não chegou a saborear. E depois de novo a batidinha na pele, mínima, opaca, como um golpe de tecla — e uma espécie de lágrima começou a escorrer por um lado do seu nariz, uma e depois outra, e mais outra, num gotejar cada vez mais precipitado, até que levantou os olhos para o teto e exatamente em cima de sua cabeça viu uma brecha imensa, de bordas irregulares, cruzada por vigas meio aos pedaços e ferros retorcidos, três camadas de entranhas de teto à vista, e mais além o céu e a noite e o pestanejante emaranhado de raios e nuvens e detonações surdas de onde nascia a chuva, o pranto.

2.

"O Chatroulette fracassou e vou te dizer por quê."

Carla não disse nada, claro. Aproveitou uma distração qualquer e se deixou levar pelos afluentes secundários da conversa, que com ela, como Savoy descobrira em questão de dias, costumavam ser mais interessantes que o canal principal, e em alguns minutos de navegação indolente os depositavam longe, muito longe da costa de onde haviam zarpado. Savoy, por sua vez, também não insistiu, mas não porque tivesse se esquecido da promessa de Carla — jamais se esquecia de uma promessa, muito menos se viesse de alguém que de repente, da noite para o dia, fazia parte de seu horizonte, um pouco como essas moscas voadoras que irrompem num lado do campo visual e ali permanecem, e então se torna impossível olhar para qualquer coisa sem vê-las —, e sim por medo, ou comodidade, talvez, porque a ilha na qual tinham ido parar por ficarem fazendo esses rodeios lhe agradava até mais do que a costa, e também porque, ainda que num primeiro momento a promessa de Carla o tenha entusiasmado, Savoy, no fundo, não precisava que lhe explicassem isso.

(O que o entusiasmou, na verdade, foi o tom provocador, quase desafiante, da promessa.) Seria isso, talvez, começar a ter intimidade? Essa sociedade na negligência, esse jeito de ir perdendo coisas pelo caminho sem se preocupar, sem ceder à nostalgia nem à ansiedade de repô-las?

Savoy, que nunca se divertia tanto em suas especulações como quando o fazia sobre coisas que conhecia de segunda mão, tinha sua teoria sobre o fracasso do Chatroulette. Tinha fracassado por ser paradoxal. Porque era um chat — palavra que lhe dava arrepios e que pronunciava com reservas —, mas prescindia do câncer do perfil. Era anônimo de verdade, anônimo no sentido de que não convidava ninguém a exibir poses, máscaras, pseudônimos, mas a *se esquecer*. O tipo de interação que propunha — aqueles cruzamentos fugazes, fortuitos, que ele, com seu sempiterno século XX à flor da pele, não podia deixar de associar ao cruzamento de dois viajantes sentados junto à janela de dois trens que, viajando por vias contíguas em direções opostas, paravam de repente um ao lado do outro numa estação, a menos pensada de ambos os percursos, de preferência uma fronteira, para efeitos dramáticos, ficando frente a frente por um espaço de dois ou três minutos, tempo suficiente para que o proverbial contingente de policiais com cães subisse e descesse, o assistente de cenografia ligasse a máquina de fumaça e eles, se olhando nos olhos, percebessem que eram feitos um para o outro, e depois se afastassem para sempre — ultrapassava os limites e a vontade de controle característicos das redes que acabaram por derrotá-lo. Não havia trâmites para entrar no Chatroulette. Ninguém ficava registrado. Não havia fotos nem dados nem traços nem declaração de dotes ou preferências — nada que identificasse o usuário além do rosto ou do pedaço de corpo ou do cenário ou do vazio da parede vazia que tivesse escolhido mostrar, que além disso só eram visíveis e persistiam on-line se outro usuário, ao cruzar com eles, demonstrasse interesse ou uma dose de estranheza suficientes para se deter ali, mas dos quais depois não restava nenhum sinal, arrasados pela tentação do rosto, do pedaço de corpo, do cenário ou do vazio que estavam por vir, ocultos no futuro.

E às vezes nem isso. Às vezes bastava um detalhe, um detalhe solto: por exemplo, um cadarço de sapato, um cadarço de sapato de duas cores, a gáspea branca, os lados pretos, um cadarço de sapato de duas cores desamarrado, que se derrama sobre o peito de um pé surpreendido enquanto balança no ar com um abandono quase aristocrático.

Savoy não lhe pediu a explicação. Estava espantado demais com a rapidez com que se despenhavam — a palavra, preciosa, era de Carla — em temas pessoais e um pouco envergonhado, talvez, pela atitude misericordiosa, quase condescendente, com que Carla recebera a confissão da única fraqueza que Savoy admitia sofrer — ter sofrido, na verdade — em um mundo, o chamado virtual, do qual se considerava um pária, quando não uma mera vítima. Depois percebeu que acabara de omitir sua passagem por *loqueseteocurra.com*. Mas, embora não tivesse feito isso de propósito, não se arrependeu, e por isso tampouco corrigiu a omissão, agora que a notara. Nem é preciso dizer que ele não acreditava na sinceridade como valor absoluto, muito menos em fases tão prematuras de algo que tecnicamente podia ser chamado de coup de foudre (e por definição carecia de fases). Mas — apesar de Reto Hofmann e de seu método de tortura, ou talvez graças a isso — acreditava no teatro, no efeito eminentemente dramático que têm nessa fase em particular, tão frágil e por isso tão broquelada, as coisas que cada um declara sobre si, sobre sua personalidade e seu passado e tudo isso que era já hora de o amor, pensava Savoy, decidir chamar de uma vez por todas de *arquivo*. E do teatro, principalmente, acreditava nas bambolinas (nas quais o teatro acredita bem menos), que era o palco onde acontecia o melhor, o mais extremo, o que era impossível de representar. Pensou que esses bastidores sempre na penumbra, povoados pelas paisagens mais diversas em versões bidimensionais pintadas por gênios da ilusão de óptica, cheios de móveis de época, bibliotecas com livros ocos e mesas cobertas de banquetes cenográficos, eram o lugar idôneo para guardar sua temporada de raides no comércio eletrônico, breve, mas de rara intensidade. Além do mais, confessar que fazia ou fizera Chatroulette — na dose que fosse, pois Savoy aumentava e diminuía a assiduidade e a força de seu hábito de maneira estratégica, segundo os requerimentos da conversa com Carla, o que provava, entre outras coisas, como ele era pouco genuíno — de algum modo seria, veladamente, confessar seu passado não tão distante na plataforma de comércio virtual, e não só pelas afinidades que havia entre as experiências, mas também, e sobretudo, porque, estreita ou despreocupada, íntima ou diletante, sua relação com o Chatroulette começara pouco depois, quase imediatamente depois, na verdade, de ele se retirar da compra e venda on-line. Assim, como os viciados que confessam com pudor qual droga os enlouquecia ao nomear aquela que os médicos os obrigam a tomar para se desintoxicar, Savoy, em certo sentido, se sentia inimputável. Um pária, sim, mas inocente.

"Um *ludita*: que graça", dissera Carla, e depois encadeou com a promessa do argumento anti-Chatroulette que ficaria lhe devendo para sempre. A palavra ludita, no momento, não dizia grande coisa para Savoy. Sabia vagamente o que significava e que tipo de batalha lhe dava sentido. Mas para ele, como pária — ou seja, basicamente alguém que não era nada em particular, exceto, talvez, quando cometia um erro, batia na tecla errada ou clicava na única opção que não devia escolher e se sentia (mas não era, não, não era) como uma mosca ferida, com uma asa e uma pata a menos, grudada numa teia de aranha gigantesca cuja dona não tardaria a aparecer —, não dizia grande coisa. No entanto, algo que viu em Carla, seu jeito de desviar os olhos da tela — tinha o computador sempre aberto e sempre próximo: um bicho de estimação obediente —, de piscar rápido, várias vezes, como se tivesse um cisco num canal lacrimal, e de olhá-lo, o fez pensar que de algum modo ela adivinhava por que ele desistira de lhe pedir o tal argumento. O problema — se é que havia um problema, e se é que era o mesmo para ambos — já não era que Carla tivesse desistido ou se esquecido de lhe dar a explicação prometida, mas que Savoy, que a tinha bem fresca na memória, dispensasse pedi-la. Era estranho como uma anomalia se deixava substituir por outra, como o que acontecia depois ocupava o lugar do que acontecera antes, que em rigor o havia causado e era sua razão de ser. Savoy via tudo como um grande truque de mágica; presenciava tudo estupefato, em modo espectador, embora na realidade fosse seu destinatário ou sua cobaia, um desses incautos tímidos, com vocação secreta para a notoriedade, que os mágicos recrutam entre o público para provar que a mágica também funciona com humanos comuns. Só que, ao contrário dos voluntários, que só se deixam serrar ou volatilizar nas mãos de mágicos, Savoy nem mesmo podia ter certeza de que era ela, Carla, que executava os truques. Em todo caso, não havia sinais visíveis. A menos que esse pestanejar robótico fosse um. Não, era ridículo. Acontecia, simplesmente. Talvez essa evidência de espontaneidade — na qual qualquer apaixonado incipiente se apressaria a ver um sinal auspicioso — fosse para ele mais difícil de aceitar que a ideia de que por trás do que acontecia, em especial do que ele não conseguia explicar, havia algo mais, algo diferente, não necessariamente um plano ou uma intenção, mas uma presença.

Não, não havia um problema. Não para Carla, em todo o caso. A partir de então, desde o dia em que se conheceram, quando Savoy, vítima de outra peça pregada por seu relógio de pulso, chegou meia hora atrasado ao encontro no apartamento da Vidal que havia combinado no dia anterior por telefone, ela parecia se mover como se patinasse, em estado de leve levitação, um pouco como os vampiros, e desviar dos contratempos sem se dar ao trabalho de eludi-los, provavelmente alertada, segundo Savoy deduziu naquela tarde, por algum tipo de radar que os antecipava e os eliminava um após o outro, sem deixar rastros. Os problemas não eram um problema para ela. E não é que ela fosse resolutiva. Se tinha recursos ou não, Savoy nunca tinha tempo de comprovar, simplesmente porque Carla ou alguma coisa em Carla parecia se ativar, agir antes, intervir na situação quando o problema não era uma ameaça, nem mesmo um horizonte, mas apenas uma mistura de coordenadas múltiplas, heterogêneas, da qual podiam surgir coisas muito mais inesperadas do que um problema.

Foi isso, de fato, o que naquela primeira tarde na Vidal, a tarde do flash do cadarço se derramando lânguido sobre a gáspea branca do sapato de duas cores — a primeira coisa dela que viu, pela porta entreaberta do apartamento ao sair do elevador —, separou-os de maneira radical. Quando entrou, Carla já estava na cozinha, atendendo pelo interfone o próximo interessado da lista. Ouviu-a se desculpar e lhe pedir que esperasse um momento, mas ficou irritado ao saber que dividia com outro o horário que considerava seu. Era estranho, mas em sua vasta experiência de *scouter* isso nunca tinha acontecido. De modo que não chegou só meia hora mais tarde; também quis discutir. Levou em direção a ela seu pulso esquerdo levemente quebrado, quase provocando-a, e lhe mostrou o relógio, o mesmo que era óbvio que ele estava havia um bom tempo sem consultar. E enquanto ele entrava em seu pântano vindicativo, ela o esperava quieta e meio distraída em seu lugar, a anos-luz de suas investidas, e até se dava ao luxo de aceitar seu desafio e avaliar o disco chato e brilhante, recoberto de vidro, que ele a instava a considerar.

Um relógio! Quanto tempo fazia que Carla não via um? Enquanto segurava o pulso de Savoy com delicadeza, especialista em ossos de vidro, e o aproximava dos olhos para observar o relógio, disse-lhe que não se preocupasse com o atraso: estava morando no apartamento; não tinha mais nada a fazer senão atender as visitas e mostrá-lo, de modo que meia hora a mais ou a menos não fazia nenhuma diferença para ela. Mas foi a curiosidade que o relógio lhe despertou que fez com que Savoy, de repente, com um alarme súbito, recolhesse o pulso e decidisse consultá-lo antes, para acabar comprovando aquilo de que Carla suspeitara mesmo antes de sucumbir a seu encanto anacrônico: que o relógio estava morto, cravado num passado próximo, mas imperdoável. Antes que pudesse se envergonhar, no entanto, Carla, franqueando-lhe uma dessas saídas de emergência que só ela conhecia, começou a falar de relógios — não necessariamente para ele, um pouco ao léu, como se ensaiasse diante de um espelho uma espécie de monólogo imaginado —, a citar formas de falar que sempre tinham chamado sua atenção — "aprender as horas", "saber as horas" — e que só conhecia de ouvir falar, como o tamborilar das teclas das máquinas de escrever e o prazer de fumar no avião, relacionadas como estavam a coisas e costumes de outro mundo.

Era jovem. Savoy a fitava e não conseguia imaginá-la como "uma holandesa", embora tivesse consciência de que sua experiência com o holandês, em qualquer área que fosse, tulipas, Van Gogh, bairro da luz vermelha, *coffee shops*, bicicletas, para nomear só a lista de obrigações que se dera ao trabalho de coletar aos dezoito anos, na véspera de uma primeira viagem à Europa, e que uma vez em Amsterdam, naturalmente, se deu ao trabalho de esquecer, não justificava nem de longe a temeridade. Por holandesa, sempre sem pensar, limitando-se a imaginar a mulher que tinha à sua frente, queria dizer um rosto aberto, claro e pálido, de uma palidez invernal, ao mesmo tempo intacta e exposta, resistente ao sol e sempre ao ar livre, na qual o vértice das maçãs do rosto, a ponta do nariz e a borda dos lábios, em especial o sulco vertical que unia o arco do cupido ao nariz, apareciam a toda hora e em qualquer estação do ano (generalização brutal) cobertos por essas manchinhas de um vermelho álgido que o excesso de frio ou de vento deixa, crestando-as, como faz o roçar mais leve com o mundo na face de um recém-nascido, nas peles sensíveis ou brancas demais. Queria dizer alta, também, holandesa, e ossuda, e de ombros alinhados: uma mulher com um ar geral — um "não sei quê" — que nos tempos em que se dizia "um não sei quê" para falar do aspecto geral de uma pessoa teriam chamado, levantando um pouco as sobrancelhas, de "masculino", e que Savoy identificava mais como andrógino, como se as linhas retas do corpo, a falta de volume, a tonicidade macia dos músculos, menos dispostos a se contrair que a se flexionar, para ele não respondessem tanto às palavras de ordem do sexo oposto como a certo estado de imaturidade, essa antessala de indecisão precoce, neutra, da qual qualquer um de todos os sexos era uma derivação igualmente possível e fortuita. Daí vinham toda a juventude que não explicava sua idade e, também, essa energia estranha, meio convulsiva, capaz de passar longas temporadas em repouso, como que desconectada, e de repente se ativar numa explosão de brio e de vigor. "Holandesa?", riu Carla. "Uma vez cuidei da casa de uma mulher em Rotterdam. Da casa e de sua cadela, uma jack russell que destroçou uns sapatos meus muito parecidos com os que eu estava usando no dia em que você veio até a Vidal. Era uma mulher baixinha, meio rechonchuda, bem peituda." Um caso típico do estrabismo retórico que fascinava Savoy. Pode ser que Carla, desconcertada com o retrato que Savoy lhe devolvia, trouxesse à baila essa historinha para deixar claro que duvidava ou discordava, mas fazia isso de maneira indireta, evitando os choques frontais. Quando ria como riu daquela vez na sacada da Vidal, duas semanas depois de se conhecerem, de meia, com os calcanhares apoiados na borda do gradil e uma cerveja na mão, o que fazia, em compensação, não era discutir nem caçoar, mas se tornar intangível, se livrar de algo que não reconhecia como próprio ou não lhe caía bem antes que pudesse tocá-la, varrê-lo sem rejeitá-lo, com delicadeza, pudor e um toque de malícia que brilhava e era leve como um passo de dança leve.

Por incrível que pareça, era desajeitada. Como outros que, instados a detonar eles mesmos as bombas que sabiam que não podiam desativar e que mais cedo ou mais tarde explodiriam, aproveitavam os primeiros encontros de amor para confessar crenças, doenças, fobias ou hábitos extravagantes dos quais nem mesmo a força do amor os afastaria, certos, com ou sem razão, de que eram constitutivos de sua personalidade, quando não seus encantos mais irresistíveis, e, uma vez consumada a confissão, entregavam-se completamente a suas consequências, com incerteza, mas também com alívio, a falta de jeito era a única coisa que Carla parecia se sentir na obrigação de antecipar sobre si mesma. Fazia isso literalmente obrigada. Nada mais distante dela, nada mais hostil à convicção discreta com que impunha sua presença, que essa mania de autorretrato que, sob diferentes formas, algumas mais irônicas, outras mais descritivas, já havia algum tempo presidia a maneira como as pessoas saíam (ou entravam) do mercado das relações. No começo, um pouco desconcertado, Savoy confundiu essa discrição com opacidade. Carla só falava de si quando ele lhe fazia perguntas pessoais. Do contrário, parecia não existir para si mesma, ou existir apenas como portadora de uma série de atributos, funções e valores que, mais ou menos convencionais, sem dúvida naturalizados, não lhe despertavam maior interesse, nem mesmo quando tinha a possibilidade de expô-los diante de um desconhecido para quem era óbvio que podiam não parecer tão convencionais e estavam longe, sem dúvida, de ser naturais. Por isso ficou surpreso quando ela confessou ser desajeitada. Quando contraposta a essa invisibilização de si que parecia praticar sem descanso, e ao mesmo tempo sem nenhuma ostentação, sua falta de jeito ficava carregada de uma dramaticidade estranha, própria das confissões que se pretendem únicas, e também um pouco infantil, como se a importância atribuída ao que foi confessado respondesse menos ao que a falta de jeito era em si mesma como defeito ou ameaça que ao fato de que, sendo única, era difícil medi-la, calibrar a natureza e a envergadura de seus efeitos.

Savoy se pegou pensando em cataclismos em grande escala ocasionados por algum gesto ínfimo executado fora de hora, tragédias irreversíveis desencadeadas por uma palavra mal colocada numa conversa telefônica ou numa anedota inoportuna referida ao interlocutor equivocado, reações em cadeia catastróficas — acidentes de carro, doenças mortais, divórcios — nascidas de algo tão insignificante quanto o roçar de uma de suas cristas ilíacas com a borda saliente demais de uma bandeja carregada de taças de cristal. No entanto, tudo era mais simples, mais vulgar. Savoy pôde comprovar isso logo depois, quando Carla, mais em segredo, ou estimulada pela única coisa que sua falta de jeito pedia para se manifestar em todo seu esplendor, a presença de um espectador, eventualmente uma vítima, ilustrou sua confissão com um punhado de clássicos do descuido. Tudo se reduzia, por exemplo, a sair do carro e afundar o pé numa poça fedida que a chuva fez crescer entre o estribo e o meio-fio, abrir garrafas de água mineral com gás e borrifar as pessoas e as coisas que estavam a dois metros ao redor — um pouco como nas antigas cerimônias de premiação da Fórmula 1, das quais Carla não tinha a menor ideia e que Savoy, que quando menino sempre as via na tevê, considerava o único evento divertido, descontados os acidentes e seu suculento festival de carros despedaçados, pneus girando no ar e pilotos atravessando a pista, transformados em tochas humanas, o que lançava alguma sombra de dúvida sobre o fator antichamas de seus trajes antichamas, de um esporte mortalmente entediante —, derramar xícaras ou pratos de sopa que lhe chegassem às mãos e demandassem um traslado de mais de dez centímetros, estender a mão em busca de sal, azeite ou pimenta e derrubar taças em cadeia, pisar em cocô de cachorro e perceber uma hora mais tarde, depois de perfumar capachos, tapetes e elevadores, ou despedaçar, após o breve forcejo inaugural de praxe, todos os guarda-chuvas chineses que os aguaceiros intempestivos a obrigavam a comprar.

Segundo Savoy — outra razão pela qual a confissão lhe soou tão inesperada —, Carla não tinha o physique du rôle. Sua experiência com falta de jeito não era muito superior à que tinha com coisas holandesas, mas por comodidade ou automatismo se acostumou a associá-los com gente incomodada com seu próprio corpo, encalhada numa fase de transição, uma espécie de adolescência, e portanto condenada a desejar e abominar ao mesmo tempo os dois estados, um prévio, outro posterior, entre os quais tinham ficado estagnados. Carla, além de "holandesa", era esportiva: antes nadava, agora corria. (Savoy gostava demais de entreabrir os olhos de manhã cedo e, entre fiapos de sono, vê-la enfronhar seu corpo naquele uniforme estalante de lycra fluorescente, escutar o som do elástico da cintura golpeando sua pele e sentir o peso de seu corpo afundando a beirada da cama na qual ele continuaria cochilando por mais quarenta minutos, no melhor dos casos sonhando com ela, para amarrar o tênis com alguns puxões enérgicos.) Sentia falta da relação com a água, da concentração, principalmente do cheiro de cloro, mas correr era mais prático, se ajustava melhor ao regime de vida errante que levava havia pelo menos cinco anos.

Seus únicos apegos eram seu telefone e seu computador, que renovava com pontualidade. Tudo o que lhe importava cabia numa mala de mão, a única bagagem que aceitava levar aonde quer que fosse, qual fosse a estação do ano e a duração da viagem, um modelo *spinner* rígido, de um turquesa apagado e sujo, surpreendentemente espaçosa, mas cujas medidas satisfaziam as exigências das companhias aéreas mais implicantes, mesmo as de baixo custo, que, ávidas por recuperar o dinheiro que perdiam com as tarifas, cobravam sem pestanejar por todo o resto, desde olhar pela janela até usar o banheiro, passando por caminhar pelo corredor para evitar trombos nas pernas e até pelo dever de ajustar o cinto de segurança, e desembarcavam seus passageiros em aeroportos do interior em ruínas ou em construção, esquecidos em localidades mais distantes do destino final da viagem do que o próprio ponto de partida do passageiro, de onde um táxi até o centro da cidade acabava custando a mesma coisa, quando não um pouco mais, incluídos os pedágios, que a passagem aérea comprada certa madrugada a preço de banana num arroubo de alvoroçada avareza. Naquela primeira tarde na Vidal, a mala jazia de barriga para cima num canto da sala, com meias e pernas de calças e mangas de camisa sobressaindo como tripas pelos lábios dentados do zíper. Savoy, ainda atordoado pela combinação do cadarço desamarrado com sua própria impontualidade e o fiasco do relógio defeituoso, atropelou-a e por pouco não quebra o pescoço.

Carla — em cuja carteira não havia lugar para mais nenhum cartão de milhagem — empreendia essas subidas ao inferno do céu com um sorriso impassível. A blindagem do costume, pensou Savoy, atribuindo o bom humor com que ela aceitava desconfortos e maus-tratos ao papel crucial que desempenhava em seu trabalho a desregulamentação do espaço aéreo, do qual as companhias de baixo orçamento eram apenas a ponta do iceberg. A economia do cuidado de casas era simples, mas sua eficácia — seu rendimento — dependia de elos muito frágeis: os traslados, por exemplo. Uma das chaves da rentabilidade era reduzir ao máximo o intervalo ocioso entre uma casa e outra, encadear um compromisso com o seguinte sem deixar no meio aquele vazio às vezes inevitável que o *house sitter* devia assumir por conta própria e financiar de seu próprio bolso. Por mais precários que fossem, os voos baratos que cruzavam o Velho Mundo de uma ponta a outra satisfaziam plenamente esse requisito. Era o tipo de argumentação atinada, pertinente, a que Savoy costumava recorrer para dar conta dos fenômenos que chamavam sua atenção e lhe propunham algum tipo de enigma. E era frequente que não se equivocasse, em geral e nesse caso em particular. Mas saber que não se equivocava não necessariamente resolvia o enigma. Até o ampliava e o aprofundava, tornando-o mais obscuro e complexo. Com efeito, se Carla vivia viajando naquelas latas de sardinha sem se queixar, não era só porque sabia perfeitamente tudo o que seu modo de vida lhes devia. Era porque nada disso tinha a menor importância para ela. E não tinha importância não por indiferença, ou por apatia, ou por ignorância, mas porque cada coisa que lhe acontecia, boa ou má, feliz ou tortuosa, era para ela uma coisa, uma coisa em si, nunca algo que teria acontecido em relação com o que esperava ou temia que acontecesse. Nunca se queixava, mas não porque fosse estoica ou tivesse pudor. A queixa lhe era alheia, desconhecida, como um prato exótico ou o circunlóquio floreado com que um dialeto tribal escolhia dizer "comer" ou "se casar". De maneira que também não tinha nada contra, o que para Savoy, treinado na escola do antagonismo, provavelmente fosse algo mais difícil de tolerar. Esse, se é que havia algum, era o verdadeiro enigma.

Carla vivia "no mundo": duas semanas em Madri; três em Oaxaca; dez dias em Montevidéu; cinco em Varsóvia; se é que os traslados de um destino a outro, sempre a uma média de dez mil metros de altura e nessas câmaras de abdução que são os aviões, tinham lugar "no mundo". Era raro que tivesse mais de duas ou três semanas livres por ano e era bastante comum que recusasse pedidos. Tinha as notas máximas nos quatro sites de *house sitting* nos quais estava registrada. Muito rápido, depois de uma semana se vendo dia sim, dia não, média de encontros diários — com pernoite incluído — e quase uma de convivência casual, menos inesperada para Carla, segundo Savoy, que para Savoy, que esbarrava na evidência da nova situação toda vez que, ainda dormindo, procurava às cegas sua escova de dentes na prateleira de vidro do banheiro e não a encontrava, Savoy pôde comprovar o porquê desse prontuário irrepreensível, e até que ponto esse tribunal do terror disfarçado de democracia avaliativa, de cujas arbitrariedades tivera sinais suficientes em sua passagem pelo comércio virtual, no caso de Carla se tornava sensato e confiável. Mas ele comprovou isso — privilégio estranho, que de algum modo rarefazia tudo, como se o nublasse com um véu de ficção — vendo-a se mover ali mesmo, no apartamento da Vidal, ou seja, em Buenos Aires, a cidade onde ela tinha nascido e onde ele morava, o último lugar do planeta que ele teria associado com "o estrangeiro", ou seja, com o mundo remoto onde Carla estava havia anos dando voltas.

Pais? Com essa sua infantilidade de investir contra o que o desconcertava, foi o primeiro obstáculo com que Savoy pensou varrer esse nomadismo profissional. Carla, em outra de suas esquivas, descartou a reconvenção explícita e ficou com a curiosidade — tão legítima quanto a reconvenção. O pai, ao que parece, estava melancolicamente disperso nas dunas de Villa Gesell que souberam escalar juntos no verão, naqueles verões em que o sol nunca se punha de vez, ela era pequena e a única coisa que não estava disposta a fazer era perder tempo, dunas às quais o pai pediu que o devolvessem antes de se fechar no banheiro para se fartar do pão francês com manteiga que dinamitou sua vesícula, um dos poucos bastiões mais ou menos inteiros de um organismo minado por enfisema, hipertensão e engarrafamentos vasculares. A mãe, morta alguns anos depois, com os olhos congestionados pelo homem pelo qual não tinha parado de chorar, ocupava um jazigo pequeno num desses campos de golfe que começaram a proliferar como cogumelos, sob o nome de jardins da paz, nos arredores acomodados da cidade, ao lado dos bairros fechados e das universidades privadas. "Eram adultos, ele cinquenta e quatro, ela quarenta e três", cortou-o Carla quando o viu compungido. "Sou filha — única —", esclareceu num aparte confidencial, tão impudico, mas não tão ameaçador quanto o que usou para

95

confessar que era desajeitada, "de um dos primeiros cruzamentos felizes entre a ciência e o vidro."

Era pontual, confiável, meticulosa. As instruções domésticas por escrito, peça-chave para a atividade, pois nem sempre os donos da casa estavam presentes na entrega para transmiti-las pessoalmente, eram de uma simplicidade tão pérfida como a das receitas de cozinha, mas não representavam nenhum obstáculo para Carla. À diferença de Savoy, que não conseguia pôr para funcionar um eletrodoméstico ou montar uma prateleira modulada sem praguejar, suando em bicas e com as mãos esfoladas, o manual de uso com o qual vinham embalados, atribuindo a certas obscuridades de redação ou à língua de trapos pitoresca em que estavam escritos a confusão, a falta de bom senso ou a incompetência prática pelas quais, no fundo, suas próprias mãos eram as únicas responsáveis, Carla as entendia de maneira instantânea, como os bons espectadores de um bom quadro, e entre entendê-las e executá-las havia um passo simples, quase uma formalidade, à qual ela procedia com a mesma resolução que os donos da casa que as haviam redigido.

Era limpa e prudente. Não perdia chaves nem se esquecia de tirar o lixo do último dia, duas das negligências que mais exasperavam os usuários de *house sitters*. Evitava ao máximo as simultaneidades perigosas, tomar banho enquanto havia algo cozinhando no fogão, por exemplo. Não deixava luzes nem aquecedores ligados quando não estava na casa ou enquanto dormia. Não era uma pessoa dada a economizar — sua economia não obedecia a outro princípio que o pragmatismo, mas, como boa parte de sua geração, e não por ideologia, mas por bom senso, via com maus olhos a compulsão pelo consumo e sobretudo odiava — se é que um temperamento tão pouco afeito às paixões como o seu aceitaria um verbo tão crispado — o desperdício, odiava-o com a veemência inflexível que nenhum outro crime parecia capaz de suscitar nela, pelo menos não dessa maneira visceral. Se dava bem com as plantas e — ativo importantíssimo de seu curriculum, quase mais valorizado que o estado impecável em que deixava as casas de que cuidava e a impressão que deixava em seus vizinhos, frequentemente mais satisfatória que a dos próprios donos da casa — muito bem com os animais de companhia, como Savoy soube que agora denominavam, "no mundo" onde Carla se movia como peixe na água, ao que ele teria chamado automaticamente de animais de estimação, passando batido, sem dúvida, pela primeira ideia que a expressão lhe inspirou, a de que o estatuto de acompanhantes com que eram designados não tinha sido escolhido por eles de jeito nenhum e que a nova denominação, já discutível se aplicada às criaturas que mais "naturalmente" pareciam se adequar a ela, cães, gatos, pássaros pequenos, tartarugas ou hamsters Roborovski como o que Savoy comprou mas nunca chegou a retirar, interceptado pelo caso do homem que voou de seu apartamento para o espaço, tornava-se meio irrisória se referida a iguanas, serpentes, axolotles, ouriços-cacheiros, tarântulas e outras criaturas meio ariscas que preferiam permanecer horas, dias e até semanas em isolamento, se fazendo de mortas em suas jaulas de vidro ou entrincheiradas nas tocas que improvisavam o mais longe possível da vista de seus donos, os quais logicamente não demoravam a alarmar, indiferentes, em todo caso, aos chamados para confraternizar com que eram incitados, e que, se fossem escolher, escolheriam sem pensar duas vezes o brejo, o pântano, o deserto tórrido, a selva sufocante e a companhia menos condescendente de seus pares em vez do apartamento padrão, da *casa chorizo*, do chalé com telhado de duas águas ou do bunker modernista de concreto e vidro que seus donos propunham que compartilhassem.

* * *

Carla, por sua vez, parecia não ter preferências. De qualquer modo, não acusava a ansiedade característica de quem as tem e por algum motivo não consegue satisfazê-las. Aceitava cada trabalho — chamava-os de temporadas: "trabalhar a temporada", segundo a fórmula imposta por salva-vidas, atores e outras profissões que dependiam do fator sazonal — com uma espécie de conformidade neutra, automática, como se a casa com sala de ginástica e piscina climatizada ou a quitinete escura guardada por um mastim incontinente que a demandavam fossem exatamente o que tinha em mente antes que a contatassem para cuidar delas. Era óbvio que nem tudo dava na mesma para ela e que em sua disposição para aceitar, que era constante, havia uma mensagem profissional destinada a seus clientes, para persuadi-los de que podiam contar com ela de maneira incondicional, a única, no fundo, capaz de lhe garantir trabalho a longo prazo. Mas quando tinha gostos, o que nem sempre era o caso, porque nem sempre a casa de que cuidava, ou o que diziam as fotos e descrições que os donos lhe enviavam pouco depois de contatá-la, afetava seu sentido de gosto, jamais permitia que interferissem em suas decisões. Às virtudes e aos defeitos próprios de cada casa, em todo caso, Carla, na hora de aceitar uma e recusar a outra, antepunha qualidades de outro tipo, relativas, de ordem estrutural, como o lugar que ocupavam no mapa geral de seus compromissos, o modo como se combinavam com a casa de que havia cuidado antes e a que cuidaria depois, o jogo que faziam entre si as respectivas cidades em que estavam situadas, e os respectivos hemisférios, com suas estações, seus climas, suas exigências, e assim por diante. Depois da Vidal, por exemplo, tinha duas candidatas: uma casa em Santiago, no bairro Lastarria, e outra em Recife. A de Santiago — Savoy teve acesso ao dossiê de maneira ilícita, aproveitando que Carla tinha ido até a cozinha requentar os restos de um almoço — era ampla, luminosa. E estava decorada com aquele bom gosto puritano típico da alta burguesia chilena; a de Recife quase não tinha graça, ficava num bairro sem atrativos e incluía uma anciã mais ou menos prostrada que raras vezes saía de seu quarto, mas de cujas refeições e medicamentos era preciso se ocupar. Carla escolheu Recife: queria um pouco de calor — não o frio de calabouço que intuía estar à sua espera em Santiago —, a temporada emendava com a da Vidal sem interrupção e ficava na direção Norte, a caminho de Charleston, Carolina do Sul, onde três semanas depois a esperava uma família ansiosa por sair de férias.

"Recife?", pensou Savoy quando soube, e pensou isso com tanta ênfase, quase escandalizado, que teve a impressão de que o nome da cidade, que até então lhe dissera muito pouco ou nada, soava no interior de sua cabeça como se estivesse sendo pronunciado por um brasileiro minúsculo e (poderia jurar) um pouco brincalhão. Era o primeiro sinal que recebia de que a vida com Carla, cada vez mais cotidiana, tinha prazo de validade. Mas o que o desconcertava não era tanto o sinal em si, que de repente transportava Carla, a mesma Carla adorável de short e regata cinza que mordiscava mechas de cabelo como outras cutículas, a um contexto de calor úmido, céus tormentosos, água de coco e orla patrulhada por tubarões famélicos, um espaço-tempo quase inimaginável, que contradizia em tudo o que Savoy agora compartilhava com ela, quanto o efeito secundário do qual acabava de tomar consciência: a evidência de que Savoy — ou algo nele que ainda não se atrevia a nomear, algo cego e obstinado, uma espécie de crença — até então dera como certo que não havia motivos para terminar.

* * *

Vê-la se mover pela Vidal o impressionava. Aterrissara no apartamento apenas dez dias antes dele, mas enquanto Savoy continuava sem localizar os interruptores de luz, sempre abria a gaveta dos panos de prato quando procurava a dos talheres e no meio da noite, quando alguma coisa o acordava, não um chamado da proverbial bexiga hiperativa com que Renée o ameaçava, compilando informação sobre envelhecimento masculino como quem aprovisiona armas para uma batalha iminente, mas outro mais escuro e menos reconhecível, difuso e tóxico como o veneno que escapa de uma cápsula partida ao meio por dois dentes desesperados, não conseguia dar um passo seguro sem acender o abajur e, mesmo acendendo-o, com a consequente queda em cadeia de objetos inocentes, a porta que acabava abrindo não o comunicava com o alívio que um automatismo noturno estúpido lhe ordenava que fosse buscar na cozinha, na sala, até no banheiro, por mais desnecessário que fosse, mas com a lã úmida, perfumada, de uma selva de casacos impenetrável, Carla, altiva e régia, parecia dominar o espaço de cor, tê-lo gravado na cabeça, nos dedos, no corpo, e sem sair da cama, como se os adivinhasse a partir do arroio de ruídos com que ele ia regando o apartamento, tirava-o desses pequenos apuros noturnos com instruções sempre certeiras, monossilábicas, mas de uma cortesia sonolenta. Era isso que fazia com que seus surtos de falta de jeito parecessem inverossímeis: esse fundo de inteligência espacial imbatível contra o qual se recortavam, conquistada não tanto à força de tentativa e erro — como seria o caso de Savoy se ele tivesse passado na Vidal uma ou duas semanas a mais do que a agenda de Carla permitiu que passasse —, mas inata, ou inerente à experiência que constituía o coração de sua vida: a ocupação de lugares desconhecidos.

Não deixava rastros. Essa era sua arte. Tinha um quê de bailarina, ou melhor, de ladra: a sutileza corporal, a leveza dessas heroínas de vida dupla que passam oito horas por dia num call center qualquer, aplacando a ira de clientes remotos com um punhado de ardis aprendidos no curso de capacitação, e de noite, apertadas em *catsuits* de vinil preto reluzente, escalam paredões de alumínio e irrompem — burlando redes de vigilância sofisticadas — nos quartéis-generais onde cérebros do mal dispépticos tramam a dominação do planeta. Era como se o seu ideal, o seu objetivo final, fosse que, ao voltar, os donos da casa não conseguissem provar de jeito nenhum que alguém tinha estado ali durante a ausência deles. Transcorrida certa fase idolátrica, em que se deixou subjugar por essa leveza de movimentos como pelas figuras de alguma disciplina oriental, Savoy se perguntou se, caso fosse um desses donos de casa, ele de fato não desconfiaria de alguém que não deixava rastros de sua passagem. E estava nessas considerações quando Carla, materializada como que do nada, vá saber como, capturou seu pescoço com a chave de suas coxas musculosas, ainda úmidas pelos cinco quilômetros corridos ao amanhecer ao redor do lago, e o fez rolar na cama limpamente, sem que a bandeja do café da manhã tivesse que lamentar danos.

Supondo que suas impressões revelassem alguma coisa sobre o que as causava, alguma coisa, em todo caso, não tão banal como o que revelavam dele, que se limitava a registrá-las, Savoy tinha a impressão de ter sido enfeitiçado por uma mulher do futuro — isso supondo que o que ele chamava de futuro fosse algo mais, ou algo diferente, do que um presente infestado de limitações como era incapaz de ver o seu ou só o conseguia imaginar a duras penas. Tampouco nesse departamento o perfil de Carla era totalmente esse. Não tinha a cabeça raspada, seus olhos eram claros, mas continuavam animados por duas pupilas escuras e vivazes que reagiam se movendo, mudando de tamanho e de forma, à luz, ao álcool, aos sobressaltos do coração, e, pelo menos no que Savoy podia ver na proximidade que compartilhava com ela, cada vez mais íntima e assídua, tanto que na terceira semana praticamente não se desgrudavam um minuto, ainda não vestia aqueles macacões de pele de golfinho metalizado sem costuras, cingidos ao corpo como envoltórios, que os filmes previam que as mulheres vestiriam na era da ficção científica, quando a civilização já teria abolido a necessidade perfeitamente prosaica de levar coisas nos bolsos. Tinha, naturalmente, uma cidade natal, aliás a mesma que a dele, e um passaporte, o mesmo que o seu, que era reconhecido e admitido com maior ou menor indiferença — raras vezes com fervor — na maioria das fronteiras do planeta, e que ele, cedendo a um reflexo arcaico, o mesmo que quando criança, cada vez que seu pai voltava de viagem, o levava a ignorar o butim de presentes, motivo principal, se não o único, de seu desejo de que voltasse, para se jogar sobre seu passaporte e verificar a meia dúzia de carimbos novos que engordavam suas páginas, praticamente tinha arrebatado de suas mãos e examinado à luz difusa da madrugada, minutos depois de dormirem juntos pela primeira vez. Foi como um rapto. Abriu-o, fitou com algum estupor a foto de Carla com o cabelo bem curto, ou molhado, ou com gel — a luz, o proverbial aturdimento pós-coital, inclusive o ataque de vergonha, súbito mas tardio, que acabava de tomá-lo pela indiscrição que cometia com ela, a qual, como diz o vulgo, ele estava começando a conhecer, impediam-no de obter mais pormenores a respeito —, e avançou aos trancos até as páginas dos carimbos, que começavam logo — alguém, uma sonolenta oficial da imigração do aeroporto de Lima, segundo Carla, tinha carimbado até mesmo a página da advertência sobre renovações — e estavam tatuadas de ponta a ponta, e depois o devolveu como se queimasse, retirando as mãos de repente, para se esconder debaixo dos lençóis, vermelho de vergonha.

Contudo, a maior associação que Savoy fazia dela com o futuro era que quase não lidava com dinheiro. Não tinha dificuldade em entender que não lhe pagavam por cuidar de casas alheias. Dispor de um teto — de muitos, de todos que fossem necessários para que não dormisse ao relento nenhuma noite do ano — sem ter que pagar por ele lhe parecia um milagre limpo, elegante, perfeitamente capaz de suprir a satisfação de uma remuneração monetária. Gostava que o imaginário da permuta, com sua ética da reciprocidade, da equidade, da sustentabilidade, desalojasse os protocolos degradados do trabalho. Quanto ao resto, a tudo o que o sonho do teto garantido não conseguia resolver — viagens, subsistência, vida cotidiana, prazeres, esses sapatos bicolores cujos cadarços redondos, diabolicamente encerados, tão propensos a desamarrar e cair languidamente etc., tinham sido o princípio de tudo —, Carla o pagava com o que ganhava dando aulas de idiomas on-line. Mas tudo o que as aulas lhe davam entrava por via eletrônica, sem outro incômodo material que o toque de alerta com que seu banco avisava cada vez que um novo crédito se incorporava a sua conta. Talvez viesse daí, pensava Savoy, a estranheza de atriz principiante, que demora além da conta para entrar na pele do personagem, que se apoderava de Carla quando não havia outro remédio senão lidar com dinheiro vivo, tão parecida à que as crianças exibem quando, fingindo ser adultos, escolhem representar uma cena de intercâmbio econômico, comprar, vender, alugar, comerciar, qualquer coisa que envolva dinheiro, essa coisa mágica que para elas constitui a quintessência da vida adulta, e acompanham a imperícia solene com que fazem o dinheiro circular com as mais extravagantes formas de contar e calcular em voz alta, capazes de pular de três a cinquenta sem interrupção e receber de troco o dobro do dinheiro que pagaram. As notas sempre eram muitas, sempre velhas demais (rasgavam-se) ou novas demais (grudavam umas nas outras), e cada vez que saía de um caixa automático, Carla parecia um desses prisioneiros que enfrentam a luz do sol depois de passar semanas reclusos numa cela subterrânea: saía — desobedecendo às advertências de Savoy — com o dinheiro na mão, a boca aberta de incredulidade, incapaz de entender, entre outras coisas, por que os caixas, que, diferentemente dos de muitas outras cidades do mundo, não ofereciam a possibilidade de escolher o tipo de nota solicitada, negavam-se tácita mas sistematicamente a entregar notas pequenas e grandes e cuspiam apenas as de valor intermediário, negando aos usuários mais pobres o trocado que necessitavam e aos mais ricos, as notas grandes que manteriam suas carteiras satisfeitas, mas em forma.

Certa noite, Savoy ouviu um tinido breve e brilhante. O som o surpreendeu, porque o barulho da festa em que tentava em vão abrir caminho não teria tido dificuldade em abafá-lo. Foi a curiosidade, não o toque, que o despertou. Ficou um momento deitado de costas com os olhos fechados, vendo como tudo o que tentava reter da festa — um ombro tatuado, a vista de uma janela, um incidente com roupas curtas e taças quebradas — virava cinzas e desaparecia, suavemente aspirado por uma seteira escura. "Estou na Vidal", pensou, como nas últimas cinco noites, para se acalmar. Virou-se na cama, viu que o lado de Carla estava vazio e se levantou. À medida que avançava pelo corredor foi ouvindo sua voz cada vez mais alta, num degradê perfeito, como se alguém destapasse seus ouvidos com delicadeza. Chegou à porta da sala e a viu: um grande holograma gerado pelo feixe da luminária de chão que a iluminava em meio à escuridão. Estava de costas, de calcinha, mas vestindo a blusa xadrez, sentada à mesa que usava como escrivaninha, falando com seu computador aberto. A chaleira assoviou na cozinha. "Me dê um minuto", disse Carla em inglês. Uma voz metálica e com eco lhe respondeu da tela. Carla se levantou e foi até a cozinha, e Savoy aproveitou para adentrar alguns passos na sala. O garoto que viu na tela devia ter uns quinze, dezesseis anos, e dois bancos de acne simétricos nas faces. Um típico Chatroulette. Era oriental, provavelmente japonês, usava uma regata bem folgada, que pendia de seus ombros como uma bolsa. Dois tufos de pelo preto brotavam de suas axilas. Do escuro, Savoy o viu olhar para a câmara um pouco perdido, enfiar no nariz um dedo rápido, ávido, cuja ponta examinou e desdenhou, e depois se deixar absorver por alguma coisa que o chamava mais abaixo, entre suas pernas, além do caderno de exercícios de castelhano básico para estrangeiros que cobria o teclado de seu computador.

Mais tarde Savoy descobriu que a blusa xadrez, como quase todas as roupas que usava, Carla pegara emprestada do mesmo armário contra o qual ele costumava arremeter de madrugada em suas investidas de insone. Essas roupas encontradas em hibernação, envoltas em capas de plástico, eram seu único vício, quase a primeira coisa que Carla procurava quando tomava posse da casa da vez. Uma frivolidade, tão punível e encantadora quanto qualquer picardia adolescente, que Carla cometia de forma mais ou menos sistemática, sempre pelas costas de seus donos — muitos colegas tinham sido excluídos do sistema por tomar liberdades menos significativas — e com doses iguais de responsabilidade e arrogância. Jamais roubava — roubar era disruptivo demais para uma economia que, como a sua, era fundada no equilíbrio. As roupas, uma vez usadas, eram devolvidas perfeitamente limpas ao armário, ao cabide ou à gaveta dos quais tinham sido subtraídas, dobradas e acomodadas da mesma maneira em que as havia encontrado, e Carla, embora não se enganasse, no fundo pensava que sua fraqueza era não tanto uma infração como um direito adquirido, o privilégio excepcional, discutível, porém legítimo, do qual uma folha de serviços sem manchas a tornava merecedora.

Mais uma vez, para espanto de Savoy, Carla matava mais de um coelho com uma só cajadada e fazia isso sem premeditação, como se um olfato infalível, mas secreto, desconhecido para ela mesma, a guiasse pela mão rumo às soluções mais simples. Resolvia provisoriamente o problema da roupa, sério para qualquer viajante e crucial para Carla, que, obrigada a se mover entre hemisférios e estações diversas, vivia pressionada por exigências antagônicas: a neve e o calor, as botas forradas de lã de ovelha e o protetor solar, a reclusão e o ar livre. Além de poupar seu tempo, sua energia e seu dinheiro, gastos que não estava em condições de bancar ou que só podia enfrentar ao custo de comprometer a estabilidade de seu modo de vida, usar a roupa que encontrava em cada casa — "desviar", dizia ela — lhe permitia ser local de maneira instantânea, uma condição à qual não teria acesso nem comprando, em cada caso, a roupa que o clima pedisse, porque boa parte do efeito local repousava no fato de que a roupa que usava era usada, não só alheia, e esse extra — a dose de vida de outro que circulava pelas veias dessas roupas — não havia dinheiro no mundo que pudesse comprar. "Eu sei", dizia Carla, "agora os usuários do Airbnb dão uma de locais contratando os serviços extras que a plataforma oferece com o alojamento. 'Experiências', como são chamados. Degustar cervejas artesanais com músicos da moda, percorrer cordões industriais em ruínas levados por fotógrafos profissionais, fazer um tour louco pela noite LGBT, passeio do homus, bricolagem solidária... Eu me viro com uma blusinha."

Como Savoy agradecia a modéstia com que Carla ocupava

esse mundo que o ignorava. Como agradecia, além disso, que essa modéstia fosse natural, genuína, e não uma afetação fingida para evitar feri-lo, congraçar-se com ele ou encurtar distâncias, condescendências que Savoy, em algum transe de desespero, talvez tivesse precisado e mesmo procurado, mas cujo poder letal não lhe custava nada intuir. O ponto, por outro lado, era como essa blusa xadrez ficava em Carla — e essa calça de veludo cotelê mostarda com remendos, e esse moletom cinza com capuz cujos cordões não conseguia deixar de mordiscar quando procurava na tela opções baratas de traslados aéreos, e aquele ridículo impermeável dupla-face no qual, para não ter que se vestir, se metia nua, com um sol escaldante, quando tinha que descer até o supermercado chinês que ficava ali na frente para comprar alguma coisa urgente. Não que a roupa alheia lhe caísse exatamente "bem": Carla não era dessas mulheres que, dotadas do olho clínico necessário para detectar o encanto do que não foi feito para elas, descobrem em brechós as joias órfãs de caimento perfeito que nenhum designer seria capaz de confeccionar sob medida para elas. Na verdade, era raro até que a roupa que ela encontrava e usava fosse do seu tamanho. Não havia nada particularmente excepcional em suas medidas, mas bastava olhá-la com um pouco de atenção para perceber uma espécie de irregularidade em sua contextura, uma estranheza de relações internas, de proporções, talvez de escala, que só se tornava visível em contato com a roupa que vestia e que, naturalmente, nenhum formato usual desenvolvido pela indústria têxtil se daria ao trabalho de prever. Não era raro, aliás, que as imperfeições que se insinuavam quando a exibia fossem incompatíveis entre si: a mesma camisa que se ajustava bem em seus ombros tinha mangas longas demais; a calça pendurada nela, larga demais para seus quadris um pouco masculinos, interrompia-se abruptamente, sem explicação, dois ou três centímetros acima da borda de suas meias, desnudando uma faixa cintilante de tersa pele holandesa. Era como se o corpo de Carla fosse dois ou três corpos possíveis, mas não em potência, com um óbvio e os outros escondidos, e sim em ação, simultaneamente. Passado o primeiro impacto, de desconfiança ou suspeita, o efeito era de "elegância", uma elegância equívoca, nascida dessa encruzilhada em que uma mesma manifestação formal pode aspirar, com o mesmo direito, a ser um erro, uma piada ou uma sacada genial. Mas com que graça, equívoca ou não, ela usava esses centímetros de tecido a mais ou a menos, essa luz entre o tornozelo e a borda de couro do sapato, essas ondulações que a tira de botões da camisa improvisava em seu peito ou em seu ventre quando se sentava.

Em todo caso, não era algo que chamasse a atenção dela mesma. Não o suficiente, pelo menos, para levá-la a comentar o assunto com uma dessas notas de rodapé circunstanciais, carregadas de uma sagacidade frívola, com que muitas mulheres interpretam mal, de propósito, as peculiaridades de sua própria personalidade, ainda que menos pelo desejo de desconcertar e mais para aliviar a consciência, frequentemente quase dolorosa, que têm delas — sem por isso ignorá-las. De modo que se limitava a elogiar o caimento de um tecido, uma cor havia tempos marginalizada nos pantones que agora ressuscitava numa calça velha, o brilho estranho, meio nacarado, que o uso tinha dado aos cotovelos de uma camisa. E quando o assunto merecia algum comentário seu, adotava um ar meio ausente, sinal de que era antes uma concessão a seu interlocutor que uma necessidade própria, e o comentário se referia à roupa, nunca aos princípios — se é que os havia — em função dos quais a escolhia e a vestia, tão objetivos e portanto tão imperceptíveis, tão pouco dignos de menção, como o fato, para Savoy bastante excepcional, de que estivesse havia cinco anos sem passar mais de três semanas entre as mesmas quatro paredes.

Os cadarços dos sapatos, por exemplo — para voltar à nota de rodapé que tirava o sono de Savoy: eles se desamarravam sozinhos, efeito da displicência, da pressa, do desinteresse com que eram amarrados, ou ela já os usava diretamente desamarrados? E se os usava assim, era por economia, para poupar energia, porque sabia que mais cedo ou mais tarde se desamarrariam, ou porque alguma coisa nessa imagem de descuido lhe agradava, algo, talvez, no som que os cadarços faziam ao baterem na gáspea ou ao se arrastarem pelo chão? O dilema era crítico, tanto como o limbo de uma voluptuosidade perplexa em que confinava Savoy. Por quem estava fascinado, afinal? Pela Carla negligente, distraída, artista da casualidade, ou pela especialista, capaz de desenhar toda uma personalidade para si a partir de algo tão minúsculo, tão suscetível de passar desapercebido, como a gestão de um cadarço de sapato? (Porque era um, só um — pelo menos durante as cinco semanas em que Savoy foi testemunha de sua vida —, o cadarço que vivia arrastando pelo chão, esquecido, mas irredutível como um clochard, enquanto o outro, perfeitamente atado, o olhava do sapato vizinho com desdém, como o irmão sério, irrepreensível, próspero olha por cima dos ombros seu irmão gêmeo desencaminhado.) Quantas vezes voltou nesse mês à tarde em que chegou a Vidal pela primeira vez, à imagem, ao pedaço de imagem que a porta entreaberta do apartamento lhe ofereceu quando emergiu do elevador: duas pernas cruzadas, a de cima balançando no ar, o cadarço desamarrado tilintando, a cada subida do pé, sobre a gáspea de couro do sapato bicolor, enquanto Carla, fonte invisível desse sucinto complexo de signos, negociava por telefone, no inglês básico de sua especialidade, as condições de sua próxima missão no mundo das casas órfãs? Voltava apesar de si mesmo, um pouco como o assassino à cena do crime, embora soubesse perfeitamente que isso que os anais do amor, com a linguagem modesta das canções populares, registram como as chispas precoces de uma paixão, com frequência são irrelevantes para a paixão que se supõe que desencadeiam e funcionam mais como uma armadilha que como sede de uma verdade romântica. Voltava uma e outra vez — embora essa imagem, a imagem à qual voltava, Savoy já a tivesse diante de si quase diariamente, intacta, o que provava pelo menos que o detalhe do cadarço desamarrado não era um acidente excepcional, endêmico daquela tarde, mas sistemático. Às vezes, meio dormindo, entreabria um olho e via de lado, como numa visão de acidente de carro, os dois sapatos de Carla no chão, tal como os deixara ao tirá-los, impelida pela paixão, mordendo cada calcanhar com a ponta do outro pé: mesmo assim, inertes, provavelmente mais adormecidos que ele, os gêmeos bicolores, um amarrado, o outro não, insistiam em suas respectivas personalidades. Havia algo insuportável na atração da casualidade, uma espécie de indolência obstinada que falava com ele, que falava com ele de um modo particular, como se tivesse encontrado nele alguém ou algo que durante muito tempo havia procurado, e à qual ele, por mais que tentasse, não sabia como responder, ou respondia apenas com a careta idiota de sua intrigada fascinação. Tocou um dos sapatos. As pontas dos dedos lhe disseram que era o que estava amarrado e que o nó — o laço, se algum dia houve um laço, estava desfeito havia séculos — era impossível de desatar. Dormiu de novo.

Um dia acompanhou-a na corrida. Acordou e a viu a seu lado, já metida em seu traje de super-heroína fluorescente. Teve que pular da cama (muito antes da hora, com os olhos ainda colados pela seiva da noite), teve que se apressar (a disciplina não espera). E como a ideia de acompanhá-la, por mais contrária que soasse à sua natureza, tinha sido realmente espontânea, um desses estalos sem pé nem cabeça que irrompem ao despertar e, frágeis que são, ou ainda jovens demais para a hora prematura em que irrompem, raras vezes sobrevivem, varridos pelo menu trivial, mas implacável, de ocupações que a manhã impõe, assim que plantou os dois pés no piso de cimento queimado (seus joanetes já começavam a se tocar, velhos vizinhos reconciliados pelo tempo) percebeu a gravidade, o ridículo de sua situação: alpargatas, calça comprida, camisa sem mangas. Era esse o equipamento com o qual ele pensava — ou nem tinha pensado — em aceitar um desafio que na noite anterior, se ela o tivesse proposto, por exemplo, ele não hesitaria em descartar com um risinho de incredulidade.

Meia hora mais tarde, sem estar bem certo de que foram suas pernas, tão desacostumadas de correr quanto de se expor ao sol, que o tinham levado até ali, Savoy, com a paródia de uniforme esportivo que uma olhada rápida lhe permitira encontrar no armário do quarto, visivelmente de mulher, de uma mulher pelo menos vinte centímetros mais baixa que ele e com uma cintura que cabia duas vezes dentro da sua, de uma mulher que em matéria de roupa esportiva só aceitava os tecidos elásticos e os estrépitos cromáticos de um trópico de desenhos animados, dava como podia a primeira volta numa praça que começava a se espreguiçar e já via Carla, que corria a apenas um metro e meio à sua frente, fazer tudo o que seu indômito elã de amazona madrugadora tolerava para esperá-lo e retardar, olhando por sobre o ombro com paciência, deferência, misericórdia, três coisas horríveis que ele deu tudo para atribuir ao amor, a essa irritante miscelânea de anúncios e ameaças que precedem o amor, para não rejeitá-las, o momento fatal em que o deixaria para trás. Completou essa volta e, agonicamente, com o peito seco e abrasado, como uma velha chaminé em desuso, outras duas, enquanto Carla ia se transformando numa mancha fúcsia confusa que tremia em seu campo visual e se afastava dez, vinte, trinta metros à frente.

Exausto, desabou num banco de madeira. Tinha a boca seca, cheia de areia, e têmporas e gengivas num estado de ardor palpitante, como se prestes a estourar. Usou o resto de lucidez que ainda tinha para desviar das áreas esbranquiçadas do banco, onde as pombas tinham descarregado suas salvas intestinais — a maioria. Assim que se reclinou para trás, o contato de suas costas suadas com o frio do encosto do banco o fez se levantar de um salto, como se alguém tivesse enfiado um pedaço de gelo pelo decote de sua regata. Voltou a procurar Carla com os olhos. Não a encontrou, o que era mais que previsível: no breve espaço de tempo que ele levou para desertar, desocupar a pista e depositar seu corpo arruinado no banco de madeira, ela já estava a mais de meia volta de vantagem, de modo que não seria olhando à sua direita que a encontraria, mas sim à sua esquerda, justamente onde Carla reaparecia agora, intacta e sem olhá-lo, atenta à única coisa que parecia absorvê-la quando empreendia uma atividade física: manter o ritmo. Esperou algo, pelo menos aquele olhar de alívio distante, sempre um pouco surpreso, com que as crianças premiam os adultos quando o giro do carrossel, depois de tê-los privado de sua vista durante vinte aterradores segundos, volta a cruzá-las diante deles.

Ele a via melhor, se ela não o observava? Savoy estava desmaiando — mas sorriu, sorriu "com seus botões", um sorriso como uma dobra que começava em sua cabeça e terminava em seu coração, ou vice-versa. Sabia de sobra quanta ilusão de óptica havia no enamoramento, quanta distorção e até mesmo erro havia nos alardes de perspicácia dos quais gostava tanto de se gabar. Em todo caso, ele a via mais nítida — mais nítido ele, mais "focado", como se dizia numa das gírias que ele mais odiava, no desejo que tinha de que fosse desse jeito e não daquele —, com esse gume limpo e brilhante, como em relevo, que adquirem os objetos que nos vemos obrigados a olhar porque nos fogem — a clareza do encarniçamento. Adorava-a. Pensou, com uma estranha vertigem, que não se incomodaria em saber, a partir desse exato momento, com as testemunhas circunstanciais que mais tarde, se fosse o caso, concordariam em corroborá-lo — o cachorro vagabundo à espera dos companheiros de brincadeira, o gari de verde, com sua vassoura estropiada e seu cigarro apagado na boca, a duplinha de colegiais sentada ao pé do plátano, dividindo o café da manhã de emergência — refrigerante e salgadinho —, que tinham preferido, a uma manhã horrenda de provas escritas, o punhado de madrugadores saudáveis que agora, surgidos sabe- -se lá de onde, como ninjas, somavam-se à pista com os olhos pregados nos calcanhares de Carla —, que sua vida era só isso: admirar, da sede de seu exílio, encurralado pela saraivada das pombas, essa estrela sólida, indiferente e bela cuja órbita ele conhecia bem, conhecia até de memória, como um astrônomo monogâmico, mas que o deixaria de fora para sempre. Viu-a se afastar de novo. Poderia jurar que seus pés seguiam o mesmo curso que tinham seguido na volta anterior, exatamente o mesmo, como se se encaixassem numa linha de pegadas que só era visível para ela. Passou um corredor, um sujeito corpulento, maciço, esbofeteando-o suavemente com a massa de ar que deslocou, depois outro, e mais outro. Não contou: decidiu — guiado apenas pelo borrão que se ampliava horizontalmente diante de seus olhos indolentes — que eram seis ou sete, todos vestidos com roupa escura, um friso oblongo de corvos arrastados pelo rastro fragrante de alguma ave suculenta.

Uma hora depois, no transe de desnudá-la, forcejando com o material elástico de sua roupa, fonte de máximo deleite (porque a fazia suar copiosamente, e o gosto dessa resina amarga, levemente viscosa, era em especial inebriante para ele) e máxima contrariedade (porque o suor, ao umedecer a roupa, a deixava colada, tornando-a particularmente reticente à manipulação), viu-a de novo na praça, ao longe, passando por trás do escorregador, fugazmente enjaulada pela trepadeira vermelha, até desaparecer atrás do bloco de madeira falsa da fortaleza medieval que ocupava o centro do parquinho, a mesma atrás da qual, segundos depois, desapareceram também dois dos ofegantes colegas de preto que corriam mais atrás. Ficou um segundo com a boca aberta, absorto na massa escura que acabava de engolir o corpo do qual não desgrudava havia semanas. Depois voltou a si, corrigiu um pouco a direção do olhar e com uma emoção infantil, da qual ele teria sido o primeiro a caçoar, preparou-se para vê-la reaparecer. Passou uma nuvem, um trem apitou, dois melros palraram ali perto. Não viu nada — nada que não fosse o arsenal inútil desses brinquedos recém-pintados, laqueados, esmaltados, que reluziam sob o sol, tão idiotas sem ela, e o tapume anão de cimento que os rodeava, e mais atrás uma porção de gramado malcuidado, e mais atrás a grade e a rua e um ciclista muito pequeno e encurvado que batalhava pedalando contra o empedrado. Esperou quanto tempo? Dois segundos, dois minutos, duas horas? Levantou-se de um salto, com o coração na boca (e uma fisgada na panturrilha, fruto do esfriamento rápido de um corpo hostil às precauções). Por que não? Por que um símile reduzido de castelo com escadas de corda, rampas e ponte levadiça desenhada para entreter crianças ainda analfabetas não deveria esconder, como os verdadeiros castelos, suas masmorras, suas câmaras de tortura, suas catacumbas sangrentas, um desses vórtices sobrenaturais onde o universo, em perfeito silêncio, se invaginava como uma luva, suspendendo todas as leis conhecidas, e arrastava para a escuridão voraz de suas mandíbulas tudo o que estivesse meio metro ao redor? Esteve a ponto de correr para o buraco negro que havia engolido sua amada. Mas algo o deteve, algo vago, um pouco vergonhoso, que não era mais só seu aspecto grotesco: a sensação, talvez, de estar a ponto de cometer um erro do qual não haveria retorno possível. Por fim a viu reaparecer, correndo, como sempre, como se a interrupção atroz que paralisou o coração de Savoy não tivesse desempenhado nenhum papel em seu mundo, onde na verdade nunca teve lugar. Corria um pouco inclinada, olhando para trás, como se fizesse hora ou tivesse perdido algo, e o jorro jovial de seu rabo de cavalo, ágil, irresistível, se sacudia no ar a cada trote. Ah, com que rapidez ele voltava a adorá-la. Com que velocidade de vertigem suas feridas se fechavam e o universo restaurava as fendas nele abertas pela vulva cósmica. Mas Carla não tinha perdido nada. Estava falando com alguém — falava enquanto corria —, e o privilégio dessa raríssima simultaneidade o machucou mais que a largura das costas, o pescoço maciço como um tronco e os braços de jiboia do corredor de preto com o qual, acredite se quiser, Carla falava enquanto corria.

Houve, dias mais tarde, um incidente menor, de índole muito diversa, mas que para Savoy ficou associado com o passo de comédia da praça. Procuravam um lugar para comer que alguém lhes havia recomendado. Era longe, num bairro obscuro, de casas baixas e ruas com nomes europeus que se curvavam até morder a própria cauda. Não demoraram a se perder. Com uma suficiência automática, Savoy esticou o braço até o porta-luvas. Não precisou abri-lo para lembrar que estava limpo, impecável, ainda perfumado com o detergente com que o escovara, e que seu adorado guia de ruas, com suas abscissas e suas ordenadas, e sua coleção de erratas engraçadas — Gorditi em vez de Gorriti, Domado em vez de Donado, Lungo em vez de Lugo —, sempre serviçal mas engordurado, úmido, com metade das páginas coladas, sujo e senil, já não estava ali para ajudá-lo, mas na gaveta da cozinha onde ele mesmo, num arroubo de consciência higiênica, o havia desterrado. Enquanto se perdiam — Savoy, que tentava compensar sua negligência com um excesso de concentração, dirigia com o peito colado ao volante, o rosto contra o para-brisa, como um principiante míope —, Carla, ainda envolta naquele halo floral efervescente que a acompanhava ao sair do banho, procurava rastrear a rua no sistema de navegação de seu celular. Mas a conexão era fraca, ou instável, e ela a perdia tão logo começava a aproveitá-la, justo depois de dar com a primeira de uma longa série de indicações salvadoras — o resto das quais não demoraria a perder —, e Savoy, que tinha acabado de virar à esquerda numa avenida de mão dupla — uma contravenção que podia lhe custar muito caro, mas que aceitava cometer como parte da *probation* que lhe cabia por sua negligência —, de repente se via preso num novelo de ruas que não lhe diziam nada, sem qualquer possibilidade, ainda por cima, de retroceder. Ficaram assim, prisioneiros de uma reciprocidade exaustiva, ela lançando de quando em quando o fogo de bengala mágico que a tela de seu celular lhe proporcionava, mortos logo depois de acesos, ele sempre encurvado sobre o volante, um collie de vista curta à espera da próxima chicotada, obedecendo, equivocando-se, caindo num novo beco sem saída, numa rotatória indecifrável, num paredão. Até que o inevitável aconteceu: depois de várias piscadas, o celular de Carla escureceu leve, docemente, como o quarto de uma criança que dorme, e morreu.

Ressuscitaria vinte minutos depois, risonho, fresco e sorridente, assim que Carla, que podia se dar ao luxo de sair sem dinheiro, chaves ou cosméticos, mas nunca, nem em sonhos, sem o carregador do celular, o conectasse a um rodapé particularmente incômodo no restaurante a que enfim chegaram, sãos e salvos, mas meia hora depois de vencida a reserva. Porém, como se sabe, por mais transitórias que sejam, e por mais euforizantes que resultem as ressurreições subsequentes, as *petites morts* da tecnologia são sempre fatais, catastróficas e — na fração de segundo que fingem durar — eternas. Carla baixou as mãos e deixou cair o telefone, que fez uma tabela estranha entre suas coxas e morreu pela segunda vez sobre o assento. Apoiou a cabeça na janela, suspirou, seu hálito esfumou uma suave nuvem de vapor no vidro. A despeito do tribunal puritano que sentencia sobre assuntos de moral amorosa, há algo irresistível, uma espécie de felicidade inocente, puramente contemplativa, no êxtase provocado por um objeto de desejo quando sofre, quando a aflição ou a dor que o absorvem o impedem de exercer seus modos voluntários de despertar desejo e o expõem de maneira descarnada, deixando-o à mercê da brutalidade de um interesse alheio. Então Savoy se deixou arrebatar pelo meio perfil de Carla que se recortava contra a janela. Vê-la desanimada era uma novidade, uma espécie de milagre invertido. Então, como um mágico vulgar, mas eficaz, que investe na gestão do timing tudo o que tem preguiça de investir em truques, Savoy enfiou a mão no bolso e apanhou seu telefone.

Era um velho Nokia 105 cinza, um cinza rato insípido, mesquinho, cujas bordas arredondadas estavam calejadas como calcanhares de pés velhos, bem pouco inteligente mas mesmo assim serviçal, se é que podiam ser qualificadas de serviço as mensagens de texto pontilhistas que emitia, relíquias de uma era jato de tinta monocromática em pleno império das cores táteis. Savoy o herdara de alguém, provavelmente de Renée, tão dada a ajudá-lo com esses gestos de caridade ambígua, que satisfaziam uma necessidade e ao mesmo tempo punham em evidência quão limitado era seu horizonte. Ele o aceitou a contragosto. Usava-o pouco, quase exclusivamente para falar com Renée, que ligava para ele de vez em quando só para checar se estava ligado e para perguntar se o estava usando. Mas acabou se acostumando a tê-lo, a considerá-lo seu, e toda vez que cruzava com ele, quase sempre por acaso, nos lugares onde costumava esquecê-lo, no bolso de um casaco, engasgado entre dois livros, caído dentro de um sapato ou debaixo do banco do carro, a chama tênue de um carinho indesejado porém mais forte que ele o fazia sorrir, e acabava por guardá-lo e levá-lo consigo, como teria levado à praça defronte a tia inválida que o irmão canalha que não tinha teria deixado a seu encargo se, procurando alguma outra coisa, ele tivesse topado com a cadeira de rodas em que vegetava seu corpo invertebrado. Com o tempo, as ligações de Renée foram rareando; Savoy as atendia na hora, assim que tocavam, sinal de que estava com o telefone à mão, e com a irritação de quem é importunado em plena atividade, o que estava longe de ser o caso, e encobria, na verdade, o mau humor típico do doente de indolência que pensa que porque se comportou bem por algumas semanas pode maltratar quem o lembra da existência de sua doença. Continuou com o telefone por perto e usando-o pouco como antes, quase que só para ter algo a oferecer cada vez que o mundo, por motivos cada vez mais extravagantes, lhe pedia um número de celular para poder seguir em frente com algo. No entanto, nesse uso mínimo que também costumava ofuscá-lo, porque o telefone não era mais que a condição que o mundo lhe exigia para continuar a considerá-lo um ser vivo, Savoy descobria algo parecido com um prazer, ou uma fruição atrevida. Começou a confundir o anacronismo do aparelho, sua literalidade obtusa, a rusticidade de sua estirpe cem por cento física — que eram as razões pelas quais Renée decidira se desfazer dele — com os signos de uma intimidade afetiva estranha, que Savoy nunca pensara em procurar num telefone, mas que agora, quando precisava enfrentá-la, não via motivos para recusar, e que sentia também quando reconhecia o modelo — de passagem, como um rosto que entrevemos numa multidão e nos parece familiar — navegando pelas plataformas de comércio digital, sempre com preços ridículos e, destacada em negrito, bem legível para seus destinatários específicos, a legenda *Ideal para pessoas mais velhas*.

Carla o chamava de *"o" cashivashe*,* assim, à brasileira, e com os mesmos *sh* que às vezes impostava — sem dúvida evocando sua vida em Buenos Aires antes de empreender a carreira nômade, quando esses matizes da língua chamavam sua atenção todos os dias — para dizer *sho*, por exemplo, ou *shueve* ou *shamame*. Savoy, inesperadamente, não recebeu isso bem. Descobriu-se ferido, como esses maridos que flutuam no formol da apatia conjugal e sentem renascer uma velha intimidade, agora carregada de orgulho, quando alguém, nos mesmos termos com que ele mesmo se acostumou a desdenhá-la, fala mal da mulher que há anos envelhece a seu lado. Se a coisa não passou dos limites foi pelo fraco que Savoy tinha pelos anacronismos. Era impossível que Carla tivesse tirado uma palavra como *cachivache*, inaudita até para Savoy, de seu próprio vocabulário, mais comprometido com a sobriedade, a equanimidade, a falta de cor local exigida pelo castelhano para estrangeiros que falava. Quando Savoy lhe perguntou, de fato Carla não soube o que responder. Mas a pergunta, como sempre, lhe pareceu mais surpreendente, até mais imprópria, que o fenômeno que a deflagrara. Embora a tivesse usado automaticamente, Carla sabia o que queria dizer, reconhecia até a cota de *charme* que havia em seu ar antiquado, mas era incapaz de reconstruir de que avó, de que programa de tevê, de que canção infantil a havia tirado. Savoy se conteve e não insistiu. Pensou que se teimasse arruinaria algo delicadíssimo, muito mais valioso que seu próprio desejo de saber, algo que não tinha tanto a ver com os anos que Carla se acrescentara ao pronunciar a palavra — e que Savoy, sem perce-

---

* *Cachivache*: cacareco.

ber, começara a contar enquanto a pronunciava —, mas com o modo como essa aparição incongruente delatava a impureza de sua composição.

Estavam perdidos, a reserva do restaurante se afastava irremediavelmente e Carla, desolada, continuava com a metade do rosto apoiado na janela. Mas quando Savoy pressionou seu telefone para acordá-lo — com o indicador, naturalmente, porque nada o exasperava mais que a sobrevida de virtuosa velocidade com que os smartphones tinham premiado o polegar, repatriando-o da merecida caverna onde se atrofiava — o *cashivashe* funcionava. Funcionava perfeitamente, de fato, e tivera o zelo de entesourar o número para o qual Savoy havia ligado nessa tarde para reservar a mesa, de modo que lhe bastou apertar uma tecla, uma só — ainda que duas ou três vezes, cada vez com mais força, não tanto porque a tecla lhe opusesse resistência, mas porque a ponta de seu dedo não estava habituada a acertar superfícies pequenas —, para que a mesma voz anasalada que nessa tarde, sem que Savoy tivesse que pedir, lhe oferecera uma mesa no pátio, sob as estrelas, mas atenuada por um guarda-sol infravermelho de última geração, agora, sem pedir explicações, lhe dissesse que podiam chegar quando quisessem, e lhe desse as duas ou três instruções necessárias para se orientar — não estavam tão longe, afinal — e chegar ao restaurante, um templo da cozinha asiática que não tardaria a fechar por falta de público.

Não tocaram no assunto. Questões mais urgentes o adiaram: o fato de todos os cardápios estarem em coreano, por exemplo, ou a sensação de pitoresca inquietação que sentiram quando o garçom resgatou os longos macarrões de arroz do ensopado onde flutuavam e os cortou no ar com uma tesoura como as de podar ligustros. Savoy teve a impressão de que, se mencionasse isso, Carla nem levaria em consideração, absorta que estava, assim que lhe serviram a comida, nas criaturas que nadavam na sopa, mimetizadas pelos macarrões num pas de deux fumegante e falho. Se tinha havido um incidente, só existia na cabeça de Savoy, naquele pavilhão especial de sua cabeça onde a paixão pelo fermento se unia ao gosto pela clandestinidade, às penumbras mal ventiladas, às áreas de serviço, às gavetas trancadas. Então foi ele quem arquivou a questão. Mas naquela noite — uma das poucas que lhe deram de descanso para a carne ao longo de um mês que, no caso de Savoy, pelo menos, encabeçava com folga seus anais de frequência sexual —, antes de dormir ou já dormindo, enquanto Savoy sentia o primeiro fio de saliva lhe escorrer por um canto da boca e pingar no travesseiro, deslize de incontinência que lhe confirmava que já não prestava para nada, chegou uma mensagem — Carla tinha deixado seu telefone para carregar na cobertura da pilha de livros que usava como mesa de cabeceira, junto da garrafa de água mineral, com o alarme — um rufar seco, rápido, como de percussão malaia — programado para a hora de outra de suas voltas na praça —, e Savoy, da antessala do sono, se perguntou se, em sua qualidade de vítima passiva dessas chicotadas, como gostava de chamá-las, não tinha pelo menos certo direito de participar da escolha do som que as anunciava. Suas opções, friamente falando, iam do símile gongo ao suspiro de gelo que uma taça emite quando a ponta de um dedo desliza sobre a borda de cristal, passando pelo canto alegre de um cuco. A ideia (e o exame das opções, cujo número o surpreendeu) o despertou de vez. Levantou-se na cama, virou-se e assim, olhando-a com uma suficiência amodorrada, apoiado num cotovelo trêmulo, comentou isso com ela. Carla, com o telefone na mão, limitou-se a sorrir, mas Savoy nunca soube se o fez devido ao seu comentário ou à mensagem que lia na tela.

Era aí, por exemplo, que voltavam à sua mente episódios como o da noite dos macarrões cortados com tesoura. Voltavam sem ternura, macerados por um leve rancor e certa sede de justiça, como manchas que um médico irresponsável ignorou em uma radiografia. Savoy pensava em seu Nokia 105 cor de rato, em todas as vezes, quantas, quatro, cinco, seis?, que sua tela diminuta, sua tipografia rudimentar, suas toscas teclas de borracha iluminadas de verde e seu menu de sons ridículo os tirara de apuros ou os salvara diretamente — *cashivashe* incondicional, modesto e heroico ao mesmo tempo, como esses figurantes anônimos que se perdem na paisagem, sempre à sombra de um ator proeminente ou de um mancebo descortês, que só irrompem em cena para marcar a fogo a história que se empenha em ignorá-los — quando as cartas estavam postas, quando o telefone superdotado de Carla caíra em outro de seus poços de sono, levando embora o brilho, a cor, os ícones, os mapas interativos, as fotos, as canções e toda a testosterona hiperconectiva que devoraram sua bateria. Se de fato importavam, se no último instante redimiam programas condenados ao fracasso, por que essas façanhas não tinham nenhuma repercussão? Por que as tomavam por dadas, como se fossem naturais?

E como Savoy ainda não engolira isso, as chicotadas não paravam. "Outra chicotada", dizia para si mesmo. Um dia, depois de muito ruminar o apelido em silêncio, não tanto para evitar confronto quanto por pudor, porque supunha que Carla o poria na conta de suas dificuldades com a tecnologia, e também pelo mero prazer de ruminar, um clássico de seu signo, tornou-o público. "Chegaram duas chicotadas pra você", avisou quando Carla, envolta em vapor — tomava longos banhos, alarmantemente silenciosos, como uma estrela de cinema medicada, sem sais, mas com farto material de leitura e, às vezes, bebidas —, saía do banho segurando a toalha na altura do ombro esquerdo com a mão direita, um gesto de senador romano, e o telefone, durante sua ausência, tinha soltado um de seus estalidos irritantes. "Ah, obrigada", disse ela, esbofeteando-o com seu suave cachecol de fragrâncias. Isso foi tudo. Ah, obrigada. Savoy poderia encher páginas e páginas de sofisticadas teses de doutorado sobre *cashivashe*, com suas notas de rodapé, seus prólogos, sua bibliografia; Carla escutava "chicotada" e a única coisa que lhe ocorria era fazer um agradecimento protocolar e rumar para o quarto sem olhar para ele, aventurando dois dedos sob a barra justa da toalha para coçar o centro de láctea brancura de sua nádega holandesa.

Talvez esse, e não a juventude, nem a vida sem apegos em que nadava feliz, fosse o verdadeiro futuro do qual provinha: um horizonte de mulheres impermeáveis, forradas com um tegumento invisível e exaustivo, idêntico à pele original, da qual reproduzisse com chocante fidelidade os sinais vitais e as imperfeições, poros, pelos, vasos, manchas, tudo o que de algum modo a abria e a expunha ao mundo, mas na verdade completamente selado, ou não selado — porque não havia nela nada para atacar, nada parecido com uma blindagem — mas escorregadio, de modo que se as coisas não a atingiam, se não lhe deixavam marca nenhuma, não era porque era impenetrável, mas porque a membrana que a recobria, resvaladiça e homogênea, de algum modo as distraía de seu anseio e de seu objetivo, e as desviava, fazia com que corressem ou deslizassem, ou as mantinha do outro lado, fora, às portas da pele que se encarniçavam para marcar, intactas mas desvalidas, condenadas à pobre pena de esperar.

Numa dessas últimas noites ele viu tudo. Não foi um sonho, porque a nitidez da imagem deixava bastante a desejar e havia música, uma espécie de piano infantil, vacilante, que gotejava de algum quarto vizinho, e ao mesmo tempo que via tudo era tomado por um tropel de objeções, algumas frívolas (nem com uma pistola na cabeça o obrigariam a usar sapatos com fivela), outras mais pesadas (por que três filhos e não dois, ou cinco? E por que filhos e cães, quando era evidente que o trabalho de levá--los para passear seria dele?), enquanto os sonhos, nas poucas vezes em que se punha a recordá-los, eram claros como o meio--dia e, por mais absurdos que fossem, tinham sempre um caráter inapelável. Viu tudo quer dizer: viu também o que ninguém que se põe incondicionalmente às ordens do amor está disposto a ver, pelo menos não naquele transe de entusiasmo trêmulo e cego com que renuncia a sua identidade civil para vestir o uniforme de campanha no qual, se for o caso, não terá nenhum problema em morrer: viu insônia, filhos, amantes, bancarrotas, sobrepeso, reuniões de pais, perda de cabelo, tetos encharcados de chuva, camas de hospital, grupos de autoajuda. E, passeando de braço dado em meio a essas hecatombes, sempre um pouco mais velhos, mas impecáveis, estilizados pela elegância limpa da modéstia, como um casal de aposentados japoneses, viu eles dois, inconfundíveis, mais altos e fortes que todos os desastres.

E um dia, um dia que Carla, antes, com os dedos levíssimos de sua arte imperceptível, se dera ao trabalho de subtrair sem deixar rastros da melancólica contagem regressiva em que Savoy se dedicava a lamentar sua falta, Carla tinha ido embora. Um dia qualquer. Não foi um acontecimento, mas um fato, um fato consumado, sem transcurso nem duração. Carla saía muito cedo — o táxi para o aeroporto era tabu até em cidades que não ofereciam muitas outras opções —, tinham combinado que o acordaria antes de partir. Mas quando Savoy tirou a cabeça de baixo do travesseiro (no sonho estava sendo bombardeado, ou alguém falava com ele aos gritos), a única coisa que havia no quarto além dele, de um ele incompleto, porque um de seus braços tinha dormido, era o jorro de luz solar que queimava metade de seu rosto.

Tinham dormido pouco. Ou melhor, tinham adormecido, acalentados pelo som de suas próprias vozes cansadas. Antes de sucumbir, enquanto a via empinar nua a garrafa de plástico e beber um minuto e meio de água sem respirar, com essa avidez de prisioneira no deserto que ele tanto invejava, Savoy pensou: "Tenho que ligar o despertador" — um Sony preto, cambaio, sistema *flip*, um dos poucos butins de seus raides pelo comércio eletrônico que tinham algum papel em sua vida cotidiana. Não teve forças. Confiou em Carla, e confiou sobretudo no barulho que ela não poderia deixar de fazer ao acordar tão cedo, tendo dormido tão mal e num ambiente desconhecido — no dia anterior (a última de suas missões de *house sitter*) entregara Vidal a um usuário de uma plataforma de oferta de alojamentos, um universitário alemão com sandálias e meias que viajava com seu schnauzer filhote. Num segundo, assim que percebeu que o sol que batia em sua cara não podia ser o da triste madrugada em que passou dias e dias treinando para se despedir dela, pulou da cama e, nu, e com uma dessas cãibras benignas que às vezes o acompanhavam quando entrava na vida diurna, começou a dar voltas pelo quarto e depois pela casa num estado de nervos extremo, pisando no chão de madeira com uma força bestial, como se esmagasse tacos rebeldes, menos à procura dela — porque não havia a menor esperança em sua fúria: só a vergonha, o escândalo inconsolável do ingênuo — do que fazendo tudo o que era recomendado fazer, ainda que não necessariamente com essa veemência de energúmeno, pelo manual de instruções do macho traído em sua confiança, e fazendo isso para um espectador que só ele podia ver, alguém em cujas mãos talvez descansasse seu destino sentimental imediato — a depressão, o luto saudável, o isolamento nos consolos habituais —, alguém que nesse momento, para desgraça de Savoy, não estava olhando para ele.

Não chorou — coisa que seu espectador teria agradecido. Mas isso não queria dizer nada. Não, sem dúvida, a prova de insensibilidade que era para os partidários da infelicidade explícita. Savoy sempre chorava tarde, como se a condição do pranto fosse brotar o mais longe possível, no tempo mas também, se pudesse escolher, no espaço, do estímulo que o havia provocado. As lágrimas eram indícios, mas a causa a que remeteriam nunca era imediata e raras vezes tinha relação, nem mesmo indireta, ou metafórica, com as circunstâncias, os fatos ou as pessoas na presença das quais deviam ser derramadas. Não choraria por Carla, de fato, até duas semanas depois de ela ter ido embora, na tarde de sol e transferências massivas de pólen em que, caminhando pelo bairro, entre duas clamorosas assoadas, foi dar numa esquina à qual não era insensível e, em vez da fachada rosa antigo que escolheu para falir aquele bar no qual não foi mais que duas ou três vezes num par de anos, só para comprovar como eram falsas as delícias que prometia e velhos e descaradamente incompletos os jornais que oferecia em prensas de madeira ardilosas, o que encontrou foi um tapume coberto por um quarteto de cartazes publicitários, dois dos quais eram de companhias telefônicas rivais, e — importunando esses postais de felicidade celular — um aviso de obra que anunciava um empreendimento imobiliário. Savoy chorou, ou melhor, se esquartejou e se desfez numa série de espasmos lacrimonasais, mas como estava com o lenço na mão e mesmo antes de começar a chorar — cortesia da alergia — tinha os olhos avermelhados e o nariz pingando, quase nem deu para notar, e o velho de gorro de lã e bombacha campeira contratado para cuidar do prédio à espera da demolição não lhe prestou mais atenção que a que lhe demandava certa coceira no ouvido direito, onde escarafunchava com fruição a unha afiada e suja de seu mindinho.

De modo que começou a procurar marcas, qualquer rastro

de Carla que sua pressa tivesse deixado. A barra da cortina do banheiro estava úmida, havia marcas de seus dedos no tubo da pasta de dentes, no meio, não na base, onde Savoy começaria a sugerir que ela o apertasse se tivessem passado mais uma semana, duas, no máximo, juntos. E moedas, moedas por toda parte, que Savoy, como as crianças com os ovos de Páscoa no bosque, foi descobrindo aos poucos: primeiro eram maravilhas únicas, milagres; depois, à medida que se multiplicavam, sinais de uma espécie de peste disfarçada de felicidade — moedas de todos os países, tamanhos, materiais, cores, valores, moedas opacas e brilhantes, moedas hexagonais, furadas, com incrustações, finas como lâminas de amêndoa, a biografia errante de Carla em chave numismática, narrada por meio de um rastilho descontínuo mas persistente de moedas que começava na prateleira do banheiro, onde a escova de dentes de Savoy, cabisbaixa e sozinha num copo agora grande demais, mimava sua desolação matutina, continuava na mesa de cabeceira, no mesmo espaço antes ocupado pela pilha de livros, como cinzas valiosas, na estante da cozinha, intercaladas entre copos e xícaras, e nas duas mais baixas da biblioteca, que Savoy quase não consultava, e terminava na mesa de carvalho da copa, a pista de aterrissagem onde Savoy atirava as chaves assim que entrava no apartamento, o mesmo lugar onde Carla, nessa madrugada, aproveitando que Savoy sonhava com umas férias num velho hotel cordobês, com seus avós vivos e passeando de mãos dadas pela galeria de piso axadrezado, após descartar opções mais heterodoxas (o freezer, a banheira, a gaveta de meias), escolhera deixar a surpresa que Savoy encontrava agora com as mãos carregadas de moedas, todas, curiosamente, de menos de cinquenta centavos de euro. Não era um rastro, essa obra-prima dos culpados. Era um presente, o legado de Carla para o Savoy que vivia em sua imaginação, resposta adiada mas meticulosa, aliás, a todas essas queixas em forma de pergunta que Savoy costumava murmurar no ar, por medo ou vergonha de fazê-las para alguém em especial, e que depois, a sós, num furor furioso, incrédulo, acusava o mundo de não ter escutado.

primeiro dom

Óculos de natação polarizados Marfed modelo Amazonas azul (790 pesos)
Touca Marfed de silicone preto (270 pesos)
Sunga Speedo preta com monograma lateral (2800 pesos)
Tampões de ouvido de silicone Marfed (170 pesos)
Uma mensalidade de piscina livre (4500 pesos)

3.

Isto?

Tinha acabado de esfolar o nó do dedo médio, mas, ainda absorto na surpresa, no desconcerto, no escândalo que quatro horas depois persistiam intactos, só percebeu isso quando foi transferir o grana padano que tinha ralado para o antigo frasco de geleia onde guardava o queijo e viu as gotas de sangue salpicando o fragrante leito de fiapos amarelos. Doeu-lhe mais ver, ter que jogar essa dose de acepipe maculado, que o dilaceramento carnoso, aberto como uma flor, em que se transformara o nó de seu dedo. E como ardia, aliás, até mesmo debaixo da água fria. Isto — um kit de natação — era seu último gesto, a relíquia que Carla escolheu deixar em seu lugar para que se lembrasse dela?

No começo custou a entender. Era como se um ator famoso, um desses monstros sagrados capazes de viver felizes com um pé em superproduções de salão (onde davam vida a vilões sádicos e cultos, devotos das furadeiras, das trufas e dos versos de Manley Hopkins) e o outro (ou o mesmo, o que lhes permitia ter sempre um pé livre para pousá-lo na equitação, na beneficência, no turismo sexual ou em qualquer um dos hobbies que levavam uma parte considerável de sua renda) em filmecos de *qualité*, consciente de que a única coisa importante na hora de embarcar em um novo projeto era averiguar (mandar seu agente averiguar) se o personagem com que tentavam atraí-lo aparecia na última página do roteiro (ou seja, no último plano do filme, esse que levariam para suas casas, quente e palpitante, mesmo os espectadores que tivessem aproveitado essa uma hora e quarenta minutos de escuridão para roncar) — era como se um desses artistas da eficácia decidisse encarar e, na primeira oportunidade, mostrasse uma área da boca sem dentes, os pés deformados pelos joanetes, o cotovelo de um pulôver que o Figurino se esqueceu de cerzir.

Ele? Piscina? Nadar? A improcedência o deixava perplexo. Se tivesse lhe dado de presente um smartphone, por exemplo, o gesto faria sentido. Pelo menos serviria para iluminar com certa ironia retrospectiva as vezes em que Savoy, estufando o peito para fazer frente a uma insistência puramente imaginária — porque ninguém, muito menos Carla, pretendia convencê-lo de nada nem vender nada para ele —, havia proclamado que nem morto iria desperdiçar oitocentos dólares num aparelho que todo mundo sabia, a começar por seus próprios fabricantes, que no mínimo causava câncer. Voltou à sua plataforma de comércio eletrônico favorita, tão esquecida nas últimas cinco semanas, e conseguiu ter uma ideia do que Carla tinha pagado pela provocação. (Excluiu do cálculo a sacola de plástico na qual estava embrulhada, que era de uma loja de aeroporto e tinha um buraco — a típica perfuração produzida pela quina de um frasco de perfume — que Savoy notou quando, pensando que fosse uma sacola de compras, levantou-a para examinar o conteúdo e viu surgir a alça dos óculos de natação. Oito mil, quinhentos e trinta pesos. Um oitavo, portanto, do que teria gasto se lhe desse de presente um agente cancerígeno portátil de última geração, o que, ainda que igualmente provocador, pelo menos teria dado a Savoy a possibilidade de recusá-lo, ou de aceitá-lo a contragosto, só para não feri-la, e não usá-lo, e confiná-lo — deitado em seu confortável ataúde de fábrica — no mesmo armário onde esperavam em vão um barbeador elétrico (Savoy era imberbe), um gravador de microcassete (obsoleto antes de nascer), um cigarro eletrônico (Savoy nunca fumou) e um mixer portátil engenhoso, do tamanho de dois maços de cigarro (reais) e potência bastante chamativa, que um dia alguém de cujo nome e rosto fazia mal, muito mal, em não se lembrar lhe trouxera do Mauer Park de Berlim, onde o garoto que o projetara ficava horas tentando vendê-lo num inglês paupérrimo.)

Mas o que mais o irritava era a superioridade que emanava do presente, seu caráter de última palavra, que a ausência de Carla parecia reforçar quase com malícia. Se o tivesse dado pessoalmente, talvez... Savoy poderia ter objetado, dito ou feito alguma coisa... Mas o quê? Estava indignado, mas isso não lhe dava o direito de criar expectativas. O mais provável é que tivesse repetido na frente de Carla, ou seja: em estado de feitiço, a mesma paródia de contrariedade e furor, o mesmo ir e vir de fera enjaulada que fazia agora sozinho, "com seus botões", enquanto se deixava consumir na fogueira de seu escândalo. "Eu? Piscina? Nadar?" Mas então se lembrou das vezes em que se queixou para ela de algum mal físico, umas pernas cansadas ou fracas, a fisgada elétrica que tanto beliscava sua cintura, os braços que adormeciam, males menores que na verdade não o preocupavam, que ele até exagerava um pouco, para que a queixa tivesse sua cota de dramaticidade e também, no fundo, para fazer charme a fim de que Carla, comparando o mal que ele aumentava com o que via diante de seus próprios olhos, o achasse mais jovem do que Savoy dizia se sentir. Enfileirou todos esses pavoneios histéricos, cada um dos quais, visto individualmente, teria se dissolvido com um único sopro, e pensou: Que erro. Que erro garrafal.

O kit de natação era o signo de seu erro, de seu erro que voltava transformado em "solução". Para Savoy, queixar-se podia ser um hobby, um luxo intransitivo, o ápice da arte pela arte, mas Carla o ouvira. Levara isso a sério, ao pé da letra. Fruto do mal-entendido ou da perspicácia, as duas forças capitais de toda relação amorosa em fase incipiente, o kit de natação, efetivamente, era uma última palavra, além da qual não havia linguagem imaginável. A prova era que Carla não se dera sequer ao trabalho de acompanhar o presente com uma carta, um bilhete, uma dedicatória, alguma coisa a que Savoy pudesse se agarrar para objetar, resistir, discutir — ou seja: continuar conversando... Mandando-o nadar, Carla limpava as penúrias físicas de Savoy de toda encheção de linguiça com que ele se empenhava em acondicioná-las, identificava e isolava seu núcleo duro e só aceitava dialogar com ele, surda à frivolidade e à chantagem. Só que, na hora da prescrição, essa hora da verdade em que um médico revela seu plano e sua fé, além de seus pormenores caligráficos, o tratamento que escolhia não podia ser mais controverso. Correr, vá lá. Não tinha feito o teste, por acaso? Não aceitou dar esse salto no vazio naquela manhã na praça, quando seus pulmões se rebelaram e uma penca de abutres no cio, aproveitando que Savoy ficava fora de combate, passou a revolutear ao redor de Carla? Bicicleta ergométrica — tudo bem. Mas o que faria enquanto isso? Ver a televisão atroz da manhã num aparelho pendurado na parede? Ler? Aprender idiomas? Ioga, talvez? Uma dessas artes marciais mansas, delicadas, que ensinam a mimetizar pássaros, árvores, arroios que correm? Difícil. Toda essa roupa que deveria usar. Todo esse jargão que deveria aprender. E ainda assim, por que não? Mas nadar?

Sim: essa operação dupla lhe era familiar. Sabia de seu encanto e de suas armadilhas. Sob a capa da generosidade, um disfarce mais efetivo que qualquer crítica, exortação ou conselho, Carla investia contra ele, contra sua natureza, seus hábitos, suas inclinações. Mas o que era esse presente senão um decreto encoberto, a declaração — implícita e portanto duplamente difícil de rebater, ainda mais agora que Carla estava longe, arejando — até onde Savoy podia saber — o chalé com telhado de duas águas e fundo frondoso onde passaria três semanas penteando uma mulher imóvel e — surpresa — alimentando um rebanho de fox paulistinhas — de que lhe dando uma coisa que não era para ele não só não estava desvairando, como demonstrava conhecê-lo bem, melhor do que ele conhecia a si mesmo, e que o Savoy que tivera presente ao decidir toda a operação — comprar a sunga, a touca, os óculos de natação, pagar uma mensalidade na sede da piscina — era o verdadeiro Savoy, com suas necessidades, dores e urgências verdadeiras.

Semanas se passaram num vazio lento, tenso. Passaram com espantosa fluidez, discretamente, invisíveis em virtude da mesma coisa que parecia lhes dar uma estranheza de vida à parte, entre parênteses. Savoy, ao mesmo tempo mais velho e rejuvenescido, voltou-se para suas coisas. Dormiu mais, leu, retomou essa espuma que lhe custou um pouco chamar de vida. Sair foi todo um acontecimento. É verdade que cinco semanas não era tanto tempo e que nesse período com Carla ele tinha saído mais que nos últimos dois anos de sua vida. Porém, com Carla desaparecida, sentiu que um pouco da espessura sonora da experiência era retomada no mesmo ponto em que a aparição dela o suspendera: a geladeira voltava a zumbir; o encanamento, a lançar seus arrotos guturais; o elevador, a gemer como o animal vetusto que era; o vizinho de cima, a bater no chão — o teto de Savoy — com sua bengala, seu bastão de esqui, seu guarda-chuva, uma dessas lanças que usam nas praças para espetar folhas secas, o que quer que fosse que ele usasse para transmitir essa mensagem em Morse que Savoy nunca ia se dar ao trabalho de decifrar. Retornou ao mundo e teve a impressão de emergir de um longo cativeiro feliz. O mundo confirmou isso. O bar no seu quarteirão estava fechado para reformas, tinham cortado a rua para estripá-la, e a velha casa que mudava de ramo segundo as estações — jardim de infância, asilo de idosos, laboratório de análises clínicas, academia, centro de fisioterapia — era uma miscelânea de ruínas ornamentadas por ervas daninhas curiosas. Uma noite, tarde, num ataque de impaciência, foi dançar sozinho. A boate estava mudada, para não dizer em plena decadência, e embora fosse provável que o declínio tivesse acontecido ao longo dos quatro anos que ficou sem pisar nela, Savoy pôs isso na conta de tudo o que nas cinco últimas semanas tinham-no impedido de viver. Na entrada, intacto, com a cadeira que suportava seu corpo gigantesco se equilibrando sobre as pernas traseiras, estava o porteiro que o conhecia, com sua garrafa térmica e sua pequena pilha de livros, a única coisa, além da música de Miles Davis, que o distraía de um trabalho para o qual se considerava sobrequalificado. Ele o conhecia, sempre o deixava entrar de graça, desde a primeira vez, quando o reconheceu no meio da fila e lhe cravou uns olhos alucinados, como se finalmente tivesse encontrado o sósia que todos nós temos no mundo. Estava lendo Sturgeon naquela noite. "Ballard não?", perguntou Savoy, desafiando-o enquanto se cumprimentavam com um toca aqui, como dois velhos rappers reabilitados. "Ballard eu tomo na veia", disse-lhe o outro entre gargalhadas. Ficou no clube menos de meia hora. Dois leões de chácara patrulhavam uma pista quase deserta, a música era ruim e triste e Savoy foi até o balcão e ficou grudado no chão, onde alguém tinha derramado um energético.

Ligou para Renée para avisá-la de que "estava de volta", e uma segunda vez para esclarecer que "estava de volta" de verdade. Sentou-se para esperar, não uma resposta (que sabia que demoraria semanas), mas um aviso de recebimento, o sinal mais ou menos enigmático que chegava até Savoy em zigue-zague, depois de ricochetear em um punhado de amigos em comum cuidadosamente escolhidos, e com o qual Renée decretava caduca a quarentena em que gostavam de isolar o outro nesses casos. Voltou ao Chatroulette de maneira casual, mais por saudade que por necessidade, enquanto vagabundeava pelo lote de favoritos que tinha desalojado de sua barra de navegação toda uma nova geração de páginas, mais funcional para suas cinco semanas de confinamento sentimental, programação de cinemas, restaurantes, eventos, todo tipo de agendas para neutralizar o tédio ou a desorientação de uma cidade que ele estava havia muito tempo sem usar acompanhado. Encontrou o de sempre, só que descarnado pela luz crua, de flash forense, que a arrogância do satisfeito costuma projetar sobre necessidades antes desesperadas: cabeças com fones de ouvido grandes como repolhos, rapazes em plena punheta olhando-o com um ar dopado e a boca aberta, uma parede estourada pela luz de um abajur, a auréola vermelha que um piercing caseiro espalhava num nariz disforme, alguém tossindo até a ânsia de vômito (e a seu lado, olhando aturdida para a câmara, uma mulher ruiva fumando, enquanto uma longa lagarta de cinzas se equilibrava na ponta do cigarro), o algodão quadriculado de uma cueca, o *Hello, handsome*, o *Hi, bro* que Savoy justiçou clicando, sem nenhuma esperança, na tecla do futuro.

Não se comunicaram, a menos que por comunicar se entenda um punhado de e-mails frugais, mais destinados a sondar se havia alguém do outro lado, agora que não podiam se ver, que a revelar uma verdade imprevista do coração ou rememorar algo do que haviam compartilhado ao longo dessas semanas, com o objetivo de comprovar se tinha algum sentido para o outro e se esse sentido era o mesmo para ambos. Savoy escreveu o primeiro e-mail dois dias depois que Carla foi embora. Seu intento, modestíssimo, era dar-lhe a entender de maneira extraordinariamente não invasiva que para ele era possível que nem tudo tivesse terminado entre eles na madrugada em que — e aqui, cansado de tanta precaução, permitiu-se um respiro, o luxo suicida da ironia —, ardilosamente, violando o pacto que tinham firmado antes de adormecer, Carla tinha ido embora sem acordá-lo, ou seja, em termos estritos, sem se despedir. Enviou-o com o último resto de força de um dedo indeciso, após sobrevoar por alguns minutos uma tecla que bocejava, e assim que o enviou teve a impressão de ter se precipitado ou de estar chegando tarde demais. Carla, talvez ecoando a modéstia de seu intento, se fez de desentendida. Respondeu e respondeu pontualmente — ainda que, como Savoy não podia deixar de notar, não fosse óbvio que seus motivos para ser pontual fossem românticos, e não profissionais —, mas não disse uma palavra sobre a questão da continuidade. Mais pormenores pareceram lhe inspirar as estranhezas da casa da qual acabava de tomar posse: correntes de ar que desencadeavam sequências rítmicas de portas batendo, rangidos de noites insones, um ninho de alguma coisa no ângulo do teto de um quarto que tinha decidido fechar à chave e não abrir mais e, principalmente, a família de feras a seu encargo, na qual os fox paulistinhas coexistiam com raças e espécies imprevistas (uma iguana verde, uma tarântula, um sagui), o que a obrigava a manejar um leque de tipos de alimentação, rotinas e formas de higiene versátil e exaustivo.

Não era o tipo de pormenores que esperava, mas Savoy não se ofendeu. Odiava decepções e, como muitos, preferia tratar com distanciamento suas próprias esperanças em matéria de satisfação a ter que pagar o preço de não obtê-la. Mas tinha que se agarrar em algo, então se refugiou na única trincheira que ainda podia proporcionar o que necessitava: uma razão para lutar, uma razão sólida, resiliente, duradoura. De modo que exumou o kit de natação do calabouço de inutilidades ao qual o havia confinado, junto com o mixer e o barbeador, e o pôs na mesa da sala, bem à vista, como um centro de mesa de um lar de sereias, de modo a não ter outro remédio senão esbarrar nele a toda hora e se dar a possibilidade, o direito, a obrigação de emitir, cada vez que o visse, os grunhidos de inconformidade que reprimira ao descobri-lo. Às vezes passava e se enfurecia com um detalhe particular: o fato, por exemplo, de Carla ter escolhido uma sunga preta, sem dúvida pensando que qualquer outra cor seria chamativa demais para ele, ou que, aderindo ao argumento inverso, de todos os modelos de roupa de banho tivesse optado justamente pela sunga, um brasileirismo que não seria tolerado nem por ele, nem por ninguém de sua geração, possivelmente a última criada na escola do pudor, ou a má qualidade da borracha da touca, que bastava que tocasse para sentir martirizando o cabelo da nuca — todas as bobagens sobre as quais Savoy não teria nada a dizer, nem a favor, nem contra, tão alheias eram ao seu horizonte de preocupações, se não tivesse passado pela cabeça de Carla a ideia de se equivocar com ele desse modo.

Mais semanas. Era incrível como de repente o tempo era medido em semanas. Savoy não ouvia falar da semana como unidade temporal desde o segundo ano da escola secundária, quando era um adolescente recluso e imberbe, e a métrica de sua vida só reconhecia uma escansão feliz: a perspectiva, a promessa, o êxtase de toda terça-feira à noite, quando, com sua namorada da época, também reclusa mas não imberbe, a única que teve e teria durante um bom tempo, herdada de um amigo inconstante, viam cada um em sua casa a novela que mantinha o país vidrado, a fábula de um taxista que desalojava um guerrilheiro morto do coração de uma viúva frígida e desatava a ira criminosa da mulher que o cortejava, uma milionária mimada de voz fanhosa e pernas de colegial, e assim que o capítulo terminava iam correndo se telefonar, sempre se revezando, uma terça-feira ele, na terça-feira seguinte ela, para que o telefone não desse ocupado, como acontecia com tanta frequência na novela, e passavam exatamente uma hora e meia transbordando de entusiasmo, voltando a contar um para o outro o que tinham visto e comentando, reconstruindo cenas, diálogos, reviravoltas na trama, e principalmente o desenlace, esse momento crítico que a novela, depois de esquentar o drama até que beirasse a combustão, era interrompida sempre de maneira brutal, como um amputador desapiedado, deixando-os uma semana com o coração na mão, com os compassos de um "Noturno" de Chopin, a voz de Juan Marcelo, os violinos de Alain Debray, até que dois comandos independentes mas combinados, os pais dela e a mãe dele, não por senso de responsabilidade, mas porque precisavam usar o telefone, irrompiam em suas respectivas tocas e os cominavam a desligar — era tarde, no dia seguinte era preciso levantar cedo para ir ao colégio.

Savoy deixara de pensar em Carla — tinham-na eclipsado os dois ou três esbarrões diários dados no kit de natação e a ressaca azeda e tenebrosa que lhe deixavam — quando adoeceu. O roteiro de sempre: nariz escorrendo, o ardor pontual, agudo como uma agulha mas inofensivo, no páramo áspero onde um dia esteve sua amígdala esquerda, que o forçava a limpar a garganta com pigarros constantes, irritação nos olhos, dor nas costas, calores que o termômetro nunca confirmava e, por fim, sufocações, catarro, secreções purulentas e a sensação geral, difícil de entender para os que confundiam sua catástrofe com um resfriado (Savoy, com a confiança suspeita que inspiram as coisas que achamos que conhecemos porque se repetem, o chamava de alergia), de que uma forma de vida desconhecida, incubada sabe-se lá desde quando em seus seios paranasais, estava prestes a arrebentar a máscara que a amordaçava — seu rosto dolorido e maltratado — para se ver cara a cara com o mundo. Equinácea, própolis, chá de gengibre e mel: tinha o arsenal para combatê-la, ou melhor, para "atravessá-la com o menor dano e o mais rápido possível", conforme a resignada descrição da epopeia feita por sua homeopata, uma mulher culta e convincente que o tratava havia anos, a quem Savoy, ao menor desconforto ou dor, enganava com os venenos mais frívolos da farmacologia e para cujos braços não demorava a voltar, culpado, contrito, com a alergia original intacta e uma gastrite causada pelos antigripais em pleno apogeu. Tinha tudo, mas ligou para seu plano de saúde e pediu um médico em domicílio.

Savoy os usava muito de vez em quando, não tanto para sair rápido de uma emergência, mas para demonstrar a si mesmo que também ele, com seus dengos de doente imaginário, cheios de sintomas e contrassintomas, causas secretas e efeitos descabelados, podia cair nas oitivas da lei. Sempre fracassava, mas tentava de novo assim que tinha uma oportunidade, um pouco como acontecia com as barbearias, das quais saía com a cabeça feito um desastre, mas resmungando: "Da próxima, talvez da próxima vez...". A raça, em todo caso, inspirava-lhe pouca confiança. Duvidava até que fossem médicos: não usavam jaleco (um brasão corporativo que Savoy considerava imprescindível, muito influente, aliás, em suas alergias); levavam suas coisas em sacos plásticos ou em mochilas de lona sujas, provavelmente roubadas de alguma sobrinha com olheiras, tatuadas com apelidos masculinos raivosos escritos com caneta esferográfica, em vez da adusta maleta de couro preto arqueada de sua infância, que só de se abrirem já dizimavam meio exército inimigo; tremiam quando lidavam com o termômetro (que traziam solto, sem o estojo transparente, e que extraíam, sempre que conseguiam encontrá-lo, beliscando sua extremidade de mercúrio sagrada) e o liam a duras penas, entrecerrando os olhos, aproximando-o de um foco de luz que não demoraria a alterar seu ditame. Quantas vezes — porque não dava para ler o número do registro (carimbo sem tinta), faltava a assinatura ou o remédio prescrito estava proibido ou "descontinuado" — tinham recusado essas receitas que redigiam às pressas, distraídos pelo programa de tevê com que o doente estivera se aparvalhando enquanto os esperava. Savoy lembrava como um marco do sorriso enternecido com que certo farmacêutico leu e lhe devolveu — quase no mesmo instante, num alarde de simultaneidade espantoso — uma dessas receitas e lhe disse resfolegando: "O *doutor* Naldoni. Acho que lhe faltam doze matérias — sem contar as seis em que ele só passou pagando".

Mas gostava deles. Não apesar de, mas justamente *por* serem impostores. E toda vez que os via entrar arrastando os pés, e sob os pés, as solas gastas de uns sapatos que nunca tinham conhecido uma graxa, e fingir a altivez ou a simpatia ou a credibilidade que tudo neles desmentia, a começar pelo colarinho da camisa sujo, o cheiro de tabaco e confinamento — fumavam no carro para matar o tempo entre consultas — e as piadas com que sentiam a misteriosa obrigação de se congraçar com todas as pessoas que não fossem seu paciente, todas de mau gosto ou dirigidas ao interlocutor inapropriado, Savoy não podia deixar de imaginar o médico, o verdadeiro, com seu jaleco recém-lavado, seu diploma sem manchas, suas horas de residência e de congressos e as chaves de seu zero quilômetro recém-saído da concessionária, amordaçado e amarrado com um resto de cabo coaxial no banheiro subterrâneo de uma estação de trem, e o contraste entre as duas metades dessa tela dividida o fazia morrer de rir. Gostava dos pulôveres com furos de traças, dos punhos sem botões, da retórica de vendedor ambulante com que descreviam um quadro de constipação, uma contratura muscular, uma gastroenterite, e a ação sempre instantânea dos comprimidos que receitavam para remediá-los. Mas também dos balbucios, do desconcerto, da impaciência — e até da vontade de fugir antes de serem pegos em flagrante.

Dessa vez lhe coube um homem mais velho, que se curvava num terno de funcionário de banco dos anos cinquenta e volta e meia, com certa pompa, pegava um lenço onde cuspia os derivados de uma tosse feminina. Nem bem ele entrou, elogiou a economia de móveis da sala de Savoy (era óbvio que não via de um olho). Alguma coisa no piso chamou sua atenção. Agachou-se (o que não lhe custou muito), apanhou um papelzinho quadrado que Savoy não tinha visto e, depois de lhe dedicar um olhar nostálgico, teve a delicadeza de pousá-lo ao lado do telefone. Atravessava a sala atrás de Savoy quando parou e ficou olhando e apontando para todo lado com um ar perdido, como se dois ou três cabos de sua rede nervosa, cruciais, mas bastante desfiados, tivessem cedido de repente, enquanto perguntava inquieto pelo Sul, pelo Norte, pelo Leste e pelo Oeste, uma preocupação que Savoy, com sua experiência em sondagens imobiliárias, não podia deixar de apreciar. Finda a consulta — rápida, inútil, um prodígio de fios soltos —, Savoy o convidou para almoçar. O médico aceitou com naturalidade, como se a contraprestação estivesse incluída na consulta. Mal tocou na comida. A certa altura, sorriu e se iluminou subitamente: a velha ficha que estava havia anos entalada em algum canto forrado de sarro por fim tinha caído e chegado a seu destino. *"Monatskarte!"*, exclamou suavemente, como que para si mesmo, e o garfo que segurava entre dois dedos caiu, bateu na borda do prato e ficou deitado num colchão de purê. Depois se levantou, encostou a cadeira na borda da mesa e saiu — só para tocar a campainha um segundo mais tarde, envergonhado, e redigir de pé, mantendo num equilíbrio frágil o bloco de receitas, a caneta esferográfica, o cartão do plano de saúde de Savoy e seus próprios óculos, a receita que deixara passar batido, e com um gesto rápido de jogador de cartas, elegante mas pouco discreto, apanhar a pilhinha de velhos porta-copos de feltro dos quais Savoy prometia se desfazer e nunca cumpria. Sozinho outra vez, mas com a sensação perturbadora de que agora convivia com alguma coisa nova, que não conseguia identificar, mas cuja presença se fazia sentir de maneira flagrante, Savoy pôs a receita de lado (com toda a intenção de não usá-la) e, nesse momento, castigando-o por sua imprudência, ou melhor, seu desperdício, foi sacudido por um rosário de espirros clamorosos. Exagerava: uma arte herdada de seu pai, primeiro grande espirrador da família. Foi então, com os cotovelos pregados na mesa, tentando se repor do quão longe tinha levado aquela farsa, que deu com o quadradinho de papel alaranjado que o médico recolhera do chão. Nunca tinha estado naquela cidade; ou sim, há séculos, ainda que, jovem demais para entendê-los, corrompido, talvez, por cidades mais complacentes, tenha confundido com asperezas o comitê de encantos com que o recebeu — um aeroporto senil, taxistas lacônicos, ruas mal iluminadas. Mesmo assim reconheceu na hora, como que por osmose visual, não com a cidade mas com Carla, que devia tê-lo deixado cair ao ir embora, o cartão mensal do transporte público de Berlim.

Savoy continuava chorando quando ligou para Carla. Mais que chorar, ele na verdade gemia, bramava, se dessangrava em lamentos que brotavam bem lá de baixo — uma espécie de cripta úmida, povoada de dejetos mais ou menos fedorentos —, saíam pouco a pouco à luz, afinando-se numa nota aguda, e após persistir por alguns segundos num falsete atroz, ferino como o fio

cego de um vidro quebrado, explodiam numa chuva de gritos —
tudo muito desolador, mas irremediavelmente seco. Com o choro, acontecia com Savoy a mesma coisa que quando vomitava:
chegava um momento em que não tinha mais nada a dar, nada
orgânico; só a necessidade de continuar chorando, sobre a qual
as lágrimas já derramadas não pareciam ter nenhum efeito balsâ-
mico. Para se motivar, pois, e porque havia algo muito antinatural
nesses uivos desidratados que lançava, Savoy se sentava e se obrigava a contemplar a *Monatskarte*, o kit de natação, as moedas
estrangeiras (tinham aparecido outras, de outra espécie, no para-
peito da janela e no armarinho do banheiro, organizadas e em
fila como peregrinas), primeiras peças de um departamento *objets
trouvés* que com o correr do tempo, sempre de maneira intempes-
tiva e não necessariamente pelo faro de Savoy (a mulher que
trabalhava como diarista encontrou um alicate de unhas e umas
meias com estampa de sereias; Renée, duas entradas de museu e
um cartão de embarque), iria incorporando novos achados.

Estava nesse ritual, já a ponto de desanimar, quando Carla
apareceu. Foi como se a tivesse invocado. Um caso típico de
serendipidade: no ímpeto de chorar, atraía a única pessoa capaz
de fazê-lo chorar. Savoy não se deu conta; estava ocupado demais
em não perceber duas coisas: que esse som era uma ligação, que
quem estava ligando era Carla. Ouviu badaladas; pensou que um
alarme estava tocando em algum lugar, longe, bem longe de
onde seu coração se partia pela primeira vez, fora de hora, como
sempre. O som continuou, com aquela insistência única, insuportável, que as coisas têm quando não reconhecemos as mensagens que nos enviam. Incomodado, Savoy abandonou o teatro
de seu ritual — se não conseguia chorar nesse momento, pensava, não choraria nunca —, seguiu o rastro do som e chegou ao
quarto. Atônito, como quem descobre por acaso, esvaziando de
trastes um quarto do qual voltou a precisar, o fundo secreto que

aninha a mala que sempre usou e o segredo escondido nesse fundo secreto, prodígios que estiveram diante de seus olhos mas ele nunca viu, e que agora, de repente, transformam-no num imbecil e num privilegiado, comprovou que o que estava retinindo era seu computador.

De modo que era isso que chamavam de Skype. Savoy sabia que o programa estava em seu computador. Foi o que lhe informou logo de cara, para elogiar a máquina que pretendia lhe vender, "usada, mas nova em folha", o técnico que Oblómov indicara, um sujeito impaciente, de uma simpatia turva, com quem Savoy descobriu um mês depois, quando teve que chamá-lo com urgência — uma "regulagem" inesperada: a máquina não ligava —, que estavam brigados de morte. Mas isso que sabia era menos que nada. Sabia que estava "ali dentro", em alguma parte daquele mar de tédio, esperando, junto com outros soldados igualmente serviçais e desdenhados — ferramentas para pintar, compor música, elaborar balanços contábeis, desenhar conferências espetaculares —, que Savoy se dignasse a usá-lo ou o jogasse na lixeira. Estava lá, mas nunca tinha aparecido. E agora que aparecia na tela e palpitava pérfido, elementar, como a mensagem de boas-vindas de uma escrita hieroglífica desenhada para todas as crianças do mundo menos para ele, Savoy, em vez de fazer o que faria em seu lugar qualquer sobrevivente de uma era mecânica morta debilitado por uma gripe, uma gripe de amor, falsa mas mortal, de robe e pantufas, ou seja: precipitar-se sobre o teclado e apertar todas as teclas que por algum motivo lhe parecessem importantes, ou olhar para a tela e clicar em ícones sem pensar, indiscriminadamente, esperando que *alguma coisa* acontecesse, ou mergulhar no manual de ajuda com o qual Renée insistia em vão que se familiarizasse, o estupefato Savoy, como se estivesse dentro de um sonho e dentro do sonho nevasse dentro do quarto, se perguntava: O que está acontecendo? Como é que pode?

"Calma: fui eu", disse Carla. Não ela mesma, na verdade, mas a voz do além que a precedeu, tingida de uma cor metalizada que a tornava irreconhecível, retumbando sobre a janela que de repente ocupava quase toda a tela de Savoy: um quadrado preto em cujo centro insistia em morder a própria cauda um anel de pontos. Depois, materializando-se de uma forma imperfeita, como se o trajeto percorrido até se tornar visível a tivesse deixado exausta, uma imagem apareceu, rudimentar e enigmática, formada por centenas de pequenos mosaicos de cores que se acendiam e se apagavam, desenhavam o contorno vago de uma cabeça e depois, pouco a pouco — mas com que rapidez espantosa essa gradação acontecia —, como se, depois de muito titubear, o elemento proteico da aparição, cansado de ser uma promessa, optasse por ser algo, alguém, uma das inumeráveis criaturas que estavam à sua disposição, todas igualmente possíveis, compunham um rosto, e o rosto era pálido e tinha a testa ampla e limpa e olhos grandes, com a linha d'água irritada, e maçãs do rosto afiadas e desafiantes e uma boca muito vermelha, tão vermelha que parecia pintada, pintada com descuido. E essa boca cujos lábios, agora, se moviam sincronizados com a voz de Carla, dizia outra vez: "Fui eu, fui eu, Savoy" — e o acalmava, finalmente o acalmava.

Ao que parece, Carla tinha entrado em seu computador e ativado seu Skype. Na última noite, aproveitando que Savoy estava dormindo (e monologava enquanto dormia, uma indiscrição que Savoy agradeceu, porque era a primeira vez que ouvia que falava em sonhos, hábito ou faculdade que por alguma razão, como em outros a surdez ou o ouvido absoluto, ele sempre invejara, mas que não deixou de inquietá-lo, dado que Carla parecia usar isso para justificar um delito cometido furtivamente), lhe atribuíra o nome de usuário — *entaxivoy* — que andara ruminando nos últimos dias, assim que percebeu que queria continuar a vê-lo, e que daí em diante, quem sabe por quanto tempo, era ali que o veria: numa tela. Junto com a calma, Savoy sentiu uma ponta de decepção. Alguns segundos antes, ouvindo a voz metalizada e contemplando o rosto que não se formava de vez na tela — um mosaico bizantino entrópico —, tinha alucinado que um hacker, um desses prodígios cujas façanhas destronaram do pódio olímpico da precocidade meninos enxadristas, ninfas ginastas e pianistas natos, acabava de se apossar de sua pobre máquina usada, lançando um desses aplicativos de invasão à distância que faziam naufragar bancos, corporações e serviços de inteligência. Quando havia sido alvo de uma conspiração pela última vez? No primeiro ano do secundário, quando Laborda e seu séquito de valentões — entre outros Degré, o grandessíssimo traidor — esconderam sua roupa na saída da aula de natação?

Carla e seu cabelo molhado. Sempre parecia recém-saída do banho. Era um costume que Savoy não conseguia assimilar: as peças que intuía que a compunham — esmero, fé na higiene pessoal, despudor, culpa, certa vulgaridade — não se encaixavam totalmente e impediam-no de formar uma opinião cabal. Mas comprovar que num chalé do Norte do Brasil, longe dele, ela fazia o mesmo que fizera uma e até duas vezes por dia na Vidal com ele, diante dele, com a candura de uma sereia e se pavoneando como uma diva, lhe dava uma estranha calma. Era ela, sim. Ela, Carla, na tela. Mastigava alguma coisa. Duas covinhas minúsculas, como espetadas de agulhas, brotavam-lhe dos lados das comissuras dos lábios, como quando sorria. Ergueu de repente os olhos — estava distraída com algo que Savoy não conseguia ver — e olhou para ele, e se livrando enfim da semente que sua língua estivera lutando para pescar, muito séria, perguntou se ele andara chorando. Savoy, num ato reflexo, como essas mulheres que levam instintivamente a mão à cabeça quando fazem um comentário sobre seu cabelo, deu uma fungada. Depois sorriu com desdém, como se desmerecesse a hipótese de Carla, e disse que não, que só estava congestionado, que talvez tivesse se resfriado quando saiu... "O quê?", ela o cortou, os olhos radiantes de felicidade. "Começou a piscina?"

Previsivelmente, Savoy mentiu que sim. E passou os cinco minutos seguintes dedicado a uma esgrima intensa, paradoxal: Carla o bombardeava com perguntas, uma mais caprichosa que a outra — os *lockers* do vestiário (madeira ou metal?) lhe interessavam tanto quanto a temperatura da água, os horários mais frequentados para nadar ou a oferta de bebidas do bar —, que Savoy cortava e contornava com respostas cada vez mais enganosas, com um nível de detalhamento, porém, que ele, mais propenso aos planos gerais, era o primeiro a se surpreender. Mentiu e foi capaz de sustentar a vertigem dessa mentira originária, fruto do engenho de um trapaceiro inspirado, com a força, o afinco, o capricho de um artesão fiel, que sabe que sem essa tarefa de escravo que todo dia o espera ele não seria nada. Mas a viu tão feliz que logo esqueceu o motivo que o levara a mentir e continuou mentindo mais um pouco, até quando Carla já não tinha mais nada a perguntar, detendo-se em coisas que ele nunca tinha imaginado e que agora brotavam diante dele como enigmas que devia resolver — formas e cores de azulejos, tipologias de nadadores, modelos de roupas de banho, salva-vidas, conversas de negócios entabuladas entre duchas, aos gritos, enquanto um vapor cenográfico envolvia os corpos numa névoa densa e um sabonete ávido por conhecer o mundo patinava entre pés desconhecidos —, pelo prazer de ver como cada embuste que inventava fazia nascer nela o eco de uma risada, um assombro, uma cumplicidade instantâneas. Até que em certo momento algo foi cortado, a imagem desapareceu — "morreu", como Savoy logo saberia que tinha que falar — e a voz de Carla ficou ressoando no vazio por um momento, opaca, com essa reverberação de sonho que têm certas vozes ouvidas numa febre muito alta. Houve tentativas de restabelecer a conexão, todas por parte de Carla, porque Savoy, perplexo, limitava-se a contemplar o teclado com olhos impotentes. As badaladas da primeira vez repicaram de novo com sua insistência irritante. Mas com exceção de um breve interlúdio de espiritismo em que a tela se tornou totalmente negra e a voz sem corpo de Carla perguntou: "Você está aí? Savoy? Está aí?", como uma alma penada prestes a perder a única coisa que a ligava ao mundo dos vivos, não chegaram a nada, e logo Savoy baixou seus braços inúteis e compreendeu o que já se temia: que a alma penada era ele.

Olhou ao redor. A luz tinha mudado. Não se lembrava de o anoitecer ser tão desolador. Ouviu o rumor nervoso da rua e pensou em corpos cansados que apertavam o passo, rostos erguidos para o céu, suplicantes, esperando que o semáforo se decidisse por uma das duas cores nas quais estava parado havia minutos, meninos dormindo em uniformes de colégio sujos. Como era difícil voltar para casa. Mas a certa hora, porém, ninguém pensava em outra coisa. E quando tudo o levava a fazer o contrário, Savoy esperou. Esperou sentado diante do computador, sem fazer nada. Adormeceria assim, se preciso. Começava a cabecear, envolto na penumbra como numa névoa, quando a tela se iluminou de repente. Viu de novo o espaço onde Carla estava quando se falaram, o mesmo quarto amplo, superpovoado de plantas, de pisos cor de tijolo e paredes forradas de pratos, ídolos, máscaras de barro. O mesmo *menos* Carla, e a imagem não tinha som. Por um momento pensou que estava olhando para uma fotografia. Mas ao fundo, à esquerda, uma cortina tremeu de leve, e o tentáculo pendente de uma trepadeira também tremeu, e na parede houve um sutil estremecimento de folhas que um gato que fingia dormir em algum lugar tomou pelo rastro de uma presa e se lançou de um salto para capturar. E ainda que o plano técnico onde se desenrolavam os acontecimentos não tivesse a mais pálida ideia do que estava acontecendo — para ele, a essa altura, uma desconexão era uma desconexão, não o portal de acesso às dimensões desconhecidas que logo, ainda que apesar dele, aprenderia que podia ser —, Savoy soube que fizera bem em esperar. A tela lhe deu razão segundos mais tarde, quando Carla entrou em cena nua e começou a se vestir. Era a mesma Carla de antes, a mesma que Savoy conhecia, com aquelas omoplatas que se dobravam como asas de anjo, mas o mundo mudo no qual se movia, talvez com maior fluidez, um pouco mais rápido do que de costume, parecia apequená-la, esmaecê-la, afastá-la dele de uma maneira especialmente dolorosa. Savoy disse alguma coisa para tirar a dúvida, primeiro em voz baixa, intimidado demais pela situação para decidir se queria ser ouvido ou não, depois mais alto. De costas, fazendo um equilíbrio de garça, Carla continuava tentando pôr uma perna no buraco de uma calcinha que tinha outros planos. Então a chamou pelo nome, bem alto, como se Savoy fosse o segurança de uma loja e ela, uma cliente flagrada em pleno delito, com esse tom de severidade impostada com que, em certos filmes pornográficos, os homens começam a ameaçar as mulheres com as quais não tardarão a se atracar das maneiras mais extravagantes. Depois, ao comprovar que do lado do mundo mudo nada mudava — exceto o gato, de volta de sua caçada vegetal frustrada, que tentava acordar com patadas afáveis uma mancha opaca do tamanho de um sapato grande, provavelmente uma tartaruga —, e Carla, inclinada de perfil sobre uma gaveta revirada, descartava um sutiã vermelho por outro azul e o vestia diante do espelho do armário, Savoy começou a chamá-la aos gritos, primeiro pelo nome, depois com os apelidos do amor, da necessidade, da suspeita, e por fim com todas as alcunhas injuriosas que seu desamparo e seu rancor encontraram para cravar nos pontos mais frágeis de sua figura de estopa desde que ela fora embora, um pouco como o apaixonado demente experimenta sobre o cadáver da mulher que amou e apunhalou uma roupa diferente por dia. Isso até que uma convulsão violenta o sacudiu. Alguma coisa se retorceu no fundo de seu corpo e se aquietou de repente, ao fim de alguns espasmos. Savoy permaneceu um momento com os olhos fechados. Depois voltou a si e sentiu algo úmido esfriando na palma de sua mão, a mesma viscosidade da qual mais tarde descobriria algumas gotas esmaltando a fileira inferior de teclas, entre o Z e o B, por algum motivo a área menos gasta do teclado.

Houve mais espasmos adiante, não unilaterais e furtivos como da primeira vez, mas consentidos, planejados com esmero, executados com o embaraço e a ansiedade de uma dupla de estudantes que aproveita uma punição sem dúvida injusta — meia hora plantados de castigo — para se agarrar entre mapas, esqueletos de plástico e quadros-negros de reposição, e também, às vezes, simultâneos, ainda que com menor frequência do que Savoy estava disposto a admitir. O motivo desses desacordos não era um problema de coordenação — à distância, a métrica de seus desejos era tão afim como havia sido durante a temporada na Vidal —, mas uma armadilha deliberada: Savoy, com o desenlace à vista, costumava atrasar um pouco sua própria satisfação, o tempo suficiente para abrir os olhos e desfrutar da imagem de Carla em pleno êxtase, um privilégio a que tivera acesso mais de uma vez ao estar com ela, mas que, talvez por culpa, se permitira pouco, como se, optando por se desviar do caminho do prazer comum, desdenhasse a prebenda mais cobiçada do amor, tirasse uma vantagem imprópria ou violasse uma regra fundamental do contrato amoroso.

Viam-se por Skype, conversavam. Nesses primeiros namoricos, o papo se perdia em frivolidades, sabotado pelas mesmas perguntas triviais que teriam trocado — sem que nenhum dos dois se sentisse na obrigação de respondê-las — se fossem dois perfeitos desconhecidos. Mas essas preliminares incômodas, que poderiam abreviar, mas que às vezes prolongavam dolorosamente, encalhados em verdadeiros páramos de suspiros, monossílabos, reticências, eram aproveitadas, na verdade, para o que realmente lhes importava: observar um ao outro com cuidado, atentos aos detalhes — um corte de cabelo inesperado, a marca de um machucado que não tinham mencionado, uma cor de regata desconcertante, o gesto ou a expressão mais ou menos infrequentes que adquiriam um súbito protagonismo — que pudessem modificar a imagem que cada um tinha do outro, como dois especialistas em falsificações parados com o cenho franzido diante do retrato pelo qual um colecionador ingênuo acaba de pagar milhões. Quando encontravam o detalhe da vez, tudo corria bem, o incômodo e o embaraço se evaporavam, a língua do amor fluía fácil, rápida, carregada de cumplicidade e promessas excitantes. Não era raro que se deixassem enganar por um alarme falso, algo que lhes chamava a atenção e que tomavam por uma novidade, quando muitas vezes já existia antes, só que por algum motivo tinha passado despercebido e agora, iluminando-o melhor, resgatando-o do segundo plano em que dormitava, uma mudança de contexto ou de enquadramento permitia que ficasse visível. Perdiam muitos minutos valiosos nesses pormenores: se tal ou tal camisa já existia em Buenos Aires, se aquele lilás era a cor de esmalte de sempre, se os óculos eram os mesmos, se já tinham usado antes, na frente do outro, a interjeição com que lamentavam ter se queimado com uma panela ou o palavrão que lhes arrancava o pior contratempo imaginável: que algo ou alguém os interrompesse no meio de um encontro. Mas o que perdiam duvidando, desconfiando, averiguando — mais Savoy do que Carla, na verdade, porque ele acreditava em saber, acreditava que entre o saber e o amor havia alguma relação, na medida básica, pelo menos, em que querer saber era se interessar, se mover de algum modo em direção ao outro, ao passo que Carla, quando lhe fazia perguntas, as fazia com critério mas com distanciamento, com o desapego de uma profissional, alguém que copia algo que não faria espontaneamente, talvez com o propósito de agradar ou só de se certificar de que é capaz de fazê-lo —, eles ganhavam em excitação, e o torneio de titubeios no qual tinham ficado encalhados sofria um abalo brutal de impaciência e de repente se tornava ágil, tenso, atropelado. Então falavam demais, rápido demais, pisando nos calcanhares um do outro, antecipando-se ao que o outro estava a ponto de dizer para festejá-lo ou contradizê-lo, sem jamais corroborá-lo, e assim iam, atordoados, invulneráveis, pulando de mal-entendido em mal-entendido, como se a conversa, no fundo, não passasse de um programa de estímulos físicos disfarçado, o caminho mais curto, semeado de descargas elétricas vivificantes, em direção à breve, tosca cena de paroxismo na qual desembocariam. Quatro minutos, cinco no máximo: era isso que durava tudo — contando as badaladas do início e a evacuação, no final, das marcas do crime.

A piscina — com os vestiários, com a espelunca destinada ao exame médico e a área comum, um salão sufocante que os empregados chamavam de buffet, onde um balcão refrigerado com um punhado de coalhadas certamente vencidas reinava sobre meia dúzia de mesas dispersas, e o turquesa estridente da piscina estourava através de um janelão enorme, como o de um aquário — ocupava quase a totalidade do edifício, sede menor, gasta por anos de penúria econômica, de um clube de futebol também menor que uma combinação de dirigentes ineptos, conduções técnicas sem rumo e várias gerações de jogadores sem talento nem amor-próprio tinham condenado a agonizar nas divisões inferiores. O resto, confinado ao primeiro andar, era um retângulo escuro, de teto insolitamente baixo, que fazia às vezes de dojo (o menu de artes marciais incluía capoeira e origami) e duas vezes por semana podia ser alugado para eventos, uma licença que aportava algum recurso ao clube e tirava do sério o *shifu*, que dava aula fumando e assinalava os erros dos alunos chutando seus tornozelos.

Savoy montou guarda diante do clube, sob o sol, ao pé da rampa de entrada de uma garagem. Levava o kit de natação na mochila, mais uma toalha e um nécessaire marrom de couro falso com tudo o que pensou que iria precisar caso se atrevesse a tomar banho. E mesmo assim, apesar do cuidado com que fizera os preparativos, não tinha certeza se queria entrar. Em todo caso, preferia pensar não que estava hesitante, mas apenas à espera do sinal providencial que o impeliria a tomar uma decisão. Batendo no chão com um pé e depois com o outro para combater um frio que não estava fazendo — nunca foi bom em vacilar em público —, deixou passar dez minutos indolentes, um passeador de cães com seus treze clientes, todos envoltos na mesma nuvem de maconha, dois irmãos que iam para o colégio de mãos dadas, curvados sob o peso de suas mochilas, um casal de bicicleta, dois carrinhos de bebê cujos ocupantes se olharam com desconfiança ao se cruzar, um sujeito alto e magro que carregava um pano de vidro sob a axila como se fosse um livro feliz, um livro transparente. Até que uma buzina o sobressaltou: o nariz de uma caminhonete despontava descendo pela rampa da garagem. Savoy, de maneira confusa, viu os gestos que o condutor lhe fazia do outro lado do vidro. Não era o sinal que esperava, mas atravessou a rua e entrou no clube.

Meia hora depois, Savoy tinha sobrevivido a duas provas para as quais não estava preparado, sentado na borda da piscina, com a touca numa das mãos e os óculos na outra. Na recepção, uma mulher pétrea com ar de quem acabou de sair do cabeleireiro — *a cadela,* como logo ficou sabendo que a chamavam, com diferentes matizes de ódio, na piscina — avisou que sua matrícula tinha caducado. Savoy jogou a culpa em Carla. Disse que a matrícula era um presente, que a pessoa que dera esse presente tinha demorado para dá-lo, que depois ele tinha perdido o papel... O toque do telefone interrompeu sua explicação. "Piscina!", gritou a mulher bruscamente, como se o telefonema a tivesse surpreendido enquanto tentava ressuscitar um afogado. Falava com monossílabos: "Sim", "Não", "Terça-feira", "Tarde". Savoy supôs que do outro lado da linha estavam insistindo, porque, levantando a voz, a mulher recitou uma cláusula do regulamento da piscina e desligou. Virou-se para ele, olhou-o nos olhos e com um desdém piedoso segurou no ar o papel da mensalidade vencida. "O que vamos fazer com isso", disse. Savoy pediu que o deixasse usar a piscina por um dia, como teste. "Não há natação livre por dia." Era uma impiedosa radical: emitia sua sentença e ficava em silêncio, olhando-o nos olhos, esperando. Resignado, Savoy disse que pagaria uma nova mensalidade. "São quatro mil e novecentos pesos." Savoy lhe mostrou o recibo vencido: "Custava quatro mil e quinhentos". "Subiu." Savoy levou a mão ao bolso onde guardava a carteira. "Só em dinheiro vivo", disse a cadela. E, exceção milagrosa, justificada apenas pelo impacto retórico que buscava, acrescentou: "O caixa eletrônico mais próximo fica a três quarteirões". Uma pausa brevíssima, miserável. "Até ontem à noite não estava funcionando, mas de repente você tem sorte."

O exame médico foi mais amigável, ainda que o labirinto de corredores que teve que percorrer, escuro, semeado de poças, e as duas portas equivocadas que abriu o fizessem temer o pior, o que Savoy sempre esperava desse tipo de exame médico de rotina desde que aos doze anos, num dia de sol como outro qualquer, um médico que nem malvado era se agachou, considerou que seu primor de prepúcio "não deslizava" com a elasticidade apropriada e o mandou para a sala de cirurgia. Foi atendido por um venezuelano muito jovem, recém-chegado, que até duas semanas antes estivera vendendo *arepas* na linha D. Passou voando por suas axilas, suas mãos, seus genitais. As unhas dos pés lhe despertaram certa curiosidade. "Psoríase", Savoy se apressou a esclarecer. Era a única coisa de todo o protocolo piscina que conseguiu prever. Liberado pelo diagnóstico antecipado de Savoy, o médico prolongou um pouco mais o exame, como quem se diverte. Depois carimbou e assinou uma tira de papel retangular que meteu com dificuldade no carnê e o despachou.

Savoy delegou a seus pés — tão acovardados quanto ele — a missão de sondar a temperatura da água. Não fazia frio, mas ele tiritava. Sentia-se duas vezes nu, a primeira pelo desamparo a que o condenava a sunga preta, a segunda porque era sua primeira vez na piscina. Ergueu os olhos, observou a chapa curva do teto, perfurada por raios de sol, as paredes manchadas de umidade, o salva-vidas sentado em seu trono de plástico, de braços cruzados e óculos escuros. A professora de hidroginástica se inclinou sobre seu velho som portátil enquanto suas quatro alunas esperavam com a água pelo peito, imóveis, provavelmente sonolentas. Um bólido que subia e descia como uma máquina cruzou de lado a lado abrindo um longo talho de espuma na água. Um pouco cedo, pensou Savoy, para nado borboleta. E de repente, como se alguém abrisse uma porta, tudo soou: o vento na chapa ondulada do teto, o reggae no gravador, os braços do campeão olímpico contra a água, as risadas das alunas velhas amplificadas pelo eco.

Teve surpresas. Más: a quantidade de outras pessoas que tinham decidido nadar, boiar ou chapinhar na água ao mesmo tempo que ele; a corrente de frio polar que soprava na zona de transição entre a piscina e o vestiário; o chuveiro que usou, com pouca pressão e, de quebra, bipolar, sempre entre o fogo e o gelo; a rádio que chiava pelos alto-falantes do vestiário, cravada nos anos oitenta de Phil Collins e Rod Stewart. Boas: a touca de banho e os óculos, que ficaram primeiro na borda da piscina, descartados, sinal de sua aversão ao uniforme que pretendiam lhe impor, e aos quais algumas voltas depois não teve remédio senão retornar: seus olhos ardiam, seu pescoço começava a doer, efeito colateral do tique, contraído na juventude, de sacudir o cabelo toda vez que tirava a cabeça da água esguichando no ar uma esteira de gotas em câmara lenta.

Às vezes se conectavam e Carla era Carla, mas a seu redor tudo havia mudado, e o fato de não encontrar o que da última vez vira atrás, em cima, dos lados dela, que era a única coisa que queria ver no mundo, assustava-o quase tanto quanto, em sua imaginação, a possibilidade de que quem tivesse desaparecido fosse a própria Carla. Onde estavam as paredes caiadas? E as máscaras de barro? E as plantas, o gato, as vasilhas de cerâmica? O que eram — de repente, sem o aviso que os teria amortecido — aquele papel de parede vermelho-cereja, aquela guirlanda de luzes coloridas, aquelas almofadas com lábios, aquele abajur em forma de copo de leite, aquele manequim musculoso vestindo roupa de baixo que o fitava com os olhos vítreos de um alucinado? Savoy sofreria essa estranheza muitas vezes, e ainda que nem todos os dioramas nos quais Carla apareceria diante dele fossem tão extremos como aquele — Cidade do México — nem tão contrastantes com seus antecessores, a experiência sempre era radical, e a onda de estupor que o assaltava quando via Carla assim, não exatamente *no* quarto, *na* sala, *no* jardim ou *no* banheiro (Carla gostava de fazer Skype enquanto tomava seus banhos de imersão maratônicos, com metade do rosto afundado na água, como uma ninja, e também enquanto lavava a louça, um calvário que só topava enfrentar se Savoy estivesse a seu lado papeando), e sim sobre, em cima, colada neles com a técnica rudimentar dos livros de *stickers* para crianças, que permitem inserir o pterodátilo voraz da página três na decepcionante planície vegetariana da catorze, mas ignoram a relação de escala entre uma garra e uma montanha e passam batido pelas leis da perspectiva, demorava dias inteiros para abandoná-lo. Sempre a via um pouco em relevo, como se as bordas de seu contorno — defeito típico das colas de baixa qualidade — tendessem a se dobrar e a descolar, de modo que durante toda a conversa ele era tomado por um incômodo esquisito, parecido com o que sentimos quando falamos com alguém que não sabe que está com um fiapo de meleca pendurado no nariz ou uma haste de óculos prestes a se quebrar — alguém emboscado por algo que é insignificante mas que só nós vemos, e que por isso mesmo adquire proporções de ameaça. Mas se havia ameaça, o ameaçado era Savoy, mais uma vez.

Não havia o menor sinal de aflição naquela Carla recortada que em coisa de semanas, seguindo uma linha de corte invisível, uma mão travessa soltava de um entorno para transpô-la a outro mais ou menos intacta, com frequência na mesma posição. Salvo pela roupa que pegava emprestada, único departamento no qual aceitava se deixar contagiar pelo contexto, Carla era sempre a mesma. *Viajava bem*, como se diz dos romances que sobrevivem ilesos às traduções, inclusive às boas. Viajava bem sem resistir nem fazer esforço, mais em virtude de uma perseverança natural, inata, como a dessas heroínas de ficção — quase sempre meninas, meninas desafiantes, de beleza abrasiva, cobertas de arranhões, que têm todos os esconderijos do mundo na cabeça e contato telepático full time com os animais mais selvagens — que se repetem idênticas nos diferentes cenários onde transcorrem suas aventuras, imunes ao tempo, ao clima, aos costumes, à variedade de insetos venenosos e bactérias e comidas aos quais são submetidas por desígnio de um autor acorrentado, feliz, a sua mesa de trabalho. Savoy, por sua vez, sofria. Em parte, por esse déficit de verossimilhança que pensava detectar em cada uma das mostras de vida que Carla lhe dava, que tingia os encontros de uma irrealidade um pouco farsesca. Mas antes de mais nada porque Carla, que os conhecia de antemão, nunca lhe anunciava seus movimentos, os traslados só existiam para ele como fatos consumados, imprevistos que Savoy, ainda empenhado em se familiarizar com o destino anterior, tinha que dar um jeito de assimilar.

O cansaço de nadar. Savoy demorava para curtir a piscina: tirar a roupa entre formigueiros de crianças estridentes, dividir raia com desconhecidos, lidar com as gotas que se infiltravam nos óculos e irritavam seus olhos e o faziam chorar. Chorar na água. Não era uma dessas aberrações que alguma lei da natureza deveria proibir? Mas e chover, então? Chover na água? Certos dias a piscina se reduzia a um rosário de batalhas indesejáveis, uma mais exasperante que a outra, todas perdidas. Mas os primeiros passos que dava ao sair da água o deliciavam com uma intensidade que havia tempos não sentia. Empurrava a porta de vidro do clube — sempre a folha equivocada, a fixa, com o letreiro que invariavelmente o convidava a empurrar a outra — e cruzar esse umbral, como a escotilha da cápsula para o astronauta, era mudar não de luz ou de temperatura, mas de atmosfera: em contato com o mundo exterior — como Savoy chamava a vida da rua em contraste com a da piscina, que, de resto, já era para ele um grande mundo exterior —, todos os efeitos que uma hora nadando tinham provocado em seu corpo, e que o ecossistema da piscina, naturalizando-os, de algum modo aplacava, tornavam-se nítidos, potentes e sobretudo extraordinariamente prazerosos. Era lá fora, na verdade, que Savoy começava a nadar. Na rua, entre carros, gente apressada e ônibus se atirando contra os semáforos, a corrida de obstáculos penosos que a sessão de piscina tinha sido para Savoy se transformava, num passe de mágica, em puro bem-estar. Caminhava devagar, seguindo um ritmo próprio, como se tivesse acabado de acordar de um longo sono ou aterrissasse depois de um voo, entorpecido e insone. No fundo de suas pernas e braços dormentes, sufocado mas claríssimo, o fio de uma dor quase agradável atravessava seus músculos de ponta a ponta. Até as rugas que a água deixara em sua pele lhe pareciam um privilégio, rastros de uma façanha particular da qual poderia se vangloriar, mas que, ao contrário, modesta, como costumavam ser em Savoy todas as façanhas que não nasciam de uma vontade própria — a resistência ao sofrimento físico, por exemplo —, preferia guardar para si e entesourava com prazer, transformando a modéstia em avareza. Eram onze da manhã e tinha acabado de tomar banho, mas não dava para sentir o perfume do sabonete sob o peso do cloro, que de algum modo o deixava chapado enquanto caminhava. Nadar revelava nele um corpo novo, ou uma relação inédita, desconcertante, com um corpo velho, o mesmo que Savoy passava em revista todos os dias, checando a lista de seus mal-estares como um chefe de regimento o seu efetivo. Já sair da natação lançava-o num mundo inocente, cru, tão jovem que meio que o afogava, de tanto que o ar que o envolvia era alheio ao que estava acostumado a respirar, mais puro e violento — um mundo do qual ignorava tudo e do qual desconfiava, mas que estava decidido a não deixar passar em branco. Assim, nessa aceleração atordoada, voltava para seu apartamento. Tropeçava no meio-fio, custava a acertar a chave na fechadura e se cruzasse com um vizinho que estivesse saindo podia levar um longo e cômico minuto até decidir se o deixaria sair ou se entraria primeiro. Mas via tudo com uma nitidez prodigiosa, como se estreasse olhos, e tocava com a ponta dos dedos as rugas do chapisco do hall de seu apartamento e todo tipo de paisagens fantásticas desfilavam por sua cabeça. Assim voltava às vezes a Carla, que o olhava lá do outro lado da tela — um eufemismo que Savoy prometera abandonar assim que encontrasse um substituto satisfatório — e lhe dizia à queima-roupa: "Você foi nadar". E com um sorrisinho de lado, um pouco à sua revelia, como sorria sempre que alguma coisa a obrigava a se render, Carla aproximava o rosto da tela e dizia: "O cloro me excita". Então, ao mesmo tempo que um rubor instantâneo acendia seu rosto e ativava os passos do protocolo do *Skype-sex*, Savoy não podia evitar que uma nuvem minúscula, mas escura, foragida da mesma oficina clandestina que fabricava noventa por cento de seus tormentos, nublasse de forma leve, mas irreparável, seu paraíso do meio da manhã. Tentava manter os olhos na tela, em Carla, que nesse momento, apoiando os pés na borda da mesa, jogava-se um pouco para trás e abria as pernas, mas enquanto se batia com a fivela do cinto, um acessório ao qual Carla, que o considerava mais incompreensível que o relógio, mais de uma vez se opusera ao vivo, Savoy estava longe, na verdade, muito longe dali — outro eufemismo —, no bunker onde se enclausurava para debater temas da conjuntura com seus lugares-tenentes, todos idênticos a ele, igualmente lúcidos e inúteis, se perguntando se não tinha cometido um erro fatal, se na verdade não tinha aceitado o kit de natação, e a piscina, e a sociedade extravagante e repulsiva que vinha com ela —

com o velho dissimétrico à frente; com ele e sua bagagem de muletas, mochilas e pochetes, e com as pequenas pirâmides de pele em pó que deixava no banco do vestiário depois de lixar meticulosamente os calos —, não por lealdade a si mesmo, para sustentar a mentira improvisada naquele primeiro Skype com Carla, mas por e para Carla, simplesmente para lhe dar prazer, e se a atenção dedicada a assimilar o mundo piscina, ou pelo menos a descrevê-lo, não era um eco de sua própria curiosidade, e sim uma réplica dirigida única e exclusivamente a Carla, uma contrapartida ao presente com o qual pensava sanear uma economia desequilibrada, quando — como a nuvem sussurrava em seu ouvido com sua vozinha shakespeariana — não fazia nada senão contribuir para desequilibrá-la.

Quando não dava com a resposta — quando sua meia dúzia de lugares-tenentes, alegando todo tipo de compromisso irrelevante, viravam fumaça e o deixavam sozinho no bunker —, Savoy repetia este consolo para si: que sua contrapartida também era um kit, e que o kit também incluía o ódio. O ódio imediato, abissal, que sentia quando duas pernas desconhecidas detectadas sob a água à distância, enquanto nadava, anunciavam que ele teria de dividir a raia onde tinha passado apenas dez minutos de oceânica felicidade nadando sozinho. O ódio que lhe inspirava tudo que fosse grupal, grupalmente desorganizado, barulhento, amorfo, em especial as colônias de crianças, os contingentes de deficientes, as sessões de hidroginástica no ritmo dos grandes sucessos da *movida* tropical. O ódio que lhe provocavam os puxões do silicone da touca no cabelo, esquecer o sabonete, o chinelo, a muda de roupa, voltar ao vestiário depois de nadar e ver que alguém tinha ocupado seu lugar. O ódio que lhe dava, ao sair do banho, que a regata lhe opusesse resistência, que os pés lutassem com as pernas da calça, que as meias nunca calçassem por completo — e — como um dia desfiou em detalhes diante de Carla — não era um problema de tecidos ou materiais; algodão, poliéster, veludo cotelê: era preciso brigar, sempre. Algo na atmosfera, talvez a concentração de umidade... Impossível ficar seco. Savoy se perguntava se não seria uma questão de método. Encontrar a ordem adequada. Saber o que vestir primeiro, o que vestir depois, quanto tempo deixar passar entre uma coisa e outra. Tinha gente — gente comum, não superdotados — que parecia executar sempre a mesma sequência. Velhos e crianças, principalmente. A mesma sequência, também, na hora de guardar as coisas. Primeiro a sacola de plástico, depois a mochila. A toalha, o calção, os óculos, a touca, o sabonete, o xampu, e até a roupa de baixo e as meias — caso se aproveitasse a sessão de piscina para trocá-las. Iam todas juntas? Em sacolas diferentes? Via crianças que liquidavam o assunto em três movimentos, no máximo quatro, e nunca se equivocavam. Mas ele, Savoy, ainda teria tempo, ele, de aprender? Era da geração dos que lutam com as coisas. Roupa, fechos éclair, embalagens: tudo que viesse fechado.

Estava em Coyoacán, na metade do caminho — Carla lhe disse rindo — entre a casa de Trótski e a de Frida Kahlo. Fora contatada com urgência por um diretor de arte que teve que voar para Los Angeles (uma estatueta montava guarda trancada numa vitrine, sólida e alerta apesar de ter perdido o ombro direito no que parecia ter sido uma mordidinha apaixonada) para substituí-lo no cuidado de um cão pila já idoso, com os quadris destruídos pela artrose, que latia como se estivesse rindo, e de um séquito de jovens pés de maconha criados segundo um método filipino, ou alpino, ou andino (aqui o áudio do Skype foi cortado, e Savoy estava ocupado demais desviando da avalanche de novidades para voltar a um detalhe que, aliás, não lhe interessava muito), que recompensava as atenções exigidas com resultados aparentemente sublimes. O dono da casa lhe deixara de amostra alguns cigarros de uma colheita anterior, não tão feliz como esperava que fosse a próxima. Ela, ao que parece — disse isso com certo orgulho, oferecendo-lhe seu comedimento —, não tocara neles. Savoy acreditou. Não queria passar por ingrato, e talvez o inquietasse um pouco o terreno no qual embarcaria caso perguntasse se provar a maconha cultivada por seu empregador estava dentro de suas obrigações de *home sitter*. Não queria passar por retrógrado, só que mais de uma vez tinha pensado nos pés de maconha vendo o nirvana sorridente de onde Carla falava com ele ou o tempo que levava, também sorridente, para preparar respostas que não chegava a dar, sempre distraída com coisas que chamavam sua atenção em alguma periferia à qual Savoy não tinha acesso.

Certa vez ligou para ele de noite, bem tarde, quando Savoy, que não esperava por isso — tinham ficado de se ver dois dias depois —, estava quase dormindo. Coberto até o queixo, no meio de uma festa estranhamente silenciosa, tentava em vão fugir de um chato que insistia em encher seu copo com uma bebida espessa e preta enquanto o aborrecia com piadas — todas velhas, a maioria falsas, o resto conhecidas — sobre colegas de escola que nunca lhe interessaram. Da festa, Savoy ouviu as badaladas e pensou: Que estranho, não vi nenhuma igreja quando estava vindo. E no momento em que o chato, inclinando-se confidencialmente para ele, enfiava a mão dentro do paletó, com a intenção evidente de lhe mostrar algo íntimo, alguma coisa roubada, o abscesso aninhado numa axila abjeta, Savoy se sobressaltou, como se compreendesse que estava perdendo um trem ou que tinha esquecido alguma coisa importante, e trouxe a cabeça à tona. Arrastando-se miseravelmente pelo quarto às escuras, foi até a sala — se havia igrejas e campanários, era nessa direção que deviam estar —, reconheceu os sinais de sempre do além — duas etiquetinhas verdes, uma vermelha e a cara familiar de Carla, lendo seu eterno livro sem título com os fones de ouvido — e atendeu.

Atendeu preocupado, com pressentimentos funestos na cabeça. Mas assim que o temor deixou entrever uma centelha de egoísmo promissor — algo imprevisto e ruim e sobretudo irreparável acontecera e Carla não tinha outra saída a não ser voltar, e desculpe a hora, mas era uma emergência e tinha que perguntar se ele... —, Carla, a verdadeira, não a fugitiva desamparada que confiava a seus braços sua alucinação, apareceu na tela. Estava na cama também, a cabeça afundada no travesseiro, como se achatada e alargada por um excesso de gravidade, e com o pescoço que ficava curto sempre que ela falava deitada com as pernas flexionadas, apoiando a base do computador na barriga e a tela na encosta das coxas. Carla olhava para ele sorrindo, envolta numa espécie de beatitude infantil, em meio ao bem-estar de um ninho muito mais macio e voluptuoso que essa cama. Do ângulo em que a câmera a filmava só eram visíveis sua cabeça, o travesseiro e parte da cabeceira, uma placa de vime trançado salpicada de pétalas furta-cores, provavelmente lantejoulas, que a imagem por vezes transformava em mosaicos diminutos. Mas a ponta de alguma coisa surgia e entrava no quadro, vinda de baixo, talvez o colarinho de uma camisa, e roçava seu queixo com imperioso descaramento, como uma língua. Savoy conhecia bem essa camisa: passara minutos sublimes desabotoando-a. A sombra de pintura nos lábios, a escuridão ao redor dos olhos, a desordem do cabelo (e aquela flor de veludo azul, outra velha conhecida de Savoy, que Carla se esquecera de tirar) e, por fim, a avidez com que Carla, sem respirar, sempre sorrindo, esvaziou de uma virada meia garrafa de água mineral e ficou olhando para o frasco com estupor, até jogá-lo para o lado como uma rainha joga o caroço de uma tâmara demasiado seca: à luz desse postal de fim de festa indolente, todas as dúvidas de Savoy se dissiparam na hora. Mas o que ocupou seu lugar não foi alívio, e sim uma espécie de amargura maligna, esse gosto acre que prejudica mais por sua perfídia, porque ridiculariza nossas expectativas e nos desdenha, que pela repulsa química que provoca na boca. "É supertarde", disse Savoy: "Pensei que tivesse acontecido alguma coisa." Disse isso sem convicção, sabendo que não estava em condições de sustentar a discussão que sobreviria. Carla nem pareceu escutá-lo. Acomodou-se — um reacomodamento geral, do qual Savoy viu apenas a parte superior, composta pela cabeça e pelo travesseiro cada vez mais compenetrados, num falso plano zenital, como se mergulhados no fundo do mar —, corrigiu a posição do computador (que com o movimento passara a enfocar o chão, uma meia, a garrafa vazia, o sapato abotinado no qual a garrafa vazia havia aterrissado) e, meio suspirando, meio se espreguiçando, disse que sentia muito sua falta, que pensara muito nele naquela festa insuportável, que tinha voltado correndo, morta de vontade de vê-lo, e propôs que se tocassem um pouco, assim, rápido, sem compromisso, só para "dormir melhor e mais rápido e com coisas lindas na cabeça".

Incomodava-o que ela levasse sua vida, claro. Na verdade, o que o incomodava era que "sua vida" — considerando que Carla a vivia sem ele — não tivesse limites nem forma conhecida e se estendesse em todas as direções imagináveis e fosse absolutamente tudo, do pesado telão púrpura, como o de um teatro, contra o qual tinha visto sua cabeça recortada ao longo de três conversas noturnas, até os dois rostos jovens, de mandíbulas marcadas e dentes resplandecentes, que se infiltravam cumprimentando ao telefone pelo canto do plano sequência com que Carla e seu smartphone pretendiam lhe mostrar onde estavam em tempo real, o medíocre quadro abstrato pintado pelos lotes do campo que atravessava de carro, indo vá saber de onde para onde, e por quê, e como. Mas essa era uma fatalidade com a qual Savoy se sentia capaz de lidar, não importa o quanto a distância a agravasse. Sabia que não podia evitá-la — não se pretendesse se manter dentro dos limites da instituição amorosa da época, em linhas gerais não muito compreensiva com modalidades passionais como o sequestro, a reclusão ou a escravidão, que eram as que nesses casos costumavam tentá-lo. Mas conseguia disfarçar, um ardil que, como toda reação desesperada, costumava atingir em Savoy graus insólitos de sofisticação. Isso — uma mala cheia de truques camaleônicos, muito parecida com as que em vão requeria dos médicos em domicílio — era a única coisa que a idade, essa usurpadora, houve por bem lhe dar. Como disfarçar a angústia de curiosidade, a desconfiança de interesse etnográfico, o sobressalto de assombro, de entusiasmo, de cumplicidade incondicional? Sofria, naturalmente, e sofrendo nem sempre chegava a essas praias de conhecimento certo, livres de dúvidas e nuvens, nas quais continuava acreditando que o depositariam as técnicas de inquisição que desenvolvera com os anos, prolongamento sutil e exaustivo, por outros meios, dos calafrios de insegurança de sempre. Mas sobrevivia e — o que era mais importante — dava um jeito para que também o amor sobrevivesse, e com o amor a ilusão, não importa o quão insensata fosse, de que um dia, uma dessas manhãs fantásticas que nascem das noites de tempestade enquanto dormimos, pródigas de um sol eufórico, pássaros afinados, árvores de um verdor fluorescente e ruas molhadas onde a luz ricocheteia, ofuscando-nos, a vida que Carla levava, qualquer que fosse, seria exatamente a mesma que ele levava, tim-tim por tim-tim.

No entanto, tudo isso acontecia enquanto conversavam, no intervalo irregular ocupado por esses encontros tela a tela — um espaço de tempo às vezes dilatado, ziguezagueante, cheio de episódios diversos, como uma maratona de intercâmbios autobiográficos concentrada na cabeça de um alfinete de tempo, às vezes breve e expeditivo, uma mera descarga carnal, como aquela vez da "festa insuportável" — qualificação a que Savoy, ainda que só "com seus botões", se opusera de imediato, a tal ponto lhe parecia contradizê-la o ar de lânguida voluptuosidade que reconhecia em Carla. Em rigor, ver-se por Skype, para conversar ou para qualquer uma de suas derivações, pelo menos para Savoy era, antes de mais nada, pôr em circulação de maneira sigilosa, a fim de garantir-lhes certa eficácia, aquelas astúcias de dissímulo por meio das quais tudo que o alarmava virava entusiasmo, promessa, e, em vez de depreciar a conversa, como um capital que no último momento decidisse ficar na praça da qual esteve a ponto de emigrar, prolongava-a um pouco mais, dando-lhe um tempo extra para aprofundar suas pesquisas.

Era um estrategista, sem dúvida. Mas à diferença de muitos que, convocados para a guerra do amor, vangloriavam-se de ser como máquinas e apostavam tudo no exercício sem desmaios de uma frieza de gelo, Savoy era puro ardor. Com que impaciência esperava cada encontro. Assim que combinavam a data e a hora do próximo — nunca mais de quarenta e oito horas entre uma comunicação e outra —, o futuro todo ficava sob o feitiço dessas coordenadas, um pouco como o punhado de ranchos de uma aldeia, com seus currais, suas ovelhas cheias de carrapichos, seu velho tanque australiano carcomido pela ferrugem e seu moinho, se deixam escurecer pela nuvem imensa que os cobre. Todas as suas ocupações passavam a ter uma existência pálida, subsidiária, reduzida por esse horizonte que brilhava implacável e ensombrecia tudo que não fosse ele. Ir ao médico, encontrar-se com Oblómov para lhe emprestar dinheiro (e de quebra abrir suas janelas), levar o carro para o conserto (a bomba d'água outra vez), até jantar com Renée, que voltara a indultá-lo e agora não exigia de Savoy nada mais que informação, única moeda capaz de compensar o rancor de ter sido excluída de sua vida: todas essas coisas existiam — se é que é possível chamar de existência essa resignação, essa forma de se deixar ofuscar por um ponto do futuro —, mas existiam como obstáculo, distração, mera posteridade melancólica, para preencher a lacuna entre Savoy e seu encontro com Carla, para consolá-lo, para amenizar sua amargura no dia seguinte, seu vazio, sua realidade insensata, seu tédio sem limites.

Às vezes sua fragilidade era tão grande que se um *captcha* era rejeitado ele caía no choro — ali mesmo, sobre o teclado. Tinha a impressão, caso as observasse com o rabo do olho mais seco, de que suas lágrimas rebentavam sobre as teclas como os coágulos sanguinolentos de Chopin sobre o marfim de seu Pleyel venerado. Sofria porque lhe negavam o acesso, naturalmente, mas sobretudo pela indignação que lhe despertava a premissa conceitual do filtro, segundo a qual reproduzir tal e qual uma sequência de letras e números ou enumerar sem erros os quadradinhos onde apareciam um avião ou um cachorro eram sinônimo de condição humana, algo que Savoy, para quem não havia nada mais humano — nada menos excepcionalmente humano — que o erro, considerava um misto imperdoável de ignorância, injustiça e crueldade. Então ele evitava os *captchas* o mais que podia. (Fugindo deles, na verdade, caiu nos braços permissivos da concorrência, que se limitava a lhe pedir que confirmasse com um traço que não era um robô; o romance, breve, apressado, nauseabundo, como todos os que brotam do tronco de outro, terminou quando Savoy, depois de clicar com sucesso o quadradinho pela enésima vez, percebeu que queria ser um e que ninguém lhe ensinaria como.) Quando não tinha mais saída, seja porque o que sabia que o esperava do outro lado do *captcha* era tentador demais para que voltasse atrás, seja porque a imagem de si mesmo que seu acesso de covardia lhe devolvia era mais humilhante que a que via ao confundir um seis com um g maiúsculo ou um g minúsculo — deformado pelo efeito olho de peixe — com um nove, e um *captcha* novo, saudável, em plena forma, aparecia no nicho que o anterior havia ocupado, dando-lhe outra oportunidade — então Savoy pedia ajuda. Era uma sorte ele ter aprendido a fazer capturas de tela, embora lhe parecesse uma heresia desperdiçar num *captcha* o subterfúgio que Carla — a pedido de Savoy, porque o entristecia ficar de mãos vazias depois de cada Skype — lhe ensinara para retratá-la, se quisesse, enquanto conversavam. (Savoy guardava esses retratos numa pasta especial, reconhecível pela cor que lhe deu ao batizá-la, um amarelo-pêssego pálido, feio mas bastante ostensivo, à qual recorria em momentos de desespero ou tédio profundo ou quando achava que tudo estava perdido; então a abria e selecionava as capturas e as contemplava uma a uma, longamente, inclinando um pouco a cabeça, como se fossem os restos de uma morta.) De modo que dava uma olhada no *post-it* onde tinha anotado a fórmula do atalho para fazer capturas e mandava o *captcha* para Oblómov e para Renée.

Descobrira que se fizesse os dois competirem eles respondiam mais rápido. Oblómov, talvez de raiva, porque, afundado até o pescoço no pântano do cibermundo, invejava a candidez quase infantil dos SOS de Savoy, o preteria um pouco, até se esquecia dele, justificando-se com a ideia de que a demora lhe daria tempo para resolver a situação por conta própria. Renée costumava acudir antes. Tinha um smartphone, o que lhe permitia receber e responder aos pedidos de ajuda de Savoy ao vivo, e a teoria de que as falhas de usuário pelas quais Savoy se dignava pedir ajuda, por mais típicas que fossem, diziam dele algo particular, algo a que de outro modo lhe seria mais difícil, e sobretudo mais demorado, ter acesso. "Outra vez?", respondia, fingindo uma chateação que não sentia, só para torturá-lo um pouco. "Já são três *captchas* este mês. Será que você não está virando robô?" Não, mas uma espécie de óxido começava a roer as articulações de seu corpo quando descobria que estava entre dois encontros marcados, equidistante de ambas as margens, paralisado por esse cansaço que não vem do esforço, mas do medo de que o que está por vir, seja o que for, não esteja à altura do que já aconteceu. Então seus dias de piscina recrudesciam. Nadava quatro vezes por semana em vez de duas, às vezes até aos sábados, mesmo sabendo que dividiria a piscina com uma multidão e sairia mais insatisfeito do que havia entrado. Nadava para Carla, não tanto para matar o tempo — todo tempo entre dois encontros era tempo morto —, mas para multiplicar as oferendas com que encordoava seu altar. Uma tarde chegou, cruzou a porta de entrada e nos apenas três metros que teve de percorrer até a recepção, enquanto procurava a carteirinha, percebeu algo anômalo no ar. Não havia ninguém na recepção, então depois de esperar em vão por alguns segundos se virou para o janelão que dava para a piscina. Estava tudo quieto, como numa fotografia. Finalmente a cadela apareceu, com sua antipatia impassível de sempre. Deu uma olhada apática na carteirinha de Savoy e disse que a piscina estava fechada até a semana seguinte. Uma decisão municipal. Reabririam apenas quando tivessem terminando os reparos exigidos pela fiscalização. Isso explicava a quietude, a ausência de sons, a água imóvel, perfeita, do outro lado do vidro, a ausência da menina do buffet, a tevê desligada. Era a piscina de sempre menos todo o resto de sempre. Essa subtração, brutal mas invisível, porque não tinha deixado marcas, dava ao lugar um ar nefasto, como de cenário de conto fantástico.

Na verdade, era o que vinha *depois* de cada encontro o que mais o desmoralizava. Em determinado momento eles "desligavam" — quase sempre Carla, porque Savoy, embora tentasse se adiantar a ela, não tanto por interesse ou despeito como por amor próprio, porque achava um pouco humilhante que Carla permanecesse congelada um segundo em sua tela enquanto ele, por sua vez, sumia instantaneamente na dela, perdia um tempo precioso olhando-a desligar, capturando a imagem dela que entesouraria durante as próximas quarenta e oito horas, esmiuçando o cenário de onde ligara para ele a fim de memorizá-lo por inteiro, com todos os detalhes — o que lhe permitiria detectar qualquer mudança da próxima vez que se vissem —, e, já decidido a se despedir, passeando pela tela a formiga desorientada do cursor, com a qual perseguia um após o outro todos os ícones disponíveis menos o indicado, o mais óbvio, com seu vermelho-sangue e sua minicâmara de espião, o único útil se o que ele queria era cortar a comunicação. Mas não, não era isso que ele queria. Via desesperado como as frases iam se apagando, lenta, suavemente, como velas entre as ruínas de um jantar ao ar livre, e, embora procurasse uma forma, era incapaz de reavivar a conversa. E assim que desligavam, Savoy se recostava, ou melhor, se largava sobre o encosto da cadeira, e só aí tomava consciência da postura tensa, vigilante — cotovelos sobre a escrivaninha, punhos cerrados —, com que havia aguentado a conversa, sempre a ponto de investir contra a tela para estilhaçá-la. Olhava abatido a coleção de coisas à sua volta, testemunhas estúpidas de sua desolação: o copo de acrílico verde que havia anos fazia de porta-lápis, com suas canetas sem tinta, seu lápis preto sem ponta e a esferográfica intrusa que ele odiava mas que costumava tirá-lo de apuros; o pé enferrujado e instável da luminária; o conjunto — ainda preso em sua embalagem transparente — de grampeador, perfurador e extrator de grampos comprado via plataforma e retirado em Villa del Parque num local úmido, com cheiro de mijo e com a cortina baixa, que um dia deve ter sido uma banca vinte e quatro horas, a julgar pelas pilhas de caixas de alfajores de papelão vazias, os engradados de cerveja, as geladeiras desligadas e as Barbies falsas que dormiam em suas embalagens de plástico num canto; o plantel de óculos suplentes, um mais barato e defeituoso que o outro, recrutados em gôndolas de farmácias ou estações de trem, que Savoy cuidava de ter sempre à vista, numa dispersão estratégica, para contar com eles quando os titulares — dois bastante caros, riscados dez dias depois de retirados da ótica — decidissem traí--lo. Uma espécie de opressão descia sobre ele, envolvia-o feito uma nuvem escura e o deixava seco, sem energia além da necessária para ele sair do programa.

Fechá-lo, não. Isso nunca. Tinha seguido com atenção, e algum ceticismo, porque desconfiava de tudo o que desconhecia, o manual de instruções que Carla lhe dera para lidar com o Skype. Mas assim que recebeu a ordem de manter o programa sempre aberto, a qualquer hora, não importa quão longe estivesse a data combinada, ele a assumiu como uma ordem e se propôs a cumpri-la com rigor. E foi o que fez, suportando estoicamente as ondas de ansiedade que o açoitavam cada vez que, perdendo tempo on-line, saltando entre páginas e caindo em todas as poças — um exercício no qual sua falta de jeito era especialmente hábil —, de repente topava com a janela do Skype e o nome de Carla o fitava de soslaio, furtivamente, altaneiro e solitário na coluna de seus contatos, seguido da legenda *do not disturb*, um "status" — tecnicismo que Savoy questionou com ênfase e razões sólidas e ao qual acabou por se render sem pena nem glória, basicamente por falta de adversários, porque Carla compartilhava todas as suas objeções — misterioso e inapelável, bem parecido com o coma vegetativo, do qual Carla parecia ter acabado de emergir quando chegava a hora de se comunicar com Savoy.

Ele, por seu turno, aparecia sempre como *invisível*. Das poucas opções disponíveis, foi a que mais lhe agradou. Pelo menos era um status. Concedeu-se, em todo caso, seus quinze minutos de protesto, que dedicou a deplorar a razão, se é que havia alguma, coisa que se permitia duvidar, pela qual a eminência parda a cargo do departamento de *naming* decidira batizar os diferentes status possíveis dos usuários do programa com expressões de campos tão extravagantemente ímpares como a sinalética da indústria hoteleira, a encenação tosca da sexualidade homossexual e a ficção científica, um gênero pelo qual Savoy, que quando menino o idolatrava, dedicando-se full time a conjurar iminências catastróficas protagonizadas por bactérias mutantes, planetas em contagem regressiva e estações espaciais postas em xeque por todo tipo de avarias mecânicas, mantinha uma veneração pálida, inócua, entranhável como um travesseiro velho. Ficaria invisível, viajaria um pouco no tempo, num estado de graça supérfluo e grato. Que mais podia pedir?

Previsivelmente — às vezes isso acontece com os brinquedos de montar que, com a caixa já arrebentada, dilacerados com os dentes os invólucros de plástico, estendidas no chão as centenas de partes de todo formato e tamanho que o compõem, no momento crucial, quando o Golem tomou sua forma e só lhe resta começar a se mover, revelam ter esquecido uma peça, uma só, a mais importante de todas, porque é a que o fará viver —, a invisibilidade negligente oferecida pelo Skype não incluía a capacidade com que a condição o fascinou quando menino: poder ver sem ser visto o que diziam dele, em sua ausência, os membros de seu mundo mais ou menos íntimo. Em sua nova versão, a desmaterialização prometida era um tanto passiva, da cepa de Greta Garbo: uma ferramenta mais para antissociais que para complexados. Savoy, que não se sentia confortável em nenhum dos dois grupos (embora soubesse que os dois o consideravam um dos seus), voltou a bater o pé. Dessa vez a rebelião foi tão estéril como as anteriores, mas durou mais, acomodou-se nele como numa poltrona surrada, talhada pelo uso ao corpo de seu ocupante, e até se gabou de ter razão e anunciou que não iria recuar, não dessa vez, e tudo porque não havia ninguém que o contradissesse ou o encorajasse, tudo porque Carla não estava lá, e Carla não estava lá porque o que sublevava o Savoy invisível era algo que Savoy não podia dizer a ela, pelo menos não com a veemência desesperada com que necessitava e se permitia dizê-lo quando estava sozinho, com o computador aberto e a página de início do Skype encoberta pelo resto congelado de um filme ou um portal de notícias que ele nem sequer tinha olhado: por que, se era invisível, não podia ver Carla viver sem ser visto? Por que não podia vê-la dormindo, por exemplo, ou piscar de leve, ainda adormecida, quando uma mecha de cabelo roçava sua pálpebra, ou esperar de pé, outra vez adormecida, que a chaleira comece a ferver, com a cadeira apoiada na borda da bancada na cozinha? Por que, mesmo sendo invisível, ainda estava tão longe dele?

De maneira que no início hesitou. Era o mínimo que podia fazer antes de aceitar uma oferta que descumpria de antemão o pouco que prometia. Não seria preferível, menos veleidoso, caso quisesse recuperar seu velho sonho de infância, recorrer ao expediente com o qual mais de uma vez, convidado para uma festa à fantasia — um gênero que, como tantas outras coisas, detestava antes de experimentar, e que passou a venerar assim que solucionou o único problema real que tinha com ele: sua própria vergonha —, o tornara realidade: vendar a cabeça com um rolo de papel higiênico, pôr óculos de sol e um chapéu — um Panamá falso, desbotado, com as bordas da aba em avançado estado de desintegração, comprado numa praia ventosa — e luvas de látex alaranjadas, adaptação modesta mas fiel do figurino que, se bem se lembrava, Claude Rains exibia no começo do filme de Whale, nunca visto inteiro, por alguma razão misteriosa? Estava nessa, hesitante, quando Carla, que detectava essas fissuras a léguas, antes mesmo que fossem evidentes para ele, investiu, aproximou a câmara do rosto, inundando com sua crestada palidez holandesa a tela de Savoy, e lhe disse: "Se eu fosse você, ficaria no modo invisível".

De maneira que foi isto: invisível — para todos menos para Carla. (Na verdade, Renée, que o encontrou ao procurá-lo de relance, sem grandes esperanças, só para confirmar o nome fantasia que Savoy, um pouco bêbado, tinha contado que Carla tinha escolhido para ele e a novidade extravagante de que era usuário do programa, assim que viu seu status desistiu de contatá-lo.) No fundo, ser invisível era ser visível apenas para Carla: só ela sabia até que ponto a condição era falaz — Savoy estava ali, disponível, praticamente o tempo todo, exceto quando estava nadando — e qual era a razão, em todo caso — já que, excluído de toda mundanidade digital, não tinha grande necessidade de fugir de ninguém —, pela qual aceitara assumi-la. Ele, por sua vez, nunca a interrogou sobre a dela: *do not disturb*. Isso simplesmente não lhe passou pela cabeça, mesmo quando o que tinha entendido que ocupava os dias de Carla não parecia ser o tipo de trabalho nem exigir a concentração que merecessem uma advertência dessa natureza. Considerava, com a miopia proverbial dos que, acostumados a viver sozinhos, sem outro limite que um espelho ou a cara pouco amigável de um vizinho ou do porteiro, se compadecem dos demais por padecimentos que só existem como tais em seu próprio mundo, que estar em viagem era trabalho mais que suficiente, e que a mera ideia de abrir caminho na selva de uma língua desconhecida, aprender os usos locais em matéria de gorjetas ou averiguar onde e como comprar tíquetes do transporte público — uma incerteza que lhe causava os piores desvelos, ainda que soubesse das máquinas poliglotas eficazes com que a civilização a havia aclarado havia anos — justificavam essa espécie de advertência, por mais abrupta que soasse, e, sobretudo, que fosse respeitada sem objeções. Havia, sem dúvida, algo assimétrico na situação. O peso do *do not disturb* não era o mesmo que o do *invisível*, ainda mais considerando que Carla sabia tudo que havia por trás do *invisível* de Savoy, e Savoy, nada, nem uma palavra — além de nomes de venenos para parasitas vegetais, marcas de cortadores de grama e dietas para porquinhos-da-índia com alguma doença terminal —, sobre o que havia por trás do *do not disturb* de Carla. Mesmo assim, esse desequilíbrio, Savoy não o punha na conta da economia da paridade, tão típica das relações incipientes e tão frágil, sensível que é à menor virada do leme, mas na do amor, que, mesmo em termos imaginários, só funciona no longo prazo, montada sobre uma estabilidade de direito, e o punha não sem certa solenidade, como uma oferenda, como um desses sacrifícios que, nefastos no mundo social, que os considerava fraquezas e então os punia, encontravam no amor um campo fértil e, talvez, uma promessa de recompensa, não importa o quanto custassem.

Já o reconheciam. A cadela da recepção sabia que sua carteirinha acabaria aparecendo antes que Savoy, metendo a mão no bolso onde pensava tê-la guardado, fizesse cara de quem não encontrou. Bastava se sentar à mesa de sempre para que lhe trouxessem a bebida isotônica que tomava, e ultimamente a traziam com o jornal completo, com todos os cadernos no lugar, poupando-o do incômodo de esticar o braço até a mesa onde seu adversário, um sujeito irascível, de sobrancelhas copiosas, que só lia as páginas esportivas, se dera ao trabalho de despedaçá-lo. Savoy aparecia na piscina e o salva-vidas, emergindo de seu confortável poço de tédio, fitava-o levantando a sobrancelha, com uma espécie de cumplicidade. Uma tarde, nesse parlamento nudista em que o vestiário se transformava, um dos litigantes que animavam o pós--banho chegou até o banco onde Savoy estava se vestindo e, sem deixar de açoitar o ministro da vez — discutia com todos e para todos, mas nunca com tanta paixão como com aqueles que estavam fora de seu campo visual, e que só por isso pareciam ser seus detratores furiosos —, passou-lhe a saboneteira de plástico vermelha que Savoy tinha esquecido no chuveiro, talvez distraído pela queda da tampa do xampu ou pela resistência que lhe opunha o nó da toalha na cintura. Não perguntou se a saboneteira era dele; simplesmente a depositou no banco a seu lado, entre o osso de seu quadril e a escultura de borracha formada pela touca e os óculos de natação, enquanto com um único e limpo gesto de justiça empalava o ministro e sua corte de assessores no patíbulo ao qual estava subscrito pelo resto da vida.

Os lugares, para ele, tendiam a se confundir. Savoy não admitia isso, naturalmente, porque não queria que a lentidão ou as deficiências de seu sistema de atenção ficassem mais evidentes do que já estavam. Mas também porque temia que Carla as interpretasse como desatenções de amor, um desses casos em que o descuido corresponde mais a uma negligência que a um desejo, à decisão de deixar fora do sistema os sinais ou informações que o prejudicam ou poderiam prejudicá-lo. De maneira que não fazia perguntas. Tomava como certo que a cidade, o bairro, a praia, o vale ou a serra nos quais Carla estava já tinham sido nomeados e localizados no mapa em alguma conversa anterior e evitava qualquer outro comentário. Mas a verdade é que era difícil para ele se lembrar de quando e onde tinham conversado sobre o quê, vestidos como, prestes a fazer o quê — principalmente Savoy, o único dos dois para quem as iminências, em qualquer uma de suas formas, tinham algum significado —, se uma mudança de vento não voltasse a reuni-los logo. Portas adentro, Savoy, decidido a restituir o que sabia ou se lembrava das andanças de Carla a seu contexto original, empilhava sobras que encontrava aqui e ali, como as moedas, que continuavam a emboscá-lo nos lugares mais insólitos, ou a *Monatskarte* que fizera as delícias do médico, e compunha colchas de retalhos espaçotemporais aberrantes, baseadas nos signos que conseguira recolher na tela do computador, essa superfície escorregadia, como de sonho, onde um estúdio islandês despojado prolongava um pátio carioca encurralado por alguma planta carnívora, e uma escada que rebolava entre paredes de pedra normanda robusta desembocava numa longa, opulenta, inútil sacada com vista — por assim dizer, considerando a maciça cortina de smog tropical para a qual Carla dava as costas enquanto falava — para uma avenida ensurdecedora, lotada de motocicletas sem placa abrindo caminho como nuvens de gafanhotos. Savoy de repente se via no meio de uma viagem que não tinha escolhido, ricocheteando entre hemisférios, lançado de um fuso horário a outro, girando sobre si mesmo numa espiral demente que trançava horas, épocas, estações, temperaturas diversas, muito parecido — exceto pelo detalhe da ambientação op art — com o túnel que transportava seus dois ídolos de infância, Douglas e Tony, verdadeiros *recordmen* da milhagem transdimensional, salvando-os de alguma morte certa (guilhotina, fuzil Winchester, pedra lascada, leões, de acordo com a época em que tivessem caído), segundos antes do final de cada episódio de *O Túnel do Tempo*, a série de tevê na qual, pelo menos até os nove ou dez anos, aprendera tudo o que sabia sobre as muralhas de Jericó, Hernán Cortés, os jacobinos, Abraham Lincoln e o planeta Andros e sua atmosfera irreparavelmente viciada — um capital fantasioso, mas nada desprezível à luz do espanto que suscitava entre seus colegas cada vez que citava a série, omitindo a fonte e apagando as aspas, para responder à pergunta da professora da vez.

Savoy não reclamava. Viajar por delegação era exaustivo, mas tinha seus méritos, ainda que fosse só o de nuançar um pouco o desconforto que sua imobilidade vocacional lhe causava. Viajava com Carla, por assim dizer, e quando Carla, o que não era tão frequente, tamanha parecia ser para ela a semelhança entre todas as cidades do mundo, como se fossem sucursais de uma mesma paisagem, fazia algum comentário sobre o lugar em que estava, sobre algo que chamava sua atenção, uma fórmula da língua, um prato, um costume insólitos, e acontecia de Savoy não só já ter estado lá, numa das viagens da era em que ainda aceitava se deslocar, como de ainda guardar uma impressão mais ou menos vívida ou comunicável do lugar, ele de repente pulava na cadeira e se via completando a frase de Carla com suas próprias lembranças, esmagando-a com elas — o que não era fácil, dado o *delay* que costumava afetar as comunicações —, num arroubo de ansiedade participativa que ele só percebia, e abortava envergonhado, ao descobrir o espanto com que Carla o olhava lá da tela, subitamente calada.

Ninguém conhecia melhor do que ele a ressaca que vinha após esses picos de entusiasmo. *Viajar com.* Estava desesperado, mas não era idiota. Podia apreciar o lado bom da metáfora. Podia até mesmo defendê-la em voz alta perante qualquer um. Amor à distância. Sabia esse texto de cor: o melhor dos dois mundos: a vida do outro como mistério, a liberdade que a distância dá, a intensidade dos contatos esporádicos, a falta de rotina e de obrigações, o antídoto contra o câncer da duração, o tédio etc. Estava na ponta da língua, como um ás na manga ou o falso conta-gotas homeopático com seu fundo de veneno. Gostava de enriquecê-lo com um par de notas de rodapé de última hora, encantado por usá-lo para ridicularizar o desconhecido bêbado que, no meio de uma festa, com seu melhor tom de mártir conjugal, lhe perguntava pelo segredo de um futuro amoroso feliz.

Mas era um lado que durava pouco, e Savoy sabia que as metáforas são úteis quando são longevas. Embora o ferimento pelo qual sangrava fosse difícil de localizar — a ablação do qual provinha era massiva —, era o primeiro a necessitar, a agradecer os serviços de uma prótese, de qualquer prótese, inclusive a do Skype, que o obrigava a empreender em tempo recorde, sob pressão, o trabalho de desprogramação e reprogramação que se negou a fazer durante anos, que no fundo continuava se negando a fazer — seus embates cotidianos com o Skype eram pura sobrevivência — e que só fazia superficialmente, em modo *shadow playing*, como viu uma vez alguém fazer roçando o teclado de um piano numa festa, talvez a mesma onde o bêbado desconhecido tentou arrancar seus segredos, de modo que o que soava não era totalmente uma música, mas sua véspera, sua posteridade, sua sombra. Savoy não tinha mais remédio: seu "programa original", como chamava a mistura velha e mal calibrada de reflexos pavlovianos que ativava nele o amor, tinha pouco a oferecer para aplacar a comichão — da dor nem se fala — que percorria toda a extensão de seu membro fantasma, digamos assim, seu corpo. Mas o que podia fazer se, assim que colocada, a prótese começava a falhar, ficava apertada demais ou muito frouxa? O que fazer se as bordas de sua base inofensiva, desenhada para um calço limpo, perfeito, começavam a machucá-lo, afundavam em sua carne e laceravam sua pele, fazendo-o sangrar mais, mais profundo, que a própria mutilação?

Começou a ficar obcecado com a pontualidade, um melindre ao qual sempre fora indiferente. Notou isso primeiro onde menos esperava: na piscina. Depois de duas semanas estudando a relação entre faixas horárias e afluência de pessoas, uma sondagem empreendida sem outro critério que o de tentativa e erro, na qual Savoy, que se obrigava a ir à piscina a qualquer momento do dia, era ao mesmo tempo observador e observado, conseguiu identificar os dias e os horários que lhe garantiam a condição primordial para nadar mais ou menos agradavelmente: ter uma raia só para ele, no máximo para ele e mais um nadador, se possível uma nadadora, porque dividir raia com mulheres não lhe despertava o surdo furor competitivo que despertava dividi-la com rapazes. Logo descobriu que a faixa horária que lhe convinha, determinada a partir de uma observação empírica, atenta mas sem maior respaldo estatístico, apresentava, porém, limites estritos, tão nítidos quanto as guirlandas de boias coloridas que delineavam as raias na piscina: dez minutos mais cedo, dez mais tarde, e a solidão que Savoy exigia para nadar sem se preocupar com as delícias da convivência — toques, atrasos, humilhações, conversas de cortesia, engarrafamentos — ficava seriamente comprometida. O maior problema, nesse caso, por mais que amaldiçoasse entredentes os indesejáveis que arruinavam sua festa, era que não tinha ninguém em quem jogar a culpa.

Com Carla, no entanto, Savoy chegava aos encontros um pouco antes da hora, pensando que se ela também estivesse disponível, aqueles cinco ou dez minutos roubados serviriam para despachar os preâmbulos erráticos do *small talk* e resolver os desajustes que com frequência atrapalhavam o arranque da conexão, câmeras desligadas, vídeo sem som, imagem pixelada, vozes que respondem tarde, demasiado tarde, perguntas que caducaram sem volta — todos esses defeitos menores, quase engraçados, capazes, no entanto, de provocar acessos de perigosa irritação, porque por algum motivo pareciam acontecer sempre de um dos dois lados, nunca dos dois ao mesmo tempo, o que exonerava o gênio maligno da conexão e jogava a responsabilidade naquele dos dois que tivesse cometido a temeridade de denunciar primeiro o problema ("Estou te vendo e te ouvindo perfeitamente: deve ser a *tua* conexão"), que Savoy, como que instado pela contagem regressiva de uma agenda apertada, não a dele, sem dúvida, não se conformava em solucionar dentro do espaço próprio do encontro, talvez por julgá-los indignos de um tempo tão valioso. Mas era muito raro que Carla estivesse disponível. Ela também fazia seus cálculos, embora em sentido inverso: não para ganhar, como Savoy, mas para não perder. Formada no dogma de fazer o tempo render ao máximo, tinha se proibido — mas que indulgentes eram as proibições em seu mundo, com que suavidade cúmplice faziam valer sobre seus súditos tudo o que lhes proibiam — de desviar minutos de um segmento de vida para investi-los em outro. O cúmulo da perfeição, para Carla, era que não houvesse resto, princípio que aplicava tanto à quantidade de massa que cozinhava como à administração de sua agenda. Savoy tinha ainda fresca na memória a tarde de chuva em que a acompanhara para executar umas tarefas nos arredores da Vidal, e sobretudo sua perplexidade ao ver como Carla encaixava no espaço apertado de quarenta minutos, que ela mesma estabelecera antes de sair, meia dúzia de obrigações por si só problemáticas — trâmites municipais, fiscais, bancários, de uma temporalidade e um resultado sempre aleatórios —, que o mau tempo, ademais, não perdeu a oportunidade de complicar. "Feito", disse em voz baixa quando saíam do último escritório, satisfeita como um samurai depois de uma carnificina limpa, sem sobreviventes nem manchas.

Não desperdiçar era seu lema. Carla reconhecia o quanto esse postulado de austeridade, igual ao costume de classificar o lixo em cinco categorias diferentes — incluindo dois tipos de vidro —, um zelo que a política de administração de resíduos de Buenos Aires, com sua inépcia, sua cadeia de intermediários rebeldes, renuentes ou venais, a obrigou a abandonar, era uma das poucas marcas que os anos vividos no exterior tinham deixado nela. Se pudesse, sempre tentava pagar primeiro com moedas, completamente indiferente à corrente de hostilidade que o esmero com que se lançava a procurá-las, e o tempo e o cuidado que dedicava a contá-las, faziam crescer na fila que ia se formando atrás dela. (Savoy, desconcertado por um hábito que costumava associar a gente idosa, esquecediça, obrigada por prudência a lidar com as formas de dinheiro mais inócuas possíveis, a princípio temeu que fosse um sintoma de sovinice, uma espécie de avareza altiva, quase aristocrática. Depois compreendeu que era, antes, frugalidade: o desperdício que Carla não tolerava não era tanto deixar de gastar essas moedas, e sim ignorar que existiam, deixá-las morrer num moedeiro, num bolso ou no fundo de uma bolsa sem lhes dar a oportunidade de cumprir seu destino, por mais modesto que fosse. E compreendeu isso justamente quando as moedas começaram a emboscá-lo no apartamento.) Não entrava em filas. Não esperava em aeroportos: lia, comia, respondia e-mails, cochilava, preparava uma aula, atualizava seu perfil numa das páginas de *house sitting* em que estava registrada, mas não esperava. Costumava embarcar entre os últimos, nunca antes de os alto-falantes invocarem seu nome pela décima vez em tom de ameaça. Combinava trechos de metrôs, ônibus e bondes com uma precisão de ourives. Jamais chegava a uma estação de trem mais de dois minutos antes da hora de partida, tempo de sobra para se dar ao luxo de, sem se deter, a caminho da plataforma, cujo número checara novamente em seu telefone enquanto subia a escada rolante, comprar o cappuccino e o croissant com os quais tomaria o café da manhã confortavelmente instalada em seu assento.

Savoy tinha dificuldade em assimilar essa discrepância de ritmos. Isso lhe parecia um mau sinal, a sutilíssima rachadura que danifica uma parede recém-pintada. Mas como não malograva um pacto explícito, e sim uma expectativa íntima, alentada em silêncio e apenas por ele, aceitava sua existência como um mal menor e adiava para um futuro menos nebuloso a questão de saber se era acidental, fruto de circunstâncias pontuais e, portanto, reparável, ou essencial, constitutiva de sua própria natureza, e irreversível, e que com o tempo só iria avançar e se aprofundar, e assim até desmoronar. Mas a falta de pontualidade o tirava do sério. Dez minutos, cinco, dois — não era uma questão de magnitudes. Bastava que Carla não estivesse lá pontualmente para que afundasse no pior dos desassossegos, um misto de abatimento e rancor do qual só emergia quando enfim a via aparecer, intercalando sua chamada entre as muitas com que ele a estivera chicoteando ao não encontrá-la na hora combinada, ou seja, atendendo-a quando Savoy, que já dera a comunicação por perdida e só insistia por um reflexo mecânico, para não sentir que não tinha feito tudo que era possível, despencava no penhasco das conjecturas. E quando Carla aparecia já não havia abatimento nele: só rancor. Falava pouco, respondia com monossílabos, fingindo um desinteresse que lhe custava sustentar, com frequência copiando a atenção intermitente que ela lhe dava. Se distraía com qualquer coisa, desde que Carla não pudesse vê-la. Consultava seu telefone, tão morto como de costume, assegurando-se de fazê-lo no enquadramento, o que corroborava olhando o requadro ao pé direito da tela, esse espelho no qual se surpreendia ao se ver tão ansioso e encolhido, ou fingia que alguma coisa o demandava de repente, o interfone, batidas na porta, o telefone fixo, e sem olhar para ela, interrompendo-a com a palma da mão aberta, se levantava e desaparecia por alguns longos minutos no quarto ao lado, crispado de contrariedade, descamando a pintura da parede, olhando o desenho do piso de madeira com as mãos nos bolsos, pensando no que fazer, no que dizer, como tocá-la com a lava em que ardia, enquanto ouvia os sons sem brilho, metalizados, com uma reverberação levemente galáctica, com que Carla e seu mundo perseveravam do outro lado. Então Savoy voltava e, como outros por ciúme, fazia cenas por Skype.

Tema atrasos. Como era possível chegar tarde a um encontro marcado com tanta antecedência, cujo cumprimento não exigia que fossem feitas contas nem previsões, nem se vestir, nem sair, nem dar mais passos além dos necessários para chegar até o computador sã e salva, dentro de casa e com um drinque na mão, ao abrigo de todas as contingências que faziam naufragar os encontros presenciais? Tema alarmes falsos. Um tormento pior, de longe. Como odiava essas iscas diabólicas que lhe davam esperança, anunciando, por exemplo, que Carla estava on-line, "ativa", para deixá-lo ali plantado um segundo depois, quando Savoy, encorajado, via sua chamada ricochetear longa, tristemente, contra a imagem de seu próprio rosto obstinado, até que o programa — não ele, ele nunca —, uma vez atingido o máximo de chamadas permitido, abortava-o de maneira unilateral, inapelável. Tema desenlaces abruptos. Piores, muito piores — ainda que só o fosse porque nessa categoria, cunhada pelo jargão mental de Savoy num arroubo de ressentimento reflexivo, entravam todos os desenlaces que não eram decisão sua, ou seja, praticamente todos, e por serem desencadeados por intromissões que Savoy considerava estúpidas e Carla, por sua vez, dignas de serem atendidas — a ligação de uma aluna cuja aula foi preciso remarcar, o relatório semanal solicitado pelos donos da casa —, obrigações profissionais — trâmites, encomendas para receber, entrevistas com os candidatos a sucedê-la no cuidado da casa, hora marcada com o veterinário — ou emergências domésticas —, os casos que mais afligiam Savoy — como comer, estender a roupa, responder e-mails, todas essas coisas das quais Savoy pensava que Carla podia muito bem se ocupar sem interromper a comunicação, *enquanto* skypeavam, se bem que Carla se proibia as duas primeiras por pudor e Savoy, por princípio, rejeitava a terceira. Ou tomar um banho de imersão: a verdadeira bête noire de Savoy. O inimigo imbatível, o espinho mais ardente e doloroso. Savoy sabia, porque pôde presenciar, do tipo de prazer incondicional, fanático, de vida ou morte, que representava para Carla uma banheira cheia de água quente. Tinha perfeitamente claro até que ponto eram falsos, de um oportunismo infantil, e teimosos como mulas, os argumentos com os quais pretendia interromper a comunicação para ir tomar banho, em particular o do ultraje que infligia a seu credo frugal a mera ideia de — por culpa de um Skype — desperdiçar os vinte litros de água que foram enchendo a banheira enquanto conversavam — um jogo duplo perigoso, quase uma extorsão, que Savoy naturalmente desaprovava.

E mesmo supondo que Carla, depostos seus interesses pessoais, cumprisse com os horários como uma boa aluna do amor, havia essa outra atrocidade: a assimetria horária. Não estavam juntos: essa era a premissa que organizava suas vidas. E era a que fundava os subterfúgios que urdiam para se convencer do contrário — o Skype em primeiro lugar, com sua cerimônia de contato visual, suas conversas virtualmente intermináveis (para Savoy era extraordinário como o consolo elementar do que não exigia dinheiro podia sustentar as ilusões mais desmedidas), seu intercâmbio de bobagens cotidianas, seu simulacro de sincronia. Viam-se e era como se um rosto, não dois, se encontrasse com seu duplo num espelho. Havia algo miraculoso, um pouco de ilusão de óptica ou de ilusionismo, nessa perfeita correspondência: todas as diferenças desapareciam, apagadas de repente por um efeito de identidade impactante, que era geral — porque bastava olhá-lo de perto para rachá-lo — e ao mesmo tempo de uma eficácia espantosa. Era um feitiço: era aceito e reconhecido como uma bênção, sem condições nem ressentimento, um pouco como o náufrago, depois de nadar dias inteiros debaixo de sol, no limite de suas forças, aceita o pedaço de madeira podre que o mesmo mar que o maltratou põe ao seu alcance e o abraça sem se importar que arda, que esteja enferrujado ou cheio de farpas, só porque esse dom da providência é a única coisa que resta entre ele e o fundo faminto que o espera trinta metros abaixo. Mas esses duplos que eram, que Savoy, muito mais que Carla, costumava acreditar por um segundo que eram, viviam em mundos que não se tocavam. Suas órbitas, atmosferas e tempos eram tão diferentes, tão remotos, tão intraduzíveis entre si, como o de uma *flapper* bêbada e o de um mujique apaixonado por seu arado. Se a ilusão de estarem juntos era frágil, mesmo com a dose monumental de crença que Savoy investia nela, a menor mudança de hemisfério a feria mortalmente.

Savoy, que sempre ouviu com ceticismo essas histórias de casais que vivem na contramão — escritores noctâmbulos apaixonados por professoras que madrugam, por exemplo, ou atrizes que florescem na desordem das soirées casadas com advogados workaholics —, agora estava preso numa. À primeira vista, que Carla estivesse a uma dezena de milhares de quilômetros era apenas uma contrariedade, um tropeço de timing chato mas tolerável, que os Skypes — a *ideia* dos Skypes, em todo caso: ver-se ao vivo à distância — estavam em condições de transformar num tema de conversa, numa dessas histórias compartilhadas que, por mais indesejável que fosse o fato que as suscitou — o passaporte que desaparece na fila de embarque, o carro quase sem gasolina no meio da estrada, a garrafa com água sanitária guardada na prateleira de bebidas da geladeira, falhas no cálculo de certo processo do ciclo menstrual —, o amor sabe como metabolizar e até entesoura com certo orgulho num capítulo proeminente de seus anais, não tanto como uma desgraça, mas como um luxo patrimonial, o ensaio em escala de um drama maior, tenso mas inofensivo e, principalmente, sem consequências.

Para Savoy, entretanto, *era* o maior drama. É verdade que distinguir ensaios de fatos reais nem sempre foi fácil para ele, ou mesmo conveniente. A crueza, a falta de ornamentação, a indolência com que faziam coisas e trocavam frases que na realidade seriam mais bem-feitas e mais bem ditas com mais convicção, uma roupa mais adequada e luzes menos dispersas — era justamente por essa natureza inconsistente, entre o rascunho e o ideal, que com frequência era difícil para Savoy distinguir entre um ensaio da "obra" e a realidade, os dois duplos aos quais supostamente aspirava. Quando menino, por exemplo, na escola, as mesmas simulações de incêndio a que seus colegas se dobravam com bocejos de mau humor, arrastando os pés em sinal de desconformidade, porque o exercício rarefazia a jornada escolar, mas não a suspendia, que era a fantasia radical com que especulavam suas insaciáveis mentes sindicais, deixavam Savoy num estado de inquietação e excitação extremas, como de emergência heroica, como se a sirene que rompia a monotonia da manhã, a gravidade com que os professores convidavam a abandonar em ordem as salas de aula e o duo de lápis e régua que deixava cair, na angústia real da falsa evacuação, sua colega de banco, uma menina tímida, de óculos, com um terceiro olho de varicela entre as duas sobrancelhas, que Savoy vinha planejando resgatar do ginásio em chamas desde o anúncio da simulação, não fosse simples balizas de um roteiro escrito por algum assessor de segurança, mas as coordenadas de um dos picos de intensidade que lhe caberia viver na vida, e merecessem toda sua energia, o empenho e a entrega pessoal que fosse capaz de lhes dedicar.

Até então, para Savoy a distância tinha sido uma noção abstrata, uma convenção mais ou menos arbitrária que nem as cartas nem o telefone, os dois meios básicos com os quais estava acostumado a enfrentá-la, conseguiam traduzir para uma realidade tangível. Era tanta coisa que deixavam de fora daquele que estava longe, tão grande a zona de sombra da qual nenhum dos dois dava conta, que sempre havia espaço para uma inquietação nova, a necessidade de informação, certo apetite por detalhes, o impulso de confirmar, contrastar, ratificar, todas essas formas do desejo que com o tempo, extinto o fator ansiedade, acabavam por se reduzir à prática por excelência do amor in absentia, sentir saudade, e a seu consolo mais ávido e visceral, o retrospecto, exercido quando a viagem e a distância já haviam passado para a história dos amantes como uma batalha, e uma batalha ganha.

Já com o Skype a distância era nua e crua: dava pra *ver*. Tinha de repente o grão ostensivo de uma imagem pornográfica, talvez não a das partes suculentas do filme, que, além da indigência do orçamento e do ritmo frenético, cronometrado, da rodagem, sempre eram dignas de algum tipo de esmero, mas sim das que faziam as vezes de recheio ou de transição, entradas, saídas, traslados, ele tira o casaco dela, ela se senta no sofá, o jardineiro a vê cruzar as pernas lá do jardim enquanto poda o ligustro, toda essa escória que o realizador e seu diretor de fotografia, se é que existiam, filmavam sem prestar a menor atenção, quase de memória, ansiosos para cumprir o plano do dia como o espectador, mais tarde, para chegar às partes suculentas. Pela primeira vez Savoy via não só o que não tinha, o que o fazia desejar e sofrer, mas também, em todos os detalhes, com sua peculiaridade, seus encantos originais, sua mediocridade ou seu viés pitoresco, o mundo que o arrebatava, o lugar e a hora em que vivia sem ele, a vida na qual respirava, se movia, protestava ou era feliz. De algum modo, o motivo da separação tendia a se apagar e desaparecer. Graças ao Skype, que o punha em relevo impiedosamente, o abismo entre os ecossistemas nos quais cada um respirava passava a ocupar o centro da cena. No fundo, nada espacial ou temporal os separava agora. Pertenciam a espécies diferentes, só isso.

Kyoto, primeira semana de abril, pleno Hanami. O que havia realmente em comum entre Savoy, o Savoy do fim do dia em Buenos Aires — não o mais refinado, convenhamos: resignado, sem margem para incorporar nenhuma novidade, vestindo a regata de dormir —, e a Carla que eclodia radiante na manhã oriental, envolta no quimono que tanto custara a escolher e, um pouco antes, encontrar, porque o armário que guardava a coleção, como todos, estava disfarçado no diabólico sistema de paredes corrediças do *ryokan*? E o que mais, além de decepção, raiva e uma rajada de vicária luxúria turística podia encontrar o típico Savoy da manhã, lento, remelento, muito pouco loquaz, na Carla recém-banhada do final da tarde, cansada mas entusiasmada, pronta para se recompensar depois de um dia difícil — conclave com um jardineiro muito monolíngue a propósito de um renque de cerejeiras que se recusavam a florescer —, com uma excursão noturna pelo bairro das gueixas?

Não era o primeiro caso de amantes atribulados pelo deslocamento que a história da cafonice oferecia. Havia milhares, com frequência muito mais extremos que o que eles encarnavam, seguindo excessivamente ao pé da letra, talvez, o roteiro do varão inerte, plantado no seu canto como um velho poste de luz, e a menina solta pelo mundo, disponível, sem outras raízes além das que encontrava — e, depois de certo tempo, descartava — num programa de simulacros de domesticidade. Nesses casos, porém, sempre restava o recurso de se indignar e gritar: Maldito espaço!, e fazer uma bola com o mapa e jogá-lo na lixeira sem mirar, cúmulo dos desdéns. Havia ao menos um culpado, um carrasco, que os amantes passavam a condenar (sem o devido processo) junto a seu séquito de lacaios infernais: oceanos, fronteiras, rotas, tormenta. Mas não: não era o espaço que os separava. Isso seria mamão com açúcar. Quilômetros, aviões, escalas, alfândegas: embora insistissem em querer complicá-lo com aberrações vistosas — nós inextricáveis, loops, porões com acesso a terraços, escadas que subiam descendo e desciam subindo —, o espaço era *algo*; era percorrido, atravessado e consumido como qualquer outra coisa — uma bebida, um crédito, um filmeco na tevê —, e, embora na pista de atletismo de uma civilização tão afeita a anedotas como ao esporte uma velha tartaruga continuasse batendo um velocista grego, não havia contraexemplo que refutasse essa evidência. A diferença que Savoy sentia entre Carla e ele o desesperava por ser irredutível, e era irredutível porque estava feita de tempo, e o tempo — sua maneira peculiar de passar, de ferir, de se fazer odiar e dar saudade — não se resolvia traçando linhas num mapa, movendo-se de um lado para o outro, fazendo as malas ou embarcando num voo com overbooking no último suspiro.

Numa sexta-feira, por exemplo, a piscina era pura psicodelia. Brilhos, reflexos ondulantes, cores que vibravam. Uma cortina de hexágonos luminosos caía a quarenta e cinco graus. Escamazinhas de luz a tilintar na água como lentes de contato perdidas. Savoy lamentou — primeira vez que lhe acontecia isso na piscina — não ter ido chapado. Consolou-se pensando que, combinadas, a lisergia da droga e a da piscina acabariam se anulando e nadar voltaria a ser a experiência contável e monótona que era, só que em modo decepcionante, ou que os encantos de uma e de outra não tardariam a virar ameaças, depois perigos, e no fim serpentes venenosas brotando das cavidades negras de uma caveira (exagerava um pouco), que era o tipo de efeito antipático pelo qual, não sem certa dor, deixara de consumir drogas. Mas nem sempre era assim, e na hora de se perguntar do que dependia não lhe ocorriam muitas explicações. Provavelmente da quantidade de gente (e quanto menos gente mais psicodelia, e vice-versa); da luz, muito talvez da luz e do tráfego da luz entre o interior e o exterior, muito facilitado pelo estado deplorável em que estava a chapa ondulada do teto. Havia dias (nublados, em geral, que era quando a piscina de algum modo se fechava sobre si mesma) em que era realista, de uma crueza documental. Savoy nadava e, à medida que nadava e tirava a cabeça para fora, via desfilar, como num longo rodapé pintado por um miniaturista de outro século, os monstros que povoavam a piscina: o velho fumante anunciado pelos trovões de sua tosse, a gorda sem complexos, o rentista desalentado, o mister músculo (com seu indelével sorriso de ator pornô), o arrivista incontrolável, cheio de vida e de planos matreiros, os rapazes que sabiam de todas, a nadadora que não precisava de nada, o órfão, a grávida cautelosa. Havia outros dias, em compensação, em que era puramente mental, e nadar era só o pretexto, a maneira de se obrigar a um exercício especulativo que podia ser interminável: ficava contando (quantos segundos uma volta de crawl, quantos uma de peito, quantas tiradas de cabeça havia em cada uma etc.), e quando as contagens o cansavam ou se cansavam, porque não havia nada mais frágil que uma contagem, nada mais suscetível à distração, os números abandonavam discretamente o cenário e eram substituídos por razões, argumentos, provas, toda uma bagagem de arrazoados destinados a fazer virar a seu favor os juízes que supostamente iriam dirimir os litígios absolutamente imbecis, e claro que absolutamente desconhecidos para seus adversários, que, atuais ou passados, ele achava que estavam pendentes, e cuja demora para se resolver — mesmo debaixo d'água — o escandalizava como muito poucas coisas. Havia vezes em que a piscina era um cinema de animação, uma espécie de Disney do interior, com orçamento baixo mas muito charmosa, cheia de corpos que se enroscavam sobre si mesmos, sereias cândidas, polvos velhos e obesos rebocando sua carne no fundo da piscina, morsas resfolegantes. Havia vezes em que era erótica e, como se tocados por uma varinha mágica, os mesmos corpos que uma semana atrás nem sequer tinha notado que existiam, tinham-no deixado indiferente ou não lhe agradaram pareciam desejáveis, interessantes, próximos ou prenhes de mistério, e bastava que uma jovem nadadora de maiô gris-turquesa tirasse os óculos e sorrisse para ele pedindo licença para atravessar por sua raia para que ele ficasse arrepiado de alegria. Havia vezes em que era médica, ou anatômica, ou fisiológica, e a única coisa que via eram cores de pele enfermiças, pés deformados, cicatrizes, ofegos de além-túmulo, cabeças desproporcionais, calcanhares em pleno esfolamento, varizes. E havia vezes (quase sempre, na verdade) em que uma piscina se conectava com outra de maneira contínua, apenas transpondo-se o umbral que separava o natatório do vestiário. Nesse dia, por exemplo: os brilhos furta-cores da água continuavam cintilando em sua cabeça quando se meteu no chuveiro e, colado aos azulejos da parede, como um aviso em vodu, imundo, aterrador, viu um chouriço vertical de cabelo humano de uns dez centímetros de comprimento.

Uma noite discutiram. A típica colisão de duas curvas de mau humor independentes, incubadas separadamente ao longo de um dia nefasto: Savoy, que estava havia horas procurando o telefone, começava a se convencer de que o perdera, ou de que tinha sido roubado na piscina, o último lugar onde se lembrava de tê-lo visto, enquanto nadava, ou melhor, desperdiçava sua hora de nadar fazendo fila, evitando se chocar ou se esforçando para se adiantar às duas garotas jovens com as quais não tivera saída senão dividir a raia, enlevadas, elas, sem a menor culpa, em rir, boiar, borrifar-se, ondular debaixo d'água feito sereias impudicas; Carla, lance esquisito, porque não costumava aceitar trabalhos de jardinagem, tinha estreado e estragado o cortador de grama que o dono da casa lhe recomendara especialmente, mais até que a dupla de periquitos cuja gaiola abraçara soluçando ao se despedir. Savoy imaginou Carla em ação, com grama até os tornozelos, empurrando a máquina que começava a fumegar, e caiu na gargalhada. Carla viu o Nokia de Savoy perdido no meio de um monte de velhos celulares enjeitados e se lembrou de uma vingança pendente. "Não reclame", disse-lhe. "Era ridículo você continuar com aquele *cachivache.*" A essa hora, com o dia já condenado, não era o que um esperava ouvir do outro.

A conversa se passou em frases apáticas, repreensões entredentes, interrupções deliberadas. Savoy, como sempre, queria desentranhar, penetrar, como se até a contrariedade mais banal encerrasse um segredo obscuro que valia a pena trazer à luz. Carla falava pouco ou se distraía, checava notificações no telefone (que, para irritação de Savoy, estava apoiado no teclado do computador) ou simplesmente se levantava e saía do quadro sem dar explicações, e Savoy ficava sozinho diante do que parecia ser um galpão comprido e feio, com as paredes forradas de ferramentas, uma mesa de pingue-pongue e, no fundo, cabisbaixo e largado num canto, o cadáver ainda morno do cortador de grama. Esperou um pouco. Depois a chamou quatro vezes — contando as duas em que pronunciou seu nome deste lado da tela, em seu mundo, e as duas em que o nome soou do lado de lá, no mundo dela, com a fração de segundo de atraso de sempre, repetido por uma voz muito parecida que Savoy, no entanto, já não reconheceu como própria. E depois, com dramático aborrecimento, fechou o computador de um golpe, como fazem os heróis dos filmes norte-americanos quando se cansam de falar e decidem partir para a ação. Em seu caso, a ação não foi muito diferente do que teria sido se não tivesse se aborrecido: foi para a cama, leu algumas páginas que esqueceu em seguida, pensou um instante — de maneira muito parecida, curiosamente, com a maneira de pensar de Carla — em seu Nokia perdido ou roubado, em todo caso abusado por um desconhecido, e enquanto ao seu redor rodopiavam as primeiras carícias do sono — tão delicadas quanto a sedação voluptuosa em que a piscina o deixava — ficou ouvindo uma briga lá embaixo, na rua, com o couro comendo e ruídos de garrafas quebradas — até que dormiu. A primeira coisa que fez na manhã seguinte, antes mesmo de coçar a base do crânio (onde a psoríase acabava de fincar uma nova bandeira), urinar ou escovar os dentes, foi abrir o computador todo decidido e com a ideia vaga, mas enfática, de exigir alguma coisa, uma mudança, uma promessa de algum tipo. Carla aparecia on-line. "Está aí?", sondou Savoy pelo chat. Não houve resposta. Então, enquanto Savoy esperava, entraram duas mensagens seguidas: "Sinto muito", e, bem pegado, como um irmão mais novo tímido: "Saudade de você". Decidiu ligar para ela, o toque repicou três ou quatro vezes e emudeceu bruscamente, como acontecia quando Carla não estava lá para atender. Demorou para entender que o status de Carla era falacioso ou antigo, que do outro lado não havia ninguém e que as duas mensagens que acabavam de chegar não vinham do presente, nem mesmo do presente levemente atrasado, dividido, que compartilhavam, mas do passado, de uma Carla, a das onze e vinte e dois da noite, que talvez não existisse mais, e da cela em que Savoy, sem perceber, as confinou com o ato de fechar seu computador e o programa, no qual tinham passado a noite em vigília, à espera de que ele corrigisse seu erro e voltasse a abri-las para que chegassem ao destino. Chegavam agora, e Savoy, que só queria devolvê-las, e assim apagar o rastro da noite anterior, descobria que não tinha para quem.

"Talvez você não goste de como ela é", disse Renée. Disse isso em três partes, cortando a frase com dois gemidos que delatavam a dificuldade com que enfiava o calcanhar dentro do sapato. Savoy, de pé ao lado dela, olhou-a desconcertado. "Quer dizer, de como ela é por Skype. Não, não serve de jeito nenhum." Renée tirou o sapato e o virou para olhar a sola. "Diz que é 38", disse surpresa. Olhou para o pé descalço, esticou a perna, tirou o outro sapato (que era seu) e juntou os pés lá longe, como se os comparasse. "Você sabe que as pessoas atuam quando estão diante de uma câmera. Acha que meus pés estão inchados?" "Não", disse ele. E acrescentou: "De repente estão crescendo". No mesmo instante isso lhe pareceu uma brincadeira de mau gosto e quis se arrepender, mas Renée o interrompeu: "Quer dizer: talvez goste dela ao vivo, mas não de como ela atua por Skype". E recolheu as pernas, apoiou o tornozelo da direita sobre o joelho esquerdo e começou a massagear o pé com a mão inteira, como se o embainhasse, dos dedos até o tornozelo, enquanto seus olhos davam uma geral na galáxia de sapatos que se espalhavam ali embaixo, cada um olhando para uma direção diferente.

Savoy se perguntou se não seria por isso que, reticente como era para aceitar convites femininos que exigissem dele saberes, intuições, senso comum ou um gosto que ele sabia que não tinha, sempre parecia estar disponível, entretanto, quando Renée ligava para que a acompanhasse na compra de sapatos. Gostava de seus pés. Eram muito pálidos e suaves, meio fofos, quase sem veias, com dois grupos de pintas diminutas nos dois dorsos e dez dedos incrivelmente expressivos, com unhas redondas, reluzentes como gotas. "Odeio te dar razão", suspirou Renée, "mas vou levar os espanhóis." Savoy sorriu, se acocorou quase até tocar o tapete com as nádegas — uma técnica de golfista que usava para preservar seu nervo ciático —, apanhou o sapato vencedor — preto, como os de flamenco, com um botão também preto do lado e um salto baixo que ia afinando — e levando-o pendurado no dedo indicador entregou-o para a vendedora.

Saíram. Savoy levava no ombro a sacola com os sapatos.

Pensava neles, na verdade. Renée ia alguns passos adiante, com aquele andar desajeitado, um pouco atropelante, no qual Savoy, que o admirava, costumava ver a obsessão de um instinto de sobrevivência. Mas dessa vez, comparando-o com a despreocupação com que ele ficava para trás, dava uma impressão de contrariedade, como se algo menor mas persistente a tivesse irritado, algo que talvez não fosse alheio a Savoy, que ele tinha feito sem querer, provavelmente, ou sem perceber, e que custaria a reconhecer caso ela lhe jogasse isso na cara. Savoy pensava que esses, os que levava no ombro, não eram os sapatos que mais lhe agradaram. Seus candidatos — que Renée descartou sem experimentar assim que a vendedora ameaçou tirá-los da caixa — eram uns altos, de verniz, de plataforma, com um zíper que cruzava seu dorso e dois estranhos decotes laterais. Uma espécie de vestido de noite vulgar feito sandália, feio mas perturbador, como quase tudo que ousava transpor um desenho pensado para uma parte do corpo e aplicá-lo em outra ao pé da letra, sem considerar, e mesmo brutalizando-as, suas características particulares. Sugeriu os de flamenco para não diminuir seu prestígio de *coach* perante Renée, e principalmente para apagar a careta que a viu fazer ao comprovar o absurdo de sapato que teve a ideia maluca de imaginar para ela em primeiro lugar.

Não era a primeira vez que isso acontecia. Embora não fosse fácil para Renée o dilema que lhe confrontavam certas propostas de Savoy — aceitá-las mesmo que não fossem para ela, só para ensaiar o tipo de mulher com que Savoy a confundia ou desejava que fosse, ou rejeitá-las totalmente e se conformar com a mulher que era ou que pensava ser —, essas impertinências não tinham afetado nem um pouco os méritos de Savoy como acompanhante; ao contrário, tinham acabado por se incorporar a eles como pinceladas de cor pessoal, o toque particular, *risqué* mas sempre estimulante, que o distinguia dos subservientes a quem confiavam essa mesma missão suas amigas, maridos, pares ou amantes, na esmagadora maioria das vezes, que jamais davam uma sugestão sem ter certeza da reação que suscitaria e quando lhes pediam uma opinião diziam sim para tudo, mesmo quando o que aprovavam era um desatino flagrante que as mulheres tinham arriscado por pura curiosidade, para comprovar quão longe estavam dispostos a ir em seu servilismo.

Além do mais, Savoy era bom nesse balanço. Tinha até talento. Era como se a falta de necessidade que caracterizava sua relação com Renée desativasse nele toda susceptibilidade. O fato de que suas propostas fossem rejeitadas ou até provocassem escândalo — o que acontecia em raras ocasiões, por exemplo quando Renée, como ocorria com Savoy no plano sexual, nessa ferina comédia de lençóis a que não podiam deixar de voltar, e na qual sempre interpretavam a mesma cena, deixava-se ofuscar pelo desencontro pontual, imediato, e reagia instintivamente, perdendo de vista o que Savoy representava para ela em linhas gerais, além da situação específica em que a estava decepcionando — não o afetava como algo pessoal, não chegava sequer a afetá-lo, tão alheio à sua órbita, no fundo, como um fenômeno óptico ou luminoso que acontecesse no céu — o mais parecido com uma tela que a natureza poderia produzir —, que pode maravilhar ou aterrorizar, mas nunca tocar, não, em todo caso, como a mais estúpida das lágrimas toca e faz arder a pele virgem de quem não chora. De modo que Savoy oscilava entre a audácia mais louca, inesperada até para ele, que antes de ver os sapatos decotados na vitrine da loja, destacando-se em meio a um pelotão anódino com uma beligerância desafiante, jamais teria pensado que algo assim pudesse lhe interessar, e o conformismo clássico, de cepa conjugal, que evita agitar as águas e festeja como bem-sucedido qualquer dia que termine sem cenas, que Savoy, em todo caso, nuançava com certo senso de timing, poupando Renée — só em teoria, porque Renée não tolerava que quisessem poupá-la de nada — do tempo, do penoso encadeamento de passos e da sucessão de argumentos que lhe custariam chegar a uma conclusão já aceita logo de saída.

Costumava haver algo tranquilizador no modo suave, indolor, em que aterrissavam na pista do seguro. Era como se um pavio se apagasse, aliviando-os de tal maneira que podiam até se dar ao luxo de se mostrar decepcionados. Renée parou na esquina e o esperou enquanto o olhava da cabeça aos pés com uma rapidez de especialista, como se avaliasse seu aspecto geral com vistas a algum tipo de concurso ou candidatura que era evidente, pelo modo como contemplava, que Savoy não tinha muitas possibilidades de ganhar. "Te liguei algumas vezes, *Hotel Savoy*", disse quando ele chegou a seu lado. Savoy sorriu, mas não foi mais que um sutil movimento interno, sem manifestação visível. Ou talvez a manifestação visível, fruto desses quiasmos singulares que às vezes organizam a relação entre sentimentos e sinais exteriores, fosse a mudança que sofreu nesse momento a sacola com os sapatos, que, em virtude de uma transferência rápida de mãos, já estava pendurada no outro ombro.

Era a primeira vez que Savoy ouvia uma alusão a sua identidade virtual da boca de alguém que não fosse Carla, e o fato de esse alguém ser Renée aguçava o estranhamento, entremeando-a com um fiapo de culpa. "Estou sem telefone", ele disse. "Não sei se perdi ou se foi roubado." Sentiu que o esclarecimento era supérfluo, ou que, em todo caso, só se justificava como um ardil para desviar a atenção. Começaram a atravessar, deslizando meio de perfil pelos corredores estreitos que os carros engarrafados tinham deixado sobre a faixa de pedestres. Savoy, que ia primeiro, volta e meia dava uma olhada inquieta para trás, para Renée, para comprovar que tinha atravessado sã e salva, como se abrisse caminho em meio a uma selva venenosa. A certa altura teve que apertar o passo: o semáforo tinha mudado e os carros começavam a se mover. Chegaram à outra calçada quase correndo. "Te chamei pelo Skype", disse Renée. Agora, sem deixar de olhar para ele, sorria. Estava tão contrariada quanto antes, mas a chispa de prazer malvado que sua superioridade lhe dava a ajudava a superar o mal-estar. Savoy não disse nada. Sentia a pressão da alça da sacola através do pano da camisa. "Dá pra ver que é uma linha muito privada. Como o telefone vermelho do comissário Gordon." Ele deixou escapar uma risada incômoda. Esse sinal de fraqueza era tudo o que Renée necessitava para empreender uma dessas ofensivas versáteis — agouros, ardis, sarcasmo — com que gostava de deixá-lo contra a parede, acomodado na posição e na altura exatas para a linha de fogo do pelotão e, no último instante, como se algo fortuito e trivial que não tinha nada a ver com ele lhe passasse pela cabeça e a fizesse mudar de opinião, poupar sua vida e fingir com toda naturalidade, simplesmente estilizando-os, que todos esses preparativos enérgicos não antecipavam uma execução, e sim um gesto de amor, um desses benefícios singelos, modestos, contra os quais não há defesa possível, ajeitar o colarinho da camisa que tinha ficado dobrado para dentro, por exemplo, ou, apertando uma bochecha com a ponta de um dedo previamente umedecido, liberá-lo do peso de um cílio perdido.

Meia hora mais tarde, num quarto de hotel, na cama que mal tinham tido tempo de desfazer, Renée afastou os olhos da tevê pendurada num canto — duas garotas com bocas como ventosas chupavam a virilha de um garanhão incrivelmente peludo —, olhou-o vindo pelado do banheiro e disse: "Odeio ter que te dar razão, mas a piscina dá resultado". Savoy tinha parado ao pé da tevê, perguntando-se, sob o jorro de sua luz hepática, que tipo de inepto incorrigível podia ter deixado passar uma cena na qual o totem de carne encarregado de fazê-la brilhar ficava escondido atrás de dois tufos de cabelo espessos e, à primeira vista, não muito limpos. De modo que a frase de Renée chegou tarde, e ele reagiu tarde, e, sabendo que estava em falta, contou-lhe sua rotina de maneira mecânica e atropelada, como quem procura convencer um médico desconfiado: três vezes por semana, às vezes quatro, de preferência entre uma e duas da tarde, a fim de evitar tumultos, colônias de crianças, aulas de hidroginástica, nunca menos de quarenta minutos por vez, nunca mais de uma hora... "Não sabia que você gostava das esportistas", interrompeu-o Renée, deixando claro que não era assim que pensava em investir os minutos de *pillow talk* — poucos, mas aos quais não estava disposta a renunciar — depois de outra tentativa frustrada de adaptar ao mundo de suor e de lençóis a cumplicidade que experimentavam longe dele. "Tua namorada é estranha", disse depois, como se apagasse todo o anterior e desse por inaugurada a verdadeira conversa. "Nas fotos, pelo menos." "Fotos?", disse Savoy, procurando alguma coisa entre os lençóis. "Que fotos?" Agachou-se, olhou irritado debaixo da cama. Quinze minutos antes, quando Renée, depois de puxar em vão o elástico, mandou que ele tirasse a cueca, Savoy soube o quanto lhe custaria recuperá-la depois. Era incrível como mesmo em situações breves e desapaixonadas sempre havia no sexo esse momento triângulo das Bermudas em que tudo desaparecia: roupa de baixo, joias, relógios, camisinhas... Não viu nada. Enfiou um braço esticado e apalpou o tapete com um pouco de nojo. Como os atores medíocres, Savoy acreditava que se falasse enquanto fazia coisas, o que ele dissesse teria duplo impacto. "As duas fotos que ela tem on-line, no jornalzinho dos que cuidam de casas. *The Caretaker Gazette*. Não me diga que ela não te mostrou."

Num arroubo de entusiasmo, Renée se virou na cama e, de bruços, começou a bicar o telefone com os polegares. Mais uma vez, Savoy sentiu que tudo tinha começado sem ele. Como quando era menino e chegava tarde no cinema com seu pai e mesmo assim entravam — as sessões eram corridas: veriam depois do final, na sessão seguinte, os dez minutos do começo que tinham perdido — e ele avançava pela sala jogando um pouco o torso para trás, não tanto por medo, pela apreensão momentânea causada por passar da plena luz do dia para as trevas, mas para frear a tendência de seu corpo de se inclinar para a frente seguindo o declive do piso atapetado e, quem sabe, aterrissar ao pé daquela tela gigantesca, povoada de imagens que desalojavam umas às outras. Que alheio, que impenetrável era isso que ele via então, e com que rapidez incrível, entretanto, tudo entrava em ordem e se aclarava, e como essa testemunha atônita que antes caminhava tateando o chão para não cair e se metia em sua fila intimidado, quase de costas para a tela, tinha se transformado nessa máquina de desejar, de entender, de devorar o que parecia que nunca iria entender.

Era tarde. O quarto de hotel enlanguescia, macerado nesse desamparo que se apodera dos lugares uma vez que se fez, bem ou mal, o que estava nos planos e se pagou para fazer neles. Alguma coisa estava sendo frita no apartamento vizinho, mas o que chegava não era o cheiro, e sim o som, que se infiltrava pela persiana entreaberta e fritava também os espelhos, os móveis de madeira falsa, o tapete puído, a colcha sintética, o clássico banco de torturas forrado de couro sintético preto. Os escravos do sexo — agora dois galãs atendiam uma estridente sereia loira — continuavam na tevê. "Jean-Pierre, os Reiner, Yolande — esta é escritora —, Christopher e Hiroko... Aqui está sua Carla: a mais jovem do elenco." Savoy, sentado na beirada da cama, largou a cueca que tinha acabado de encontrar toda embolada junto ao pé e se inclinou sobre o telefone.

No começo não a reconheceu. Tinha o cabelo comprido e liso, de um castanho agressivo, quase vermelho. Numa foto estava de óculos de sol; na outra, com um chapéu texano que deixava em sombras a metade direita do rosto — uma metade minuciosa, como se traçada a régua — e combinava com as botas, largas demais para suas pernas, estampadas nas laterais com um daqueles logotipos de rancho. Eram fotos velhas, mas de quando? Ainda era tão jovem, pensou Savoy, que não podiam ser *tão* velhas. Mas nas duas dava para vê-la de corpo inteiro, e nas duas, incômodas e envergonhadas que eram, havia a mesma temeridade, a mesma determinação silenciosa, ruminada a sós, longamente, e a mesma tensão muscular de animal à espreita, sereno mas de prontidão para qualquer coisa, de que Savoy sentia falta havia meses. Voltou a si, focou de novo, não nas fotos, mas em Renée, que o fitava com a boca aberta e as sobrancelhas bem levantadas. "Meu querido Hotel Savoy", disse, meneando a cabeça, "você está totalmente perdido."

Havia, então, uma Carla pública: a que qualquer um via, a que todo mundo podia olhar, estudar, avaliar, a que Carl e Josiane e Stéphanie e André e Mikko e Félix e Sonya e Helmut e Marco e Caro (a dona da Vidal, uma menina de cabeça e olhos enormes, como de heroína de anime) e muitos outros donos de casa sorridentes e aparentemente satisfeitos, a julgar pelos cumprimentos que se empilhavam na seção *endorsements*, tinham escolhido nos dois últimos anos para confiar a ela apartamentos, casas, estúdios, granjas, casas de campo de fim de semana e, em alguns casos, até moradias em construção rondadas por bandos de *squatters* à espreita de um teto gratuito ("A adorável Carla cuidou durante duas semanas da nossa cobertura quase terminada e não recebemos nenhuma queixa dela. Ao contrário, quando voltamos tudo estava impecável, e até haveria fogo na lareira se o arquiteto tivesse se lembrado de incluí-la no projeto…"), com todas as suas posses dentro, animais de estimação em primeiro lugar, esses monarcas sem cetro nem coroa — só agora Savoy percebia a que ponto o cuidado de casas era a fachada de razoabilidade que encobria um estado extremo, desesperado, da relação entre humanos e animais —, mas também plantas delicadas e rentáveis, como no caso do diretor de arte de Coyoacán, e mais de uma vez familiares fármaco-dependentes, doentes ou inválidos, sobrinhos em férias, pedreiros, pintores ou encanadores encarregados de trabalhos que não podiam ser interrompidos e que demandavam supervisão.

Para Savoy, no entanto, aparecer nesse perfil público era se internar numa intimidade extrema, radical. O pudor que então sentiu, xeretando no mundo que Renée tinha acabado de lhe revelar, não foi muito diferente daquele que o havia tomado no Rosse Buurt de Amsterdam na primeira vez que viajou à Europa, quando topou com as prostitutas se exibindo em suas caixas de vidro e, enquanto a maioria rebolava, estampava beijos de língua no vidro ou abria as pernas com as mãos nas virilhas, uma, bem mais velha que as outras, provavelmente bem mais cansada, engolia um jantar tardio com talheres de plástico sentada numa poltroninha desconjuntada, lendo uma revista aberta no chão. Ficava ruborizado diante da informação mais convencional. Todo o recato que não sentira nas noites longas da Vidal, animando-a para que fizesse por ele, com ele, coisas cujo nome não tinha nem mesmo certeza de conhecer, se apossava dele quando a página lhe informava os idiomas que falava, seus destinos e animais de estimação favoritos — Hungria?, coelhos? —, suas paixões e suas habilidades. Tudo era sóbrio, um modelo de decoro: Carla era "adorável" — a palavra mais repetida em seus *endorsements* — e austera, quase uma monja zen, como Savoy comprovaria explorando o site sob a tutela de Renée, comparada com a ênfase, a fatuidade, o luxo de detalhes irrelevantes ("Pisei em mais de sessenta países. Por falar nisso, calço 45 — me disseram que pôr números no perfil dá uma impressão de seriedade") em que a maioria de seus colegas incorria na hora de se autopromoverem. Mas era justamente esse decoro seco, ao qual não sobrava nem faltava nada, que fazia com que frases como "Dou aulas de espanhol" ou "Corro" ou "Gosto de aproveitar bem o tempo" soassem perturbadoras como uma insinuação desavergonhada.

Comprovou que acontecia a mesma coisa com outros perfis de cuidadores. Via toda essa gente com seus sorrisos de dentes perfeitos posando diante de baías ao entardecer, jardins primorosos, lareiras acesas, rodeados de flores, de cães, de netos, e o que saltava à sua vista não era o que queriam lhe mostrar, essa combinação de alegria de viver, bonomia diáfana e bom estado geral de saúde que fazia delas pessoas imediatamente confiáveis. Era, antes, o modo como essas pessoas viviam *se oferecendo*: esse esforço, essa dedicação, o esmero artesanal desses autorretratos pletóricos de espontaneidade, singelos e sentimentais, todo esse investimento posto a serviço de uma espécie de disposição universal, irrestrita. "Estou aqui, sou isto, me olhem, me liguem"... Como se no mesmo instante em que se proclamavam livres e autônomos, condição sine qua non para quem se dedica a cuidar de casas, animais de estimação e jardins alheios, todo esse exército de jovens sem bagagem e adultos mais velhos ociosos se revelassem mais submissos, mais escravos do que nunca, ansiosos — inclusive quando suas agendas não tinham semanas livres a oferecer — por encontrar o salvador que os resgatasse dessa espera eterna.

Feira da identidade, página planetária de anúncios classificados, *casting non stop*, roda de reconhecimento global... Savoy se perguntava quando o mundo se transformara nisso; em que momento preciso de sua distração, seu esquecimento, sua decisão — ou melhor, de seu abandono, porque nem seu juízo, nem sua vontade desempenhavam qualquer papel no assunto — de olhar para o outro lado. Quando foi que os cartões de visita adquiriram essa proeminência insólita? Savoy se lembrava dos primeiros que viu, os que seu pai usava em certa fase comercial de sua vida, uns retângulos de papelão muito branco, com seu nome impresso numa cursiva elegante e romanesca e embaixo, em letras de forma, como uma espécie de sentença, a legenda *departamento de vendas*. Ele os distribuía à sua volta quando saía para fazer o circuito, e toda vez que o cartão passava de sua mão para a mão de outro e era guardado em algum lugar, um bolso, uma carteira, Savoy, que costumava acompanhá-lo, tinha a impressão de que seu pai virava levemente a cabeça para ele e lhe piscava o olho bem rápido, quase como um pestanejo, sem que o outro, a "vítima", como Savoy o batizava na época, pudesse notar. Em que momento esses pedaços de cartolina fraudulentos, que as "vítimas", se os usassem, usavam para tirar um resto de comida dos dentes ou limpar as unhas e depois deixavam cair no lixo ou no fundo de uma calça abandonada, mas dos quais o mundo social, porém, não parecia poder prescindir, a ponto de que aquele que não tivesse o seu ou não o mostrasse no momento oportuno corria o risco de despertar suspeitas, ou menosprezo, ou até mesmo de ser excluído do jogo, como era bem possível que fossem, diga-se de passagem, aqueles que ousavam jogar mostrando seus cartõezinhos de cartolina barata, impressos em casas de fotocópias, montados com tal pressa e desinteresse que ninguém podia estranhar que dissessem *departamento de vendas*, efetivamente, mas nem uma palavra sobre o cargo que tinha nele o portador do cartão e nem uma, tampouco, sobre o nome ou o setor da companhia de cujo departamento se supunha que era representante.

Era evidente, agora, que o programa de oferta de identidades tinha se generalizado em uma escala maiúscula. O uso dos cartões de visita se multiplicava exponencialmente e se tornava obrigatório em todas as esferas da existência. O papel tinha morrido, naturalmente, e com ele as fichas policiais, os books, os portfólios, os curriculum vitae, velhos gêneros da apresentação pessoal que ressuscitavam mudados, às vezes irreconhecíveis, na febre do perfil imaterial. *Estou aqui, sou isto, olhem para mim, me liguem...* E tudo isso fundado na reciprocidade? Na confiança? Agora Savoy desconfiava mais do que nunca, e pela ranhura mínima de seus olhinhos suspicazes se filtrava uma centelha de mórbida depravação. Percorria a página da *Gazette* e, por trás do engenheiro agrônomo aposentado e de suas faces rosadas de idólatra do ar puro, via nítidos o tremor, a vertigem, o tormento do pedófilo incorrigível, e o casal de *swingers* atrás do duo de montanhistas brindando com seus pequineses nos braços, e o gigolô no cio sob o disfarce do militante ecologista, e a psicopata armada na pele da vegana irlandesa que, segundo a *Gazette*, tinha coberto de bicicleta os mil, setecentos e sessenta e cinco quilômetros de Dublin a Entrechaux, onde a esperavam uma bela casa de pedra, dois cães, meia dúzia de gatos, um burro e um velho jardineiro que estava ficando cego. Savoy arrancou o couro de todos, um por um, cevado pela passividade bovina com que esses fantoches toleravam sua fúria, desnudando os bastidores de rapacidade e sordidez que ocultavam. Tanto se enfureceu que as calúnias que inventava começaram a incomodá-lo. Quando terminou tremia, como se estivesse à beira de um precipício. Renée, que acompanhara o surto a uma distância prudente, com um espanto divertido, não tanto por compartilhar as suspeitas de Savoy, mas para se distrair do bluff sexual que acabavam de protagonizar, teve que pôr a mão em seu ombro para que ele voltasse a si. Savoy olhou pela última vez a telinha onde fumegavam os caídos. No fundo, de pé, estava Carla, intacta: a causa de seu furor, a única que seu furor tinha perdoado. O telefone tocou em sua mão e ele o deixou cair, levantando-se da cama. A diária estava vencendo, da recepção queriam saber se estavam pensando em renová-la. Renée respondeu que não. Começaram a se vestir em silêncio.

O problema, como Savoy, instado por Renée, não demorou a compreender, era que as coisas eram exatamente o contrário. Não havia nada a ser desmascarado. Por trás dos sorrisos só havia sorrisos; os montanhistas amavam as montanhas; os naturistas, a natureza; os caminhantes, a caminhada; os ecoagricultores, a ecoagricultura. O pretexto, a falsa razão, o motivo simulado: não havia espaço, naquela paisagem luminosa de pessoas em oferta cheias de entusiasmo, premiadas por fim com a felicidade que sempre tinham almejado ou com a qual tinham topado "na metade da vida", nem sempre por causas agradáveis, porque com frequência era só depois de tocar o fundo do divórcio, da doença, do pântano do álcool ou das drogas, que compreendiam, como os convertidos, qual era o caminho a empreender, e de que cargas deviam se livrar — não havia espaço para a estratégia de disfarçar meios de fins, essa *cultura cavalo de Troia* a que Savoy e sua geração tanto deviam. Por mais estranho que soasse, todos os protegidos da *Gazette* queriam fazer o que diziam que queriam fazer: cuidar de casas e de animais de estimação, aparar gramados, manter piscinas, regar plantas — que eram de outros. Todos queriam viver assim, no equilíbrio de uma economia paradoxal, fundada ao mesmo tempo no privilégio e no sacrifício: poupando o dinheiro que teriam que pagar por uma viagem e uma estadia como as que escolhiam fazer, renunciando ao dinheiro que teriam que receber por um trabalho como o que aceitavam levar a cabo. Poupavam o equivalente àquilo a que renunciavam. E ao desaparecer, ao se esfumar, o dinheiro deixava no centro da cena a beleza nobre da própria operação, o duplo gesto simultâneo, de economia e renúncia, que sustentava toda aquela épica do desapego e da confiança recíproca.

Era um mundo ideal. Mais cedo ou mais tarde, a casa e o animal de estimação necessitados encontrariam seu guardião, e o cuidador sedento por viagens e pelo mundo e por gente nova e línguas exóticas encontraria a casa e o animal de estimação que clamavam por ele. A fórmula soava tão prístina que a satisfação que postulava — o encontro entre duas partes feitas uma à imagem da outra, perfeitamente complementares — era, pelo menos de direito, uma necessidade inevitável, tão "natural" e tão direta, além dos rodeios práticos que implicasse, como o choque que arrebata o cão macho e o impele cego para a vulva palpitante da cadela no cio. Nada parecia poder impedi-la. E, uma vez consumada, nada, tampouco, parecia poder embaçá-la. Chamou a atenção de Savoy o teor unanimemente favorável dos *endorsements*. Carla era "séria", "responsável", "sensata", "independente" — um título que o fez sorrir de prazer, quase se orgulhar, por ter visto com tanta nitidez, ao ler aquilo, a Carla circunspecta, sóbria e um pouco altiva de quem tanto gostava, inimiga da submissão a que se rendia sem pudor à maioria de seus colegas —; era "adorável" sempre, mesmo, ao que parece, quando fundia cortadores de grama recém-comprados numa loja de jardinagem (um fato que Savoy gostou de ver por escrito, corroborado "objetivamente") ou quando, num descuido sério mas desculpável (uma emergência doméstica que a *Gazette* omitia especificar, segundo Renée por questões de decoro), deixou escapar o "menino mimado da casa", um furão insulinômano, de uma curiosidade patológica, que mais tarde conseguiu rastrear e localizar graças ao chip que ela mesma implantara nele. Outros, membros de uma aristocracia da qual Carla não fazia parte, os "recomendados", eram "impecáveis", deixavam as casas mais limpas e organizadas do que estavam ao pisar nelas pela primeira vez, encaracolavam os animais na base da simpatia, de brincadeiras e guloseimas saudáveis, enviavam relatórios em vídeo sobre a recuperação das orquídeas e, no último dia, depois de arrumar a mala e apagar todo rastro que os recordasse, exaustos, acolhiam os donos da casa com jantares sofisticados à luz de velas, o batalhão de gatos de banho tomado e perfumados e a lenha para o inverno — objeto clássico de procrastinação — cortada e empilhada junto à lareira. O encontro entre as partes não era apenas inexorável; também era idílico, imune, surpreendentemente, aos imprevistos, às desavenças e aos ressentimentos que era factível esperar de uma relação com tantas variáveis desconhecidas, os mesmos com que Savoy costumava topar nas plataformas de comércio eletrônico quando verificava os históricos dos vendedores.

"Deve ser uma questão de classe", disse Renée, para quem os serviços de compra e venda eletrônicos eram para as plataformas de *house sitting* o que a pornografia pesada era para o cinema erótico. "Lá têm necessidade, têm vontade, se matam. Aqui todos 'desejam', são educados, se vestem bem, usam filtros. Veja" — e lhe mostrou uma frase que aparecia acinzentada, como se vista através de um véu, entre dois dos comentários que enalteciam certo Philippe A. A frase dizia: *Uma pessoa não recomenda este membro.* Essa era a forma mais crua que o conflito, qualquer que fosse, podia assumir nesse novo mundo feliz. Não havia enganos, nem fraudes, nem roubos, nem pactos violados, nem mal-entendidos, nem controvérsias. E, naturalmente, tampouco havia concorrência — embora bastasse abrir a página de início da *Gazette*, da *Nomador*, da *MindMyHouse* ou qualquer uma das centenas de páginas que floresciam localmente nos pontos mais diversos do planeta para imaginar donos de casa e cuidadores entocados em suas gateiras, impacientes para arrancar, aquecendo os motores, deixando jorrar um fio de baba ávida e espiando de esguelha como nas quadrigas de *Ben-Hur*.

* * *

Nessa madrugada, inesperadamente, Carla ligou para ele de um trem. O que era madrugada para ela, que ia da Itália para a Suíça e abria caminho por alguma trilha de túneis alpinos, para Savoy era uma meia-noite fria, hostil, cheia de sons furtivos e rangidos. O ar continuava empesteado pelos gases com que a polícia tinha dispersado uma manifestação de entregadores de comida. Eram poucos, não mais de trezentos, nenhum tinha mais de vinte e cinco anos. Dois dias antes, entregando uma pizza, um deles — um mais velho, bem mais velho e com menos sorte que os demais — fora atropelado por um carro e partiu a cabeça. Do chão, na mesma posição em que havia caído, ligou para a central para avisar sobre o acidente. A operadora que o atendeu pediu que tirasse uma foto do pedido para comprovar se "estava em bom ou mau estado para poder ser entregue". O entregador disse que não conseguia se mexer. A operadora insistiu, alegando que era "parte do procedimento". Sem a foto não era possível cancelar o pedido. Nisso o cliente desceu, de pijama, viu o entregador no chão, sangrando, soube (pela mulher que acabava de chamá-la, uma vizinha que passava ali por acaso) que a ambulância estava a caminho, abriu ele mesmo o baú da moto e voltou para seu apartamento com a pizza.

Além de segurança e de algum tipo de cobertura de acidentes de trabalho, os manifestantes reivindicavam condições de trabalho decentes, carteira assinada e uma sindicalização que seus patrões, especialistas em precarização e escravagismo, pareciam mais abertos a considerar que os chefes do sindicato que se supunha que devia amphará-los. Improvisaram um palco de tábuas para as três ou quatro bandas arquialternativas que algum líder do movimento, provavelmente baixista de alguma delas, ou *roadie*, ou manager, convencera a se solidarizar com o protesto. Um morador do bairro, também de pijama, pôs a boca no mundo, menos incomodado com a manifestação, ao que parece, que com o volume da música e principalmente com as letras, pouco condizentes com o decoro familiar do bairro. Alguém ruim de mira lhe respondeu lá do palco. A garrafa se elevou no ar lentamente, como se sustentada pela incerteza, e quando desceu arrebentou o vidro traseiro de um carro estacionado. O alarme — o refrão de uma *cumbia* célebre martelada em modo tecno — exasperou um novo contingente de moradores, o carro calhou de ser de um vereador ficha suja, famoso pela brutalidade dos capangas que faziam sua escolta, era fim de mês, fazia três semanas que não havia futebol por uma rixa sangrenta entre as torcidas, escasseavam as notas de dez, as moedas, os cartões plásticos de acesso ao sistema de transporte público. A receita típica, infalível, do mal-estar social. Savoy, a poucas quadras dali, tinha seguido a batalha campal em duas frentes: ao vivo, pelos ecos que se infiltravam pelas janelas (nunca tinha comungado com o decoro familiar do bairro, mas as letras, com seus futuros perfeitos, suas cidades chuvosas, sua raiva desdentada, deixavam bastante a desejar), e pela cobertura de alguns canais de tevê em busca de furos ou de cadáveres, cujos anseios se chocavam irremediavelmente com esses *delays* sutis que justificavam, para Savoy, a existência da tevê: os cronistas estavam ali, onde "se davam os fatos", mas o som raras vezes coincidia com a imagem, e o jornalista postado em plena refrega e o casal de bonecos que o interrogavam do estúdio, laqueados pelo excesso de maquiagem, pareciam viver em galáxias diferentes, tão remotas entre si como a que Carla atravessava acocorada em seu assento, varrida toda vez que emergia de um túnel pelo resplendor de uma luz branca, e que ardia nos olhos de Savoy quando ele adormeceu.

À meia-noite e dez, quando os toques do Skype repicaram à esquerda da espreguiçadeira que lhe fora destinada pelo diretor de arte de um sonho de agradável tema estival — um desses modelos dobráveis de lona verde-pálido e madeira, criaturas endêmicas de seus verões de infância, que nunca mais viu depois em nenhuma praia —, os enfrentamentos já tinham se desfiado em sirenes, alarmes, detonações isoladas e um ou outro cântico tardio, impelido pelo álcool e certa melancolia irritada, como os das torcidas de um time derrotado que ficam flutuando nos arredores do estádio onde foram humilhados. A primeira coisa que Savoy pensou ao sair do sonho foi que tinham amputado seus braços enquanto dormia — os dois, na altura dos ombros: dois cortes limpos e decididos. Afastou-se do travesseiro, sob o qual poderia jurar que os sentira pela última vez, e se moveu em direção ao computador. Teve a impressão indigna, um pouco repulsiva, de ser só um torso, um torso anão e nu reduzido por um flagelo sem nome à capacidade inútil, mas espantosa, de girar como um pião. Um fenômeno de circo. Então girou e alguma coisa bateu no metal da máquina — alguma coisa opaca, surda, sem forma: uma espuma sólida. "Alguma coisa" era ele. Pensou nisso com terror, embora não fosse a primeira vez que isso lhe acontecia. Era raro que acontecesse com os dois braços ao mesmo tempo. Com um, Savoy podia pelo menos olhar o braço morto e reconhecê-lo, mesmo que fosse apenas como o duplo visível do membro fantasma que era, inepto, perfeitamente inoperante, e ajudá-lo com o braço vivo a acender o abajur, procurar os óculos, abrir uma gaveta, levantar uma garrafa de água, qualquer um dos desafios noturnos que se impunha para trazê-lo de volta à vida. Não poderia jurar que ele ou seu membro tiveram algo a ver com o assunto, mas se deu conta de que aquele espasmo cego, ainda refém do sono, dera um jeito de produzir alguma consequência, porque viu a tela tremer, iluminar-se inteira depois das piscadas inquietantes de sempre, e alguns segundos mais tarde, enquanto entravam num delicioso processo de desentorpecimento, os dez dedos ortopédicos que coroavam suas extremidades amputadas deram por acaso com a tecla correta, e Carla apareceu no quadro mais uma vez, nítida na nuvem de luz que sua tela projetava, uma bolha branca em plena escuridão, com o corpo um pouco inclinado e a cabeça apoiada na janela, coberta até os ombros com a manta escocesa que Savoy já vira um dia na Vidal, com suas longas franjas pretas despontando como tentáculos pelas bordas da mala. Como ela estava bonita, suspensa num ponto equidistante entre o impulso de se oferecer a ele, pois o havia chamado, e o desejo de se retirar e desaparecer na noite de sua viagem, cada vez mais encolhida no abraço cálido da manta. Ficaram assim por alguns segundos, sem falar nada, Savoy olhando-a fixamente, extasiado, Carla imóvel, com seus dois pequenos punhos na altura do queixo, aferrados à barra da manta, e o rosto contra a janela, da qual, no entanto, de quando em quando se descolava para se voltar para a câmera sobressaltada, como o adormecido se volta para a maçaneta ou para o piso de madeira que um intruso acaba de fazer ranger. Savoy entendeu que, se é que havia algum, esse, e não "conversar", nem contar nada um para o outro, nem mesmo se olhar, era o sentido lacônico da chamada: fazê-lo saber onde estava, abandonar-se alguns instantes à sua contemplação e depois, sem dizer nada, com a mesma intempestividade com que irrompera em seus sonhos, afundar outra vez no negror.

De repente voltaram à mente, aturdindo-o e ao mesmo tempo acordando-o por completo, as duas fotos de Carla descobertas na *Gazette*, ingênuas e escabrosas como fotogramas de pornografia muda, e com elas, como um cardume de figurantes escoltando um peixe protagonista, todas as perguntas que tinha vontade e medo de lhe fazer desde que Renée o iniciara nos segredos públicos do mercado onde Carla se movia. Mas percebeu que não era a hora apropriada — nem para ele, que não saberia como formulá-las sem ser desagradável, nem para ela, que não parecia ter muito pique para assimilá-las. De modo que se limitou a repetir "Suíça", procurando, talvez, um terreno sólido onde tomar pé, e sem malícia, a modo de exercício, como quando reanimava seu braço seco obrigando-o a se mexer, tentou lembrar se era Suíça, de fato, o destino que o perfil de Carla anunciava na *Gazette*, e nesse momento viu na tela que uma luz branca e pálida se acendia no vagão, e piscava duas ou três vezes até se estabilizar, definindo as formas e as cores que dormiam na escuridão. Viu Carla abrir os olhos e olhar para cima — nessa direção exata, incrivelmente irritante, cujo rastro Savoy sempre seguia com avidez até que topava com a borda da tela — e despontar de leve o rosto pela barra da manta, franjas quase a fizeram espirrar. Savoy sentiu, pelos ecos que começaram a lhe chegar, o torvelinho de agitação sonolenta que se desatava no vagão: corpos que se espreguiçavam e se levantavam, mochilas e bolsas resgatadas dos porta-bagagens, zíperes que se abriam. E enquanto ele, com seus botões, voltava a maldizer as acrobacias dedutivas que essa janela sádica lhe exigia, empenhada em deixar de fora mais, muito mais do que o que mostrava, uma voz se aproximava e pedia as passagens num francês amável mas firme, um perfeito francês da França — e como Savoy quis então, ele, que sempre considerou o sonho ou a ambição de ser outro, tão cobiçada por tantos de seus amigos, com uma indiferença divertida, como se fosse um passatempo pitoresco, como quis agora estar na pele desse cobrador que avançava pelo corredor do vagão lançando à esquerda e à direita seus olhares suavemente inquisitivos, satisfeito com seus sapatos recém-comprados e a transa doce e silenciosa com que sua mulher se despedira dele essa manhã, como quis sentir a superioridade de sua lucidez em meio a essa turba de viajantes adormecidos, o aprumo do uniforme nos ombros e na boca o amargor do café tomado no bar com a colega recentemente incorporada, como quis ser esse privilegiado inexplicável que depois de verificar uma série de tíquetes insossos, todos em ordem, e de devolvê-los a seus donos quase sem olhá-los, parava junto do assento de Carla e de repente, com todo o tempo do mundo pela frente, podia se dedicar a vê-la reviver, emergir em câmara lenta de seu ninho e, depois de suborná-lo com seus olhos de insone, começar a procurar o tíquete na mochila, e procurá-lo em vão várias vezes, examinando cada compartimento, cada bolso interno, cada estojo, incluindo o de cosméticos, de onde despontaram um lápis labial, a ponta do coletorzinho menstrual que Savoy descobrira na Vidal e um ramalhete de grampos de cabelo desconcertados. Como quis ser esse funcionário irrepreensível e benevolente, disposto, se fosse o caso — e era o caso —, a fazer exceções e, unindo a compreensão que a idade madura dá com as sequelas de prazer deixadas por um quarto de século de venturosa conjugalidade monogâmica, fazer vista grossa, indultá-la, talvez repreendendo-a, mas só para manter as aparências e prolongar um pouco a conversa, perguntar aonde ia, de onde estava vindo, a que dedicava sua bela e jovem vida, para deixar passar ou pelo menos fazer de conta que o que Savoy via não estava acontecendo, que a mão que agora entrava no quadro pela esquerda — dedos longos, finos, de nós proeminentes: dedos de hippie rico, de violonista sem horários, de ilusionista vaginal experimentado — não entregava para Carla a versão impressa de seu tíquete, que Carla, confusa, não perguntava: "É o meu?", e que o dono da mão — no melhor castelhano de Buenos Aires que uma mão podia falar nesse trem — não respondia: "Ficaram colados ao serem impressos", que foi a última coisa que Savoy ouviu antes de desligar, assim que Carla entregou o papel amassado para o cobrador e retornou à sua toca de lã para continuar dormindo.

Vingou-se nadando, não fazendo perguntas. No sábado — quinta vez seguida que o via numa semana fria, chuvosa, inóspita para qualquer coisa que não fosse hibernar na cama —, a cadela da recepção recebeu sua carteirinha e, quase com admiração, disse: "Outra vez por aqui? Está treinando?". Savoy nadou como outros se afogariam em álcool, com a mesma determinação e o mesmo desânimo com que ele mesmo, em outro momento, teria pedido explicações longas, exaustivas, condenadas de antemão a não satisfazê-lo, e teria mordido sua canela toda vez que soassem vagas ou gerais, omitissem detalhes cruciais ou reduzissem a uma frase breve a contingência, a situação, o personagem que pediam aos gritos um capítulo exclusivo pródigo em aventuras, flashbacks, valiosíssima informação contextual.

Na piscina tinha menos gente que o habitual, como sempre que fazia mau tempo. Savoy estava tão decidido que até ignorou seu sistema de precauções. Não pensava em dias nem horários. Simplesmente ia, meio que por impulso: ia e uma vez na piscina se entregava ao que desse e viesse, sem reclamar nem se deixar intimidar, com a mesma lassidão distraída com que os meninos das escolas se entregavam às ordens e aos apitos de seus instrutores, cabisbaixos, aferrados às barras das toalhinhas da Disney, esfiapadas, de tanto roê-las, com que os haviam ensinado a se cobrir. O frio (que a calefação não atenuava como Savoy gostaria), a ameaça dos trovões, a gritaria (que com o mau tempo, por alguma razão, retumbava em dobro), os reggaes do grupo de mulheres mais velhas, as duas raias cruciais bloqueadas por algum reparo, o abraço gelado que o envolvia no vestiário quando vinha do vapor dos chuveiros: nenhum de seus demônios favoritos o desanimou dessa vez. Quase o contrário: entrava na água e a antipatia da temperatura o reconfortava, um pouco como uma dor de dentes consola quem sofreu a morte de um ente querido, porque ao obrigá-lo a se ocupar de algo concreto e banal impõe limites a uma aflição sem limites que poderia ser fatal.

Ele chegava e já havia dois nadando em sua raia? Savoy se somava, e a proximidade e até o roçar com esses corpos que ele teria repelido, que continuava repelindo, adormeciam o incômodo que tinha deixado nele o Skype do trem, menos uma dor que um ardor, leve mas contínuo, como o zumbido que persiste no fundo do ouvido dias depois do traumatismo que o abalou. Foi um a mais, discreto e dócil, também no vestiário, onde a densidade de gente costumava tirá-lo do sério e desviava das conversas se curvando, como se fossem pedradas. Cedeu a passagem ao entrar, entregou pentes, calções de banho, toalhas esquecidas penduradas em torneiras. Sem que tivessem que lhe pedir, abriu espaço, no longo banco de madeira que gostava de ocupar sozinho, dispondo suas coisas numa dispersão calculada, como peças de um quebra-cabeças, para indivíduos que numa situação normal ele teria se divertido muito deixando ali em pé, aturdidos, com suas sacolas ainda fora do gancho, unicamente pelo fato de ofegarem como búfalos, terem os sapatos enlameados ou fazerem muito barulho. Chegou a sentir falta, no coro desafinado de desodorantes masculinos, do fedor de coco barato do spray com que o empresário têxtil que nadava com fones de ouvido tinha o costume de se borrifar inteiro depois da ducha (que ele tomava sem tirar os fones). Savoy, que odiava fones de ouvido pela mesma razão que os óculos, porque odiava perdê-los, acreditava ouvir os motivos para se considerar uma vítima por um pequeno exército de alto-falantes implantados diretamente em seu cérebro, que transmitiam a toda hora e em todo lugar, porém agia como se fosse culpado, um pouco como o homem da multidão, que se mistura com os outros para não chamar a atenção para um crime cujos sinais são evidentes para qualquer um.

Explicações? Na fração de segundo que durou a intenção

de pedi-las — com insônia, Savoy tinha ligado a tevê de novo, e no último noticiário da meia-noite surpreendera um dos líderes dos entregadores falando, não tanto um rosto, a essa altura, mas uma máscara desfigurada pelos golpes e pela lente de uma câmera de telefone rudimentar —, Savoy se perguntou para quê, e principalmente quantas. Porque era isso que acontecia com as explicações: dava para saber por onde começar, nunca onde parar. A mesma lógica encadeada que caracterizava a mentira. Uma mentira podia despertar suspeitas, ser objeto de análise, até ficar em evidência e ensejar a reposição da verdade, a única coisa capaz de reparar o dano infligido. Mas esse ato de justiça que parecia encerrar um capítulo, cedo ou tarde — mais cedo que tarde, segundo a experiência de Savoy — abria outro. Assim que era desmascarada, a mentira acionava um processo, e esse processo era irreversível. Encorajados por essa primeira capitulação, dezenas de pequenas fraudes que tinham ficado impunes, dissimuladas nas dobras do passado, de repente vinham à tona e floresciam em cadeia como bolhas, arruinando em segundos a vida feliz, plena, perfeita, que havia anos acompanhavam em silêncio.

Savoy temia esse efeito cascata. Não tanto sofrê-lo quanto produzi-lo, uma tarefa para a qual se reconhecia capaz, até mesmo predestinado por certo talento natural que às vezes gostava de exibir na hora de interrogar. Sempre vira com bons olhos o critério de escalonamento sistemático seguido pelos bons interrogatórios nas séries policiais. Até preferia esses circunlóquios longos, enfadonhos, infestados de matizes, possibilidades e complicações, às explosões de ação e violência nas quais quase sempre desembocavam. Sabia, portanto, o quanto fazer perguntas podia ser uma compulsão sem retorno, ainda mais se o que as perguntas pretendiam iluminar fosse a vida que Carla levava longe dele. Savoy, por exemplo, começava pelo francês do cobrador do trem, impecável demais para a boca dialetal de um suíço, para continuar como, com quê? Com as incongruências de horários? Com essas visitas que às vezes interrompiam os Skypes, misteriosas, brevíssimas, que Carla dizia ter "resolvido" quando aparecia de novo na tela, mas cujas sombras Savoy sentia espreitando no quarto ao lado, impacientes? Com a palavra *Metropol* bordada na capa do travesseiro, perfeitamente legível apesar da pressão com que a nádega direita de Carla o deformava, quando o hotel ao qual acabara de lhe contar que havia chegado — um hiato de dois dias entre uma casa e outra que certamente desmereceria sua média — se chamava Bristol, Dunlop, Splendor? Com todas as dúvidas minúsculas, entusiasmadas — a casa de botão que a traça conseguiu deixar no pulôver onde agora o dedo a alarga, o ombro cheio de bolhas pelo qual começa o descascamento de metros quadrados de pele insolada —, que um exame meticuloso das aventuras de Carla on-line despertaria nele, tarefa à qual renunciou a um passo de virar um especialista, quando já citava de cor as listas de destinos e as datas mencionadas na *Gazette*, na *Nomador*, na *MindMyHouse*?

"Suíça, França: que importa?", disse-lhe Renée alguns dias mais tarde. "Eu me preocuparia mais com esses dedos de hippie, se é que eles existem." Ela tinha razão, como sempre. Savoy nem sequer tentou convencê-la de que sim, de que existiam, e de que existiam tanto como os dela existiam, sempre arranhados, crestados, avermelhados, sempre com algum tipo de escoriação de cuja origem nunca parecia ter certeza, como se vivessem uma vida paralela da qual só chegavam a Renée esses sinais bastante enigmáticos e dolorosos — os dedos com os quais Savoy casualmente a via agora mexer sua caneca de café com creme. Mexia usando a colherinha ao contrário, com o cabo, para preservar a integridade molecular do creme, um ardil aprendido num filme francês que Renée aplicava desde então com fervor supersticioso, ainda que um personagem menor do filme — varrido do mapa da ficção ao mesmo tempo que seu intérprete na filmagem, acusado de tomar certas liberdades com a assistente de figurino no cenário do call center onde acontecia o clímax do drama — usasse alguns segundos da sua única cena que tinham decidido manter para explicar à protagonista por que era descabelada, por que não lhe convinha divulgar isso aos quatro ventos como um achado da ciência alternativa.

Na verdade, o próprio Savoy não poderia jurar que existiam. Mas *acreditava* neles mais que em seus próprios dedos. Era como se aparecendo assim, furtivamente, na superfície de uma imagem posta em risco por mil ameaças — o provedor de Savoy em primeiro lugar, sempre aquém da taxa de rendimento que pagava por mês, como Oblómov mais de uma vez lhe demonstrara, mas também a conexão do trem que transportava Carla sabe-se lá de onde para onde, agora, e a luz meio pobre do vagão que, acesa de repente, queimara a imagem e, depois de piscar, como os velhos tubos fluorescentes, em particular um de que Savoy se lembrava bem, um tubo de uma cozinha de campo cujo resplendor sucumbia irremediavelmente à luz do inverno que, difusa e pálida, entrava pela janela, estancava numa claridade avara —, esses dedos tivessem uma entidade, uma consistência, um valor de verdade diante dos quais Savoy não podia duvidar, não, ao menos, sem ter a impressão de estar se descuidando de algo essencial, um elemento que logo, por algum motivo, quando precisasse dele desesperadamente, já não teria à mão.

Mas o imperdoável, como quase tudo ultimamente na vida de Savoy, era um fantasma de dois gumes. Impossível eludir um sem se cortar com o outro, oposto, talvez, mas não menos cortante. Se não pecava por suspicácia, pecava por credulidade, permissividade, ingenuidade. E às vezes, numa espécie de torsão milagrosa, até pecava por ingenuidade sem deixar de ser suspicaz, como neste caso, em que podia ficar cravado num ponto cego, ruminando o porquê da confusão de cidades e de línguas, por exemplo, mas omitia qualquer alusão à mão estranha, aos tíquetes que a mão estranha tinha guardado juntos, tal e qual, ao que parece, os imprimira, o que fecundava a cena já perturbadora do Skype com uma dose de passado que, para falar com suavidade, não contribuía para simplificar as coisas. Pedir explicações era imperdoável; não pedi-las, também. A única diferença era que a imagem de si que o primeiro erro devolvia não lhe era totalmente desagradável, ao passo que as que o segundo devolvia — Savoy o covarde, o permissivo, o cândido, todas alheias e ofensivas — lhe eram intoleráveis. E assim, ele não fazia nem uma coisa nem outra; ou então decidia não agir num plano enquanto no outro se entregava a uma hiperatividade exaustiva, exibindo os alardes analíticos que Renée conhecia tão bem e até apreciava: meticulosidade para reunir evidências, gênio na hora de alegar, um fraco por sentenças rápidas e inapeláveis.

"Foi para isso que você me ligou ontem à noite?", disse Renée de repente, olhando-o com desconfiança. Savoy ouviu "ligou" e levou a mão automaticamente ao bolso. Freou-a no meio do caminho, quando lembrou que não ia encontrar o que procurava. "Te falei que estou sem telefone", respondeu. Sentia-se um pouco incomodado, não sabia se porque Renée lhe imputava algo que ele não tinha feito ou porque acabava de lembrá-lo de uma perda que dera algum trabalho esquecer. Renée ficou alguns segundos martelando seu telefone com os polegares, os únicos com as unhas sem pintar. Deve ter chegado a algum lugar, porque de repente os dedos pararam e Renée se afastou um pouco da tela, apenas o suficiente para adiar mais uma vez a hora com o oftalmologista que lhe receitaria os óculos que Savoy havia meses insistia em lhe dar de presente. "Nove e treze da noite", leu na tela, para depois, com um gesto brusco, quase incriminador, plantar o telefone na cara de Savoy: "Não é o teu número?". Savoy olhou a cifra; reconheceu-a como reconhecia muitas cifras de que não se lembrava nem com ajuda mnemotécnica: "genericamente", por uma espécie de aura vaga, mas inconfundível, atrás da qual cada número dançava embaçado como se por trás de um véu de vapor. Esse era o primeiro telefonema que Renée tinha ouvido entrar, mas que não atendera: estava dirigindo. Esqueceu-o. Só o descobriu depois de atender, com muita rispidez, outro telefonema que às dez e vinte da noite, com uma amabilidade blindada, propunha-lhe mudar a poupança com a qual seu banco havia anos a espoliava por um pacote de conta corrente e cartões de crédito que lhe permitiria continuar sendo espoliada, mas sem perceber tanto. Desligou. Estava para jogar o telefone na cama (gostava muito desse pequeno rebote) quando viu a notificação do telefonema perdido com o nome de Savoy. Nesse mesmo instante entrou a segunda. O mesmo número, o mesmo aviso: "Chamada recebida: Savoy". Lembrou que Savoy tinha lhe contado que não estava achando seu telefone e atendeu. Ninguém falou, mas Renée conseguiu perceber a fração de segundo de respiração, o flash de som ambiente, o ruído que uma garganta seca faz ao engolir para se umedecer, sinais que provam que do outro lado da linha há vida, uma vida desconhecida, expectante, talvez perigosa... Depois desligaram.

Sem som tudo era igual. Aconteciam as mesmas coisas. Era a velocidade em que aconteciam o que mudava, uma alteração ínfima, mas perceptível, ao menos na dificuldade, maior que a habitual, que Savoy tinha de ficar em sincronia com elas. Às vezes tudo acontecia um pouco mais rápido, e tinha a impressão de não chegar a tempo, de estar sempre no meio de outra coisa, interferindo em algo que desconhecia. Às vezes tudo era mais lento, e então se sentia brusco, descortês, invasivo: um animal com fome e medo num bazar de bibelôs de vidro. Na tarde em que estreou os tampões, viu como desciam um tetraplégico até a água. Não era a primeira vez, embora antes sempre tenha se negado a olhar, impressionado com uma operação que imaginava cruenta, talvez por medo da reação que sua curiosidade podia despertar nos demais, para os quais a situação era tão insólita como o chinelo novo do salva-vidas. Mas agora, sem som, Savoy viu tudo. Acompanhou a titubeante entrada do velho e seu cuidador com o rabo do olho quando saía em busca de sua volta número quarenta e dois, e aproveitou as gotas de água que tinham se infiltrado nos óculos para fazer uma escala na borda mais afastada da piscina, refúgio de nadadores exaustos, preguiçosos ou muito tagarelas, de onde podia olhar sem chamar a atenção se, ao mesmo tempo, se dedicasse mais ou menos ostensivamente a coisas inadiáveis como corrigir o ajuste da alça dos óculos. Assistido pelo cuidador, um sujeito calvo e maciço que Savoy surpreendera uma vez em algum deleite obsceno, talvez tonificando com beliscões suaves o braço inerte de uma mulher diminuta, ou aparando os pelos das fossas nasais diante do espelho do vestiário, o velho desabou na cadeira e ficou imóvel por alguns segundos, enquanto sua carne flácida continuava se sacudindo. Era uma cadeira de jardim branca, de plástico e, como seu conteúdo vibrante, sem pés, em cujos braços mentes muito mais imaginativas que a de Savoy tinham soldado uma espécie de baldaquino coroado por uma argola de metal. O cuidador ajustou o cinto de segurança — uma faixa colorida, como de bombacha de gaúcho, com uma fivela cromada — e se meteu na água, de onde operou o sistema rudimentar de roldana e polia que içava a cadeira com o velho em cima, a mantinha suspensa sobre a piscina, bem próxima da escada, e, por fim, com alguma dificuldade, porque o dispositivo não gozava da manutenção que seria necessária, a baixava e a submergia na água.

Mesmo distanciado da ação pela ausência de sons, que lhe dava uma comicidade um pouco vulgar, como de *freak show*, Savoy não pôde deixar de sentir certo estremecimento. Essa cadeira não era uma casualidade, pensou. Alguém *tinha visto* essa cadeira, e a tinha visto muito antes que existisse, quando era só mais uma ideia maluca, e não tinha sossegado até conseguir fabricá-la ou que a fabricassem, até que ele ou ela ou alguém desse com a fórmula aberrante capaz de fundir o plástico com o metal como esses corpos equívocos dos filmes do futuro, nos quais já não era possível distinguir o que era carne original e o que era prótese, réplica, implante. Muda, ou melhor, com Savoy surdo, a piscina era mais do que nunca um espetáculo da carne.

Seus ouvidos não entupiam mais, o que o eximia de fazer a cena um pouco ridícula que fazia assim que saía da água, pular num pé só, do lado do ouvido que tinha entupido, em geral o direito, e cair pisando com força, sacudindo a cabeça em direção ao piso, como se cabeceasse uma bola invisível para um gol que só ele via desenhado nos ladrilhos. Mas quando nadava sem som, Savoy se inflamava; entrava numa espécie de protagonismo pleno, extremo. Era como se a dimensão sonora que os tampões retiravam do mundo de algum modo fosse transferida para ele, se incorporasse a essa fonte de respirações, sopros e pulsações que se agitava no interior de seu organismo. Estava condenado a ouvir a si mesmo, mas a se ouvir não como quando se ouvia falar, como atleta retórico, e sim como uma máquina, um monstro, um desses monstrengos vindos do espaço cuja imagem os primeiros minutos dos filmes escamoteavam com cuidado, mas cujas manifestações corporais — resmungos, roncos, arrotos, grunhidos: a música do Outro como compêndio de mau humor e transtornos gastrorrespiratórios — ocupavam toda a banda sonora. Ao nadar, surdo, Savoy pensava tanto ou mais que quando ouvia. Contas, planos, suspeitas, réplicas, especulações: toda a rede de estratagemas que lhe serviam para reconfigurar o mundo sozinho, em particular o passado do mundo, sua dimensão mais irreversível, agora se desdobravam, na câmara de ecos em que o transformavam dois tampões ridículos, dentre os mais baratos do mercado, com o mesmo fervor inútil de antes. Mas era como se estivessem vazios, limitados a ser mais um eco, não dos mais agradáveis, em seu concerto de dissonâncias íntimas.

No Skype, os arroubos de mudez tinham efeitos bem diferentes. Eram frequentes, demasiado frequentes para que Savoy continuasse custando a assimilá-los, e não só porque, ao contrário de quando nadava, não era ele, mas uma instância superior, "a máquina" — como chamava, então, tudo o que havia entre Carla e ele, incluindo as rasteiras do acaso —, que decidia quando, onde e presumivelmente para que privar de som a imagem que contemplava. O problema era que quando nadava era surdo, ao passo que no Skype era o mundo, uma porção do mundo, e não qualquer uma, mas a única porção que lhe interessava, que deixava de falar. Aqui, do seu lado, tudo continuava soando como de costume; lá, e só lá, silêncio total. E como o emudecimento ocorria justamente quando todos os seus sentidos estavam orientados para lá, Savoy não conseguia não o tomar como algo pessoal. Não era um acidente; era uma afronta, que o humilhava e o afligia em partes iguais. Caído o som, um contratempo técnico que, como todos, punha a nu as múltiplas variáveis, delicadíssimas, que deviam confabular para produzir uma comunicação que depois passava por natural, ver Carla na tela de seu computador não era uma experiência banal, não importa quão longe estivesse ou a contramão de seus respectivos horários, estações, estados de ânimo, mas algo anômalo, de uma excepcionalidade inquietante, tão perturbador para Savoy como um dia deve ter sido, para os entes queridos que tinham ficado na Terra, ver os astronautas à vontade no seu ambiente sem gravidade, confessando o quanto sentiam falta deles enquanto, num descuido fingido, deixavam a tampa da caneta escapar para vê-la flutuar no ar.

Savoy faltou a dois encontros. Deu-se ao luxo, agora sem remorsos, de não se justificar, ou de explicar sua desfeita sem dar razões, incluindo-a no conjunto de negligências triviais, domésticas, em que incorrera nos últimos dias quase sem perceber. Não deixou de sofrer, mas teve a impressão de que desse modo, fazendo de conta que agia por descuido, sem intenção, como quando um dilúvio o impedia de ir a uma consulta com seu advogado ou um apagão massivo o dissuadia de ir cortar o cabelo, ele atenuava a causa de seu sofrimento e a afastava de si, do cenário mental em que gostava de se pavonear sofrendo, confinando-a — estrela entre estrelas — à escuridão de um céu belo mas anônimo, que podia ignorar. Contudo, não se enganava. Sabia quanto trabalho essa indiferença lhe custava; sabia que a reticência deliberada era menos eficaz que sua versão espontânea, natural, filha de uma autossuficiência que lhe era impossível sentir. Era um operário da indiferença. Podia se orgulhar do fruto de seu trabalho e até perceber sem grandes equívocos, com essa perspicácia telepática que só os apaixonados têm, os efeitos desse trabalho sobre Carla, mas bastava ele testemunhar o desdobramento de uma indiferença verdadeira, régia, a que ostentam, por exemplo, esses prodígios da ginástica artística quando fazem seus braços e pernas girarem como ponteiros de um relógio apressado — um desses relógios de parede que não medem horas, mas anos, quinquênios, décadas, o tempo requerido por uma fortuna para se fazer ou se gastar, um amor imortal para morrer, uma linhagem para se extinguir — sobre o fio de uma trave de equilíbrio, para compreender como tinha pouco futuro na disciplina. Mas era o máximo a que podia aspirar no duelo à distância que mantinha com Carla. E mesmo assim, tampouco durava muito. Trincava tão logo a punha em prática e não demorava a se desfazer, mas não por Carla, não por essa ofensiva que Savoy sempre sonhava vê-la lançar sobre ele para reconquistar sua atenção, mas por ele mesmo, por sua fragilidade, sua impaciência, sua dificuldade em ficar sozinho, calado, com a inimiga deslumbrante que se propusera a derrotar, tão exasperante como a que não conseguia disfarçar quando compartilhava um trecho de mais de três andares no elevador com um desconhecido que não fosse o ascensorista, grêmio decadente que lhe caía especialmente bem.

Uma tarde, saindo da piscina para uma rua fria, branqueada pela luz, que colava no pavimento encharcado e lançava reflexos ofuscantes — tinha caído uma dessas chuvas fulminantes, espalhafatosas, cujas repercussões no telhado Savoy costumava acompanhar com prazer enquanto nadava, tentando se esquivar das goteiras que se infiltravam pelas perfurações da chapa ondulada —, se perguntou se as coisas seriam diferentes caso fosse ele, e não Carla, quem tivesse ido embora, e estivesse, como às vezes dizia, "solto no mundo". Foi como uma revelação, e em seguida um opróbrio, e enquanto durou seu ataque de vergonha ele caminhou colado às fachadas dos edifícios. Era a típica pergunta que, formulada por outro, o tirava do sério. Odiava tudo: suas premissas, o halo de sensibilidade e malícia que a rodeava, essa sagacidade fácil, vaga, vulgar, que permitia que sempre acertasse o alvo e abarcasse tudo.

Diferentes — *claro* que seriam diferentes. Quem seria imbecil a ponto de pensar que não — quem, além do próprio Savoy, que dedicou uma fração de segundo a avaliar a possibilidade? É surpreendente como uma medida de tempo tão ridícula podia servir para tantas coisas diferentes. Savoy teve tempo de formular a pergunta e de pensar nela, mas também, seguindo o conselho de uma intuição obscura — da mesma família, talvez, que a que costumava lhe sussurrar o ponto exato da plataforma onde devia parar para que a porta do vagão do metrô ficasse bem na frente dele —, de diminuir o passo antes de descer à rua e evitar que o táxi que avançava colado ao meio-fio tivesse com ele a deferência que teve com a mulher que o precedia, borrifando-a da cabeça aos pés com os restos sujos do aguaceiro.

O mundo podia ter se transformado numa grande jaula de dromômanos voadores; o turismo, numa praga; os aeroportos, em parques temáticos; e os sistemas de posicionamento global, em salvo-condutos de baixo custo. Mas para o paraíso de inércia, de arraigamento, de refestelamento voluptuoso a que tendia a vocação do amor, ir embora continuava sendo uma decisão comprometedora. Causava angústia porque alterava duas condições básicas do contrato amoroso, copresença e reciprocidade, que essa vida intermitente e flexível, de viajantes frequentes e ardores *wireless*, reconfigurava sem parar, mas jamais abandonava. Mas principalmente pela estranha metamorfose que operava naquele que ia embora, que, claro responsável pela alteração, mesmo assim adquiria um privilégio inesperado, transformava-se no centro das atenções e, pelo mero fato de ter ido embora, submetia a relação à métrica de seus aparecimentos e desaparecimentos, seus sinais de vida, seus horários, suas aventuras. Por uma magia disparatada, que agora Savoy sofria na própria carne, aquele que ia embora não era mais um carrasco, um sabotador, um desertor, mas — inacreditavelmente — algo assim como um agente revitalizador, um benfeitor à distância, solto no mundo não por vontade própria, mas para cumprir uma alta missão sentimental, vivificar o amor com remessas periódicas de comparecimento.

Savoy sabia muito bem, falando com certa propriedade, que nada disso tudo que conseguira comprimir numa fração de segundo era válido para ele, nem para eles, nem para o laço ainda prematuro, ao mesmo tempo intenso e desapegado, que ele, em todo caso, só chamava de relação por um misto de preguiça e desconcerto, porque a palavra aproveitava a falta de adversárias à vista e lhe escapava e o envergonhava, forçando-o a dar explicações que não dava. O que era um mês, com efeito, para as magnitudes de tempo básicas exigidas por uma relação? E qual era esse lugar do qual se supunha que Carla tinha ido embora? Vidal — um lugar de passagem, pelo qual nenhum dos dois jamais sentiu nem sentiria nada? O apartamento de Savoy, onde Carla tinha passado uma noite, a última, e sobretudo por comodidade, porque já tinha entregue o da Vidal a seu inquilino alemão e Savoy rejeitou com escândalo sua ideia — solução clássica, no entanto, da era do *house sitting* — de pernoitar no aeroporto? Lugar? Que lugar? O computador de Savoy, onde de fato se encontravam? O lugar "Savoy", o próprio Savoy: sua maneira desenfreada de esperá-la, seu espectro enorme de anseios não formulados, sua paciência rancorosa, sua fidelidade incondicional, tão impossível de resistir como de retribuir?

De modo que dez minutos depois de sair da piscina, com o cabelo ainda molhado, Savoy, não sem tristeza, porque mesmo as coisas condenadas de antemão a não existir podiam causar tristeza, descartava essa linha de argumentação — como costumava chamar essas vidas possíveis que gostava de imaginar para si por um momento, com rigor, sem dúvida, mas também com a despreocupação que os prazos delimitados concedem, sabendo perfeitamente que alguma coisa, quase sempre ele mesmo, ou alguma coisa nele, talvez o medo, a indolência, a procrastinação, tornavam-nas impossíveis. E assim que a descartou, segundo um salomônico princípio hidrostático que rege também a física da imaginação, Castro entrou.

Soube que havia entrado — vindo de onde, não fazia a menor ideia. Castro! Como acontece com frequência com os nomes de pessoas longamente esquecidas que retornam, de início teve dificuldade em vê-lo como um nome, vê-lo sem sentido, como o que era, uma mera flecha expeditiva apontada para uma pessoa, e perdeu alguns segundos tentando entendê-lo, como se fosse uma palavra exótica, ou arcaica, ou própria de um jargão que não dominava. Depois — segunda aplicação do princípio hidrostático — o nome foi brutalmente desalojado por uma cara pequena, muito redonda e muito pálida, quase branca, com uma boca de um vermelho intenso e o cabelo preto, brilhante, surpreendentemente curto para os cânones da época, e uma franja que parecia traçada com tira-linhas e caía meio centímetro antes da linha de suas sobrancelhas, as mais negras e espessas que Savoy já tinha visto em uma garota. Era branca, preta e vermelha, Castro, pioneira de um sex appeal cadavérico que demoraria pelo menos vinte anos para emigrar da família Addams para as capas das revistas de adolescentes e que ela enriquecia com uns sorrisos imensos, bruscos como relâmpagos, e era sua namorada, embora nem ele nem ela usassem, nem cada um para si, muito menos entre eles, uma palavra que lhes dava medo (Castro) e asco (Savoy) e que, além disso, no quinto ano, dificilmente faria justiça ao grude forçoso, desconfiado, mil vezes combatido e, por fim, em casos obstinados como o de Castro e Savoy, de uma cumplicidade quase obscena, a que os condenara no primeiro dia de aula uma distribuição de carteiras arbitrária.

Como Savoy a adorava. Como disfarçava que a adorava, camuflando tudo o que fazia por e para ela — desde olhá-la quando entrava na classe na primeira hora da manhã, sempre sem fôlego (uma mãe com sono pesado), sobrecarregada pela fusão de maleta e mochila de couro que um tio trouxera para ela da Europa, e segui-la com sua mira telescópica até que se sentava a seu lado, até lhe emprestar o esquadro (um minuto depois de ter roubado o dela) ou as revistas em quadrinhos que lia clandestinamente, contrabandeadas dentro de pastas impecáveis, para não sucumbir ao tédio — com o disfarce casual, praticamente invisível, de uma relação de colegas de carteira, nem mais nem menos comprometida que a de dois empregados tomados como reféns em um assalto do qual pode ser que ninguém saia vivo. Não era bela em termos convencionais, nada bela, como ficava claro pelos cochichos sarcásticos com que glosava suas entradas na classe o comitê de harpias que fiscalizava os padrões de beleza da divisão, que esperava vê-la entrar com tanta impaciência quanto Savoy. Implicavam principalmente com seus sapatos, caros mas velhos, ou grandes demais, ou com fivelas exageradas, como de moda monárquica, e sempre pouco práticos, que costumavam deixá-la à margem do frenético menu de atividades físicas que estava em voga nos recreios (e que ela, aliás, detestava). Era muito magra; qualquer peso extra — um suéter ao redor do pescoço, um lenço na cabeça, óculos, uma pena caída de um pássaro doente que aterrissava num de seus ombros ossudos — e seus joelhos vesgueavam. Mas sua voz, também de outro feitio, como seus sapatos, era rouca e sugestiva, como de *flapper* dipsomaníaca. Só isso já era mais que suficiente para que Savoy se interessasse por ela. Os golpes de misericórdia — resultado não de interesse, mas de adoração —, Castro, porém, guardava na manga. Só Savoy, obrigado a dividir o banco com ela, estava autorizado a sofrê-los: uma dislexia leve (sovietizava os E, os F, os B, que escrevia ao contrário), asma (ah, que privilégio vê-la se agachar e, escondida debaixo do banco, como uma viciada, mandar duas doses agônicas de broncodilatador), paciente homeopática (era sulphur) em pleno auge antibiótico, uma fé que levava muito a sério — muito mais que sua mãe, que a combinava com os entusiastas, rudimentares psicofármacos da época — e a obrigava a andar o tempo todo com sua farmacopeia: pequenos conta-gotas com rótulos de outro século, envelopes com pós brancos, frasquinhos de glóbulos que, num relance, contava sempre sem se equivocar, e depois deixava dissolver na boca durante um longo tempo, com as mandíbulas ligeiramente tensas e um ar de extrema concentração. E a cereja do bolo: filha de pais separados, uma condição tão pouco frequente na época quanto o culto do evangelho do dr. Hahnemann, da qual Savoy se gabava de ser o único exemplar em toda a escola — até que Castro, atrasada vinte e cinco minutos, porque seu pai pensou que era a vez da mãe levá-la e vice-versa, fez sua aparição.

Castro! Não dividiam só o banco de estudos, fruto de uma decisão alheia, mas outro, escolhido, feito ou desfeito sob medida para a aliança que tinham estabelecido, um velho banco de praça esquecido em alguma mudança na saída da rampa que descia até a cozinha do refeitório da escola, onde juntava mofo a céu aberto, envolto nos perfumes pestilentos que chegavam do porão. Ali Castro passava os recreios, como que em penitência, olhando para a ponta dos sapatos e roendo os *snacks* — biscoitinhos de coquetel, rodelas de pepino, batata frita de pacote, torrones — que ela mesma resgatava de uma geladeira estragada ou de um guarda-comida com os cantos pretos de poeira. Savoy a acompanhou desde o primeiro dia, como se sua missão fosse não sair do pé dela de sol a sol. Mas o banco era precário: uns pregos enferrujados com as pontas para cima, como ogivas nucleares, arruinavam as poucas partes onde a madeira não estava podre. De modo que Castro passava o recreio sentada na única extremidade mais ou menos decente com Savoy de pé a seu lado, as mãos nos bolsos, chutando vez por outra uma pedra contrariada em direção ao pátio onde seus amigos, felizes, vandalizavam uma ensolarada manhã de inverno.

Toda tarde, à mesma hora, dez minutos antes do término da jornada escolar, um ritual ridículo os obrigava a guardar suas coisas e esperar quietos e em silêncio o som do sinal. Toda tarde, Savoy, com a mala pronta sobre a mesa e as mãos apoiadas sobre a mala, se virava para Castro e dizia: "E agora eu vou embora e você nunca mais vai me ver". Dizia isso sem intenção, como quem comenta uma informação sobre o tempo ou a última novidade do bairro: um defeito num semáforo, uma rua bloqueada, um negócio que fechou. Mas nesses dez longos minutos, a única coisa que ocupava a cabeça de Savoy era a ação do anúncio fatídico na cara de Castro: o enrubescimento gradual daquela palidez, daquelas pálpebras, daquela boca, o tremor que abria pequenos sulcos em seu queixo, a força com que seus dedos, finos e ossudos como galhinhos de uma árvore invernal, apertavam as correias de couro de sua maleta-mochila importada da Europa. E em dez minutos, graças à ordem de uma lista tão arbitrária quanto a distribuição de bancos, o nome de Savoy soava no ar, Savoy se levantava, apanhava sua mala, atravessava a sala de aula roçando os bancos com seus quadris e saía. E assim todos os dias durante um ano, às dez para as cinco da tarde. E na manhã seguinte, despontando sua cara de sono pela porta da classe, Castro lançava um olhar exploratório em direção ao banco e topava com o sorriso de Savoy, um sorriso firme, fiel, confiável — o esgar de um crápula amnésico —, que a inundava de alívio e felicidade, e durante nove horas, outra vez, era como se nada tivesse acontecido. Até que voltavam a faltar dez minutos para as cinco e tudo começava outra vez.

Savoy não era supersticioso. Ficava um pouco inquieto quando cédulas rabiscadas com correntes de salvação ou de catástrofe sobreviviam em seus bolsos mais tempo que o normal, como se os vaticínios que transportavam as preservassem do pecado de desaparecer numa transação comercial vulgar. Mas que o nome da melodiosa operadora de call center que atendia sua consulta no Panamá coincidisse com o da síndica do seu condomínio, uma escrivã miúda e ágil suspeita de manter tratos *non sanctos* com o diretor da administração, não era para ele um signo fatal de que a operação bancária que pretendia abreviar por telefone fosse aprofundar as perdas que tentava frear, e que a diminuta bateria de lítio de seu relógio — tão difícil de repor, aliás, sem se internar naquelas galerias poeirentas, sempre quase na hora de fechar ou do encerramento, especializadas em serviços técnicos de informática, casas de relojoaria e compra e venda de ouro e sex shops — tivesse decidido capitular às três e dezesseis não o predispunha em especial para uma hora da madrugada que costumava surpreendê-lo dormindo. Mas a aparição de Castro o deixara alarmado, e quando contou para Renée teve a impressão de que, mais do que para compartilhá-lo, porque sabia o quanto Renée apreciava esses sobressaltos da memória sentimental e com que pouca frequência ele os oferecia, fazia isso por medo de que a irrupção desses estilhaços de passado fosse um presságio e que Castro estivesse doente, em perigo, talvez morta, com a intenção de confirmar ou desmentir o pressentimento o quanto antes e a esperança, que naturalmente ele não confessou, de que Renée rastreasse Castro nas redes sociais, onde Savoy tinha uma vaga ideia de que esse tipo de ressurreições eram moeda corrente...

Renée escutou. Quando Savoy terminou, ficou olhando para ele em silêncio, esperando que algo delatasse o tipo particular de isca que tentava fazê-la morder. Dada a maneira ociosa em que o Savoy que conhecia ocupava seu lugar no mundo, custava a crer que ele tivesse um passado, quanto mais um em três dimensões, com zonas radiantes e atapetadas para seus monumentos oficiais e outras sombrias, mal sinalizadas, para seus feitos clandestinos, um passado suficientemente versátil, em todo caso, para esconder tesouros modestos, mas suculentos, como o que acabava de lhe servir de bandeja. Não foi a história de Castro que a convenceu. A garota, insuportável e enternecedora, na qual gostaria de se reconhecer, tinha tudo para ser uma invenção de Savoy ou, mais provável, uma criatura de um livro ilustrado para jovens (de onde Savoy a teria roubado). Desconcertou-a a emoção ansiosa, atabalhoada, com que Savoy começou a contá-la: o tipo de arrebatamento de quem precisa se livrar de algo que acaba de lhe acontecer, não se deleitar com um pesadelo noturno já desativado.

"Quer dizer que Castro", disse Renée, por fim. Havia uma pitada de charme na desconfiança de seu tom, como se flertasse, não com ele, nem com a emo avant la lettre que daí em diante sempre veria de joelhos, açoitada pelo fuste do sádico Savoy escolar, olhando para a câmera, quer dizer, para Renée, com um sorrisinho meio canalha, mas com a própria memória de Savoy e as surpresas que descobria que podia lhe trazer. Mas bastou que Renée entrasse em seu celular (e não "entrasse pelo celular", como Savoy insistia em dizer) e pusesse em marcha a pesquisa para que Savoy entendesse por que esse saldo de infância não se dissipou logo, assim que ressurgiu, como era normal que lhe acontecesse com esse tipo de lembrança. Não era Castro que importava para ele. Era a ideia, tão clara que o estremeceu, de que Castro já estava ali desde antes, muito antes que um dos ordenanças incompetentes aos quais confiara a guarda de seu passado a deixasse escapar. A ideia de que Castro era Carla, de que Carla era a forma escolhida pelo fantasma de Castro para voltar e se vingar, torturando Savoy com o mesmo libreto atroz, sentimental, com que Savoy a havia martirizado quarenta anos antes, todos os dias, às dez para as cinco da tarde, durante um ano inteiro.

"Pena", disse Renée: "Eu gostava mais da história sem fantasmas." O telefone dela começou a vibrar. Savoy fez menção de dizer alguma coisa: abriu a boca, levantou a mão — nada que chegasse a se desenhar no ar o suficiente para ser visível. Renée tinha os olhos cravados na tela. "Me dê licença um segundo", disse, levantando-se da mesa — o cinto de seu casaco serpenteou entre xícaras e taças sem tocá-las — e saindo para conversar na rua. Savoy, contrariado, procurou na mesa alguma coisa para espairecer. Acabou bicando os dois *amaretti* em que Renée não tinha tocado e os deixou cair dentro de sua boca como gotas. Liquidou de um trago o copo d'água. Enxugou a boca com dois guardanapos de papel, um dos quais — estampado com o batom sorridente de Renée — deixou-lhe um gosto de sabonete e cereja. Olhou-a pela janela: Renée falava dando voltas em torno de si mesma, com um estilo canino e confidencial, como uma espiã entusiasmada com a missão que lhe designaram depois de meses de espera. Numa das voltas ficou de frente para Savoy, levantou os olhos — a única coisa que se via dela, como se uma balaclava invisível tapasse seu rosto — e o olhou breve, furtivamente, e Savoy, que não tinha deixado de olhá-la, poderia jurar que estava falando dele. Estava falando dele. Mas dele na qualidade de quê? Seu amor impossível? Seu confidente? Seu lastro insuportável? O idiota babão que via a cuidadora de casas por quem se apaixonara até na imagem da namorada anoréxica em que tinha voltado a pensar depois de quarenta anos?

Se a história era de vingança, *tinha que* ter fantasmas. Nem que fosse só o fantasma de um prazer morto. Savoy se lembrou da pressão deliciosa, do toque de dois dedos frágeis, desesperados, que sentia na base do crânio, junto das orelhas, todos os dias, desde que se afastava do banco até que saía da sala de aula e se perdia no corredor da escola: os olhos laser de Castro apontando para ele, chamando-o, suplicando que se virasse e a olhasse mais uma vez antes de desaparecer no além pelo qual decidia deixá-la. Lembrou-se do prazer sublime de ser olhado de costas. Não era a versão invertida desse regozijo o que agora o atormentava? Carla tinha ido embora. Tudo o que fazia, tudo o que fizesse daí em diante, onde quer que estivesse, para ele seria um espetáculo. Tudo o que Savoy fizesse, por mais apaixonado ou discreto que fosse, seria uma gafe ou uma impertinência, como o comentário sarcástico que um espectador verte no ouvido de quem está a seu lado ou o crepitar de um papel metalizado de bala, que distraem o ator no exato momento de encetar o monólogo que irá afogar em sangue os demais personagens do drama. A menos que — Savoy teve uma ideia. Uma única, arrogante e prematura, que titilou com medo, sem saber quanto poderia durar, se era boa ou não, de que modo patético a arruinariam. Entrou uma rajada fria; Savoy sentiu seu golpe numa das faces. O céu se fechava de novo. Renée passou com as abas do casaco levantadas. Estava despenteada, tinha as bochechas muito vermelhas, como se tivesse corrido. Sentou-se devagar, sem parar de olhar para o telefone. "Tudo bem?", perguntou Savoy. Ela demorou um segundo: deixou o aparelho cair na mesa e, assim que a luz da tela se apagou, levantou os olhos e o fitou — primeiro sem vê-lo, usando seu rosto como pista de aterrissagem. Por fim se concentrou e assentiu, sorrindo com uma espécie de perplexidade divertida. "Era ele", disse. "Ele quem?" "O cara que está com o teu telefone."

Foi automático. Savoy fez a declaração que tantas vezes, feita por outros, o deixara desconfiado. Sentia-se nu, vexado, impotente etc. E a fez tão bem, tão convicto, que até sentiu em alguma parte do estômago o redemoinho gelado de inquietação daquele que "entra num quarto e percebe que não está vazio porque alguém fechou a porta nas suas costas". A descrição não era dele. Ele a ouvira de alguém que contava que tinham roubado seu telefone. Mas de quem? Quando? Ela o impressionou bastante, talvez por seu exagero. Quanto a ele, já fazia uns dias que estava sem telefone. Tinha parado de procurá-lo e quase de pensar nele. Talvez porque Carla estivesse longe, e Carla tinha sido a última razão, para não dizer a única, para que Savoy escavasse o velho Nokia da gaveta onde vegetava — a mesma, aliás, onde acabaria entesourando as moedas que foi encontrando após a partida de Carla — e o ressuscitasse com uma espécie de orgulho despeitado, emblema de uma resistência com a qual só tinha uma afinidade circunstancial. O aparelho tinha perdido toda importância. Nas poucas vezes em que voltou a passar por sua cabeça, aparecia sempre do mesmo modo, opaco, duas vezes mais feio e inútil do que de fato era, completamente irrelevante, e não só para Savoy, que no fim das contas tinha algum motivo para apreciá-lo, mas também, pensava, embaralhando essas ficções com as quais costuramos os saltos do real, para qualquer um que o tivesse encontrado por acaso, tentando recuperar umas moedas caídas na fresta tenebrosa entre o banco e a porta do táxi, ou entrando nesse mesmo táxi, jogado no chão, ao pisá-lo ou chutá-lo sem querer, ou no cinema, debaixo do assento, ou na sala de espera de um consultório médico, intercalado entre revistas e folhetos de laboratórios farmacêuticos.

Até então, Savoy não tinha dúvida de que o perdera. A mera possibilidade de um roubo lhe soava inacreditável, quase como um reconhecimento filantrópico. Por isso, quando Renée lhe deu a notícia, sua primeira reação foi de incredulidade. "Não pode ser", protestou, nervoso. Fez o mesmo esgar que os pais fazem nos filmes quando recebem um telefonema da polícia com a notícia de que encontraram seu filho morto, seu filho amado, jovem, saudável, um grande esportista, que meia hora antes viram chegar em forma, sorridente como sempre, e subir e se fechar em seu quarto para estudar. O mesmo esgar só que ao contrário, tingido não de espanto, mas de orgulho e satisfação, a tal ponto a confirmação do delito jogava sobre seu objeto uma pátina de prestígio que de outro modo ele nunca teria conseguido.

Renée o refreou. "Como sabe que o roubaram?" Para Savoy, agora, era óbvio. Não via outra possibilidade; qualquer outra possibilidade lhe parecia um retrocesso inconcebível. No entanto, por que não pensar que o haviam encontrado em algum lugar, ou comprado de boa-fé numa loja de produtos de segunda mão? Costumava acontecer. Metade dos telefones que circulavam pela cidade era roubada. "Foi isso que ele disse? Que o comprou numa loja de segunda mão?" Renée, um pouco incomodada, assentiu com a cabeça. "E você acreditou?" Durante alguns segundos não aconteceu nada. Um diálogo áspero de buzinas veio da rua, a máquina de café tossiu. Tinidos, vozes superpostas, alguém caindo na risada com um descaro cristalino. Até que Renée levantou os olhos e o fitou em silêncio, e Savoy viu em seu rosto uma expressão nova, tão nova que não conseguiria defini-la. Vacilou — e entendeu o drama desses tubos fluorescentes que piscam numa passagem subterrânea. Não era bobagem nem obsessão. Era algo ainda mais duro: uma espécie de fé. "O que mais ele te disse?" "Isso", disse Renée: "que o comprou num lugar de usados. Que o telefone não tinha sido formatado…" "E?" "E que tinha encontrado meu número entre os contatos." "O meu também estava lá." "Eu sei, Savoy", suspirou Renée: "eu que te coloquei nos contatos." "Eu quis dizer que ele podia ter ligado pra mim, se o que ele queria era devolver o telefone." "Ele não quer devolver o telefone." "Ah, não?" "Não." "Mas então o que ele quer?" "Não sei", disse Renée, dando de ombros: "Me conhecer?".

Dois dias depois, enquanto nadava, a pergunta de Renée continuava vibrando em seus ouvidos, nítida apesar da balbúrdia da piscina — jardins de infância, idosos, uma motosserra em pleno desenfreio *gore* no andar de cima. O tom era retórico, puro teatro de arrogância, como a própria Renée deixaria claro um segundo mais tarde, quando lhe confessou que tinha ficado de voltar a falar com o ladrão do Nokia para definir o dia, a hora e o lugar em que iriam se ver. "Nos ver", foi o que disse, e o "nos" coladinho ao verbo — um verbo tão curto, aliás, tão ávido pelo que vinha antes dele — o fez estremecer mais do que qualquer obscenidade. Era o tom afetado da pergunta, no entanto, que Savoy demorava a engolir. Continuava com aquele espinho cravado quando empurrou a porta do consultório — tinha retorno, rito mensal que Savoy tinha conseguido elevar a bimestral por alguns tostões — e surpreendeu o médico lendo as páginas esportivas do jornal, enquanto despachava uma salada de frutas num pote de plástico. Demorou a reconhecê-lo: rosto, pele impecável, o cabelo cortado rente, a dupla fileira de dentes perfeitos, brancos como leite. Tinha tudo para ser o médico de sempre, cujo negligente olho clínico já o indultara três vezes. Tudo menos —

"Ah, é que eu sou outro!", mencionou o médico, com dó do desconcerto de Savoy. Tinha acabado de chegar, o outro, e se chamava Ednodio. Ocuparia por um tempo o posto deixado vago por seu irmão gêmeo, tentado pelo salário que ofereciam a ele os donos de uma cadeia de lava-jatos. Era chef e ator, na verdade. Quando Savoy tirou as meias e lhe mostrou os pés, foi o Ednodio médico, no entanto — a menos convincente de suas personalidades, ainda que a única diplomada —, quem franziu o cenho.

"Não sou tão permissivo como meu irmão", ameaçou, batendo com o cabo da caneta esferográfica no começo de casco em que seu polegar estava se transformando, antes de carimbar o registro de retorno com um sorriso. Depois, como quem oferece um serviço clandestino, mostrou-lhe uma foto na qual aparecia com gorro e uniforme de cozinheiro, picando alguma coisa muito vermelha sobre uma tábua de madeira e olhando de esguelha para a câmara, mas Savoy não soube se a tinha tirado de seu portfólio de chef ou de ator. Ednodio voltou para a salada e protestou: "Vocês não fazem ideia do que é a fruta".

Savoy nadou rápido, mal, rosnando para as sombras de nadadores que bracejavam ao mesmo tempo. Esquecera de novo os tampões de ouvido no fundo da bolsa, embaixo das mudas de meia e de cueca, então entrou mais água que o normal em seus ouvidos. Ao sair, deu os pulinhos de praxe para tirá-la e caiu de mau jeito e o arco de um pé se contraiu num espasmo de dor. Voltou para o vestiário mancando. Havia momentos, por sorte, poucos mas felizes, em que o vestiário o acolhia com uma espécie de hospitalidade compreensiva, como um refúgio de montanha modesto, sem outro luxo além da grossura tosca de suas paredes de madeira e de seu teto, a humanidade enregelada de um grupo de montanhistas depois de uma descida arriscada. Assim que entrou foi envolvido por uma nuvem de vapor, sequela da mesma ducha que havia embaçado os espelhos, regado desnecessariamente o chão e vivificado o corpo meio flácido do nadador cujos calcanhares conseguiu ver, ao sair do vestiário, pela parte inferior da porta de vaivém, que ainda ia e vinha. A dor no pé começava a ceder. Savoy percebeu que estava sozinho: tinha o vestiário todo para ele. Um luxo raro, raríssimo, que vivia pela primeira vez e que temeu, de repente, não saber como aproveitar. Na dúvida, o esbanjou.

Assim que se sentou, abrindo as pernas exageradamente, como um jagunço com um dia cheio de suculentos acertos de contas pela frente, e ocupando com suas coisas um banco para quatro pessoas — luxo a que só se davam os deficientes do grupo das quintas à tarde —, Savoy escutou a música que um dos velhos alto-falantes, provavelmente o único que funcionava, pendurado num cabo pouco confiável, entornava diretamente sobre sua cabeça. Sabia que tocava música desde sempre, claro. Nunca tinha prestado muita atenção, mas estava certo de que clubes desse tipo raras vezes suportavam o silêncio dos espaços comuns. Agora, em compensação, a escutava pela primeira vez, como se dedos sutis, enluvados, tivessem-no libertado de sua antiga membrana de surdo. E o que Savoy escutava não era só o que estava tocando agora, Culture Club, "Karma Chameleon", mas *tudo* o que já havia tocado e que ele tinha ignorado dia após dia desde sua primeira vez na piscina, Phil Collins, Eurythmics, Rod Stewart, Duran Duran, Erasure, Annie Lennox, o Paul McCartney de "Live and Let Die". E agora não só escutava tudo com perfeita nitidez, poderia jurar que também na mesma ordem e com as mesmas frituras chiantes cuspidas anteriormente por esse alto-falante, como descobria que conhecia e reconhecia tudo, todas e cada uma das músicas, com seus arranjos originais e os nomes de seus autores e bandas e até a maquiagem, a roupa e a coreografia que exibiam e dançavam nos vídeos que acompanharam o lançamento das músicas, tanto que se nesse momento alguém entrasse no vestiário e o desafiasse a reproduzir de memória um verso, um só, de "Karma Chameleon", Savoy, sem pensar duas vezes, teria tapado a boca da pessoa recitando a canção inteira, do princípio ao fim, sem hesitar nem se equivocar, como se essa bendita música e todas as que a haviam precedido e sucedido no precário sistema de áudio do clube desde que começara a nadar, Savoy, longe de mantê-las à distância, fora do raio de sua memória, não teria passado um dia, na verdade, sem lhes dar ouvidos, sem captá-

-las e entesourá-las até o mínimo detalhe, como seu bem mais valioso e mais íntimo.

E, no entanto, ele as odiava. Como as odiava. Como reconhecia tudo o que odiava nelas agora que as escutava: as superfícies brilhantes, esse entusiasmo de véspera de festa adolescente, o metalizado de figurinos e cenários, os transbordamentos de cor, a histeria da imagem, tudo o que quando jovem intuía ou ouvia dizer que irradiavam — porque se proibia de conferir por conta própria, ligando de uma vez o rádio ou se sentando diante da tevê, mesmo que a proibição não se apresentasse como tal, e também não fosse idiota, mas disfarçada de uma indiferença aristocrática, o tipo de desdém sem ênfase com que desqualificamos as coisas vãs nas quais prestaríamos atenção, sem dúvida para confirmar que não valem nada, se algo mais urgente e mais profundo não tomasse todo nosso valioso tempo. Mas não há melhor conservante que o esquecimento, e o ditado do poeta, que Savoy não conhecia, não podia ser mais bem aplicado a ninguém senão a ele e à obstinação, à fidelidade e ao escrúpulo sagrado com que algo nele registrara tudo o que quando jovem havia odiado, ao mesmo tempo que desembocava numa imunidade que considerava inexpugnável. Sim, teria cantado "Karma Chameleon" sem tropeçar numa só sílaba, sem errar uma só entrada e sem forçar a métrica substituindo uma palavra por outra, e qualquer um que tivesse tido a honra de presenciar sua interpretação teria notado, primeiro com surpresa, depois com admiração, por fim com desconforto, como quem, absorto no fenômeno, não sabe se o telefone para o qual deve ligar é o do atendimento médico de urgência ou o da produção do talk show de monstros que bate recordes de audiência na hora da sesta, que não havia ali, em sentido estrito, nenhuma interpretação, nenhuma das variáveis mais ou menos aleatórias implícitas na evocação e na atualização de um material armazenado na memória (o que sem dúvida explicava a infalibilidade com que Savoy teria entoado a canção), mas uma transmissão no sentido mais mecânico da palavra, a reprodução sem filtro, mas também sem nenhuma intenção, nem desejo, afeto ou juízo, de um desses patrimônios íntimos que ninguém procurou nem fez nada para acumular, mas que estão aí inteiros, sem um arranhão, amparados pelo mesmo milagre que os implantou, igual ao aramaico, ao chinês mandarim, ao híndi ou a qualquer uma das línguas malucas que o pentecostal subalfabetizado vê brotar, incrédulo, de seus próprios lábios em pleno arroubo glossolálico.

Então espirrou — não Savoy, embora estivesse quase, porque estava esfriando e a luz do tubo fluorescente fazia cócegas em seu nariz, mas um nadador que tinha acabado de entrar no vestiário e avançava entre a parede de espelhos e a fileira de chuveiros, esfregando a cabeça com fúria e com uma toalha roxa que poderia envolvê-lo por inteiro. Espirrou e cantarolou, nessa ordem — ainda que o espiro pudesse ter interrompido o cantarolar, que vinha de antes, da própria piscina, provavelmente, onde a música também estava tocando —, a melodia da qual Savoy sabia que já não conseguiria se livrar, e de repente, assomando uma cabeça incrivelmente pequena por entre as pétalas da toalha, descobriu Savoy sentado, de pernas abertas, olhando para ele, e para driblar o embaraço, dobrando a aposta, decidiu pôr letra na música e levou o cantarolar ao canto, ao hino solene, exagerado, operístico, com que os fanáticos de cabelos brancos continuam honrando os fervores que os sobressaltaram quando eram jovens. Cantou duas estrofes inteiras de "Karma Chameleon" praticamente na cara dele, em modo hooligan, pondo a toalha como peruca e sacudindo os braços no ar, um convite ao duelo ou à cumplicidade — deviam ser coetâneos — que Savoy aceitou cantando o refrão entredentes. Aproveitou que o outro entrou no chuveiro, arriado por seu ímpeto vociferante — "Eu vi ao vivo! 'Viados!', gritavam pra eles. 'Viados!' E eu! Vi! Ao vivo!" —, para recomeçar, ou melhor, para começar a se vestir, e Savoy fez isso tão rápido que quando começou já tinha terminado e as gotas de nadar eram de suar.

A desconfiança não tolera uma coisa de cada vez. Vê pares por toda parte, alianças, famílias. No buffet, de repente, enquanto Savoy notava um gostinho rançoso em seu Gatorade, poção que sempre pensara ser imune ao envelhecimento, o groupie do Culture Club começou a orbitar ao redor do buraco negro deixado por seu telefone roubado, da mesma forma que a cadela da recepção, menos hostil nessa tarde do que de costume, e que a garota que levara a garrafa para ele até a mesa, em cujo sorriso diastêmico teve a impressão de ver um reluzente lampejo de deboche. Todos podiam ser culpados. Talvez um deles tivesse ficado com o aparelho, mas os outros o tinham celebrado, ou encoberto, ou ignorado. Savoy viu a sequência inteira, com sentimentalismo e seus fade-ins encadeados: o Nokia escorregando pela fresta do banco de madeira do vestiário; o Nokia no chão; o Nokia interceptando o esfregão apático do funcionário da limpeza; o Nokia — como um escravo núbio velho e fraco — nas mãos da menina do buffet, da cadela da recepção, do fã do Culture Club. Era esse crápula, então, o pretendente de Renée? O que usava *seu* telefone para sussurrar-lhe coisas? Teve o impulso de ficar ali, de encará-lo quando aparecesse no buffet. Tinha que aparecer. A porta de vaivém, o corredorzinho, o buffet... Era o único caminho. Não havia outra maneira de sair. Mas para lhe dizer o quê? Nada sobre Renée, isso com certeza. Embora tivesse algumas coisas para dizer. Ideias não exatamente fervorosas sobre o futuro de uma relação nascida do roubo de um telefone fora de linha. Dúvidas sobre temas provavelmente menores como "amor e confiança", "amor e suspeita", "amor e medo", que já tinha avaliado no bar, ao saber por Renée do rumo que a situação estava tomando, em três mesas redondas mentais breves e conclusivas, e que, vendo o papel patético que desempenhava nelas, havia reprimido.

Não, ia se concentrar no telefone. O roubo: isso era "objetivo". Cruzaria com ele ali, diante do janelão — estranho que tivesse tão pouca gente nadando, que bonitas as letras de luz que os raios de sol escreviam na água —, e lhe diria: "Acho que você está com uma coisa minha". Savoy saboreava a frase, perguntava-se onde a escutara antes, se na ficção ou na vida, quando viu entrar pela direita de seu campo visual um telefone pequeno e preto, primo jovem de seu Nokia roubado, estendido por uma mão muito pálida que florescia em dedos finos, rematados por unhas pintadas de lilás e roídas até o sabugo, uma mão que se comunicava com um antebraço coberto de tatuagens — flechas, correntes, corações, dois versos muito curtos de uma canção que teria gostado que lhe agradasse — e além, mais acima, depois de um braço incrivelmente peludo e de um ombro pontudo, com três pintas alinhadas, a cara da garota do buffet, com seu cabelo tingido horroroso e seus dentes separados, que olhava para ele e dizia: "Ligação pra você". Savoy fitou-a com a boca aberta e a garota encostou o telefone em seu ouvido, como faria com um inválido. "Isso é teu?", Savoy ouviu uma voz distante lhe dizer. Levantou a vista e pelo janelão que dava para a piscina viu o salva-vidas sacudindo uns óculos no ar. Os seus.

"Coitadinho: você não tem paz", Carla lhe disse naquela noite, depois que ele fez um relato um pouco exagerado de seus pesares. Foi só isso que lhe disse. E disse sem olhar para ele, de perfil, com essa voz baixa com que os lábios dizem o que a cabeça não tem tempo ou vontade de pensar. E Savoy teve a impressão de que a falta de paz que a deixava com pena dele não se devia ao roubo do telefone — falou "perda" nas duas vezes que o mencionou, e nunca "telefone": *cachivache* —, e sim à lealdade do sistema de som da piscina ao pop dos anos 1980, talvez fundada num acordo comercial não escrito cujos beneficiários — colegas de natação de Savoy, provavelmente — tinham mais de um motivo para ser anônimos. Como ela estava linda com seu turbante de toalha, e com que cuidado pintava as unhas à luz trêmula das velas, desperdiçando na tarefa boa parte da atenção que Savoy preferiria atrair com a crônica de seus últimos dias. Vendo-o na tela, estranhou, por um momento, sentir o cheiro do esmalte, sentir sua toxicidade alcoólica pueril, tão parecida com a dos marcadores de tinta permanente, hipnótico legal de sua infância. Privado da compaixão que esperava, ou melhor, de sua ênfase, que era a única coisa que funcionava com ele nesses casos, Savoy se criticou depois em voz alta por tudo o que um dia já tinha sido criticado por Carla (que continuou insistindo com o tal do *cachivache*) e pela própria Renée (que não teria configurado uma chave de segurança no telefone) antes, mas não tão antes, de que essa mesma imprevidência de Savoy desempenhasse para ela a função providencial que lhe prometiam em vão os aplicativos de encontros.

"Tudo isso tem solução", disse Carla, virando-se para ele pela primeira vez. E enquanto assoprava as unhas da mão esmaltada, altiva como uma pistoleira que já não se lembra de como eram as coisas quando nem sempre acertava no alvo, usou um par de dedos da outra, os dois mais longos e mais hábeis, para levantar a barra do short na região da virilha e futucar, talvez coçar um pouco a faixa de púbis que ardia quando ela se excedia ao se depilar. Não foi isso que Savoy viu. Foi o que poderia ter visto se as velas tivessem iluminado alguma coisa além do círculo onde Carla tinha estado pintando as unhas. Mas as velas eram avarentas, quase tanto, talvez, quanto os donos de casa que, hostis à eletricidade e ao petróleo, viviam sem luz, ou melhor, "sem o que os vândalos que destroem todos os dias este planeta chamam de luz", como falavam na *Gazette* quando descreviam a casa, regra que tinham aceitado violar parcialmente e só nesse caso, porque queriam Carla, e não um *house sitter* qualquer, e para que ela pudesse continuar com suas aulas on-line. "Será que não tem um abajurzinho?", Savoy se ouviu perguntar sem fé. Havia a tela de Carla, única fonte de luz não genuína, mais que insuficiente, aliás, para branquear suas aventuras no submundo inguinal. Mas isso — esse arroubo de lânguida exploração prestidigital — foi, em todo caso, o que Savoy assumiu que estava acontecendo para se sentir no direito de retrucar, em seu caso sem claro-escuros, baixando primeiro o fecho da braguilha e depois, num acesso de impaciência, porque o fecho parecia ter outros planos, as próprias calças, que jazeram a seus pés, como nas tirinhas de exibicionistas, num estranho, flácido, abandono. Depois, fiéis ao costume que tinham contraído com os encontros por Skype — comentavam o que faziam assim que terminavam de fazer, como se só o comentário sancionasse a realidade do que tinham feito — disseram um para o outro que tinham gostado. Mas Savoy mentiu, ou não disse toda a verdade, se é que havia uma digna de chamar de toda. Não disse que não tinha gozado, que não eram só suas calças que estavam abandonadas. Claro que a desejava, e com uma intensidade que era difícil para ele suportar, tão longe estava do alívio que poderia lhe aportar um desafogo prosaico demais. Mas não podia deixar de olhar para ela, e ainda que num primeiro momento o estimulasse, essa fascinação pela imagem, suporte, de algum modo, de uma indústria planetária, em seu caso não demorava a anular qualquer outra ação, desfazendo todo vínculo causal entre aquilo que via — mesmo que o que visse fosse a versão mosaico bizantino da cara de Carla em êxtase, mordendo os próprios lábios, com aquelas estrelinhas vermelhas —, vasos vãos, vilões — estourando em sua pele pálida à medida que se entregava ao gozo —, e as terminações nervosas de seu corpo.

Além do mais — Savoy achava incrível que de uma hora para outra, como se nada tivesse acontecido, eles passassem às coisas do dia a dia —, Carla estava bem, voltara a correr, tinha um parque a duas quadras e um par de alunos novos. Estava contente por não ter nada nem ninguém de quem cuidar por duas semanas — as orquídeas de Praga e a dupla de pugs de Budapeste tinham-na esgotado. Desde que vivia sem luz dormia além da conta. Mais de uma vez topara em sonhos com os tipos de vela que a surpreendiam de dia nos cantos mais inesperados da casa: velas-cáctus, velas-relógio, uma vela-dildo de um rosado perfeito, hiper-realista, com seu prepúcio puxado e sua coriácea veia central, e até uma série irônica que replicava — do abajur à luminária de leitura, passando pela lamparina, a lanterna de pilhas, o tubo fluorescente — todos os artefatos de iluminação proibidos pelos donos da casa. Estava cansada. Movia-se em câmara lenta. Dias atrás adormecera no banco de um museu, olhando para o segurança da sala, que estava dormindo em pé. "Quando você volta?", interrompeu-a Savoy. "Não sei", disse ela. Deu de ombros: "Não me ligam aí de Buenos Aires", disse, e estendeu os dedos esmaltados e os olhou fixamente. "Eu ligo pra você, Carla", disse Savoy. E a ideia única, arrogante, prematura — a ideia voltou. "Eu te amo", disse.

Savoy disse isso justo quando Carla, depois de assoprar uma unha, uma que parecia secar muito longe, sem vontade, levantava os olhos e voltava a olhar para ele, e quando ele terminou de falar Carla continuava lá, olhando fixo, distante e ao mesmo tempo encurralada, sem saber o que dizer. Savoy pensou que tinha cometido um erro fatal. Talvez a carta que se arriscara a jogar fosse a boa, a mais alta, a carta de triunfo. Mas agora, como saberia? Como saberia agora, que não estava mais na mesa, que já fora engolida pelo abismo dessa mancada maiúscula, irreparável? No entanto, não podia retroceder, não, não mais, de modo que apoiou os cotovelos na mesa e aproximou o rosto da tela e, como se a desafiasse, repetiu mais alto: "Eu te amo, Carla". Esperou alguns segundos por um sinal de reciprocidade; depois, vendo que não chegava, esperou uma reação, qualquer que fosse, um gesto, um trejeito, um tique que libertasse esse rosto amado, cinco minutos atrás transportado ao céu cego do prazer, da máscara impassível que o ocultava. Desanimado, estendeu por fim a mão para desconectar. O cursor procurava, trêmulo, o pequeno círculo vermelho quando a cara sempre impávida de Carla desapareceu repentinamente, e em algum lugar soou o sinal da imagem ida, uma nota opaca, dissonante, equivalente ao plop! que Savoy costumava jurar que ouvia nos cartuns quando um dos personagens, a vítima da anedota, fulminado pela perplexidade, de repente caía para trás de ponta-cabeça e com as pernas no ar, e a tela escureceu por completo.

Pouco depois a campainha do Skype voltou a repicar, da primeira vez breve, confiante, da segunda, mais insistente. Savoy não atendeu. Deixou-a tocar por um bom tempo, encher o quarto e a casa e o espaço imenso e desolado de sua cabeça com aquela repercussão que pôde conhecer tão bem, da qual talvez estivesse se despedindo: uma bola de pingue-pongue de bronze batendo com certa parcimônia musical nas paredes de uma cápsula-gongo funesta. Deixou-a soar, ricochetear, até que se apagou, e Savoy fechou o computador e se levantou, e quando aproximou a cadeira da escrivaninha com cuidado, sem fazer barulho, como teria feito num lugar público cheio de regras, uma biblioteca, por exemplo, viu que a escrivaninha estava vazia, nua, e percebeu que enquanto a campainha repicava, como num ritual higiênico, ou fúnebre, tinha guardado nas gavetas todas as bugigangas que costumavam povoá-la, que raras vezes usava ou que só usava para se distrair ou fingir que estava ocupado.

Ficou um dia e meio sem se sentar diante do computador. Não foi um jejum radical, porque sabia que também não eram tantas assim as solicitações que desdenhava com sua indiferença. Mas havia um sinal corporal, um misto de dor e de orgulho, como a sequela de um ferimento que, já cicatrizado, continua irradiando, em entrar no quarto para fazer alguma coisa, guardar a roupa ou recolhê-la, trocar lençóis, fechar uma janela, e fazer isso sem se aproximar da escrivaninha, até mesmo sem olhar, às vezes, a caixa plana, preta, do computador. E o mero fato de pensar que Carla podia estar ligando e topando uma, três, dez vezes — havia várias Carlas em dança em sua imaginação, cada uma com seu grau de surpresa, de alarme, de ansiedade — com a consistência opaca de seu silêncio, fosse qual fosse a imagem, o "status" com que esse silêncio se manifestasse diante dela, determinados não por Savoy, naturalmente, mas pelo próprio programa, lhe dava talvez o sentido que Savoy não teria sido capaz de lhe dar, não, pelo menos, nesse momento, quando seu único objetivo ao fechar o computador foi circunscrever, isolar um fenômeno que não conhecia mas do qual já percebia os efeitos funestos, um pouco como uma brigada de jovens reservistas veda com cargas de cimento, para impedir mais infiltrações, as fauces de uma usina nuclear em chamas.

Nadou. O que podia fazer? Mas a água estava tão fria, tão traiçoeiro o gume do degrau com que cortou o canto do pé, que só percebeu, sozinho no vestiário, ao ver o pé sangrando. Foi ao cinema — uma porcaria escolhida com raiva — e chegou tarde, com o filme já rolando, e pouco antes de as luzes da sala se acenderem se jogou no chão e esperou escondido que a sessão seguinte começasse para ver os dez minutos que tinha perdido, como quando era menino e as sessões eram corridas. Falou com Renée, que declinou do convite para o cinema e, por sua vez, com a rapidez de um golpe de judô, consultou-o sobre restaurantes, e quando Savoy objetou que esse era um departamento sobre o qual era ele que costumava consultá-la, Renée, com um tom triunfal armazenado durante tanto tempo que estava quase fermentando, disse que sim, de fato, que era isso mesmo e provavelmente continuaria sendo, mas que pensou que talvez pudesse tirar proveito da atualização em matéria de saídas românticas a que o forçara a aparição de "sua holandesa"... Voltou a nadar e, outra vez sozinho no vestiário — curioso como o mundo, às vezes, fazendo uma concessão graciosa, mimava seus estados em vez de provocá-los —, olhou para o pé com o ferimento exposto e, enquanto pensava no band-aid que agora, longe, flutuava na água da piscina, reconheceu a voz de Laura Branigan, e subiu nu no banco e com um puxão seco cortou o cabo já gasto do alto-falante, que emudeceu e caiu no piso molhado. "Tão argentino", teve tempo de pensar: "o cabo em que estava pendurado era o mesmo que o fazia soar."

Trinta e seis horas e um minuto depois, como se vencem os prazos nos contos de fadas, Savoy capitulou. Reuniu seu círculo de confiança — o grampeador, o furador, o porta-lápis, a pilhinha de *post-its*, um *pack* de cinco cadernetas de capa mole que ainda nem tinha libertado de seu colete de celofane —, testemunhas silenciosas de seus encontros com Carla, e despertou o computador como de costume, primeiro batendo na barra de espaço, depois, já que não havia resposta, e havia nesse reencontro um pouco de rancor inconfesso, e mesmo de medo, levantando-o com as duas mãos e deixando-o cair sobre a escrivaninha. Fazia quanto tempo que não passava pelo Chatroulette? E, no entanto, nada havia mudado. As boas-vindas ainda eram de um minimalismo precário, quase artesanal; a parte gráfica, um prodígio de preguiça; a falta de estímulos e ganchos visuais, uma declaração de princípios. Talvez fosse isso, também, o que o atraía na plataforma: sua total indiferença à atualização, seu desinteresse por modismos, sua maneira despreocupada mas irredutível de perseverar numa ideia, numa imagem, numa fórmula — as originais, com as quais havia nascido, designadas pelo entusiasmo desenfreado de uma inspiração adolescente e também por sua preguiça, sua indolência, sua fraqueza procrastinadora — e não se mover dali por nada no mundo. Gostou até mais disso, dessa vez, dessa espécie de mística *grunge*, da qual o próprio Savoy ignorava ser tão cúmplice, que da galeria de flashes de vida que tinha para lhe oferecer. Gostou tanto que tolerou com benevolência as dificuldades que costumavam exasperá-lo, como quando a noite caía na pequena janela central pela qual desfilavam os *partners* e a plataforma continuava "buscando", ou a câmara por algum motivo se negava a registrá-lo, e a plataforma, com seu dialeto aborígene em versão colonial, avisava e lhe pedia: *Search rejected because no face was found. Please try again.* Era curioso, pensou, que a plataforma insistisse em buscar rostos, e até se chateasse um pouco ao não os encontrar, quando as estrelas que animavam seus clarões de conexão eram principalmente picas, picas de todo tipo, tamanho e raça, eretas ou rumo à ereção, picas isoladas, recortadas como que por um campo cirúrgico do corpo ao qual pertenciam e divorciadas do rosto com o qual em algum momento, se tudo desse certo, e se isso que Savoy via de novo depois de meses acontecia, de fato, no mundo chamado humano, compartilhariam a felicidade deparada por um mesmo rapto de efusão sanguínea. Isso, naturalmente, se gozassem em algum momento, coisa de que Savoy sempre duvidou. Não tinha um recorde de milhagem na plataforma, mas a frequentara o suficiente, e embora centenas de picas tivessem desfilado diante dele em diferentes fases do transe masturbatório, acabou não vendo nenhuma na hora de gozar. Nem uma. E isso, que podia chamar a atenção e não só por motivos probabilísticos, porque era estranho que, entregue à lógica do pornô *amateur*, a plataforma não deixasse nenhuma pedra bruta sem mostrar, da textura de um freio até uma virilha com eczema, passando pelas dobras de uma cama desarrumada ou pelo algodão sujo de uma cueca, mas omitisse o que se supunha que fosse seu número central, aparecia como uma evidência, inclusive como a única possibilidade, assim que Savoy comprovava a indolência, a falta de ímpeto, a apatia dessas cenas de punheta, a absoluta falta de direção dessas mãos atarefadas em massagear, a sensação de desleixo e preguiça que transmitiam. Não havia progresso nessa punheta tântrica. Gozar? Não: gozar era justamente o que os chatrouletters não queriam. Era o que retardavam, o que adiavam várias vezes, até que se evaporava totalmente no horizonte, batendo punheta como quem faz hora ou mata o tempo, se entedia na frente da tevê ou escutando no telefone uma voz que não suporta, mas que tem que aguentar, como esses garotos que se tocam enquanto desenham ou põem em cena combates entre monstros. Mas num certo momento, Savoy surpreendeu a sucessão milagrosa de dois rostos, os dois de mulheres, os dois bonitos do seu jeito, a beleza triste e sonhadora das mulheres que olham fumando por uma janela, e percebeu que era isso, rostos, o que procurava, e que se tinha ido procurá-los ali, onde cada vez havia menos chance de encontrá-los, era só por uma espécie de reflexo atávico, tão doente de preguiça, provavelmente, quanto o adolescente que tinha criado o Chatroulette em seu covil pestilento de Moscou e as centenas de milhares de mãos que amassavam, enrolavam, untavam, beliscavam o pau na plataforma. Ele viu, quis detê-los, perdeu-os. Estava com o microfone desativado, o volume no zero, algo assim, e eles nem sequer olharam para ele. Perdeu-os para sempre.

Mas tinha os rostos de Carla. Estavam ali mesmo: do lado, debaixo, entre, no canto, onde quer que as coisas estivessem nas telas. "Rostos de Carla", dizia a pasta. Fechou o Chatroulette — deixando pela metade o lentíssimo striptease de mamilos de um torso pálido — e a abriu sem pensar, sabendo — porque sabia sem pensar, Savoy: era seu talento — que num segundo de fraqueza detonava trinta e sete horas de admirável, árida, integridade. Sua coleção de Carlas. Havia cerca de uma dúzia. Ele as reunira no decorrer das semanas e das viagens, pontual, mas sem premeditação. Esses rostos, Savoy os roubara, como outros tão ressentidos quanto ele aproveitavam a menor distração para roubar da casa de um viajante inveterado os souvenirs de todos os paraísos nos quais nunca haviam estado. Cada rosto era a lembrança de uma casa na qual não tinha parado, uma cama onde não tinha dormido, uma mesa que não tinha usado para comer, um banheiro no qual não tinha cortado as unhas nem mijado. Abriu-as como gostava de abri-las — outra cortesia de Renée —, todas ao mesmo tempo, com o efeito acordeom com que um crupiê ou um taful embaralha as cartas para impressionar as amantes de jogadores compulsivos, e num instante, alinhadas, escalonadas, as caras levantaram uma espécie de voo oriental e se dirigiram para Savoy como se fossem sair da tela, mas ficaram congeladas um segundo antes, as maiores em primeiro plano, progressivamente menores as demais, numa guirlanda imóvel de Carlas sorridentes, ensimesmadas, com turbante, comendo, escovando os dentes, dançando, dormindo, beijando-o.

Era o rosto mais bonito que já vira. E já vira muitos. Na verdade, desde sempre ele os colecionava. Aos doze, treze, catorze anos, essa idade em que a maioria dos varões da sua geração, exaltados pela febre hormonal, avaliavam as garotas conforme o impulso de meter nelas as picas — as mesmas picas arroxeadas, tristes, de suplemento pornô de jornal sensacionalista, que se deixavam massagear no Chatroulette sem chegar a nada — que lhes inspirasse o que os *jumpers*, a roupa de ginástica ou um ou outro traje de banho, prodígio tão excepcional quanto a passagem de um cometa, presente único, inesquecível do companheiro ou da companheira que fazia aniversário no verão e decidia comemorá-lo num sábado à tarde na piscina de um clube, permitindo que vissem seu corpo, e consideravam todo o resto irrelevante, até obstrutivo, estorvos interpostos no caminho entre picas e aquilo, furo, forno, nicho, fauce cálida, buraco negro, como quer que se chamasse o que as garotas tinham entre as pernas para recebê-las, que devia ser instantâneo, Savoy, tão excitado quanto seus colegas, já sentia a atração, o chamado misterioso dos rostos. Havia ali uma transparência, uma obviedade, uma maneira de se oferecer que o fascinavam. De alguma forma, estava tudo ali, pensava, nessa paisagem: só era preciso saber ler. Ao contrário de seus colegas, que nunca davam um veredicto sobre uma garota desconhecida antes de vê-la se levantar e se mover de corpo inteiro diante deles, Savoy, de seu banco, pedia, rogava em silêncio para que a garota de cujo rosto se enamorara não se movesse de seu banco, convencido, de maneira inversa mas simétrica, de que "todo o resto" — esses espetáculos parciais do corpo aos quais as picas de seus congêneres pareciam responder como soldados, como bufões —, ao distraí-lo, o despertaria de seu feitiço. O que fazer com um rosto, fosse bonito ou feio, para que não estorvasse, era fácil: era só "tapá-lo com o travesseiro", segundo a fórmula asfixiante que a época punha à disposição dos adoradores de corpos. O que fazer com um corpo era mais complicado. Savoy escolheu os primeiros planos, ou seja: idolatrar. Se os demais matavam por asfixia, Savoy cortava cabeças.

Três dias mais tarde, como se nada tivesse acontecido, Carla reapareceu. Reapareceu na posição, com aquela proeminência de cinema mudo com que Savoy gostava de descobri-la: no centro de sua tela, ocupando-a praticamente inteira, com o cocuruto roçando a moldura superior e o queixo, a inferior. Puro rosto, como as antigas fotos três por quatro das carteiras de identidade. Estava num aeroporto (alto-falantes, o fragor inconfundível do tráfego de corpos, como o de uma chapelaria abarrotada de gente, zíperes se abrindo e se fechando, algo muito efervescente que se soltava sem aviso, coroado por risadas e maldições orientais), esperando, disse, um voo que já fora adiado duas vezes. Amsterdam, Rotterdam, Nottingham — Savoy, ainda aturdido pela surpresa de tê-la à sua frente, não conseguiu guardar o destino. Viu que seus lábios brilhavam, como se untados com esses bálsamos que punha quando rachavam. Brilhavam, na verdade, pelo óleo do *wrap* com o qual Savoy viu que ela estava lutando assim que Carla mudou de posição e a imagem se ampliou, e que ia perdendo seu valioso recheio vegano por toda parte, adornando-lhe mãos e dedos com uma estranha e colorida *bijouterie* vegetal. Estava contente, mesmo não tendo dormido muito: baldeações de trem, demoras, torcedores comemorando um campeonato em voz alta… Talvez daí, dessa vigília forçada, viesse o estranho ímpeto, essa espécie de inquietação urgente com que comia, bebia e falava ao mesmo tempo, quando era evidente que já não tinha fome, que não via a hora de se desfazer daquela polpa que lambuzava suas mãos e que tampouco tinha muito a dizer. Era só mais um Skype, um desses contatos "técnicos" fora do programa que Carla costumava estabelecer entre dois encontros importantes, principalmente quando estava viajando, para atenuar a ansiedade da espera e a falta de notícias, dedicados a dar sinais de vida, atualizar paradeiros, anunciar movimentos, planos, prazos: isso que um dia, pondo entre aspas, para se antecipar às gozações de Savoy, tinha chamado de *updatear*. Savoy, que sempre os aceitara a contragosto — era difícil suportar sua funcionalidade, signo, para ele, de baixa carga romântica —, agora, de repente, pelo menos nesse caso, não podia deixar de prestar atenção neles. Depois da última comunicação, que pesava sobre ele como um céu de chumbo, o simples fato de acontecer já era uma anomalia desconcertante. E, como o desanimado que vê tudo o que rompe o horizonte do desânimo como uma novidade, um auspício, não importa quão obscuro ou equívoco seja, Savoy não se opôs, e até aceitou coisas que de outro modo teria considerado inadmissíveis — que Carla, enquanto falava, por exemplo, não parasse de digitar, e que seus olhos se deixassem arrastar para um dos lados da tela, sintoma, para Savoy, de que havia reduzido a janela dentro da qual o via para continuar trabalhando nas laterais da tela, a mais afrontosa das desfeitas —, só pelo impacto que lhe causava a naturalidade com que ela retomava algo que para ele, à luz da "cena da declaração", como a chamava, estava nas últimas. Mas enquanto a via entregue a coisas, gestos, pequenas ações que eram meros preparativos, ajustar os fones nas orelhas, abrir e fechar compartimentos da mochila, arregaçar a camisa, revisar cartões de embarque, Savoy não conseguia deixar de se perguntar como era possível que nada nela, absolutamente nada, nada em seus olhos, nem em seu tom de voz, nem em sua atitude, refletisse sequer de maneira parcial, ou refratada, ou até mesmo indiferente, o desapontamento que se apossara dele. Era como se a "cena da declaração" tivesse acontecido em dois mundos diferentes, com um sentido diferente em cada um deles, de tal forma que era difícil dizer que fosse a mesma cena. Mas *era* a mesma. Savoy tinha provas... Não: teria se tivesse tido reflexos rápidos o bastante para fazer uma captura de tela no momento da declaração. Se ele tinha a prova, tinha só na lembrança, onde só servia para atormentá-lo. Ou não, nem sequer na lembrança, porque tê-la na lembrança seria tê-la, de certo modo, à distância, disponível mas separada dele, ainda que fosse apenas pela defasagem infinitesimal da recordação, e o rosto congelado de Carla, essa espécie de máscara atroz, esvaziada, inapelável, Savoy o levava consigo desde aquele dia, o levava sobre, dentro dele, ao seu redor, envolvendo-o e confundindo-se com ele, e estava mais presente para ele que tudo o que o presente se esforçasse em lhe propor para aliviá-lo — incluindo Carla, a Carla tresnoitada, um pouco maníaca, que agora, enquanto aproximava o rosto da tela e entrecerrava os olhos, como se tivesse dificuldade para ler algo escrito numa letra muito pequena, lhe perguntava lá de um aeroporto: "E aí? Qual foi o último hit do DJ Piscina?".

Era sua oportunidade. Diria a ela: "Não era isso que eu esperava que você me perguntasse depois do que aconteceu no outro dia". Diria a ela: "Vamos pôr um fim nisso". Diria a ela: "Não quero mais te ver". Diria a ela: "Maldito dia em que fui reparar no cadarço desamarrado da droga do teu sapato bicolor". Diria a ela: "Seja feliz, Carla, e que o teu avião se choque contra uma montanha". Disse: "'Self Control', de Laura Branigan". "Laura o quê?" "Branigan." "Não faço ideia." "Uma cantora travesti." "Pré ou pós... 'Like a Virgin'?" "Contemporânea, acho. Morreu há alguns anos de um aneurisma" — "Espere", disse Carla, e aproximou de novo o rosto da tela. Um sorriso radiante a iluminou. "Não vai atender?", perguntou. Savoy ficou quieto, como que paralisado, escutando. De fato, um interfone estava tocando. *Seu* interfone — baixo demais, como de costume, um defeito que o fizera embarcar numa longa querela com a administração do prédio, ainda por resolver. Alguma coisa na insistência dos toques sugeria que já deviam estar chamando havia algum tempo. Se ele, que estava a cinco metros do aparelho, não tinha escutado, como era possível que Carla — "Atenda, Savoy", insistiu ela: "Eu fico aqui: quero ver sua cara quando for abrir".

segundo dom

Reprodutor de MP3 de 8GB à Prova d'Água
Natação Esportivo Com Rádio (14 980 pesos)

4.

Agora eu deveria ser capaz de contar como cheguei até aqui. "Aqui" é Berlim, o Sudoeste de Berlim, um lago chamado — leio no mapa — Schlachtensee. Na fila, para disfarçar, porque Carla, que está a dois lugares da entrada, com as moedas na mão, acaba de se virar para dar uma olhada em minha direção, procurando alguém que está atrasado, alguém que não sou eu, dou meia-volta, olho para baixo e fito as sandálias que comprei por quatro euros no Rossmann da esquina do hotel. "Os pés horríveis do meu pai", penso. Os mesmos ossos que se deformam, as mesmas unhas engrossadas, amarelas, a mesma pele de papel. Hesitei muito, apesar do preço, que me pareceu imbatível, em comprá-las. Mas era o que eu tinha mais à mão para improvisar um guarda-roupa de verão que não trouxe, que a temperatura não justifica e que aqui em Berlim não viam a hora de exumar, porque assim que o termômetro ultrapassou a barreira dos dezoito graus as ruas foram inundadas de regatas, shorts, vestidos curtos, sandálias, e se multiplicaram as bicicletas, libélulas de terra assassinas. As pessoas se matavam por uma mesa ao ar livre. Os únicos felizes com seus cantos à sombra éramos eu e gente como eu, não alemães chegados de países onde o sol continua sendo membro do elenco fixo da representação da natureza, não o principal provedor da vitamina D que urge aproveitar antes que seja tarde. "Aqui" é também a roupa patética que estou usando, o uniforme de quem não passou a noite em casa, do impostor que se agarra tremendo a seus segredos: a calça, grossa demais (estufada, para piorar, pelo calção de banho que estou usando por baixo), a camisa, já suada, e a sacola de plástico da Rossmann (dez centavos de euro) onde levo o livro que duvido que vá ler, a toalha que levei escondida do hotel, o *Waffel*, o duo de frutas (banana, maçã) que fiz bem em escolher para mimetizar os locais e abrir esta temporada de verão prematuro. Tudo inútil, pura fachada, acessórios de um disfarce do qual espero me livrar logo, de um jeito tão fácil, tão incruento, como me livrei há dez minutos do dispositivo.

Joguei-o fora. Simples assim. Larguei-o numa dessas lixeiras alaranjadas presas aos postes da rua que às vezes soltam fumaça. (Faz seis dias que cheguei e já vi duas soltando fumaça e uma em chamas, literalmente, com o velho roqueiro de cabeça vendada e munhequeira com tachas que tinha acabado de incendiá-la ainda debruçado sobre ela). Carla ia na frente em sua preciosa bicicleta cinza, devagar, com Pünktchen na cestinha feito uma carranca de proa. Eu atrás, bem atrás, não tanto por precaução, mas por cortesia do sistema de marchas da bicicleta que consegui, cravado, por algum motivo, na segunda, e por isso eu pedalava a toda velocidade mas no vazio, como num desenho animado. Estava ouvindo alguma coisa, Fertig, Boring, DJ Tennis, vestígio de uma lista herdada da piscina, que agora não me parecia tão boa. Isso sempre acontecia comigo: uma coisa que debaixo d'água soava bem, assim, transplantada "para o mundo", podia perder toda a graça. Vi-a subir na calçada e atravessar o portão gradeado do prédio do lago. Aproveitou a inércia do declive, parou de pedalar e desceu como aqui certas mulheres descem da bicicleta, sem parar, as nádegas descoladas do assento, cruzando uma perna na frente da outra e andando os últimos metros só com um pé apoiado no pedal, o corpo erguido, cheio de orgulho e um ar invicto, valquírico. Deve ter sido assim, na verdade, porque eu não conseguia ver. Havia seis dias que eu a via viver por detrás, de costas. Carla agora usava uma blusa cor-de-rosa muito leve e um colete lilás, tricotado com lã grossa, como os de brechó. As mangas da blusa, curtinhas, mal cobriam seus ombros. Eu a vi encostar a bicicleta na grade e se agachar para abrir o cadeado. Pünktchen, muito sério, com a cabeça inclinada, observava-a da cestinha. Não pensei duas vezes. Tirei os fones de ouvido, desconectei-os e guardei-os no bolso, como se, tão baratos assim, algum dia fossem me servir de alguma coisa. Senti por alguns segundos o peso do dispositivo na mão, até que passei ao lado da lixeira e o joguei fora. Não precisava mais dele. Acho que quando o joguei estava andando.

Agora tinha parado de transmitir. Era natural, já que Carla e eu tínhamos voltado a dividir um mesmo espaço-tempo. A última transmissão tinha sido dois dias antes da minha viagem. Foi a que me fez decidir viajar, na verdade. Nesse dia a piscina estava abarrotada de gente e a instrutora do grupo de idosas estreava uma lista de sucessos tropicais. Mesmo assim, deu para ouvir nitidamente a voz de Carla no meio da barulheira, abrindo caminho entre as dobras da minha música como um relâmpago entre nuvens. Tive a impressão de ouvir "vidro", "lírio", "tíbio", algo parecido. Mas ao contrário das primeiras vezes, em que, ainda perplexo com o que estava acontecendo, fazia o impossível para entender o que o dispositivo tinha filtrado, e isso no meio de uma volta, quase sempre com gente nadando atrás de mim e gente na frente, de modo que eu mesmo, fulminado pela irrupção da voz de Carla, parava de nadar de repente e, pensando que o que tinha ouvido não se perdera totalmente, que devia estar armazenado em algum lugar, começava a manusear os fones e a apalpar as teclas do dispositivo, tão minúsculas, como que desenhadas para dedos liliputienses, que mesmo numa situação normal raras vezes conseguia acertar, parar quando queria parar, retroceder quando queria retroceder, repetir uma música etc., de maneira que, quieto no meio da piscina, absorto nessa espécie de frenesi de motricidade extrafina, acabava causando a mesma obstrução, os mesmos engarrafamentos que condenava, indignado, quando eram provocados por minhas bêtes noires de sempre, o velho que interrompia seu lentíssimo avanço para boiar, ou a fanática por *bijouterie*, sempre impecável, quando percebia que tinha perdido um anel — agora, ao contrário dessas primeiras vezes, já não queria recuperar nem entender nada, porque as últimas transmissões se desfaziam em frases truncadas, palavras soltas, ecos de interjeições, e fazia um tempo que deixara de prestar atenção no conteúdo. Para mim bastava ouvir sua voz. Bastava sua ligação, não importa o quanto a distância a degradasse.

No entanto, assim que cheguei a Berlim e vi todas aquelas garrafas quebradas na rua, nos parques, nas plataformas do metrô, pensei que a palavra que tinha escutado era "vidro", e que Carla tentava me contar alguma coisa sobre a relação que eles têm aqui com o vidro, indício ao mesmo tempo de furor e desregramento — algo sangrento parecem lembrar que acaba de acontecer esses oásis de estilhaços brilhantes, como os patinetes elétricos e as bicicletas que se veem abandonados um atrás do outro pela rua, tombados, afundados entre arbustos — e moeda de troca de uma economia da generosidade, porque é bem possível que a garrafa que um bêbado despedaça contra a balaustrada de uma ponte seja a mesma que alguém, depois de tomá-la, teve a delicadeza de deixar à vista no meio da rua, ao alcance do *homeless* que a trocará por centavos em algum supermercado. Então voltei para casa, procurei na agenda o número do agente de viagens e liguei. "O número solicitado não existe" etc. Mudei um número, acrescentei um prefixo, fiz sem reclamar tudo o que os anos transcorridos sem viajar me pediam que fizesse e fiz sem hesitar e sem me equivocar, como se Carla e seu sinal de vidro, brilhando na noite, me ditassem os passos a seguir. Soava mais velho e amargurado, mas era ele, o Amílcar de sempre: confuso, com aquela eficácia desalinhada, de camisa para fora da calça e cinto fora do passador, com aquela euforia à beira do soluço. Desfiou aos gritos um amplo leque de datas, companhias aéreas, escalas. Assim que eu dizia sim a algo, ele me oferecia outra coisa mais rápida, mais barata, mais cômoda. "O primeiro avião que sair", falei.

Vi Carla pagar: tinha o dinheiro separado, em moedas. Como era possível que em casa eu continuasse encontrando moedas de toda parte, moedas de todos os países e todas as cores, semeadas como pistas, algumas até com furos, se Carla, a única fonte da qual podiam provir, se empenhava tanto em gastá-las? Outro mistério — na conta da longa lista que fora acumulando num aposento incrivelmente elástico da minha cabeça e que de repente, muito de repente, quando chegasse o momento, nem um segundo antes, nem um depois, eu pediria que me traduzisse para o idioma da verdade. Pünktchen já estava lá dentro, esperando por ela. Carla empurrou a catraca com a coxa — uma atitude muito "holandesa" —, mas sua mochila ficou entalada no meio do cruzamento, e quando levantou a vista por um segundo, li em seus olhos o desânimo de um protesto inútil, um pedido de ajuda, uma mensagem, em todo caso, exageradamente dramática que ela teria preferido não enviar, pelo menos não até dar com a causa do problema — uma das alças da mochila enredada na catraca —, mas que eu teria dado a vida para atender, minha vida e a dela, nossas duas vidas finalmente juntas. Pünktchen botou a boca no mundo, se é que se pode falar dos latidos de um cachorro salsicha nesses termos. Então entendi o que Carla queria me dizer no Skype quando falava do "falsete Pünktchen". Havia entre nós meia dúzia de berlinenses impacientes, ávidos por vitamina D, cada qual munido de sua mochila, sua sacola de praia, sua pochete, sua bolsa de piquenique, seu patinete, seu skate, e eu, por minha vez, não queria me precipitar. Não iria arruinar seis dias minuciosos de monitoramento, quase profissionais, por um arroubo. Antes de aparecer eu queria ver. Ver sem ser visto. Ver o que era isso que Carla parecia buscar ou esperar, isso que de quando em quando — agora, por exemplo, que pendurava a mochila no ombro e a manga, arrastada pela alça, deixava à vista a covinha que um vacinador insidioso tinha deixado na pele mais suave de seu braço — ela se virava para ver chegar e que não era eu, não, eu não, entre outros motivos porque "eu", cinco horas mais jovem, mais impotente, mais desamparado, ancorado em outro hemisfério, nem bem acordava e já saboreava com sua pastosa língua matutina o momento de se encontrar com Carla por Skype, pelo Skype ao qual eu não chegaria e não por estar longe, oh não, mas ao contrário, perto demais, atrás dela, à distância de groupie ou de sombra, pronto para pular em cima dela e surpreendê-la assim que a visse procurar seu telefone e me ligar.

Os últimos encontros não tinham sido fáceis. Eu os armei no quarto do hotel, e armação nunca foi a minha praia. Posso quebrar pedras durante meses, anos, se for preciso, mas fazer de conta que tenho o que me falta ou pôr um bigode postiço — isso não, isso está além das minhas forças. Não sei qual a receita do manual do impostor na hora de fazer o quarto de um hotel três estrelas no Moabit passar por um dormitório amplo e luminoso de um apartamento no Núñez. Eu fechei as cortinas, baixei a luz, encostei a mesa de compensado que às vezes fazia de escrivaninha na única parede que não estava forrada com papel e, na primeira vez que nos comunicamos, eu recém-chegado, ainda por cima com as horas e o ar viciado e as demoras e o jantar tóxico do voo, fermentando, eu disse todo desenvolto, como se estivesse drogado, antes que Carla tivesse tempo de desconfiar ou de me perguntar alguma coisa, que tinha me mudado para um hotel do bairro por alguns dias: meu quarteirão, como não?, estava sem luz havia trinta e seis horas, e ninguém ousava arriscar quando voltaria. E funcionou. O colapso sempre funciona. "Ui, coitado", disse Carla. Entendi com certo pesar que poderia ter me poupado de fechar as cortinas, baixar a luz etc. Preferi levar isso não como o típico floreio inútil do inepto, mas como um aprendizado, um treinamento, as primeiras armas do inepto inútil na arte de fingir, balbuciantes, porém imprescindíveis. Mas como é difícil mentir. Quer dizer, mentir bem: *acreditando*, única maneira de manter na linha as duas ameaças, as únicas verdadeiramente perigosas, que sempre pairam sobre a mentira: a tentação, a vertigem, o desejo de confessar que acompanha o embusteiro e o escolta e nunca, nem uma única vez, deixa de lhe sussurrar suas propostas indecentes, como o abismo para o alpinista, e a distração, gênio menor, maligno. Às duas, em meu caso, incógnito em Berlim, somava-se uma terceira, que era a consciência de tudo o que soube de Carla nos dias em que a segui, massa informe de detalhes, dados, nomes de lugares, deslocamentos, decisões, que eu mesmo me obrigava a manter em sigilo e isolada, como em quarentena, mas cuja multidão vingativa sentia palpitar, quase bater às portas da sala virtual onde nos víamos, onde eu, que sabia quase tudo, brincava de lhe fazer as mesmas perguntas que "eu", que não sabia de nada, teria feito.

O que havia de interessante nessa massa? De revelador? Não muito, decerto. Essa manhã, no Ritz, o café da francesa louca, enquanto montava guarda diante do apartamento térreo de Carla, dei uma olhada nas notas que tomei ao longo desses dias e a impressão foi um pouco decepcionante. Tão decepcionante quanto, como li na revista do avião, costumava ser a impressão dos espiões da Stasi quando lhes designavam alvos de segunda categoria, diplomatas menores, pusilânimes, cujas irregularidades máximas — que os relatórios dos espiões festejavam com alegres sinais de exclamação, como medicamentos lançados por um helicóptero numa zona de desastre — eram uma mesa de jogo de vez em quando ou o intercâmbio de alguma piada suja com uma potência inimiga numa recepção oficial.

A *Gazette*, que me conste, não mentia. Carla era metódica até quando abria as cortinas (9:30, segundo minhas notas); era amável, sorridente e luminosa com qualquer um (até com o empregado da UPS que lhe entregou o pacote errado três vezes, sem dúvida para reiterar o deleite que lhe causava o rubor de suas faces recém-saídas do banho); mantinha-se sempre em forma ("O velho jogging fluo. Bicicleta. Por que não aluguei uma? Sigo-a correndo. No parque — com a língua de fora —, vejo-a se afastar correndo. Minha mão no couro do banco de sua bicicleta, que ainda está morno"); era responsável ("Pedreiros trabalhando na casa. Atrás das cortinas, copos de água mudam de mão. Risadas"), solidária ("Um punhado de moedas para o dueto — charango e flauta *siku* — no U-bahn". "Perguntam um endereço para ela, uma velha alemã curvada sobre um desses andadores com rodas que funcionam também como carrinhos de supermercado. É óbvio que C. não entende, mas pega um mapa — um mapa de papel! — e resolve a parada"), e seu horizonte de interesses continua sendo amplo ("Restaurante etíope." "Um porão: festival do novo cinema esloveno.").

Mistérios não, mas havia incógnitas, no entanto, que se dissipavam. Pünktchen, até então elusivo, uma presença rabugenta na banda sonora (Carla dizia que tinha fobia do Skype), demonstrava de repente ter uma existência tridimensional, aliás bastante inquieta. Carla tampouco fingia quando, nos Skypes, olhava para baixo e gritava sussurrando: "As meias não, Pünktchen!", nem quando reclamava porque era hora de levá-lo para passear, nem quando o acusou de ter destroçado "por ciúme" — ciúme de mim, entendi, talvez com um orgulho apressado — a única coisa que tinha comprado em Berlim, um par desses envoltórios sem forma, de tricô colorido, que as vendedoras de mercados de pulgas insistem impávidas em chamar de *Pantoffeln*. Existia, chamava-se Pünktchen, Pequeno Ponto, Pontinho. E assim por diante. Um por um — começando pelas orgias inter-raciais e um namorado alto, tímido, sem um grama de gordura, nômade como ela, arrogante o bastante para ser dois anos mais velho que ela e parecer dois mais moço —, meus terrores mais atrozes, os únicos que pareciam justificar o milagre negativo de que Carla não estivesse em meus braços, foram desmoronando, ou melhor, se cansando, até que deram no pé, um pouco como esses sedutores altivos, certos de que estão com tudo, que uma festa rica em escaramuças eróticas decide ignorar e finalmente descarta em prol de candidatos menos vistosos, porém mais gratos.

Em seis dias de impaciente, exaltada, vigilância, eu a vi se encontrar em diferentes momentos — dosava sua vida social — com duas mulheres e um homem, nessa ordem. (Falo de encontros individuais, não em grupo.) A primeira mulher — "boné, jaqueta dourada, tênis plataforma", diz minha caderneta — chegou quinze minutos atrasada, uma grosseria delicada para qualquer pessoa, mas imperdoável para mim, que fui pontual como um soldado e esperei com ela — ali naquele mundo paralelo de cercas, ravinas, ligustros, árvores, trincheiras, quiosques e frentes de carros no qual se arrastava minha existência clandestina — e reprimi não sei como o impulso de substituí-la. A sem-vergonha chegou montada numa bicicleta gigantesca, de homem, da qual saltou literalmente — a bicicleta foi de encontro ao tronco do velho carvalho que eu tinha escolhido para me escudar — para abraçá-la, embalá-la de um lado para o outro uma e outra vez, como quem tenta afrouxar um mourão profundamente fincado na terra. Diz a caderneta: "Piquenique no parque — bicicletas deitadas uma sobre a outra — homus, *pretzels*, tomates-cereja, tangerinas — um *frisbee* lançado de um acampamento vizinho, que C. apanha no ar e devolve às mãos de seu dono sem olhá-lo, com a pontaria indolente de uma menina-prodígio". É tudo que pude anotar nessa tarde — tarde de alegria e alergia, cavalinhas (*Makrele*) e espirradinhas. Há mais pólen em Berlim (outra vez a inesgotável revista do avião) que nas cinco capitais mais importantes da Europa juntas.

Com a segunda, ela se encontrou na Urban, uma loja de roupas usadas, numa selva de cabides. A mesma loja pela qual passei na semana anterior, antes de ficar de atalaia no café da francesa demente. Alguém em Buenos Aires tinha me falado do lugar, que a roupa era ótima e estava espantosamente limpa e conservada, que os modelos que a loja lançava com fins promocionais desafiavam os perfis convencionais. Ou, na verdade, me disseram isso em outra loja, uma agora falida, caso célebre de trabalho escravo, que explorava seu pessoal usando-o também como modelos. Talvez eu estivesse misturando as coisas. Mas enquanto elas se misturavam, tive tempo de entrar, abrir caminho a facão entre palmeiras de calças e moitas de casacos *fleece* e sair com náuseas, sem ter visto nenhuma das modelos vesgas que tanta esperança me haviam dado. Pensei — não sei por quê, o cheiro, talvez, ou a cor, os dois tão tristes, de todas essas roupas órfãs, talvez a luz, tão de repartição pública ou de café de estrada — num depósito de vestuário para presos, ou para uma peça de teatro com presos, e tive que sair. Por sua vez, Carla e sua amiga se abraçaram e se beijaram muito, deram pulinhos, indo e vindo entre as paredes de roupa. Depois, sem deixar de falar, a amiga enrolou um vestido de lantejoulas dourado na cintura e o ajustou com o elástico da meia-calça.

Quanto ao terceiro da lista — e pronto, acabou. Não digo que não sofri. Mas por que eu quis vir se não por isso? Sofrer, receber chicotadas, chorar e me dessangrar se for preciso, para chegar, por fim, esfolado, ao meu diamante. Me reporto à caderneta: "Alto, bem mais velho, mais grisalho que eu — sorriso muito branco, como de dentista ou de cirurgião plástico — segura-a pelo cotovelo muito suavemente, quase sem tocá-la —, um ex-professor — o pai de uma amiga (para a qual C. serve de mensageira) —, um tio distante, chato, lúbrico". Encontraram-se em Potsdamer Platz, no pátio semicoberto do Sony Center. Pareciam indecisos. Não sabiam se conversavam de pé, junto da fonte, nesse dia de descanso, ou sentados. Acabaram se sentando no Starbucks. Não sabiam se pediam alguma coisa ou se ficavam assim, ocupando a mesa. Ficaram assim. Até que Carla tirou alguma coisa da mochila, uma coisa que não consegui ver direito porque se interpôs entre nós um pelotão de japoneses que olhavam para cima, enfeitiçados pelas ogivas do teto do Sony Center, e a entregou para ele, e enquanto se levantava, num movimento contraditório, o galã grisalho se inclinou e segurou sua mão, para mim a fim de beijá-la, e Carla, tomada pela falta de jeito ou pela sagacidade, apertou-a, e quando os japoneses migraram para outra atração do lugar, juntos e em fila, como pinguins, Carla não estava mais lá, o galã desembrulhava seu pacotinho na fila do Starbucks, e eu olhava minhas mãos vazias, tão vazias como sempre.

Agora, por exemplo, faz sol e Carla está sozinha, com o dia todo e o lago pela frente, e enquanto ela sobe (subimos) a ravina que domina a paisagem, a vida se abre num tridente de possibilidades: a praia normal, ainda não muito povoada, onde meia dúzia de famílias numerosas já exibem seus equipamentos de camping, ou a cabana tipo Ibiza, com seu telhado de palha de duas águas, seu balcão de drinques, sua música eletrônica de fim de semana, suas espreguiçadeiras de plástico brancas, ou a praia de nudismo. Carla se detém. Vejo sua cabeça desaparecer. A linha reta de seus ombros: um horizonte decapitado. Num efeito especial de animação, a cabeça reaparece, como se regurgitada pela mesma coisa que a engoliu: o telefone. Fala. Se ela se virasse agora, por exemplo, eu não teria como fugir, onde me esconder. Sabujo e presa, viciado e droga, ficaríamos frente a frente, e eu, o que eu diria? Porque é sempre o que a gente diz que — mas não: seguindo uma indicação que lhe dão por telefone, Carla vai até a cerca que dá para a praia. Seus olhos procuram alguém — que de novo não sou eu — lá embaixo. "Onde? Onde?" Acene pra mim", escuto-a dizer, enquanto Pünktchen dá pulos entre seus tornozelos. Até que seus olhos acertam o alvo e ela começa a agitar os braços um pouco loucamente, como esses bonecos infláveis, sacudidos pelo vento, dos quais ríamos juntos em portas de borracharias e oficinas mecânicas em Buenos Aires, e começa a descer com passos curtos e rápidos pelas escadas de pedra. Para a praia. Para a praia vestida.

Não me esqueço da primeira transmissão. Recebi-a rápido, alguns dias depois que meu dispositivo chegou — mais detalhes sobre esse acontecimento mais adiante, claro —, quando estava começando a me acostumar com suas veleidades. Eu nadava — ou melhor, pelejava na água, enquanto tentava nadar, *continuar* nadando, com o cabo dos fones de ouvido, as teclas microscópicas, a incompatibilidade quase conjugal entre o silicone dos óculos, problemática por si só, ainda mais com o cabelo molhado, e a liga alienígena do MP3 (plástico e alumínio? titânio? plutônio?), tersa, rígida, impassível, que, em vez de funcionar por elasticidade e aderência, como o silicone, se acoplava, se encaixava, se embutia na alça graças a uns grampos que se fechavam sobre ela e ali ficavam e se deixavam levar, enquanto se supunha que os cabos dos fones, engalfinhados em todo tipo de rixas com as alças, levavam a meus ouvidos o pouco de música ruim que alguns dias de frenesi arqueológico — com a ajuda de um cabo fornecido em cima da hora por Oblómov — tinham conseguido escavar em meu computador. Tudo levava seu tempo, como sempre, e tudo que leva tempo na terra, na piscina leva mais tempo, mais tempo e pior, porque é tempo encurralado: a média que você arruína, o nadador que vem atrás e levanta a cabeça e olha para você ali quieto, com toda a raiva que o acrílico embaçado de seus óculos não consegue velar. Estava tocando Senni, acho, ou o DJ Filippo, ou Gigli, ou um desses ladrõezinhos que se dizem discípulos de Morricone e viajam pelo mundo — outros que viajam pelo mundo — com a etiqueta do preço pendurada em seus mixers, e quando a música estava na crista da onda, prestes a se quebrar, alguma coisa chiou em meus ouvidos e entrou a voz de uma mulher em avançado estado de indignação, uma dessas hienas de programa de rádio matutino que andam por aí farejando adultérios alheios, revirando vísceras, exigindo cadafalsos, e por alguns segundos bracejei na água como pude, como um náufrago, enquanto no centro de minha cabeça, disputado por três ou quatro feras fora de si, entre elas a hiena, soava o caso de um ator famoso que tinha convidado — enganado, segundo ela — meia dúzia de colegas um pouco menos famosos para investir seus excedentes nas promessas de certo esoterismo comunitário e piramidal que, ao que parece, só tinham se cumprido para ele, que tinha inaugurado o processo, e para alguns amigos do bairro que o acompanharam já de saída nessa aventura.

Não sei como cheguei à borda da piscina. Sei que tirei os óculos e os coloquei na testa, e na raia ao lado, por casualidade e ironia sublimes, vi meu amigo rabino que afundava e aflorava na água com sua inconfundível regularidade, ao mesmo tempo vertical e lançado para a frente, e aproveitava um de seus assomos periscópicos para virar levemente a cabeça e dirigir-me o que interpretei como um sorriso de cumprimento. Dois dias antes, vendo-me intervir, sentado na borda da piscina, no litígio entre o dispositivo e os óculos, com os fones já postos, o rabino me perguntara se eu não tinha medo de me intoxicar ouvindo notícias debaixo d'água. Eu ri. "Não sou tão doente assim", falei. Expliquei que o dispositivo não tinha rádio, só a música que a gente carregasse nele. Decidi fazer mais uma volta — "uma piscina", segundo o jargão —, e caso a interferência persistisse, deixar o dispositivo na borda oposta, de onde seria tranquilo para mim apanhá-lo quando acabasse de nadar.

Estava voltando quando aconteceu. O debate radial tinha se aplacado, como se o tivessem mudado para o aposento do lado, e por um buraco estreito, mas luminoso, de lábios sangrantes, parecido ao que o sol abre num céu de tempestade com seu jorro de fogo, chegou-me a voz de Carla. Uma frase incompleta, embalada entre reticências, como esses objetos delicados que são embrulhados entre almofadas infláveis e depois de sobreviver a uma viagem longa e acidentada caem nas mãos de alguns meninos enérgicos que os destroçam. "... tinha estado ali o tempo todo, a um quarteirão de distância, sem sair do bairro, e o mais louco era que…" Mais que dita por Carla, na verdade, chegava já *escutada*, captada, raptada pelo radar que, depois de registrá-la, a transmitira a Savoy, que a recebia com o mesmo misto de entusiasmo e decepção com que uma inteligência inimiga recebe as mensagens que intercepta. "Está tudo aí", pensei. Porque tinha acabado de chegar à outra borda da piscina e conseguia pensar de novo. Mas tudo o que, se não era nada?

Eu a vi descer para a praia, tirar as sandálias e caminhar levando-as na mão, refreada pela areia, com a tira do calcanhar pendurada num dedo. Cruzaram por ela uma bola, um cachorro, um menino que perseguia sua bola e seu cachorro, perseguidos os três por um pai alarmado e com o protetor passado pela metade. Carla parou apenas para deixá-los passar e seguiu em frente, enquanto Pünktchen permanecia quieto, como que cravado na areia, olhando-os com reprovação. Abraçou sua amiga longa, exaltadamente, como se comemorasse algum triunfo muito recente e angustiante. Depois, sem soltarem as mãos, foram até a margem e a amiga apontou para alguma coisa na água. Mas Carla estava animada demais para prestar atenção, de modo que continuaram conversando assim, de mãos dadas, por alguns segundos, até que depois de insistir com sua imitação — algum réptil ameaçador, imagino — sem que ninguém lhe desse bola, algo terminou de emergir da água em quatro patas e se precipitou sobre Carla rugindo, subitamente felinizado, e a abraçou sem fazer a escala técnica de praxe numa toalha, molhado do vértice do ninho de tranças rastafári que era sua cabeça até a ponta de uns pés seguramente perfeitos, como se tivessem ido ao pedicure, umedecendo sem perdão o pano suave e lânguido de sua leve blusa de verão. Passou-se uma fração de segundo, e outra, e mais outra —

uma fricção de segundo. Outro alarme falso, provavelmente. Mas era preciso checar.

Recapitulando: houve o momento do *frozen* fatal — eu disse que a amava e Carla ficou surpresa, muda, sem ao menos piscar, com o azul de seus olhos me congelando também, enquanto eu a olhava esperando uma resposta — e durante alguns dias, nada: o silêncio espantoso, carregado de poeira e vibrações, que se segue a uma catástrofe. E depois, de repente, uma tarde, as sinetas do Skype se lembram de repicar. Atendo — se é que isso ainda é atender — e lá está ela, num aeroporto, comendo alguma coisa enquanto espera para embarcar. Essa edição, me propunha: seu rosto congelado num pico de inexpressividade e, num corte, sua boca brilhante, suas mãos lambuzadas de óleo e uma série de perguntas meio inoportunas, vazias de toda culpa, todo arrependimento, todo romantismo, sobre o que tinha escutado recentemente nos alto-falantes do vestiário da piscina, formuladas, para piorar, num estado de impaciência extrema, como o de uma noiva prestes a entrar na igreja, cuja causa, logo percebo, não sou eu (não sou eu de novo), mas um aviso, uma notificação, algo particularmente urgente que a atrai de um dos cantos de sua tela e que ela não deixa de acompanhar, de checar de quando em quando, numa espécie de ciscada de pássaro... depois há um branco, ou um preto, como quer que se diga isso no idioma do cinema da memória, e em seguida me lembro disto: seu rosto muito próximo, colado na tela, quase fora de foco, e ela, com um ar de suficiência enigmática, me perguntando se não pretendo atender. Então percebo que isso que está tocando é meu interfone. Acho que disse que não, ou que não era ali em casa que estava tocando. "Se eu fosse você, atenderia", me disse.

Desci para recebê-lo. Entregaram-no em seu blister transparente, enrolado numa sacola de supermercado. Carla o comprara numa plataforma de comércio eletrônico brasileira, rival jovem, mas pujante, da que eu tinha frequentado, que compensava a pequenez de sua escala com, entre outras coisas, um serviço de rastreamento de encomendas de uma precisão demencial, sobretudo quando os usuários escolhiam a tarifa de envio mais cara. O sujeito que o entregou não parava de sorrir, como se dois minutos atrás estivesse monitorando e se divertindo com meu desconcerto diante do console de tracking que guardava em algum lugar, talvez no porta-luvas do Renault 12 no qual havia chegado e que, estacionado em fila dupla, sem demora começaria a superaquecer. Seu rosto pareceu conhecido, principalmente aqueles tufos de pelo que brotavam de suas orelhas. Quis situá-lo e lembro que pensei em produtos, não em pessoas: um toner de impressora, fones de ouvido, trinta caixas de papelão corrugado, uma dessas luminariazinhas para ler na cama que se prendem na contracapa do livro e ficam curvadas sobre a página como um pássaro. (Uma vez a usei, só uma, enquanto Carla dormia a meu lado. Em dez minutos, derrotada pelo sono que me correspondia, a luminariazinha começou a piscar até que se apagou para sempre, e ficou dentro do livro que nunca retomei, transformada num marcador.) "Já não comprei alguma coisa de você antes?", perguntei, enquanto ele me dava um recibo com as impressões digitais estampadas em gordura para assinar. "Com certeza", disse ele, e deu meia-volta e entrou no carro.

O mistério do congelamento não foi esclarecido. Ou porque para Carla nunca existiu, ou porque foi sepultado de algum modo pelo presente do dispositivo, em seu duplo papel de reparação e chantagem. A pele do amor sempre foi sensível ao tato do suborno. Filmes inesquecíveis dos anos oitenta ilustravam a evidência com a operação erótica de vendar ("vender", lê-se na caderneta) os olhos do objeto de amor, tão alusiva, aliás, à iconografia da justiça. Eu poderia reclamar, e até mesmo me indignar. Estava no meu direito. Mas preferi assim. (Agora, com essa ternura melosa, inadmissível, que nossa própria inocência nos inspira quando a recordamos à distância, que não foi essa a única missão que o dispositivo veio cumprir. De fato, chegou algumas horas antes que eu me despedisse para sempre do Nokia, como se tivesse descido para supervisionar a cerimônia de renúncia. Que, por outro lado, foi breve, bem pouco cerimoniosa e ocorreu num bar do centro, um desses lugares míticos que a sordidez, por algum motivo, nunca chega a ofuscar, em cujas poltronas de couro sintético vermelho velho e manchado um dia tentamos beijar Renée, em outra era, outra galáxia. Foi lá, menos por falta de opções, imagino, que para me provocar, que ela teve a ideia de marcar o encontro com o ladrão de telefones, aliás seu pretendente, aliás seu amante, e foi lá que marcou também comigo, que reclamava perante ela o que era meu, para recuperá-lo por mim mesmo. Uma cena difícil, que demoro mais para apagar, muito mais do que levei para abdicar do Nokia. Me aproximei da mesa (eles, como pude comprovar da rua, estavam havia uma eternidade num estado de suspensão animada, falando e se olhando nos olhos) e Renée, acho que sem me olhar, fez as devidas apresentações. Era um larápio qualquer, talvez um pouco mais elegante do que um qualquer. Fez menção de se levantar, fez menção de sustentar a gravata contra a camisa, embora eu não esteja certo de que ele realmente usasse uma gravata. Neguei-me a apertar a mão confiante que me estendeu — a mesma, sem dúvida, com a qual raptara meu telefone para levá-lo para seu mundo. Não pareceu se importar muito. Tirou o Nokia de algum bolso, deixou-o sobre a mesa, apenas alguns centímetros dentro da porção de mesa que me caberia se eu tivesse me sentado, e se virou inteiro, não só a cabeça, mas ele todo, ombros, torso, inclusive pernas, para Renée, que o esperava com alguma pergunta crucial à flor dos lábios. Olhei o aparelho por um segundo, só para confirmar que era ele e que estava bem. Acho que antes de sair me despedi e que o garçom, que se aproximava com a carta de bebidas, não gostou que eu fosse embora.)

Um lago, o que contemplo agora, por exemplo, enquanto instalo meu posto de observação atrás de um grande caranguejo inflável de cor púrpura, propriedade, ao que parece, de uma muquirana de dez anos que não pretende compartilhá-lo com ninguém, muito menos com seu irmão caçula, que faz de conta que pode se entreter perfeitamente com uma desconjuntada dupla de robôs enquanto rumina um plano para reverter a situação, longe o bastante do trio (não estou vendo Püktchen) para esquecer o leve estremecimento de perigo que me persegue há seis dias, quando comecei a segui-la, e perto o bastante para perder o mínimo possível de tudo que vier a acontecer na enorme manta indiana que dividem, a dupla de amigos de bruços, atiçando--se mutuamente com todo tipo de fintas, cócegas, estocadas, golpes de caratê nas costelas, Carla deitada de costas, pernas flexionadas e calcanhares quase colados às coxas, com uma das mãos sobre a testa como uma viseira e a outra apontada para o céu, indicando com um dedo, imagino, a trilha branca, reta, deixada por um aviãozinho e seu piloto, muito pouco imaginativos nesse domingo. Basta que um lago como esse sofra a geada com que desperta toda manhã para se transformar numa lâmina de vidro, uma membrana lisa, brilhante, traiçoeira, tão pródiga em atrair o patinador contumaz como em afundá-lo, quebrando sem aviso, ao menor passo em falso que dê. Assim ficou o terreno com Carla depois do congelamento. E eu não quis ser o cruzado entusiasta que o racharia pisando-o pela primeira vez. Não importa o quanto quis pisá-lo, quantas vezes e como imaginei pisá-

-lo; não importam os futuros que vi realizados caso o pisasse. Não quis. Deixei que tudo continuasse assim: congelado. Talvez tenha sido a única coisa que não fiz totalmente errado em toda essa história. A chegada do dispositivo inaugurou a temporada de patinação; as transmissões, a do degelo. Não houve acidentes a lamentar. O lago está aqui, é este, se chama Schlachtensee, e o sol bate e começa a fazer calor, um calor real, não o que os locais fantasiam se pavoneando com seu equipamento estival, e se eu não afasto Pünktchen dessa pinça, esse caranguejo está com os minutos contados.

Gosta de cães. (Não leio isso na caderneta: ficou tão evidente para mim nesses seis dias que me pareceu redundante anotá--lo.) *Ama* os cães. Dá para notar quando ela os toca, quando brinca com eles, quando os desafia. Mas se nota principalmente quando caminha com eles pela rua: o cão pode não estar ali, mas *há um lugar nela para ele* — para esse cão em particular, para outro, para um cão qualquer, para todos os cães. Eu teria um cão. Por que não? É um suborno que não custaria perpetrar. Até agora não vi sinais de que Carla queira isso, nem sequer que tenha isso em mente como uma possibilidade. Viver aos pulos entre cidades não é o melhor antecedente para adotar um animal. Mas imagino que ninguém que pula de cidade em cidade recolhendo o cocô de *pets* de outras pessoas consiga não se imaginar vivendo um dia com um próprio. Eu tive um cão, na verdade, há séculos: um cocker macho, jovem, cheio de energia, que sacudia como uma modelo de cabelos a longa cabeleira cacheada de suas orelhas, e em três anos de vida e dois donos diferentes (os dois free-lancers inconstantes, sem horários) teve clareza sobre pouquíssimas coisas, mas nenhuma tão pouco clara como a necessidade, o dever de fazer suas coisas ao ar livre. Eu o tive e o amei. Amei-o muito, não apesar, mas com seu tique incontinente e suas intemperanças. Entrincheirava-se na área de serviço, achatado como um tapete sob uma velha cama quebrada, mostrando os dentes, e não se mexia por dias a fio, dedicado a roer como se fossem ossos os cabos de vassoura com os quais eu tentava em vão fazê-lo sair. Até que uma tarde, enquanto o acariciava ao redor dos mamilos, um ritual que nós sempre curtimos, ele deu um salto de cão ginasta e mordeu a palma da minha mão direita. Ali ficou, preso à carne, e se não estivesse com a boca ocupada em me morder, tenho certeza, pelo modo como cravava também os olhos em mim, de que teria dito com todas as letras o quanto, o quão irremediavelmente me odiava.

É notável como este, Pünktchen, vai na minha onda. (A menina muquirana, nada: nem um agradecimento.) Bastou que eu o deixasse roubar metade do meu *Waffel* para tê-lo mais ou menos à mercê da minha vontade, lambendo as plantas dos meus pés — é a única criatura que se atreveria a uma coisa dessas — e afundando o focinho na areia. Gosto de seus tiques — ele sofre de um tipo de Tourette específico de cães, menos coprolálico que o de humanos —, em especial dessa tosse que ele tem, solene e profunda, como se tivesse engolido um dicionário. Gosto da coleira trançada da qual pende a placa com sua identificação. É chamativa, ampla, fácil de segurar, e tem um toque étnico que me comove. Ideal como veículo de mensagens que sua cuidadora, por algum motivo extravagante, se visse impedida de receber diretamente. O cão como mensageiro. A anos-luz de minhas fantasias postais, Pünktchen desenterrou o focinho (tinha uma meia-lua de areia oriental na ponta do nariz) e, depois de espirrar duas vezes, me olhou fixo, com essa atenção um pouco ameaçadora que os cães mostram quando esperam alguma coisa. "Não tenho nada", disse-lhe, abrindo os braços. Ele veio mais para perto, se arrastando como um soldado. Continuava com os olhos pregados em mim, como se eu fosse a única pessoa do mundo. Procurei na jaqueta que usava como toalha de praia e uma por uma fui lhe mostrando, e ele descartando, as coisas que encontrava nos bolsos: um bilhete de metrô, um punhado desses espantosos centavos alemães, a embalagem de uma barra de cereal, uma nota fiscal amassada de um self-service chinês de Buenos Aires, um botão (com sua rebarba de fios azuis), o cartão magnético do hotel. "Está vendo?", disse: "Nada." Mas no bolso do peito, encurralado pela carteira, dei com o *fortune cookie* que levara da recepção do hotel no primeiro dia, e Pünktchen, alerta, ficou em duas patas. Dei-o, ele o manteve na boca por um segundo e o deixou cair na areia, onde o cheirou e lambeu, e após estudá-lo uma última vez, inclinando a cabeça, devorou-o em dois craques. Me olhou de novo como se nada tivesse acontecido. Mostrei-lhe a mensagem. Ficou mais interessado na porção de areia onde o biscoito estivera e começou a cheirá-lo. A mensagem dizia: *"You will have some good news from a loved one soon"*.

Quando era jovem fiquei muito impressionado com um filme. Era o segundo ou terceiro tomo do decálogo de um diretor polonês que acabou em Paris, filmando longas promocionais pomposos para a União Europeia. Lembro-me em especial de uma cena de sangue: um taxista era assassinado pelo passageiro nos arredores inóspitos de Varsóvia. Ou talvez fosse o contrário: o passageiro era assassinado pelo taxista. Tanto faz. O carrasco, em todo caso, nunca tinha matado antes, não sabia matar, e a vítima, por sua vez, não tinha nenhuma intenção de morrer, muito menos assassinada. Tudo aparecia amarelado no filme, como se velado pelo plástico sujo das bolsas de soro, e durava um tempão. Durava essa eternidade lenta, travada, de corpo a corpo sórdido, que com frequência dura o choque entre uma pessoa inexperiente com uma reticente que compartilham, no entanto, um mesmo gosto pela obstinação. Lembro-me que intervinham — nessa ordem — uma corda, um pau ou uma barra de metal, um cobertor xadrez provavelmente soviético, uma pedra, por fim, e que embora eu veja a sequência projetada em tempo real, sem cortes, na verdade ela era interrompida por planos de cavalos, trens, valas, cães vagabundos, digressões circunstanciais que a mesa de edição poderia ter feito desaparecer, como a do pé da vítima se contraindo ao lado do pedal do freio e perdendo seu sapato, mas que reforçavam a brutalidade do crime. Polônia. De repente, sem me pedir nada em troca, um filme me fazia lembrar do que os demais se empenhavam em me fazer esquecer: de como é difícil matar alguém. Com os seis dias de experiência que tenho na matéria, eu diria algo parecido sobre seguir alguém, esse outro passatempo do cinema, menos sangrento, mas tão característico, tão mal retratado, como a dura arte de matar. Além do abecê que os filmes ensinam, rudimentar, mas veraz, e principalmente feliz, porque no cinema não há rastreamento que não leve a algum lugar, nem que seja à estúpida verdade epifânica que o herói que segue o rasto nem sequer sabia que buscava, não sabemos nada sobre o assunto. Não temos ideia de como é, como se faz, que precauções tomar, e de repente *temos que* ir ao encalço de alguém. Não há nada mais distante de nós que isso, mas nossa vida está em jogo.

Eu soube que minha vida estava em jogo da primeira vez que voltei a ver Carla. Era também minha primeira vez no Ritz, onde estava havia quinze minutos montando guarda. Tinha a xícara de cappuccino no ar, na metade do caminho entre o pires e a boca, quando saíram do apartamento, primeiro Pünktchen, com seu ar de cavalheiro estouvado e seu coletinho escocês, estorvo do inverno que certamente persistia por razões estéticas; depois apareceu Carla, mal abrigada com uma jaqueta esportiva azul brilhante, as pernas perdidas numa dessas calças amplíssimas usadas pelos amantes de pernas de pau. Estava viçosa, como sempre, e recém-saída do banho. Do gorro de lã escapavam duas mechas de cabelo molhado que cruzavam as laterais de seu rosto até os pômulos. Como sempre, saía para conquistar o mundo, mesmo que fosse só até a esquina buscar leite de amêndoas e levar o cachorro para passear um pouco, como finalmente fez. Juro que nesse momento deixei de sentir minha mão. Deixei de senti-la como minha, como mão, e a xícara caiu e teve a deferência de se partir em dois pedaços limpos sobre a mesa. Um desastre com sorte: deu razão à francesa louca, que já antes do acidente patrulhava o café grunhindo, e a aliviou e até a orgulhou, e eu ganhei a pátina de prestígio que sentiria toda vez que voltasse a pôr os pés no lugar. Houve um único dano maior, que tive que carregar o resto do dia: o triste toque de psicodelia que as manchas de café deixaram em minha camiseta.

Para qualquer profissional, imagino, seguir Carla pelos cinco quarteirões em que a segui nessa primeira semana — incluída a escala no canil do parque, um chiqueiro cheiroso em que Pünktchen pisou para descarregar sua oferenda ("caga como os coelhos", comenta minha caderneta) e do qual fugiu dando um salto, coisa raríssima num salsicha — teria sido brincadeira de criança, um desses exercícios de primeiro ano das escolas de detetive por correspondência cujos anúncios — impermeáveis Bogart, óculos escuros, narizes quebrados à la Dick Tracy — adornavam as revistas em quadrinhos que eu roubava quando criança. Um percurso delimitado, a passo humano (no máximo canino) e com uma taxa de imprevistos nula, a não ser pelo toque do focinho de Pünktchen na fragrante vulva de uma vizinhazinha encantadora, abortado pelos reflexos rápidos de suas respectivas cuidadoras. Quanto a mim, depois de meses me conformando em adorar seu duplo digital, redescobrir o original pelo qual me apaixonei era uma bênção, um bálsamo suave e generoso, como as drogas que a essa mesma hora, duas estações de metrô mais ao sul, continuavam fazendo gente dançar em usinas elétricas recicladas.

Tudo acontecia com a fluidez do sonho, do bom, do sonho que só faz avançar. Mas num instante, como acontece também nos sonhos bons, que são elípticos, a distância se alterou e me vi frente a frente — por assim dizer — com Pünktchen, que parecia muito interessado em minhas botinas de neve (a única coisa que me pareceu berlinense de tudo o que guardava sem usar num armário em Buenos Aires), enquanto Carla, de costas para nós e de cócoras, estudava a vitrine de uma loja de lâmpadas, cafeteiras, sapatos usados, brinquedos de madeira, livros infantis antigos. No sonho eu esticava um braço — esse gesto fascista que a escola primária chamava de *tomar distância* — e a tocava. No sonho Pünktchen latia ou tossia e Carla se virava e tudo se despedaçava. No sonho, amparado pela lei, um ciclista acelerava para atropelar Pünktchen — cujo rabo ocupava de maneira ilegal um terço da ciclovia —, tentativa que eu frustrava resgatando-o no último instante, justo quando Carla desviava os olhos do velho mapa-múndi luminoso que o dono da loja acabava de acender e se virava e... Procrastinei (e o verbo, como uma página de prosa, me transportou para uma cidadezinha do interior, uma cidade à beira de um rio, um dia habitada por índios de ficção). Agora sonharia o sonho quando chegasse a hora, deitado em minha caminha de estudante interiorano do hotel de Moabit que eu gostaria que se chamasse Savoy. Seria pedir demais. Então dei meia-volta e pedi que Pünktchen me ignorasse como tinha me ignorado até então, todos e cada um dos minutos de sua existência rasteira, e fui meio que na ponta dos pés me esconder atrás de uma caminhonete da qual dois homens de branco, como velhos sorveteiros, descarregavam geladeiras.

* * *

Foi a primeira lição e a aprendi rápido. A distância entre seguir Carla e sucumbir a seu influxo era lábil, frágil; deixava-se alterar com facilidade, sensível que era aos estímulos do exterior, o ar, a luz, a luz em seu rosto que começava a se afoguear com o ritmo da caminhada e a obrigava a entrecerrar os olhos, a sorrir sem perceber, o donaire, o modo como certo movimento específico — retirar a barra da calça de debaixo do sapato, por exemplo, a fim de não continuar pisando nela — traçava uma linha secreta, visível só para mim, e só graças a esse gesto, na parte interna do músculo de seu braço. Descobria que seguir Carla era me pôr à prova de um modo particular. Me impunha uma disciplina, uma espécie de ascese dura, cruel, já que expunha diante de mim, flagrante, a única coisa que devia ser proibida para mim, o único objeto capaz de me levar a traí-la, sem impor a ele, que era a causa de tudo, nada, nenhuma restrição, deixando-o livre, solto, impune. Há, algo de monge deve haver naquele que segue outro para que sua missão não naufrague totalmente, vigilância, abstenção extremas, uma castidade firme — porque a menor fraqueza pode ser fatal —, mas não absoluta, como acontece, contudo, quando o objeto é retirado de sua vista, porque se fosse absoluta sufocaria também o impulso, a curiosidade, o anseio sem os quais seria impossível persegui-lo ou ele só seria perseguido superficialmente, deixando escapar detalhes essenciais. Ninguém podia segui-la como eu, porque ninguém tinha mais razões que eu para não segui-la sem fracassar.

Sim, tudo era questão de distância. Exceto, talvez, um caso, que eu nunca tinha considerado sob essa luz até que foi tarde demais, anos vendo espreitadores, detetives particulares e maridos patologicamente ciumentos seguindo pessoas em telas de dez por quatro metros não tinham me preparado para o problema capital: como manter a distância exata. E isso pela simples razão de que passavam por cima do estatuto novo, radicalmente desconcertante, que a presa adquire pelo fato de ser e na mesma hora em que é seguida. Lá está ela, efetivamente, movendo-se no que qualquer um chamaria de mundo, considerando naturalmente que, uma vez que compartilhamos as ruas pelas quais caminhamos, as árvores que deixamos para trás, os rastilhos de caco de vidro que uma noitada louca semeou a nossos pés, é o mesmo mundo no qual nos movemos nós, que vamos atrás dela. No entanto, nada mais equivocado. Não é a mesma coisa, por mais incongruente que isso soe. Tudo o que o mundo da presa compartilha com o nosso ela compartilha só à primeira vista, como uma isca, para produzir essa ilusão de reconhecimento sem a qual nos seria impossível segui-la. Ruas, árvores, rastilhos de caco de vidro: captamos esses elementos como quem capta os signos que nos orientam numa representação, e assim os interpretamos e nos são úteis. Tudo parece igual, uma e a mesma coisa, um e o mesmo universo. Mas basta prestar um pouco de atenção para detectar a fronteira que separa um do outro, fronteira invisível, um pouco irrisória — como os famosos campos magnéticos que nas velhas antigas séries de ficção científica justificavam todo tipo de impossibilidades inverossímeis —, mas que ninguém que esteja seguindo alguém ousará atravessar, que observará e preservará, na verdade, como a última defesa que o separa da catástrofe. Era no sonho, em especial nesses sonhos realistas onde vemos pessoas que amamos e conhecemos bem indo e vindo como de costume, cada qual com seu corpo particular, sua maneira especial de se mover, seu estilo, e os vemos caminhar, quem sabe rir, copo na mão, entre cenários que nos são familiares, envoltos em músicas que poderíamos cantarolar, e dizer coisas que pensamos ter escutado, um de pé, outro sentado no braço de uma poltrona, outro encostado no peito que ama, e enquanto tudo isso acontece e acontece ali, ao alcance da nossa mão, enquanto vemos toda essa gente representar para nós essa singela sequência de realidade consumada, não há um segundo, um só, em que nos esqueçamos da lei da qual pende tudo isso que vemos: a sequência persiste sem se dissipar só porque nós, que a sonhamos, estamos impossibilitados de intervir no que sonhamos — é nos sonhos, não no cinema nem no palco, que se aprende verdadeiramente a seguir alguém.

Então, depois de inserir a mensagem entre o pescoço de Pünktchen e sua coleira, abri a caderneta e anotei: *"You will have some good news from a loved one soon"*. Pensei que era a última que escreveria. Nada mal para terminar. Como o dispositivo, a caderneta — e tudo o que ela tinha dentro — só fazia sentido se continuássemos separados. Procurei a lixeira mais próxima. No meio da panorâmica topei com os olhos de Pünktchen, suplicantes, com esse véu meio submarino das cataratas. Parecia aguardar instruções. A mensagem despontava sob sua coleira como um pedaço de colarinho. Estalei os dedos de uma mão enquanto o afugentava com a outra. Pünktchen girou metade do corpo, pensando que eu tinha jogado alguma coisa para que ele a trouxesse de volta para mim. Sim, eu lhe jogava minha vida, minha pobre meia-vida, para que me trouxesse a outra metade e me devolvesse inteiro, eterno. Levantei-o — era leve e mórbido como um brinquedo de borracha —, girei-o no ar, pousei-o na areia de frente para a manta indiana, onde Carla passava protetor nas mãos e — "Anda, vai levar a mensagenzinha para a Carla, vamos", sussurrei. Imóvel, ele girou a cabeça de novo e me olhou, como se não se sentisse à altura da missão. "Lá!", gritei, e dei um tapa em sua anca — supondo que os bassês tenham ancas. Saiu disparado feito uma bala, uma bala mole, de desenho animado, dessas que não vão muito longe. No caminho, topou com o caranguejo inflável. Cheirou-o, se reconheceu, trepou como pôde na pinça (a mesma de antes, que começava a murchar), e se acomodou, disposto a uma sessão de torpor pensativo.

Passar protetor? Com os raios dessa tristeza de sol? Que exagero. Ainda mais considerando o grau ridículo de risco que podiam correr essas costas, semeadas de cima a baixo com roscas de uma lanugem espessa, longa, estranhamente lisa, tão longa e lisa que — dava para ver até de onde eu estava — poderia ser penteada. Porque foi ali, nas costas do garoto de dread, nessas costas simiescas que não precisava delas, que as mãos de minha holandesa começaram a espalhar o protetor que antes — delicadeza extrema, imerecida — ela aquecera esfregando-o entre as palmas das mãos. Partiam dos rins, as mãos, subiam juntas e na altura das omoplatas se separavam, como irmãs cúmplices que a vida leva por caminhos diferentes, e cada uma traçava um semicírculo em sua metade de espalda e depois desciam de novo, e o desenho geral, "tomando distância", era o de uma espécie de borboleta, com a vertical de seu corpo alongado subindo no eixo da coluna vertebral e suas duas asas abertas dos lados, largas em cima, nas omoplatas, afinando-se mais embaixo, quando as mãos voltavam ao ponto de partida, ou o de duas orelhas grandes, disformes, muito separadas da cabeça, de ambos os lados de um rosto magérrimo. Percebi que às vezes eu fazia isso de propósito: desfocava a imagem e a deixava se esvaziar, sintetizar-se em linhas, formas, movimentos gratuitos, que não significavam nada ou aludiam a mundos remotos, que me distraíam ou não me afligiam tanto. Tudo para refrear o impulso de correr e me meter na cena que estava vendo. Uma artimanha de desespero infantil, de menino mergulhado no tédio de uma viagem de férias interminável, preso num carro, já esgotadas todas as táticas — leitura, sono, guloseimas, canções, vandalismo — para abreviar a passagem do tempo e os quilômetros.

É só por esse motivo que vou lamentar me desfazer desta caderneta. Não vou sentir saudades do que anotei. "Alimentando patos às margens do canal." "A mão do cara da bicicleta em seu ombro." "Atravessa a ponte olhando o celular." "Senta-se no metrô sempre ao contrário, no sentido oposto ao que segue." Qualquer uma dessas coisas poderia ter sido anotada por qualquer um. Não está sequer bem observado; é literal; conserva demais — apesar de sua insipidez de relatório de espião, ou talvez por isso — essas rajadas de vida alheia que gostaria de esquecer, ou já ter esquecido. Já os desenhos... Mais de uma vez abri a caderneta para fazer alguma anotação, uma dessas bobagens que a ilusão ou o rancor nos convencem de que são significativas, e descobri que minha mão divagava, se perdia, como os cães quando o odor de um rastro os desvia, e começava a desenhar linhas, setas, formas, rabiscos espontâneos, sem causa aparente nem finalidade, indiferente a qualquer intenção figurativa. Não eram nada. Eram tão nada quanto as flores, os nós, as espirais, os oitos deitados, as estalactites que nossa mão fazia por nós no verso de um panfleto, na anotação dos gastos diários, no recibo da tinturaria enquanto conversávamos no telefone. Outro automatismo divagante que a telefonia inteligente abolia. Eram nada, mas depois, jogado na cama do hotel, com as pernas doloridas, amodorrado pelo rumor da tevê, olhava de novo para eles e, gratuitos que eram, incapazes de dar um passo além da caderneta, o único lugar do mundo onde tinham uma razão de ser, via neles algo novo, não um sentido, mas uma vontade, uma determinação próprias, as mesmas, sem dúvida, que tinham afastado minha mão da escrita para entregá-la à garatuja, mas que agora, com a chegada da noite, quando tudo o que o dia oferecia para viver já fora vivido, parecia perder certo pudor e mostrava o que na verdade tinha feito, o que estivera fazendo enquanto fingia matar o tempo com todas aquelas setas, riscos, círculos: um retrato. O retrato do que tinha visto durante o dia, esse dia que se perdia numa versão abstrata, sinóptica, sintética, tão fiel e tão irreconhecível como o retrato que um eletrocardió-grafo dá de nosso coração. Estava tudo lá, ao mesmo tempo con-servado, porque olhando aqueles borrões via também Carla des-cendo as escadas do metrô com a bicicleta nas costas, comendo um *shawarma* na plataforma, lendo ao sol com Pünktchen a seus pés, e de certo modo nu, despojado de qualquer elemento de vida, limpo, como se diz que fica limpo um osso do qual se tirou o último fiapo de carne. Foi esse truque doméstico, precário, que reduzia movimentos a vetores, traduzia paisagens em borrões e fazia brotar borboletas e orelhas do que não era mais que pele, pele e cabelos, pele e cabelos e as divinas mãos forasteiras de Carla, o que de fato me salvou na piscina.

Porque fomos à piscina em Berlim. Não podíamos não ir. Digo, fomos: o plural é bem plural: havia centenas de pessoas nesta tarde na piscina de Berlim — feriado, férias escolares, algu-ma calamidade do tipo —, mais o grupo compacto formado por Carla e seus *jeunes garçons en fleurs*, mais a amiga que se juntou ao grupo depois — a mesma do lago, aliás, que agora, ausente sem aviso, permite essa desagradável e sobretudo gratuita sessão de blindagem antissolar —, mais eu mesmo, atrasado por uma diligência de última hora, a compra do calção que percebi que seria necessário assim que vi o azul-turquesa da sunga do nadador plotado na porta da piscina (que era automática, como me indi-cou com muita falta de educação a senhora que me viu empurrá-la quando estava saindo). É o calção que estou usando agora: preto, abrasivo ao tato, percorrido por essas costuras que pinicam como formigas, uma dessas peças vulgares que a emergência obriga a pagar três vezes o que valem, que juramos usar só uma vez e descartar assim que der e que acabamos levando sempre conosco, até mesmo entesourando-a, mesmo sem usá-la, como um souvenir ou um troféu. Duvido que seja esse o meu caso. A mesma lixeira que engoliu o dispositivo, a mesma que mais cedo ou mais tarde engolirá esta caderneta, engolirá em algum momento das próximas horas (não tenho pressa, não agora), quando voltar para a cidade, com as maçãs do rosto úmidas de Carla, que terá chorado um pouco em meu ombro, este calção horroroso que um empregado no fundo bastante amável — considerando minha inaptidão linguística e minha pressa — deu um jeito de entender que eu necessitava, aceitou se levantar de seu posto para ir buscar (que abacaxi para os demais integrantes da fila aquele cartaz que ele pendurou no guichê, acho que com a legenda "guichê fechado") e extraiu da grande caixa de papelão onde dormia entre outros, envolto numa nuvem da umidade.

Não foi grave. E pode ser que este calção feio e ordinário que agora, diante do lago, tiritando só de olhar para os dementes que entram na água a passos largos, eu me pergunto se não vou acabar usando, seja o melhor, o mais apropriado, o único que o fantasma que devo ser aceitaria. Nada era grave, na verdade, exceto a súbita hostilidade que parecia ser a tônica do mundo, em especial de catracas, cartões magnéticos, bilheteiras automáticas, botões, caixas, minha memória pouco tonificada e demais dispositivos encarregados de me franquear ou de me vetar o acesso a algo quando eu mais precisava, ou seja, quando os tornozelos de Carla se afastavam além da conta. Eu a perderia de vista de qualquer modo pouco depois, quando, transpostas as catracas, o fluxo de público se abrisse como uma língua bífida e as mulheres fossem para o vestiário da direita e os rapazes para o da esquerda (distinção ou prudência que não parecia vigorar no setor nudista do lago, segundo o pouco, mas explícito, que se conseguia ver da posição em que eu estava). Então segui em frente com os meus, dois adolescentes com marcas de espinhas no rosto e lábios túrgidos que se golpeavam mutuamente com suas mochilas.

Distraído pelo lance do calção, pelo rastro de Carla que me fugia, passei por cima do primordial: a piscina na qual eu entrava era alemã. Todo um mundo de regras, usos e costumes desconhecidos desabou sobre mim, hermético, em letra gótica nefasta, quando entrei e fui recebido por jatos de ar quente, a algazarra dos meninos pulando nos bancos, pondo a cabeça nos secadores de cabelo como se fossem capacetes. E os sapatos: o arquipélago de sapatos que se estendia pelo chão. A exposição universal do sapato. Foi por um triz, mas não cheguei a me desesperar. Tive uma ideia e a segui: fazer o mesmo que os outros fizessem, os locais, um truque que trouxe de uma viagem a Santiago do Chile. Estava no décimo segundo andar de um apartamento no bairro Lastarria, falando ao telefone, quando tive a impressão de que as taças penduradas de ponta cabeça na cozinha começavam a se tocar e a tilintar e que a mesa na qual eu me debruçava estava se mexendo. Com exceção de usar o elevador, todo o resto — ficar sob o batente de uma porta, me esconder debaixo da mesa, descer pela escada, não me mover —, gritado pelo instrutor indeciso que me coubera, soava idôneo e suspeito, como todas as soluções ouvidas no cinema quando as escutamos no contexto real. Eu nem sequer me dava conta do básico, se era um terremoto ou um tremor de terra. Como saber o que fazer? Eles devem saber, pensei. Eles: os chilenos: todos os que não eram eu. Me aproximei da janela: dava para uma dessas praças de alimentação agitadas, com fontes de água e retalhos de música funcional. Drinques, almoços, garçons apurados, gente de terno se abraçando. Todo mundo continuava na sua. Eu continuei na minha. Me acoplei à dupla de garotos belicosos, tirei os sapatos — meu grão de areia para o arquipélago — e me deixei levar por um luminoso labirinto de *lockers*. Não sei quantas vezes fui ridículo. Muitas, certamente, todas associadas à pressa desajeitada, agravada pelo dissímulo, com que nos mimetizamos com os outros para passarmos desapercebidos. Me redimi quando emprestei para o meu vizinho a moeda de um euro que ele procurava em vão para fechar seu *locker*. Façanha louvável, mas breve. Pisei na bola de novo dez minutos depois, quando descobri no beneficiário de meu crédito o mais tímido (não o menos efusivo, curiosamente) dos *jeunes garçons en fleurs* com os quais Carla tinha combinado de se encontrar na piscina.

A piscina! Fiquei tão aturdido que agora tudo se confunde. Creio que havia uma piscina embaixo, irregular, cheia de pontezinhas e cascatas e um longo escorregador de metal que saía para fora, desenhava um par de caracóis no ar e entrava de novo, cuspindo garotos que caíam na água numa nuvem de gritos. Uma escada gelada, semeada de poças como armadilhas. Em cima, uma piscina rasa (onde chapinhavam as crianças que não cabiam na de baixo), a piscina para os adultos, olímpica, com seus dois trampolins e, ao lado, uma série de tanques ou banheiras grupais que ofereciam água quente, água salgada, bolhas, chamegos de pés adúlteros disfarçados de toques acidentais. A caderneta, em todo caso, diz pouco do que vi e um pouco mais, talvez, da impressão que o que vi me causou. Tudo é mancha, linhas que giram sobre si mesmas, verticais que rasuram umas às outras: uma espécie de torneio de torvelinhos sem ganhadores à vista. Olho de novo as páginas e sinto o mesmo frio glacial que senti ao perceber que teria de encontrar Carla, e tê-la ao alcance da vista, no meio daquela multidão. Que fique claro: não era só o medo de não encontrá-la, de não poder ver, de ser humilhado por tudo o que não veria. Era o medo de ser desmascarado: a possibilidade de que no meio daquele tráfego de corpos de todas as idades, tamanhos, raças, de repente ficássemos frente a frente, ela com seu maiô de natação todo vermelho — meu preferido —, eu com o meu calção, aquele traste comprado às pressas, e...

Mas também havia colunas na piscina, amplas colunas de azulejos brancos que aproveitei para derivar com sigilo até um lado e enfim me sentar, exausto, quando tudo estava só começando, numa espécie de banco redondo, também azulejado, ao lado de um garoto que brincava tristemente, entre duas pernas magérrimas, com os cordões de seu calção. Dali, com a clareza rancorosa de quem se autoexcluiu do mundo observado, não demorei a vê-los, como se seus contornos fossem de néon e brilhassem na selva de corpos que crescia a seu redor. Carla, pulando exultante, mas em câmara lenta, como se pula num elemento líquido, atirava alguma coisa na água, algo pequeno e suficientemente estúpido ou precioso para que sua corte de admiradores mergulhasse para buscar, esperançosos com a promessa de uma retribuição que só podia ser carnal. A cena era de uma criancice insultante, e agora o garoto a meu lado chorava em silêncio, balançando as pernas no ar, e enquanto chorava erguia os olhos com dissímulo e os dirigia para o setor da piscina onde chapinhavam as razões de seu pesar — uma mãe distraída, um irmão mais velho sádico, um pai absorto nos planos pouco castos que lhe inspiravam as ninfas atléticas à sua direita. Houve diversas brincadeiras inócuas, provas que o séquito aceitou e contornou sem outro dano além de uma mecha de franja molhada enfiada num olho, água demais no nariz, cãibras no arco de um pé, a chave do *locker* perdida no fundo da piscina. Houve ameaços de competições, figuras subaquáticas de colônia de férias (parafuso, mortal de costas, clássicos da retórica exibicionista) e até um arroubo de ornamentalismo pedante que um salva-vidas vestido todo de vermelho não demorou a abortar — os trampolins não estavam habilitados. Sei que todos esses pavoneios aconteceram, mas eu não vi, cego que estava pela rápida raiva com que meu polegar, já sujo de uma página anterior, os esfumava nas páginas da caderneta, transformando-os em manchas, sombras confusas. Desfiei-os, esfiapei-os, reduzi-os a massas puras de coisas que confluíam, se entrelaçavam e se repeliam na areia instável de uma água que não toquei, que me aterrorizava tocar, mas na qual não deixava de me imaginar ziguezagueando entre as pernas alheias, incógnito, como um peixe jovem e entusiasta, até emergir de repente ao lado de Carla, vertical, em modo golfinho, e pôr as coisas em seu devido lugar de uma vez por todas. Entendi o alívio, a serenidade precária, mas efetiva, do artista que interpõe entre ele e o mundo o anteparo de um borrão que diz reproduzi-lo, mas que só o conjura.

Não era uma imagem bonita, convenhamos. Posso imaginar uma dúzia de cenas mais estimulantes que a de um cinquentão branquelo de sunga esboçando seu desespero numa cadernetinha de capa mole numa piscina pública berlinense. Também não era bonita para mim, que a encenava e era consciente da encenação no momento mesmo em que a punha em cena, em especial nesse transe epifânico fugaz no qual o menino chorão, provavelmente farto de não encontrar respostas para seu choro nos responsáveis por causá-lo, se virou para mim, ou melhor, para o meu lado, e ao topar com minha imagem desoladora parou de chorar na hora, pulou no piso gelado de azulejos e saiu correndo para a piscina rasa, com a euforia amnésica de que só gozam as crianças e as mulheres sagitarianas. Mesmo assim, a imagem tinha uma vantagem: passava despercebida. Gigantescas bolas infláveis iam e vinham como projéteis de uma guerra cósmica, pencas de meninos se perseguiam entre as colunas, patinando longamente sobre as poças, tropeçando com os pés de pato, os snorkels, as nadadeiras de mão espalhadas pelo piso como armadilhas, e não muito longe, em algum banco vizinho, famílias agasalhadas em toalhas úmidas desembrulhavam acepipes fresquinhos, cortavam laranjas, descascavam bananas. Se não tivesse sido amordaçado pela ansiedade, pelo medo de se delatar, pelo anseio de ter Carla sempre na mira, mesmo que fosse para, uma vez localizada no caos, esfumar sua figura deliberadamente, o comparatista selvagem que se debatia em mim teria tirado conclusões suculentas dessas duas horas intermináveis de piscina alemã. Alguma coisa, uma promessa módica, chegou a pingar, em todo caso, na caderneta. "Fora da água", li que tinha escrito aquela noite no hotel, sem ter nadado um metro, mas com as pernas e os braços entorpecidos pelo cansaço, enquanto esperava o último Skype fraudulento com Carla, "a lição é a mesma de dentro: todos sabem o que podem e o que não podem fazer, e é esse limite invisível que separa a desordem calculada do acaso intolerável."

Só havia uma raia e estava lotada de nadadores, obviamente. O resto era terra de ninguém, um inferno sem lei, uma encruzilhada de avenidas com todos os semáforos quebrados. Isso dentro da água. Fora… Bastava que algum provocador ameaçasse pular a faixa onde estava escrito perigo e que bloqueava os trampolins para que o salva-vidas de plantão o interceptasse com cara de invocado. Mas quinze minutos depois, ao chegar a hora prevista na agenda do dia para saltar, o mesmo provocador, pulando em salto bomba do trampolim mais alto, podia cair a cinco centímetros de um nadador incauto e ninguém tinha nada a lhe repreender. Os repreensíveis eram suas vítimas potenciais, o velho lento, a doce sereia estilizada — a própria Carla, sem precisar ir longe, a quem vi maravilhado abrir caminho entre a maré de boias humanas sem nunca tocá-las, como que guiada por um sexto sentido de náiade —, que tinham esquecido que, a certa hora da tarde —, marcada por dois relógios enormes, idênticos —, um quarto do total da piscina passava a ser território exclusivo do grêmio dos saltadores. Mesma coisa com a comida. Ninguém punha a boca no trombone se nesse entorno asséptico e escorregadio, como de necrotério molhado, uma família destampava uma dessas lancheiras *king size* projetadas para ser aberta e empestear a atmosfera à sombra de plátanos centenários. Mas bastava que algum filho, com pressa de voltar para a água, deixasse cair um resto de pão, uma fatia de presunto mordiscado, uma casca de tangerina, para que seus próprios pais ou até seus irmãos mais novos — bucha de canhão da polícia civil invisível — o apedrejassem na mesma hora.

Nessa noite, quando nos encontramos na tela (mais de uma vez discutimos a questão, mas nunca chegamos a um acordo sobre se era uma ou se eram duas), dediquei-me a interrogá-la sobre o "seu dia". Duvido que reparasse nas aspas, mas alguma coisa deve tê-la alertado ou lhe soado estranho, talvez a mistura de exaustividade e *nonchalance* do interrogatório, porque respondeu às perguntas com um sorriso, levando todo o tempo do mundo, e até com um toque de coquetismo que me reconfortou, a tal ponto, esgotado como estava, eu me sentia longe de merecê-lo. Foi o único prazer que pude obter de um dia atormentado (descontando a toalha que escondi nos chuveiros do mesmo pajem de Carla a quem emprestei o euro, que esqueci de pedir de volta, e o frasquinho de xampu que outro do séquito tinha acabado de deixar destampado no chão e que entornei ao passar, chutando-o com o lado de fora do pé direito). Era bonito, no fim de um dia sofrido, tê-la assim em meu poder, sabendo antes, melhor que ela, qual era o caminho de sua salvação e qual o de sua condenação. Era um pouco como voltar a ser professor, estar de novo numa banca examinadora e dali, dessa espécie de cume miserável, adornado de condescendência, saborear o horizonte bífido do examinando, os acertos que o aproximavam do triunfo, os passos em falso que o faziam despencar. Carla não errou nenhuma vez. Disse toda a verdade, toda a visível, pelo menos, a que eu estava em condições de corroborar, a que minha caderneta, a seu modo espectral, de distorção de pesadelo, tinha arquivado. E eu, a meu modo, também. Vivíamos na mesma hora, estávamos na mesma cidade, tínhamos ido à mesma piscina. O que faltava era ínfimo: esse trecho absurdo, visível no espaço, mas impossível de confirmar, que o ponteiro dos segundos tem, no entanto, de percorrer para que as coisas aconteçam. As coisas: o amor, enfim, ou a explosão da bomba caseira oculta na pasta de um funcionário de escritório mal pago que aceitou levar, por pouco mais do que pagou pela pasta, o pacote que um colega do escritório de uma timidez patológica lhe delegou.

Há certa generosidade, temerária mas feliz, que vem com o cansaço e dói de forma agradável, como acontece com os músculos. Um momento antes do Skype, fazendo hora no computador — dois e-mails de Renée que deixei de lado, dois anúncios quase vintage de uma técnica de alongamento peniano aparentemente infalível —, topei numa dessas plataformas de filmes com um velho melodrama inglês que fazia décadas que não via. Eu o vira pela primeira vez aos doze, treze anos, a mesma idade, em todo caso, que o herói do filme ia atingir na casa de campo onde passava as férias, rodeado de uma família alheia, perdidamente apaixonado tanto pela mulher rica como pelo granjeiro brutal para quem servia de mensageiro clandestino. Uma deusa prógnata com penteados inverossímeis, um rústico sexy, um garoto oprimido pelo peso de sua própria seriedade: meu ménage à trois inaugural. Gostei — assim, sem pensar nem comparar, como quem muda de nome — de decretar que nessa história enterrada se esgueirava um capítulo-chave de minha educação sentimental. Descobri-o no computador e fiquei indeciso por alguns segundos, jogando com a ideia de vê-lo de novo. Mas não havia tempo. Não me atrevi. Preferi *dá-lo*, dá-lo para Carla. Ia ser "projetado" — usei a palavra de propósito, só para escutar de novo aquela risada condescendente que eu adorava — por mais vinte e quatro horas. Carla não o conhecia. Me pediu mais detalhes, em que época se passava, que definisse "brutal" ou lhe desse um exemplo. Me perguntou como terminava.

Pünktchen olha para mim. "Vai. Anda." Seus olhos parecem pedras brilhantes incrustadas no solo, movendo-se como carapaças de pequenos escaravelhos. "Vai! Leva isso pra Carla! Vamos!" — e chuto de leve a pinça do caranguejo que ele escolheu para se deitar. Desestabilizado, ele gira sobre o próprio eixo, cai na areia e se levanta se sacudindo. E me olha atento, tenso, com aquele servilismo irritante dos cães, ao mesmo tempo de escravo e de traidor. Ah, sim, eu teria um filho, também. Desde que fosse igual a Carla: uma filha intrépida, enérgica, incansável, que me arrastaria pela mão mundo afora e que adormeceria noite sim, noite não com histórias lunáticas, sem pé nem cabeça, improvisadas no desconfortável canto da cama que consentiria em me destinar, e eu dormiria com ela, um pouco depois dela, o suficiente para desfrutar por alguns segundos do espetáculo de seu abandono, e nenhuma das obsessões com as quais o departamento reprodução me perseguiu ao longo da vida teria a menor importância: nem o pânico de ter uma vida alheia nas mãos — tê-la literalmente, ou seja: poder literalmente deixá-la morrer, fosse por ignorância, tão imenso é o que não sei e nunca saberei dessa vida, por negligência ou, simplesmente, por esgotamento, para por fim recuperar, depois de dias consagrados a lidar com o choro e a insônia, essas duas ou três horas serenas, limpas, todas para mim, todas para as forças dizimadas do meu sono, que me permitirão ressuscitar e ir até seu berço e levantá-la e abraçá-la outra vez — deixá-la morrer para amá-la de novo, dessa vez *bem*, não como o espectro esfarrapado que fui, no qual foram me transformando ela mesma e seu choro e a língua balbuciante, incompreensível, de suas queixas, um pouco no mesmo espírito otimista e insano daquele casal de filicidas que, fartos das perguntas, dos protestos, da curiosidade indiscriminada, das exigências com que sua filha de quatro anos os atormentava o tempo todo, a todo momento, resolveram decapitá-la na pia da cozinha, para não sujar o chão, imagino, convencidos de que assim ela por fim aprenderia —, nem o espanto de uma cotidianidade abduzida, regulamentada por outro, outro que, ao menos por um bom tempo, só se dirigirá a nós berrando, defecando, se mijando todo, sacudindo braços e pernas sem o menor senso de coordenação, todos sinais básicos e ao mesmo tempo inadiáveis de vida ou morte, de modo que uma fralda negligenciada ou a recusa em dar um mamilo machucado podem ser fatais como uma ordem de prisão ou um diagnóstico terminal, nem a sensação atroz, de um peso insuportável, de que essa outra vida que de repente encosta na sua, embelezando-a também, naturalmente, e mesmo lhe proporcionando toda a felicidade que antes não tinha, essa outra vida é para sempre, e sempre no sentido literal, no sentido de cada ano de sua vida, cada mês e cada semana e cada dia e cada hora e cada minuto e cada segundo de sua vida, sempre, incluídos todos esses extras sagrados, sublimes, que o mundo contemporâneo possa nos brindar, as horas extras das férias, a mais-valia sensorial das drogas, a vida suplementar da sonoterapia, os tratamentos de rejuvenescimento, os programas de desintoxicação, todos e cada um a partir daí afetados, hipotecados ou simplesmente controlados à distância por essa outra vida para sempre — a menos que algo ainda mais atroz, algo inominável, doença, assassino, acidente, se encarregue de lhe dar um fim, e nesse caso eu — o mesmo eu que agora se acocora na areia, levanta Pünktchen, muda-o de orientação no ar e volta a pousá-lo no chão, olhando para a manta indiana —, eu não queria ter existido, eu queria estar morto.

Lá vai Pünktchen, meu Mercúrio, com esse andar de boneco de madeira dos salsichas — enquanto ressoa em minha cabeça o tamborilar que suas unhinhas fariam ao arranhar um bom piso de carvalho —, deixando na areia o rastilho de pegadas que alguém, mais tarde, vai parar para olhar — as praias, mesmo as do lago, costumam ser teatros do tédio — e descartará sem sequer interpretá-las, apagando-as com a sola calejada do pé. E um metro antes de chegar a seu objetivo, como se a alça invisível que ele puxa tivesse atingido seu limite, para abruptamente e desvia, tentado pelos odores prometidos por um par de tênis meio enterrados. Cão encantador, de passagem um tanto fugaz pela história do correio. Na manta, esmagando com suas nádegas, suponho, uma dessas deusas com cabeça de elefante que assustam crianças imaginativas nos restaurantes indianos, Carla, sentada em meia lótus, tenta se levantar sem usar as mãos, atarefadas em eliminar uma dobra incômoda de seu maiô. De pé, ao lado dela, o Besuntado considera oportuno, divertido ou cavalheiresco ajudá-la e estende as duas mãos magras, longas, como que enluvadas de pelos, que Carla finge avaliar com ar altivo e descarta. Há certa hesitação quando se levanta, um tornozelo que cede, um joelho trêmulo, e outra vez as mãos simiescas oferecem ajuda, agora com sucesso. Assim, compensando o soçobro fugaz com a elegância de um salto esportivo, Carla corre para a água.

Uma mulher corre para a água. Às vezes, não sei como, não sei por quê, e daria a vida para saber, acontecia de eu conseguir vigiá-la sem apego nem urgência, como se do fato de vigiá-la, e das coisas que pudesse descobrir ao vigiá-la, não decorresse nada, nenhuma decisão, nenhum futuro, exceto, na melhor das hipóteses, contrariedades pouco significativas, como perder a manhã dando voltas num bairro qualquer atrás de uma mulher e de um cão, sem descobrir nada que pudesse alterar uma decisão já tomada e um futuro conhecido. Vigiá-la era no máximo um erro, nunca uma tragédia. E que alívio, meu deus. Pouco me importava então seguir com meus olhos a direção de seu olhar para ver o que havia naquela esquina, naquele canto, atrás daquele vidro, que tanto lhe interessava; pouco me importava saber para quem ela estava ligando, de quem recebia ligações, que tipo de relação a unia àquele enxame de pessoas desconhecidas com as quais só parecia se roçar, não importa quão intenso fosse o toque, e do qual essas costas forradas de pelos que ela acabava de besuntar de protetor com sua técnica deslumbrante era apenas um exemplo. Eu olhava uma mulher fazer o que fazia. Ponto. Lembro-me de uma vez em particular: como quase sempre, tinha dormido mal, minha cabeça zumbia um pouco, sentia o corpo entorpecido. Vi-a sair, ir até a estação do metrô, parar um minuto diante da mulher que tocava de costas seu instrumento de vidro e largar umas moedas num cesto de vime surrado. Vi-a viajar de pé (embora houvesse assentos livres), absorta em seu telefone, que volta e meia martelava com seus polegares infalíveis, e descer, e hesitar sobre qual saída pegar, e esbarrar, ao se decidir, numa dessas amazonas berlinenses cobertas de roupa, desafiantes, capazes de entrar num metrô carregando no ombro uma árvore pequena em seu vaso ou uma caixa de papelão cheia de víveres e empurrando um carrinho com gêmeos que choram sem sequer transpirar, e a vi pedir desculpas, e sair da estação e começar a andar por uma avenida ampla, limpa, que um sol inesperado resolveu aquecer... Sem comentários. E nesse momento de distensão, longe da órbita em que desconfiança, medo e ansiedade, velhos companheiros de estrada, certamente continuavam girando, quando a ficção de acreditar que eu estava fora da vida que contemplava chegava ao ápice e era perfeitamente convincente, o alívio se tornou cristalino, de uma nitidez espantosa, e então assisti não ao que estava vendo, mas à ideia que o sustentava, o alimentava, o tornava possível, e essa ideia era esta, a mesma que agora, quando vejo Carla ir até a margem, me cobre como uma sombra: *que nessa vida não há lugar para mim*, uma ideia mais poderosa e lapidar que qualquer rival, qualquer ameaça, qualquer impossibilidade.

Vai até a margem e no punhado de metros de praia que percorre tudo o que não é ela, seu jeito decidido de se mover, o traço limpo de seu contorno, o vermelho-sangue de seu maiô de natação, tudo entra num limbo difuso, tudo fica borrado e retrocede, intimidado. A amiga volta de algum lugar carregada de bebidas, mas algo a retarda e é como se sucumbisse a uma câmara lenta longa, interminável. O Besuntado está de pé com as mãos na cintura, olhando para o lago — para a parte do lago onde Carla logo vai pôr sem vacilar um pé depois do outro —, considerando a descarada ideia de se unir a ela. Mas sua imagem se aplaina, sus bordas se esfumam. Não vai acontecer. E quando a praia inteira também começa a se esfumar, envolvendo nessa espécie de magma silencioso a última palpitação de que está feita, Carla, afundando os pés na faixa de areia úmida, se detém apreensiva, tomada por um pensamento repentino — algo chave, que pode acontecer ou se perder para sempre na explosão de um instante —, e gira abruptamente, e ao girar seus olhos percorrem um arco amplo e a panorâmica que traçam passa pelo píer de cimento, pela torre de observação onde o salva-vidas loiro cochila, pelo enxame de crianças que se sujam na margem, pelas bolas infláveis, pelas pazinhas, pelas famílias que acampam — e passa por mim, que estou atrás das famílias que acampam, atrás do caranguejo, com a caderneta nas mãos, boquiaberto e com o queixo caído de quem assiste a um prodígio, e segue ao largo e cai sobre o Besuntado, que põe a mão em concha atrás da orelha. "Pünktchen?", pergunta Carla. O Besuntado olha ao redor e descobre o cão ao mesmo tempo que eu, mordiscando a sola de um tênis que imobiliza entre as patas, como uma pomba morta. "Aqui", indica o Besuntado, apontando várias vezes o dedo para o cão. Carla sorri, dá meia-volta, entra na água.

Como se voltasse de um mundo mudo, escuto de repente o estalo brutal de lonas que tremulam e se chocam contra postes de madeira. Rajadas de areia fustigam meus tornozelos. Uma gota bate no centro da página na qual minha caderneta está aberta e se abre num borrão úmido com forma de flor, de fruto. Gostaria de pensar que é um sinal. Penso — não perco nada com isso. Fecho a caderneta, deixo-a cair sobre o mapa empinado pelo vento e vou até a margem. Só quando a água atinge minha cintura percebo que ainda estou de camisa, que o sol sumiu e que está chovendo, chuva de verdade mesmo, não só uns sinais. Tarde demais. Diminuta e redonda como um alfinete, a cabeça de Carla avança para o centro do lago. Seu rastro traça uma reta negra na água cinza-chumbo. Faz frio, minhas pernas doem — em especial uma, já não sei qual, naquele lugar que meu pai chamava de "batata da perna". Se tivesse um plano, eu diria: tenho um plano: nadar paralelo a ela, mantendo distância, duas cabeças de alfinete abrindo caminho ao mesmo tempo no Schlachtensee, e assim que perceber que ela parou, me aproximar devagar. Não consigo pensar num lugar mais íntimo que o centro do lago.

Avanço primeiro nadando peito, e aproveito cada vez que tiro a cabeça para comprovar que Carla continua ali, ao alcance da vista. Deixo o píer para trás, mergulho para cruzar a linha de boias e quando desponto de novo a cabeça tenho um pedaço de planta, de alga, grudado num olho, como um tapa-olho pirata. Continuo mais um pouco, agora mantendo a cabeça sobre a linha da água. Já vejo a margem vizinha com seus ravers nudistas, suas churrasqueiras fumegando, suas caixas de som portáteis postadas sobre as rochas. Uma canoa se afasta, afugentada pela chuva. Encorajado, mudo para crawl e acelero, mas logo deixo de bracejar e paro desanimado, como se o lago não fosse o que me prometeram. Estou sozinho. Não há boias, nem bordas, nem raias, nem marcas pintadas no fundo. Procuro Carla. Vejo-a nadar com suas braçadas lentas, regulares. Minha máquina. Minha preciosa máquina holandesa. E se ela não parar? E se decidiu atravessar o lago a nado? Porque só assim, de margem a margem, penso enquanto boio exasperado, é possível nadar num lago. Nada-se em relação a um limite, e num lago não há outro limite a não ser a margem. Nada-se contando. Nada-se para contar. Vinte e oito braçadas de crawl em cada volta. Trinta e duas de peito. Sinto falta da piscina e de suas regras, seus labirintos, sua dimensão de aquário. No último Skype, pouco depois que lhe dei de presente meu capítulo enterrado de educação sentimental, Carla me falou de uma piscina de Berlim que tinha embaixo, numa parede da entrada, uma grande janela retangular que dava para o interior da piscina, pela qual dava para ver os nadadores a partir do fundo, em contre-plongée, seus corpos sem rugas, flexíveis, empenhados, suas bocas cuspindo réstias de bolhas, nadadores vestidos, nadadores que caminham, nadadores sem cabeça... Um avião cruza o céu e o rastro que deixa, branco, é o eco do que minha amada deixa na água. Por um momento a perco de vista. Engolida pelo lago. Posso imaginá-la em um de seus transes de acrobacia solitária, mergulhando até o fundo por curiosidade, pela simples vertigem de apalpar com os pés a flora que cresce lá embaixo, cega. Não há nenhum sinal dela, como não há da canoa que encalha agora na orla defronte nem do caminho que eu mesmo tive que percorrer nadando para chegar até aqui. Há algo admirável e imoral no modo como a superfície da água apaga as marcas de tudo que a toca. Como uma pele que se restaurasse na hora, uma e outra vez, sem nenhuma cicatriz, um segundo depois de ser ferida. Que tecido tem esse privilégio? Mas lá está, lá desponta a cabeça novamente e afasta o cabelo do rosto com as mãos. Agora que a hora é uma, a mesma para os dois, regendo o visível e o sigiloso com sua lei implacável, será que vai chover sobre ela como chove aqui sobre mim, uma chuva fina, meio em diagonal, pouco mais que uma risca de água? Carla olha para o céu, abre os braços em cruz e começa a boiar de costas. Lá vou eu.

Faço um cálculo a olho, sabendo que vou me equivocar: em sessenta, setenta braçadas estarei a seu lado. Pouco mais de duas voltas de piscina, só que rarefeitas, aumentadas pela imensidão, pela falta de pontos de referência na água. Poderia medir meu avanço em função da orla, essa meia-lua de areia onde os ravers nudistas elevam suas garrafas de cerveja para o céu, exaltados pela chuva. Mas nadar é linear e a orla é fractal — toda orla, mesmo essa pista de dança que logo será um monte de lixo. O que parece uma distância praticável, fácil até para músculos negligenciados como os meus, torna-se elástica, se dilata e se estende misteriosamente, como se eu a multiplicasse com meu nado, como se no espaço de cada metro, à maneira grega, aparecesse mais um metro, e dentro desse, outro, e outro, e outro, até que já não há como medi-la. Poderia ficar horas nadando, todo o tempo do mundo, e continuaria ali, diante da meia-lua de areia, como se estivesse imóvel. Contudo, devo estar avançando um pouco, porque a anomalia imprecisa que é o corpo de Carla boiando lá longe vai ficando mais nítida. Já se distinguem partes, o perfil do rosto, áreas do peito e dos braços, os joelhos como ilhotas, as pontas dos pés. Devo ter avançado um pouco, sim, porque a chuva é mais densa e já não movo os braços com tanta facilidade, e percebo como meus pés, que até aqui faziam seu trabalho em silêncio, debaixo d'água, como escravos diligentes, agora emergiram e batem à vista, ruidosamente, envoltos nessa efusão de espuma que delata o nadador criança, o inepto, o que começa a se cansar.

O que será que está olhando assim, boiando de costas, esse tempo todo? Lenta, sem vontade, uma nuvem avança. Gostaria de ser capaz de dizer de onde a onde, sem me equivocar com os pontos cardeais, como os mateiros falam do vento ou dos pássaros no campo. Outra, um pouco mais atrás ou do lado, vá saber, parece se desfazer como se espantada pelo sol, que de repente resplandece entre suas ruínas. Nadar. Nadava. Nadei. Conrado Nadé Roxlo, o único poeta que eu soube de cor! "Música porque sim, música vã/ como a vã música do grilo;/ meu coração eclógico e singelo/ despertou grilo esta manhã." Ah, como gostaria agora de falar no passado. "É este céu azul de porcelana? É uma taça de ouro o espinilho?" Coisas roçam meus tornozelos, os pés, os pés que demoram, agora, a subir, a emergir e fazer o que devem. Algas, cipós, fiapos, juncos, a baba vegetal e animal de um lago tão escuro e sórdido quanto o pântano no qual persiste esta cidade que eu nunca teria pisado se não fosse por ela. Nado — nadei — sem estilo, se é que alguma vez o tive. Na piscina havia vezes, inexplicavelmente, porque nada levava a prever isso, nada o justificava, que eu nadava ou sentia que nadava como um atleta, um campeão, uma divindade, como acontece às vezes com as destrezas práticas ou os idiomas que manejamos pouco a pouco ou com algum embaraço e que de repente, milagre, um dia acordamos e dominamos com uma fluência espantosa, e nada nos faz vacilar nem nos envergonha: o erre francês rola sem rípio em nossa úvula; o móvel para montar que nos humilhou ou a fechadura quebrada se submetem com uma docilidade de sonho, quase venal. Nadava, nadava, mais aquático que a água e mais transparente também, e sem ruído, silenciado por minha própria habilidade. Peixe na água. Mas nada-se no presente. Nadar *é* o presente — por isso cansa tanto. Pode ser que assim, de improviso, no meio do lago, com o cabelo grudado na cara como mais uma alga, pode ser que Carla não me reconheça. Eu devia ter cortado o cabelo. Por que não fiz isso quando cheguei, quando tive a ideia, quando passei pelo barbeiro a caminho do hotel e vi aquele menino sentado na cadeira que ficava grande para ele, com os pés balançando no ar e a cabeça entregue às habilidades de um metaleiro velho, com os antebraços tatuados, que a examinava de cima, como um titã perplexo faz com um mapa-múndi de outro mundo, enquanto suas mãos preparavam a descida, munidas de tesouras e um pente comprido e escuro mais daninho que as tesouras? Agora nado e de repente está tudo calmo, anormalmente quieto, como se as margens do lago tivessem se retirado para longe, muito longe, e o centro tivesse ficado sozinho, sozinho no centro de nada, deste nada onde nado e meus braços, sulcando a água, ou melhor, estapeando-a, cansados como estão, despedaçam o silêncio da tarde no Schlachtensee. O garoto do hotel me explicou o que queria dizer quando me viu procurá-lo no mapa, não faz nem vinte horas, mas assim que ele falou eu esqueci. Dez, doze braçadas mais e estarei lá, sem fôlego, mas feliz, com o mesmo ar de radiante vaidade das assombrações. Como o estranho que o herói de um filme encontra num lugar desolado, enquanto espera alguém que demora, e observa com dissímulo e desconfiança, sem saber muito bem se é um aliado que a sorte põe em seu caminho ou um inimigo, o carrasco que o liquidará justo ali, no teatro do encontro de sua vida, justo ele. E se for assim que Carla me vê agora enquanto nado em direção a ela, enquanto algo, um vulto, um corpo, nada em direção a ela no meio do lago, enquanto *a única coisa* que há em muitos metros ao redor no centro do lago avança em direção a ela? Talvez se eu falasse, para ela me reconhecer... Sim, melhor a voz. Melhor a voz que a proximidade de uma presença. Poderia dizer seu nome em voz alta enquanto nado em direção a ela. Dizer "Carla" outra vez, assim, ao vivo, depois de séculos. Assim: *Carla*. Carla levanta a cabeça. Vejo-a enquanto nado mais devagar, e uma espécie de pinça ou de tenaz que estava adormecida dentro da coxa direita desperta de repente e retorce alguma coisa que me dói, um tendão, provavelmente, ou um ligamento, nunca soube diferenciar direito nada que estivesse dentro do meu corpo. Mas não vou gritar. Não agora, justo quando a vejo tirar o cabelo dos olhos e olhar um pouco desconcertada para mim, para o nadador aventureiro irreconhecível que devo ser para ela. Minha holandesa. Essas bochechas vermelhas. A espiã que veio do frio. Não, não vou gritar. Vou dizer seu nome em voz alta e o feitiço se estilhaçará como um pano de vidro. Carla. Outra vez: Carla.

Eu mesmo o ouço e me soa estranho, como se dito mais alto do que eu, só que longe, fora de mim, e no segundo que Carla leva para mudar de posição na água, parar de boiar e, contraída como um animal sobressaltado, olhar para a margem, percebo que é outra voz que a chamou, a voz de outro, de alguém que está na margem, agitando os braços com a água pelos joelhos. Algo urgente, parece: uma emergência. Daqui, pelo menos, tudo se vê mais como um passo de dança tribal, enfático e desvairado. E, no entanto, tem sua eficácia, porque capta a atenção de Carla, que olha para a margem com um misto de alarme e curiosidade. Conheço bem esse feixezinho de sulcos, como espigas de trigo, que brotam entre suas sobrancelhas. Eu vi. Eu vi antes de todo mundo. Antes dela, inclusive. "Espigas?" "Esses risquinhos que aparecem entre as tuas sobrancelhas quando alguma coisa te intriga." Conheço muito menos, para não dizer nada, o regulamento do lago, mas poderia jurar que proíbe o jet ski e todas as suas declinações esportivas, artísticas e recreativas, bem como o uso de qualquer embarcação ou veículo que funcione com qualquer combustível que não seja o sangue, o pulsante, saboroso sangue humano. E, no entanto, é um jet ski que escutamos de repente, Carla ao mesmo tempo que eu, na certa, porque ela também faz uma careta quando o barulho irrompe no centro do nada em que estávamos começando finalmente a entrar, finalmente juntos, e é um jet ski ou algum parente próximo, um desses triciclos, trenós, pôneis aquáticos estúpidos, e roxos, para piorar, com seu cavaleiro enluvado em neoprene apertando o pescoço da máquina entre as coxas, que cobre com sua esteira de estrondos minha voz que diz seu nome, enquanto Carla nada agora para a margem muito rápido, em linha reta, com essas braçadas belas, implacáveis, como de máquina, e a tenaz que atacava uma de minhas pernas abre uma sucursal na outra e também a tortura prazerosamente, sem misericórdia, porque não é próprio de uma cãibra vulgar ceder à fragilidade do corpo que martiriza.

5.

Alô... Alô! Sim! Alô! Está me ouvindo? Sim, eu estou te ouvindo bem. Que estou te ouvindo bem! Vamos ver, espere eu me mover um pouco. E agora? Que ótimo que você me ligou. Que que ótimo que você me ligou! Vamos ver agora... Que que ótimo que você me ligou! Eu sei, dá na mesma. Gosto que você me ligue quando me liga, mesmo que tenha me avisado. Alô? Vou me mover, vamos ver se melhora. E agora? Estou te ouvindo bem. No lago. Estou no lago, em Berlim. Lembra que eu tinha te falado? Sim, eu tinha te falado. Você sabia. Se esqueceu, mas sabia. Chega, Pünktchen. Com o cachorro, eu falei. Pünktchen, um cachorro da casa que estou cuidando. Um salsicha. Sim, bacana. Tem um cheirinho, mas nos damos bem. Alô? Tua voz está sumindo. Sumindo, sumindo... Alô, está me ouvindo? Alô? Não, repita, porque você sumiu e perdi o que você falou por último. Fez a prova? Não? Por quê? Por quê?! Mas se estava superpreparado. "Estivesse", não "estaria". Estivesse! Imperfeito do subjuntivo. Imperfeito do subjuntivo! Ai, sumiu de novo. Pra lá, vai pra lá, Pünktchen! Meninos, podem chamar o Pünktchen?

Mas que coisa esse cachorro, que coisa! Alô? Sim! Deve ser aqui, estou na praia, o sinal não deve ser bom... E o que vai acontecer agora? Com a prova, né? Chega, Pünktchen! Não sei o que ele tem, fica me rodeando. Lá, lá, Pünktchen! Meninos! Podem chamá-lo, por favor, que ele não está me deixando falar? Alô. Alô, sim. Com uns amigos. Não, você não conhece. Pra quê, se você não conhece? Ele se chama Edy, e ela, Sarah. Sim, é o garoto que te atendeu. Porque eu estava na água. Nadando, é. Não sei: vinte e dois, vinte e três graus? Mas tem um sol maravilhoso. Fria, mas ótima. Sabe como são as sereias. Alô? Está me ouvindo? Sim, sim, estou aqui. Você some, some e fica esse silêncio chato. Mais uma semana. Aqui em Berlim mais uma semana. Depois Amsterdam, e depois Viena. Dez dias em Amsterdam e uma semana em Viena. E depois... Barcelona. Alô? Está aí? Depois Barcelona! Mmm... Uma casinha lá em cima, em Vallvidrera. Mas é bonito, Vallvidrera. Longe? Da Plaza Catalunya são vinte minutos. E tem o funicular, que é tão legal. Não. Sem pets. Bem tranquilo. Só uma horta, acho. E uns móveis que tem que receber. E alguma coisa que têm pra consertar em algum lugar, que preciso estar lá pra controlar. Alô? Alô? Ah, sim. E aí, como vão as coisas, quais são as novidades? Sério? Todo o apartamento? Que bom. Acredito, sim. Ui, desculpe, desculpe. Um mapa acaba de grudar em mim. Espere. Um mapa gigante que voou e como estou molhada grudou em mim... Um mapa de Berlim. Não estou vendo ninguém vindo atrás dele. Quem usa mapas de papel, além de você? Você! Tua casa está cheia de mapas de papel! Espere, vou tentar... mas como é difícil dobrá-los... Que estranho. Não, desculpe. Estou tentando dobrá-lo e estou vendo que tem um percurso marcado com marcador. Marcador! O.k., *"fibra"*. É nisso que dá, com essas tuas professoras espanholas. Que coisa estranha: é meio que o percurso que andei fazendo nesses últimos dias. Estranhíssimo. Sai, Pünktchen, já disse. Meninos, por favor! Alô? Alô? Sumiu outra vez. Agora sim. Tinha esquecido de como você era no telefone. Não, é a primeira vez que vejo eles. Na verdade, a Sarah não, já fui com ela numa piscina. Nada. Fico lá na casa. Lendo, vendo coisas. Ontem à noite? Ontem à noite... ontem fiquei até tarde vendo um filme. Inglês, superinglês. Um filme de época, com umas mulheres com uns penteados incríveis. Não, não gosto em especial. Um amigo que mandou pra mim. Um amigo de Buenos Aires. Não, você também não conhece. Pra quê? Vai procurar no Google? E agora? Agora está me ouvindo? Gostei. No começo pensei que fosse me entediar, mas acabei gostando. De um garoto, um garoto que está de férias na casa de campo da família de um amigo da escola, um amigo rico, mais rico que o garoto, em todo caso, que não é pobre, mas está um pouco perdido no meio de todos aqueles móveis e daqueles vestidos e daqueles talheres... Uma história muito triste. O garoto serve de mensageiro entre a irmã do amigo, que é bem mais velha, e um cara que tem uma granja lá perto, que anda o tempo todo pelado, entre animais e bosta. São amantes, sim. O de sempre, ela é rica, ele é meio do campo, meio selvagem. E ela está comprometida com outro, um da classe dela, um que tem a cara meio desfigurada. Muito, muito triste. Tem uma cena muito linda, quando o garoto, antes de virar mensageiro, vai xeretar em volta da granja e machuca o joelho, e o amante vê e meio que dá uma bronca por ele ter se metido na granja, mas depois fica com pena e trata do ferimento dele, e enquanto o trata fica sabendo que o garoto está ficando na casa da amante dele, e aí meio que ele tem a ideia de usá-lo pra mandar mensagens pra ela, e realmente manda a primeira ali mesmo, que é a atadura, a atadura que ele põe no joelho do garoto, que quando o garoto chega na mansão já está com um pouco de sangue, e a amante do granjeiro vê e pergunta o que aconteceu e o garoto conta tudo, que esteve na granja, que caiu, que o granjeiro cuidou dele. E é muito legal quando ela olha pra atadura e vê o sangue e diz que vai trocá-la, e troca e fica com a outra, a ensanguentada, e bem nessa hora alguém entra e ela, meio sem perceber, como um reflexo, esconde a atadura com sangue no meio da roupa, como se fosse uma mensagem de amor clandestina. Marian, acho que é o nome dela. E ele, Leo, o garoto. Tudo tão triste. Me fez chorar. Está aí? Alô? Alô? Pensei que tinha desligado. Te chateei? Já sumiu de novo. Alô? Alô... Não é melhor a gente se falar...? Está acontecendo alguma coisa no lago. Tem gente se juntando na margem. Não sei, não sei. Estão todos olhando pro meio do lago, onde tem um barquinho dos salva-vidas do lago, parado. "Guarda-vidas." Aconteceu alguma coisa. Também está lá aquele babaca do jet ski. Nada, um imbecil que começou a dar voltas de jet ski no meio do lago. Proibidíssimo, deve ser. No lago! Aqui todos os lagos são cem por cento Waldorf. Tem muito *Bratwurst* e batata frita, mas na água não se toca. Agora estão tirando alguém da água. Que azar. É um homem. Oi, Pünktchen. Estão pondo ele no barco. Está me ouvindo? Alô? E você? Me conte de você. O que mais, além da prova... Um está acomodando e o outro está cobrindo ele com alguma coisa. Toalhas, imagino. Chega, Pünktchen. Parece louco, este cachorro. O barco está saindo. Estão levando ele. Mas o que você tem? Não sei o que ele tem, não para de latir pra mim. O quê? O quê, Pünktchen, o quê? O que que foi, cãozinho? O que é isso que você tem aí? Vamos ver, vem cá, deixa eu... Quem pôs isso aí em você? A Sarah? O Edy que pôs? Desculpe, me desculpe. Tirei um papelzinho que estava enfiado na coleira dele. O que é, Pünktchen? Parece... Sim, é isso, é uma dessas mensagenzinhas que vêm com as bolachinhas da sorte. Vamos ver o que diz.

O cerne deste livro foi escrito durante o ano de hospitalidade, malcriação e estímulos múltiplos proporcionados pelo *Berliner Künstlerprogramm des DAAD*. Foi escrito em Berlim, a alguns passos do lago onde o herói, talvez um pouco fora de hora, tenta pôr em prática o muito ou pouco que aprendeu numa piscina do bairro portenho de Chacarita.

ESTA OBRA FOI COMPOSTA EM ELECTRA PELO ESTÚDIO O.L.M./ FLAVIO PERALTA
E IMPRESSA EM OFSETE PELA GEOGRÁFICA SOBRE PAPEL PÓLEN SOFT
DA SUZANO S.A. PARA A EDITORA SCHWARCZ EM FEVEREIRO DE 2022

A marca FSC® é a garantia de que a madeira utilizada na fabricação do papel deste livro provém de florestas que foram gerenciadas de maneira ambientalmente correta, socialmente justa e economicamente viável, além de outras fontes de origem controlada.